Neal Chadwick
Stirb, Schnüffler!

NEAL CHADWICK

KOMMISSAR X

STIRB, SCHNÜFFLER!

UND DREI WEITERE THRILLER

HUPE

MOEWIG

Redaktion Klaus N. Frick/Sabine Bretzinger
Titelbildgestaltung: Zeuner, Ettlingen
Druck und Bindung: Ebner Ulm
Printed in Germay 1996
ISBN 3-8118-1351-X

Inhalt

Stirb, Schnüffler!

Steve Tierney nahm das Diktiergerät zur Hand und versuchte zum letztenmal, endlich seinen Bericht abzuschließen. Aber im Grunde wußte er, daß es auch diesmal nichts werden würde. Er konnte sich einfach nicht konzentrieren. Als sein Blick seitwärts ging, sah er seine eigene Hand ein wenig zittern.

Ich bin schon weit gekommen! durchfuhr es ihn. Er atmete tief durch, erhob sich aus seinem unbequemen Bürostuhl und legte das Diktiergerät auf den unaufgeräumten Schreibtisch. Tierneys Büro lag in der Lower East Side, weil er sich nichts Teureres leisten konnte. Jetzt hatte er vielleicht die Chance, den Aufstieg vom Schmalspurschnüffler zum Gentleman-Ermittler zu schaffen. Aber die Sache war noch nicht sicher. Sie stand auf Messers Schneide, und wenn er Pech hatte, schnitt ihm dieses Messer am Ende die Kehle durch. Tierney mußte höllisch aufpassen und wußte das auch. Aber die Versuchung war einfach zu groß gewesen. Eine solche Chance gab es nicht zweimal ...

Tierney trat ans Fenster und blickte hinaus in die Dunkelheit. Es war schon spät. Eigentlich hatte er längst zu Hause sein wollen, aber in seinem Job durfte man nicht auf die Uhr schauen.

Er dachte plötzlich an seine Frau Karen und an Michael, seinen Sohn, der in ein paar Wochen zehn Jahre alt wurde. *Um ihretwillen hätte ich mich nie auf diese verdammte Geschichte einlassen sollen!* ging es ihm schmerzhaft durch den Kopf. Aber jetzt war es zu spät dafür, irgend etwas zu bereuen. Jetzt mußte er die Sache durchstehen und hoffen, daß alles gutging. Wenn die Sache ausgestanden war, würden sie alle drei davon profitieren und eine bessere Zukunft haben. Keine nächtlichen Observationen von untreuen Ehemännern mehr, kein stundenlanges Herumlungern in der Nähe von Geldautomaten, um irgendwelchen Scheckkartenbetrügern auf die Spur zu kommen ...

Security Consulting für große Unternehmen etwas in der Art schwebte Tierney für die Zukunft vor. Mit festen Bürostunden nach Möglichkeit. Und natürlich mit mehr Zeit für seine Familie.

In diesem Moment zuckte Tierney unwillkürlich zusammen. Das passierte ihm jetzt öfter. Seine Nerven hatten ziemlich gelitten, seit er in dieser Sache drinhing ... Er hatte ein Geräusch an der Tür gehört. Jemand drückte auf die Klingel, aber die funktionierte schon seit langem nicht mehr. Also klopfte es eine Sekunde später.

Tierney hatte sein Schulterholster abgeschnallt und auf den Schreibtisch gelegt. Jetzt ging sein Griff dorthin, um die Waffe in die Hand zu bekommen. Es war eine Beretta, und er fühlte sich schon wesentlich besser, als er den Pistolengriff in seiner Rechten spürte.

Mit der Waffe im Anschlag ging er in Richtung Tür, an der es zum zweitenmal klopfte, diesmal schon etwas ungeduldiger.

Tierney warf einen Blick durch den Spion. Im Flur stand ein Mann, den er nicht kannte.

»Was wollen Sie?« rief Tierney.

»Machen Sie auf, ich muß mit Ihnen sprechen!« kam es durch die Tür. »Aber nicht so, daß alle Welt das mitbekommt! Oder nehmen Sie keine Klienten mehr an?«

Tierney überlegte kurz. In seinem Hirn arbeitet es fieberhaft. Der Kerl da draußen war vermutlich kein Klient – obwohl Tierney dafür bekannt war, daß man ihn zu jeder Tages- und Nachtzeit erreichen konnte. Aber in seiner jetzigen Lage glaubte er einfach nicht daran. Viel näherliegender war eine andere Möglichkeit ... Jemand hatte vermutlich eine Art bezahlten Todesengel vorbeigeschickt, um Steve Tierney loszuwerden.

»Einen Moment!« rief Tierney, ohne die Absicht zu haben, dem Fremden wirklich zu öffnen. Er wollte nur Zeit gewinnen. Tierney schlich rückwärts und blickte sich in seinem schäbigen Büro um, in dem er jetzt wie in einer Mausefalle saß. Er hatte keine Chance hinauszukommen. Es gab keinen Balkon, keine Feuerleiter, nicht einmal die Möglichkeit zu einem Sprung aus dem Fenster, dessen Rahmen sich so verzogen hatte, daß er es im Winter hatte festnageln müssen, um nicht bei der Erledigung des leidigen Bürokrams zu erfrieren.

In Tierneys Büro gab es kaum Deckung. Es war kein Ort, um sich zu verstecken. Die Einrichtung war karg. Außer dem Schreibtisch gab es nur ein paar selbsttragende Regale an den Wänden, in denen er die Akten mit seinen Ermittlungsunterlagen aufbewahrte.

Tierney war gerade bis zum Schreibtisch gekommen, da gab es ein häßliches Geräusch. Es klang fast so, als hätte jemand kräftig geniest, aber Tierney wußte, daß es etwas anderes war.

Eine Pistole mit Schalldämpfer! Der Kerl hatte kurzerhand das Schloß zerschossen. Die Tür öffnete sich einen Spalt.

Tierney machte das Licht aus und ging hinter dem Schreibtisch in Deckung. Dann entsicherte er seine eigene Waffe. Er packte die Beretta mit beiden Händen und wartete einfach die nächsten Sekunden ab, die endlos langsam voranzuschreiten schienen. Das erste, was er durch die Tür kommen sah, war der langgezogene Schalldämpfer.

Einen Augenblick noch wartete er. So lange, bis der Kerl zur Hälfte hereingekommen war. Tierney sah von dem Eindringling nicht viel mehr als einen schattenhaften Umriß. Aber das Ziel reichte völlig aus. Steve Tierney dachte gar nicht daran, zu warten, bis der Killer versuchte, ihn zu töten. Seine einzige Chance war, ihm zuvorzukommen. Und so tauchte er aus seiner Deckung hervor, legte die Beretta an und feuerte.

Der Eindringling reagierte allerdings blitzschnell, ließ sich zur Seite fallen. Dreimal hintereinander feuerte der Killer und traf. Ein Ruck ging durch Tierneys Körper. Er taumelte nach hinten und riß seine Beretta noch einmal hoch. Doch bevor er Gelegenheit zum Feuern bekam, hatte der Killer noch einmal abgedrückt. Der Schuß traf Tierney direkt in die Brust. Die Kugel trat auf der anderen Seite wieder aus und ließ die Fensterscheibe zu Bruch gehen. Tierney wurde nach hinten gerissen, so daß er aus dem Fenster kippte. Sieben Stockwerke, das war schon ein ganz ordentlicher Sturz. Der Killer machte indessen das Licht wieder an.

Der Fenstersturz war eigentlich nicht geplant gewesen. Letztlich bedeute er für den Killer aber nur, daß er jetzt schneller arbeiten mußte. Eine Viertelstunde, so schätzte er, hatte er mindestens. Er warf einen kurzen Blick hinaus aus dem Fenster. Ein häßlicher Anblick.

Es war schon jemand bei dem Toten und hatte sich über ihn gebeugt, ein anderer kam herbei. Aber es würde niemand ins Büro kommen, solange nicht die Polizei eingetroffen war. Das wußte der Killer aus Erfahrung. So waren die Leute. Sie wollten etwas sehen, aber sich in nichts hineinziehen lassen.

Der Killer steckte seine Pistole ein und wandte sich dann den Akten zu, mit denen Steve Tierney seine Regale vollgestellt hatte. Eine nach der anderen wurde herausgerissen, durchgeblättert und anschließend auf den Boden geworfen.

Captain Tom Rowland vom Morddezernat Manhattan C/II war ein korpulenter Koloß. Er kam schnaufend aus seinem Dienstwagen heraus und bewegte sich auf den Tatort zu. Mantel und Jackett waren offen, seine Hemdknöpfe bis zum Zerreißen gespannt.

Die zahlreich postierten Uniformierten konnten das Heer der Schaulustigen kaum ausreichend abdrängen, und auch Rowland hatte einige Mühe, sich durch den Pulk zu drängeln.

Schließlich hatte er sich bis zu Lieutenant Browne vorgearbeitet, der neben einer männlichen Leiche stand.

»Mehrere Schüsse«, erklärte der lockenköpfige Browne, als er den Captain neben sich auftauchen sah. »Zwei davon waren tödlich. Da ist jemand sehr gründlich gewesen!«

»Sieht aus, als wäre er da oben aus dem Fenster gesprungen!« vermutete Rowland.

Browne zuckte die Achseln. »War sicher kein freiwilliger Sprung!«

»Warst du schon oben?«

»Ja. Jetzt ist die Spurensicherung gerade dort!«

»Wo ist denn der verdammte Arzt?«

»Schon wieder weg, Captain.«

»Und die Todeszeit?«

»23 Uhr 47.«

Rowland zog die Augenbrauen hoch und runzelte die Stirn. Er sah Lieutenant Browne an, als wollte dieser ihn auf den Arm nehmen. »So genau, Lieutenant?«

»Wir haben die Aussage einer Frau, die einen Schuß hörte, nachdem sie kurz vorher auf die Uhr geschaut hatte!«

»Einen Schuß?«

Browne nickte. »Ja, und den muß der arme Kerl hier selbst abgegeben haben. Er besaß eine Beretta. Sein Mörder hat wohl mit Schalldämpfer gearbeitet!«

Rowland verzog das Gesicht. Das klang nicht gut.

Er zwang sich dazu, den Toten anzuschauen, aber die Mühe hätte er sich sparen können. Der Schädel war ziemlich zerstört und obendrein blutverschmiert. Vom Gesicht war nicht viel zu sehen. »Er heißt

Steve Tierney und unterhielt hier ein Büro als Privatdetektiv«, hörte der Captain die sonore Stimme von Browne.

»Haben wir mal mit ihm zusammengearbeitet?«

»Glaube ich nicht«, meinte Browne. »Jedenfalls ist er mir nicht in Erinnerung.«

Zwei Männer kamen jetzt herbei, um den Toten in einen Zinksarg zu legen. Rowland wandte sich ab. Er war verdammt froh darüber, daß das nicht sein Job war.

»Gehen wir hinauf in das Büro«, schlug er Browne vor.

»Es war durchwühlt«, berichtete Browne. »Vielleicht ist Tierney auf irgend etwas gestoßen, das so brisant war, daß man ihm gleich einen Killer auf den Hals gehetzt hat!«

Rowland zuckte mit den Achseln.

»Schon möglich«, meinte der Captain dann. »Kann aber genausogut sein, daß er sich als Erpresser versuchte. Reich ist er mit seinem Job ja wohl nicht geworden – wenn er hier residierte!«

Rowland war schon ein paar Schritte gegangen, da ließ ihn Brownes Stimme abrupt stoppen.

»Ach, Captain ... Da ist noch etwas ...«

Browne druckste ein wenig herum, bis Rowland ihn anfuhr: »Na los, raus damit!«

»Tierney hatte Frau und Kinder.«

»Ich hoffe, es hat sie jemand benachrichtigt. Und zwar mit Einfühlungsvermögen!«

»Das ist es ja eben. Ich hatte gehofft, daß Sie ...«

»Guten Tag, Mister Walker!«

Die Gesichtsfarbe des Mannes war so grau wie sein Anzug. Sein Lächeln schien nichts weiter als eine gefühllose Maske zu sein. Eine geschäftsmäßige Maske.

Sein Name war Norman Reynolds, und er war Notar und Rechtsanwalt, im übrigen einer mit ziemlich gutem Ruf.

Jo Walker, der Mann auf der anderen Seite des Schreibtischs, hatte in seiner Branche ebenfalls einiges an Renommee. Er bot seinem Gast einen Sessel an.

»Es freut mich, Sie endlich einmal kennenzulernen, Mister Walker.«

»Ganz meinerseits.«

»Ich habe schon einiges von Ihnen gehört. Man sagt, Sie seien New Yorks bester Privatdetektiv!«

Jo lächelte ironisch. »Die Leute sagen viel, Mister Reynolds. Das wissen Sie sicher auch …«

Diese Art von Humor kam bei dem grauen Mann offensichtlich nicht so recht an. Er blieb knochentrocken, sein Gesicht fast reglos. Er wandte den Kopf kurz zu der dritten Person, die sich im Raum befand. Es war eine äußerst attraktive Blondine, deren enganliegendes Strickkleid wenig von dem verbarg, was sich darunter befand. Norman Reynolds beeindruckte das jedoch augenscheinlich nicht im geringsten.

Er wandte sich an Jo. »Ich hätte Sie gerne unter vier Augen gesprochen, wenn es Ihnen nichts ausmacht.«

»Es macht mir nichts aus, aber dies ist Miß April Bondy, meine Mitarbeiterin. Sie wird ohnehin erfahren, worum es geht. Da kann sie auch gleich dabeisein, finden Sie nicht?«

Norman Reynolds fand das nicht. Aber er setzte sich trotzdem.

»Was ist Ihr Anliegen, Mister Reynolds?« erkundigte sich Jo, während er sich eine Zigarette anzündete.

»Ich bin hier, weil ich die traurige Pflicht habe, den Letzten Willen eines Verstorbenen zu erfüllen. Vor zwei Tagen wurde ein Privatdetektiv namens Steve Tierney in seinem Büro erschossen. Es ist kein Fall, von dem Sie gehört haben müßten, Mister Walker. Vielleicht gab es eine kleine Randnotiz in der Zeitung, vielleicht noch nicht einmal das.« Reynolds erzählte dies mit fast emotionsloser Stimme. Er zuckte einmal zwischendurch kurz mit den Achseln und fuhr dann fort: »Mister Tierney hat mich zu Lebzeiten beauftragt, Ihnen das hier auszuhändigen.«

Er überreichte Jo ein Kuvert, und dieser öffnete es. Darin befand sich ein Brief, in dem der Ermordete Jo Walker den Auftrag gab, seinen Tod aufzuklären. Außerdem ein Scheck und ein Schlüssel. Dazu eine von Tierney unterzeichnete Vollmacht, die Jo Walker ermächtigte, den Inhalt eines Bankschließfachs abzuholen. Laut Brief befanden sich dort die Ermittlungsunterlagen zu Tierneys letztem Fall.

»Heißt das, daß dieser Tierney von seiner bevorstehenden Ermordung wußte oder zumindest ahnte?« fragte Jo stirnrunzelnd.

Reynolds zuckte mit den Achseln.

»Ich weiß es nicht, Mister Walker!« bekannte er. »Ich möchte nur wissen, ob Sie den Fall annehmen. Andernfalls muß ich mich auf die Suche nach jemand anderen machen. Mister Tierney hatte offenbar rein professionell gesehen eine hohe Meinung von Ihnen. Deshalb sind Sie seine erste Wahl gewesen.«

Jo überlegte kurz. Dann nickte er. »Ich werde mich um die Sache kümmern«, kündigte er an. »Schließlich war Tierney gewissermaßen ein Kollege ...«

»Es freut mich, daß Sie die Sache so sehen, Mister Walker«, erwiderte Reynolds kühl und erhob sich dann. »Sie ersparen mir damit einiges an Aufwand. Es ist schließlich nicht so einfach, einen guten Privatvermittler zu finden!« Er blickte auf seine Rolex.

»Miß Bondy wird Sie hinausbegleiten«, sagte Jo.

Reynolds winkte ab. »Danke sehr, aber ich finde den Weg allein!« Einen Augenblick später war er verschwunden.

»Das ist doch wohl die merkwürdigste Art und Weise, auf die du je an einen Fall geraten bist, Jo! Die ganzen Jahre über, die wir zusammenarbeiten, habe ich so etwas nicht erlebt!«

Jo grinste. »Das ist eben eine der positiven Seiten dieses Jobs: Es gibt jede Menge Abwechslung!«

Sie verschränkte die Arme vor der Brust.

»Trotzdem! Daß du dich gleich so hast breitschlagen lassen, wundert mich! Ich frage mich, warum eigentlich!«

Jo hob den Scheck und hielt ihn mit Zeige- und Mittelfinger. »Ein Argument ist natürlich das hier!«

»Ach, komm schon!« Sie nahm ihm das Papier aus der Hand, warf einen Blick darauf und schüttelte dann den Kopf. »Du könntest dir leicht dickere Fische an Land ziehen, Jo!«

»Sicher«, murmelte er. »Aber ich mag es eben nicht, wenn man einen aus unserer Zunft umbringt. Irgendwie muß man da doch zusammenhalten, findest du nicht?«

»Tut mir aufrichtig leid, Sir, aber ich fürchte, ich kann nichts für Sie tun!« Es war der mandeläugigen Bankangestellten nicht anzusehen, ob es ihr wirklich so leid tat oder nicht viel mehr eher peinlich war. Aber im Grunde war das auch gleichgültig.

Jo Walker sah noch einmal kurz in das Bankschließfach und seufzte dann. Das Fach war leer. Nicht einmal ein Staubkorn war darin zu sehen – aber es wäre auch zu schön gewesen, hier alle Beweise wohlgeordnet auf einem Haufen zu finden.

»Was heißt das – Sie können nichts für mich tun?« fragte Jo stirnrunzelnd. »Ich habe den Schlüssel und eine Vollmacht des Verstorbenen, in der er ausdrücklich mich dazu ermächtigt, den Inhalt des Faches abzuholen!«

»Das mag schon sein, Mister ...«

»Walker.«

»Unsere Bank verbürgt sich dafür, daß kein Unbefugter an das Fach herangekommen sein kann!«

»Mister Tierney hat eine Menge Geld dafür hingeblättert, daß ich den Inhalt des Faches abhole. Das hätte er nicht, wenn es leer gewesen wäre!«

»Ich kann ja mal in den Unterlagen nachschauen, Mister Walker. Wenn wirklich jemand Zugang zu dem Fach gehabt hat, müßte eine Unterschriftsprobe vorhanden sein, die wir obligatorisch verlangen.«

Jo lächelte dünn. »Dann seien Sie bitte so freundlich und schauen Sie nach!«

Sie verließen den Raum mit den Schließfächern. Und dann sah Jo es eine Minute später schwarz auf weiß: Der Inhalt des Fachs war abgeholt worden. Und zwar von Karen Tierney, der Witwe des Ermordeten.

»Nach den Unterlagen hatten wir keinen Grund, ihr den Zugang zu verwehren!« meinte die Mandeläugige. »Sie war ja schließlich seine Witwe!«

»Hatte sie einen Schlüssel?«

»Den brauchte sie nicht unbedingt. Es kommt immer mal wieder vor, daß Hinterbliebene nicht wissen, wo der Verstorbene den Schlüssel aufbewahrt hat. In solchen Fällen verlangen wir Schadenersatz, weil wir ein neues Schloß einsetzen müssen ...«

»Und Mrs. Tierney hat bezahlt?«

»So ist es.«

Karen Tierney hatte feuerrotes Haar und dunkle Augen, die im Augenblick sehr traurig wirkten. Sie war eine hübsche, zierlich gebaute Frau, die sich aber momentan etwas vernachlässigt zu fühlen schien. Jedenfalls begrüßte sie Jo im Morgenmantel, als er vor ihrer Wohnungstür auftauchte. Die Tierneys wohnten zur Miete im Parterre eines mehrstöckigen Reihenhauses.

»Ich kaufe nichts, und ich lasse mich auch zu nichts bekehren«, murmelte sie müde und wollte Jo schon die Tür vor der Nase zuschlagen.

»Warten Sie einen Moment, Mrs. Tierney. Ich muß unbedingt mit Ihnen sprechen ...«

Sie strich sich die rote Mähne zurück und machte: »Ach, ja? Machen Sie es kurz. Es geht mir nicht besonders gut!«

»Mein Name ist Jo Walker, ich bin Privatdetektiv.«

»Was wollen Sie?«

»Es geht um Ihren ermordeten Mann! Darf ich hineinkommen?«

Sie war noch immer mißtrauisch, also zeigte Jo ihr seine Lizenz.

»Was soll ich mit dem Wisch?«

»Wenn nach meinem Besuch das Familiensilber fehlt, wissen Sie jedenfalls, wer es hat.« Er sah sie offen an. Vor ihm stand eine gebrochene Frau, die wirkte, als sei sie ziemlich aus der Bahn geworfen worden. Jos Bemerkung heiterte sie auch nicht im geringsten auf. Sie reagierte nur mit einem Achselzucken, das nicht weniger auszusagen schien, als daß ihr im Moment ohnehin alles ziemlich egal war.

»Wer schickt Sie?« fragte sie.

»Ihr Mann hatte einen Notar beauftragt, mich im Falle seines Todes zu engagieren, um seinen Mörder zu finden!«

Sie sah Jo erstaunt an. »Davon wußte ich nichts.«

»Die Polizei war sicher schon bei Ihnen, nehme ich an ...«

»Ja«, nickte sie. »Ein gewisser Lieutenant Browne.«

»Ein langer Kerl mit lockigen Haaren, nicht wahr?«

»Kennen Sie ihn?«

»Er arbeitet in der Mordkommission von Captain Rowland, und das ist ein alter Freund von mir!«

Sie musterte Jo eingehend von oben bis unten, und auf einmal schien ihr aufzufallen, daß ihr eigenes Outfit an diesem Tag nicht dem letzten Schrei entsprach. Eine leichte Röte überzog ihr Gesicht. Es war ihr peinlich. Dafür schien das Mißtrauen nicht mehr ganz so stark zu sein.

»Kommen Sie«, murmelte sie.

Jo wurde in ein Wohnzimmer geführt und bekam einen Platz in einem klobig wirkenden Ledersessel. Sie setzte sich ebenfalls.

»Ich sehe heute nicht besonders gut aus«, meinte sie. »Aber wissen Sie, Steves Tod war ein schwerer Schlag für mich. Ich stehe jetzt vor dem Nichts. Ich wüßte übrigens auch nicht, wie ich Sie bezahlen sollte!«

»Das hat Ihr Mann schon erledigt!«

»Was?«

»Ja, ein Scheck. Hier ist die Quittung der Bank. Ich habe ihn vor einer halben Stunde eingelöst.« Jo holte die Quittung aus seiner Brieftasche und zeigte sie ihr.

Sie runzelte die Stirn. »Ich wußte gar nicht, daß Steve bei dieser Bank auch ein Konto besitzt«, murmelte sie. »Und dann die Summe!« Sie gab Jo die Quittung zurück. »Ich kann für Sie nur hoffen, daß der Scheck gedeckt war, Mister Walker!«

»Hat Ihr Mann mit Ihnen über seine Arbeit gesprochen?«

»Nein, nie. Er wollte seinen Ermittlerjob und das Privatleben strikt auseinanderhalten. Deshalb liegt sein Büro auch am anderen Ende der Stadt.« Sie zuckte mit den Achseln. »Er hatte dafür sicher seine Gründe, denn die Sachen, die er gemacht hat, waren wohl nicht immer ganz ungefährlich … Er wollte uns – mich und unseren kleinen Michael – nicht in diese Dinge hineinziehen.«

»Dann wissen Sie auch nicht, woran er in letzter Zeit gearbeitet hat?«

»Nein. Keine Ahnung.«

»Wurde er vielleicht von irgend jemandem bedroht?«

»Nicht, daß ich wüßte, Mister Walker.« Sie rieb die Handflächen aneinander. »Ich fürchte, ich bin Ihnen keine große Hilfe, was?«

Jo studierte eingehend ihr Gesicht. Die Augen wirkten unruhig, und sie rutschte auf ihrem Platz hin und her. Der Privatdetektiv hatte das Gefühl, daß sie ihm nicht hundertprozentig die Wahrheit sagte oder zumindest etwas verschwieg. Zum Beispiel die Sache mit dem Bankschließfach. Aber Jo wollte erst noch abwarten, bevor er damit herauskam.

Plötzlich sagte sie: »Ich sehe keinen großen Sinn darin, wenn Sie auch noch in dieser Sache herumrühren, Mister Walker.«

Jo hob die Augenbrauen. »Es wundert mich, daß Sie das sagen!«

»Was könnten Sie herausfinden, das die Polizei nicht auch früher oder später herausbekommt?« konterte Karen Tierney.

»Nun, Ihr Mann hat das offenbar anders beurteilt.«

»Überlassen Sie die Sache der Polizei!«

»Merkwürdig, daß Sie so denken, Mrs. Tierney.«

»Warum?«

»Weil es meiner Erfahrung nach so ist, daß Angehörige um jeden Preis diejenigen bestraft wissen wollen, die für die Tat verantwortlich sind …«

»Das ist bei mir nicht anders!« sagte sie mit belegter Stimme. »Aber ich bin realistisch. Außerdem können weder Sie noch die Polizei mir meinen Mann wiedergeben ...«

Damit hatte sie natürlich recht.

Jo erhob sich, um zu gehen. »Haben Sie ein Bild von ihm?«

»Ja, aber ...«

»Dann geben Sie es mir bitte.«

Sie zögerte. »Sie wollen nicht lockerlassen, oder?«

»Ich habe einen Auftrag.«

»Und wenn ich Ihnen diesen Auftrag wieder entziehe?«

»Darauf würde ich mich nie einlassen, Mrs. Tierney. Der Auftrag war der Letzte Wille Ihres Mannes. Und den werde ich respektieren.«

Sie nickte. Eine seltsame Anspannung hatte sie erfaßt, die Jo sich nicht ganz erklären konnte.

»Ich hole Ihnen ein Foto«, sagte sie. Als sie zurück war und Jo ein Foto von Tierney gegeben hatte, fragte Walker: »Liegt es vielleicht am Geld, daß Sie mir den Auftrag entziehen wollten? Darüber könnten wir reden ... Ich muß nicht gleich mein Auto verkaufen, wenn ich auf den Scheck verzichte.«

Sie schüttelte den Kopf und vermied es dabei, Jo in die Augen zu sehen. »Nein«, meinte sie. »Darum geht es nicht.«

»Haben Sie einen Job?«

»Nein. Ich werde mir etwas suchen müssen.«

»Und eine Lebensversicherung?«

»Alles futsch. Steve hat eine Hypothek darauf aufgenommen, als wir uns die neue Wohnungseinrichtung gekauft haben. Außerdem war ich letztes Jahr ein paar Wochen im Krankenhaus, das ging auch ganz schön ins Geld. Deshalb wunderte es mich ja, daß Steve Ihnen ein solches Honorar zahlen konnte!«

»Wie gesagt, wir können darüber reden.«

»Ich bin keine Bettlerin!« rief sie empört.

»So war es auch nicht gemeint!«

Sie gingen zur Tür.

»Wir werden uns sicher bald wiedersehen«, meinte Jo. »Tut mir leid, daß ich Ihnen das nicht ersparen kann.«

»Das braucht Ihnen nicht leid zu tun.«

Als Jo die Wohnung verließ, kam ein etwa zehnjähriger Junge das halbe Dutzend Stufen bis zur Haustür heraufgerannt. Das mußte Michael dein.

Karen Tierney nahm ihren Sohn voller Erleichterung in die Arme. »Ich bin froh, daß du da bist«, sagte sie.

Michael schaute zu Walter hinüber und unterzog ihn einer kritischen Musterung. »Wer ist der Mann?«

»Ein Privatdetektiv«, erklärte seine Mutter.

Der Junge musterte Jo ein paar Sekunden lang und ging dann ins Haus.

Captain Tom Rowland und Jo Walker waren seit vielen Jahren befreundet, aber der Police Captain schien sich heute nicht besonders zu freuen, den Privatdetektiv wiederzusehen.

Er fegte wie eine Dampfwalze durch das Morddezernat, in der einen Hand einen Kaffeebecher, in der anderen einen Stapel Unterlagen. Als er Jo sah, stoppte er ziemlich abrupt, verdrehte die Augen und seufzte.

»Wenn du auftauchst, Jo, dann bedeutet das meistens Arbeit für mich! Aber ich sage dir gleich: Ich stecke bis zum Hals in Arbeit!«

Jo lachte. »Na, da geht es dir wie mir, Tom!«

»Vielleicht. Aber mit dem Unterschied, daß ich dir bei deinem Job helfen soll, während du mich von meinem abhältst!«

»Na, na, übertreibst du nicht ein bißchen?«

Rowland schüttelte den Kopf. »Kaum! Eher im Gegenteil!«

»Meistens war es doch so, daß wir beide profitierten, wenn wir zusammen an einem Strang gezogen haben, Tom!«

»Wie auch immer, du läßt dich doch nicht abwimmeln! Also komm mit! Einen Kaffee kann ich dir allerdings nicht anbieten. Unsere Maschine ist kaputt. Ich hatte das Glück, den letzten Becher abgekriegt zu haben!«

Wenig später waren sie in Rowlands Dienstzimmer. Der Captain hatte sich hinter seinem Schreibtisch ächzend niedergelassen, während Jo es vorzog, stehen zu bleiben.

»Worum geht es, Jo? In welche Akte willst du einen unerlaubten Blick werfen?« feixte Tom.

Jo machte eine wegwerfende Handbewegung. »Sagt dir der Name Tierney etwas?«

»Natürlich. Ein Fall unter vielen, der darauf wartet, gelöst zu werden. Was hast du damit zu schaffen?«

»Ich suche Tierneys Mörder.«

Rowland lachte heiser. »Was du nicht sagst! Dasselbe gilt auch für mich!«

Er fuhr mit seinem Bürostuhl einen Meter zur Seite und hatte eine Sekunde später eine Akte in der Hand, die er anschließend Jo hinüberreichte. »Unverbindlich zur Ansicht!« sagte er. »Der Killer ist auf Nummer Sicher gegangen und hat mehrfach abgedrückt. Wahrscheinlich hat er einen Schalldämpfer benutzt.«

Walker hob die Augenbrauen. »Ein Profi?«

»Ist nicht auszuschließen. Dafür spräche auch, daß es am Tatort – Tierneys Büro – keinerlei Spuren gibt. Keinen Fingerabdruck, gar nichts.«

»Hat der Mörder Tierneys Unterlagen durchsucht?«

»Gründlich! Woher weißt du das?« Jo zuckte die Achseln. »Ich zähle einfach zwei und zwei zusammen, das ist alles.« Er langte in die Innentasche seines Jacketts und holte den Brief heraus, den der Notar Reynolds ihm übergeben hatte. Er gab Rowland das Papier. »Tierney muß geahnt haben, daß es jemand auf ihn abgesehen hatte. Und es hängt wahrscheinlich mit seinem letzten Fall zusammen.«

Rowland nickte. »Tierney hat sich eine Schießerei mit dem Killer geliefert. Das heißt, daß er wußte, daß es ihm an den Kragen gehen würde. Hast du dir das Bankschließfach mal angesehen?«

»Habe ich. Es war leer. Die Witwe hat es leer geräumt, aber sie weiß angeblich nicht, woran ihr Mann gearbeitet hat. Was weißt du bisher über Tierney?«

Rowland hob die Schultern.

»Nun, er ist eine Art Schmalspurschnüffler gewesen. Ein kleiner Fisch im großen Teich New York. Jedenfalls geht das aus seinen Ermittlungsunterlagen hervor. Untreue Ehemänner und Ladendiebe, manchmal auch Personen- und Objektschutz.«

»Und seine Auftraggeber?«

»Privatleute, manchmal mittlere und kleine Firmen.« Tom Rowland deutete auf die Akte. »Steht alles darin. Lieutenant Browne war ziemlich fleißig, leider hat er aber bislang noch keinen hier aufs Revier geschleppt, von dem man annehmen kann, daß er der Mörder war!«

Jo schlug die Akte auf. »Ich werde mir ein paar Sachen herausschreiben!« kündigte er an. »Zum Beispiel das Kaliber der Mordwaffe oder die Liste der Klienten. Aber vermutlich hatte der Mörder bei seiner Suchaktion dafür gesorgt, daß sein Name nicht auf dieser Liste stand.«

»Hat Tierney eigentlich mal jemanden in den Knast gebracht oder sonstwie übel mitgespielt?« fragte der Privatdetektiv nach einiger Zeit, während er Kugelschreiber und Notizblock aus der Jackentasche holte.

»Nicht, daß wir bisher wüßten, Jo. Wie gesagt, die großen Sachen waren nicht sein Feld.«

»Und Informanten? Jeder Private Eye hat seine Spitzel, um an die Informationen heranzukommen, die einem sonst kein Mensch geben würde ...«

»In seinen Akten haben wir darüber nichts gefunden.« Prustend erhob sich Tom und walzte bis zum Fenster, wo er kurz stehenblieb, um hinaus ins Freie zu blicken. Dann drehte er sich zu Jo um. »Ich will dich ja nicht entmutigen, aber ...«

»Aber was?« hakte Jo nach.

»Du weißt, daß wir nicht alle Morde aufklären können – und dieser hat gute Chancen, dazuzugehören! Keine Spuren, keine Täterbeschreibung, nichts Greifbares. Wenn sich herausstellt, daß der Killer wirklich ein Profi ist, dann könnte er längst über alle Berge sein! Wenn Tierny ein Drogendealer wäre, würde man die Sache schnell in der Schublade Bandenmorde ablegen.«

»Tierney war aber kein Dealer, soweit ich weiß.«

»Aber ein Mann, der sich gezwungenermaßen auf beiden Seiten der Grenze, die das Gesetz zieht, auskannte. Woher wissen wir, ob er nicht auch auf der anderen Seite des Zaunes gegrast hat?«

»Richtig«, murmelte Jo. »Das wissen wir nicht. Aber ich kriege es heraus, darauf kannst du Gift nehmen!«

Rowland hob die Arme. »Ich hoffe, du laßt es mich dann wissen!«

Jo grinste. »Aber nur, wenn dir das nicht zuviel Zeit raubt und dich von deinem Job abhält!«

Michael mußte mit seinem Fahrrad abrupt abbremsen, um den Mann nicht anzufahren, der mitten auf dem Gehweg stand.

»Paß doch auf!« knurrte dieser mürrisch.

»Entschuldigung!«

Einen Augenblick lang begegneten sich ihre Blicke, und der Junge erschrak unwillkürlich. Der Mann war hochgewachsen und sehr schlank, was noch dadurch unterstrichen wurde, daß er einen enganliegenden dunkelgrauen Mantel trug. Sein Gesicht war von ungesund wirkender Blässe. Als er den Jungen sah, zuckte unterhalb des linken Auges ein Muskel. Aber das war gar nicht das eigentlich

Erstaunliche. Das waren die Augen. Jedenfalls für den Jungen. Diese Augen schienen ihn geradezu zu durchbohren. Eine fast hypnotische Kraft ging von ihnen aus und verhinderte, daß Michael sich abwandte.

Auf einmal war dem Jungen klar, daß er diesen Mann nicht mochte. Er konnte nicht sagen, weshalb eigentlich. Es war einfach so.

»Ist noch was?« fragte das Bleichgesicht.

»Nein, Sir!« stammelte Michael.

»Warum glotzt du mich dann so an?«

Dem Jungen fiel auf, daß der Mann Handschuhe trug, obwohl es gar nicht so kalt zu sein schien, daß das nötig war.

Der Mann ging an dem Jungen vorbei und die Stufen hinauf. Michael konnte nicht anders, als hinzusehen, denn das waren die Stufen, die zu ihrer Wohnung führten.

Seine Mum schien den Mann zu erwarten. Jedenfalls stand sie plötzlich in der offenen Haustür.

»Tag, Mrs. Tierney!« sagte der Mann.

Sie schien sich nicht sehr über den Besuch zu freuen. »Was wollen Sie?« fragte sie gereizt.

»Ich will mich nur erkundigen, ob Sie sich meinen Vorschlag überlegt haben!«

Sie nickte. Und dann sah sie ihren Sohn mit dem Fahrrad. Der bleiche Mann drehte sich halb herum und verzog das Gesicht zur schwachen Ahnung eines Lächelns.

»Ihr Junge?« fragte er. Sein Mund wurde breiter. Sie brauchte gar nichts zu sagen. Er wußte, daß es ihr Junge war.

»Ich habe es mir überlegt«, sagte sie. »Ich bin einverstanden.«

»Das freut mich. Auch für Ihren Jungen! Für ihn ganz besonders – wenn Sie verstehen, was ich meine!«

»Es gibt da allerdings noch ein Problem«, sagte sie.

»So?«

»Nicht hier!«

Sie gingen ins Haus, aber Michael hatte kein gutes Gefühl dabei, seine Mutter mit diesem Mann allein zu wissen.

Wenig später kam er wieder ins Freie und schloß die Tür hinter sich. Mum kam nicht heraus. Der Mann blickte sich nach beiden Seiten um und lief dann zu seinem Wagen, den er am Straßenrand abgestellt hatte. Es war ein Porsche.

Jo Walker parkte den champagnerfarbenen 230 SLK am Straßenrand und hoffte, kein Strafmandat dafür zu bekommen. Er stieg aus. Dann sah er einen langgestreckten Lockenkopf, der ihm nur zu gut bekannt war.

Es war Lieutenant Browne – und das hieß, daß der Privatdetektiv hier auf jeden Fall richtig war. Browne bemerkte Jo erst, als dieser ihn schon fast erreicht hatte. Der Lieutenant machte einen etwas übernächtigten Eindruck, schien aber sonst ganz gut gelaunt zu sein.

»Sagen Sie bloß, Sie arbeiten auch an der Sache, Walker!«

»Allerdings!«

»Da oben ist es passiert!« Browne deutete an der Hausfassade hinauf. Jo konnte sich denken, was der andere meinte. In einem Fenster war die Scheibe zerstört. Dort mußte Tierney sein Büro gehabt haben. »Die Wucht der Geschosse hat ihn aus dem Fenster geschleudert ...«, war der Lieutenant zu hören. Wo Tierney aufgekommen war, brauchte Jo niemand zu sagen. Es hatte an den letzten Tagen nicht geregnet, und deshalb waren die Kreidemarkierungen noch ganz blaß zu sehen.

Jo deutete hinauf. »Das Büro ist versiegelt, nehme ich an ...«

»Richtig.«

»Ich würde mich dort gerne mal umsehen!«

»Sie werden nichts finden, Walker. Die Spurensicherung hat auch nichts entdeckt. Der Killer war so penibel, daß er sogar seine Patronenhülsen wieder eingesammelt haben muß!«

»Trotzdem.«

Browne seufzte. »Wenn Sie mir eine Zigarette geben! Ich habe meine im Büro liegenlassen.«

»Wenn's weiter nichts ist!«

Sie gingen hinauf in den siebten Stock, und Browne entfernte das Siegel. Dann ging die Tür auf. »Sie können sich gerne umsehen«, meinte Browne. »Die Spurensicherung hat jeden Fetzen untersucht. Kaputtmachen können Sie also nichts, Walker!«

»Danke!«

»So war's nicht gemeint!«

Jo ließ den Blick über das Chaos gleiten, das hier herrschte. »Wie lange hatte der Täter Zeit?« fragte Jo.

»Um 23.47 Uhr wurde ein Schuß gehört, und laut Protokoll war der erste Streifenwagen um 00.01 Uhr am Tatort.« Browne zuckte mit den Achseln. »Ich habe mich schon hundertmal gefragt, wonach er hier wohl gesucht haben könnte! Besonders schien er sich für Fotos zu interessieren ...«

Jo hob die Augenbrauen. »Wie kommen Sie darauf?«

»Der Killer hat die Akten nur kurz durchgesehen, aber wenn Fotos darin waren, sind sie herausgenommen und auf dem Boden verstreut worden.«

»Und die Kamera?«

»Welche Kamera?«

»Wenn Tierney Fotos gemacht hat, muß er eine Kamera gehabt haben. Wo ist die?«

»Wir haben keine gefunden, Walker! Weder hier in seinem Büro noch in seinem Wagen! Vielleicht hat der Killer sie mitgenommen!«

Jo nickte. »Wäre möglich.« Dann nahm er sich die Schreibtischschublade vor, für die sich der Mörder nicht so sehr interessiert zu haben schien. Sie war prall gefüllt mit Quittungen und Belegen, die Steve Tierney wahrscheinlich für die Steuererklärung gesammelt hatte.

Jo holte die Schublade ganz aus ihren Halterungen heraus und stellte sie auf den Tisch.

»Was haben Sie vor?« fragte Browne.

»Tierneys letzter Fall interessiert mich. Vielleicht hat er ja in letzter Zeit irgendwelche Anschaffungen gemacht, die damit zu tun haben!«

Ein paar Minuten hatte Jo gewühlt, dann hielt er tatsächlich etwas in den Händen. Es war die Quittung für eine Kleinbildkamera, kaum eine Woche alt. Und dann war da noch etwas: Subway-Fahrscheine. Die meisten davon gingen in dieselbe Richtung.

»Sehen Sie sich das an«, meinte Jo, nachdem er eine ganze Weile in den Belegen herumgewühlt hatte. »In den Wochen vor seinem Tod ist Tierney fast täglich zur Wall Street gefahren ...«

Browne runzelte die Stirn. »Zeigen Sie her!«

»Nach allem, was ich bisher über Tierney gehört habe, wäre die Bowery eine plausiblere Adresse!« meinte Jo. »Ich frage mich, was er so oft in der Wall Street zu suchen hatte.«

Browne zuckte mit den Achseln.

»Vielleicht hatte er einen Nebenjob als Broker!« Das war natürlich nicht ernst gemeint. Aber nur, um die Zeit totzuschlagen oder sich die New Yorker Börse von außen anzusehen, war Tierney sicher auch nicht dort gewesen.

»Ich schätze, er hat jemanden beschattet«, murmelte Jo. Fragte sich nur, wen – schließlich war die Auswahl unter den zigtausend Menschen, die täglich in Wall Street und Umgebung arbeiteten, ja mehr als groß.

Als Jo ein paar Minuten später wieder im Wagen saß, meldete sich April per Funktelefon. »Hallo, Jo!«

»Na, wie steht's?«

»Wie schon! Es gibt nun wirklich Vergnüglicheres, als einen halben Tag vor einem Haus zu sitzen und darauf zu warten, daß jemand bei Mrs. Tierney zu Besuch kommt!«

»Ist denn wenigstens jemand gekommen?«

»Allerdings! Ich habe ein paar Bilder gemacht! Es dürfte nicht allzu schwer sein, herauszukriegen, wer das gewesen ist!«

Wenigstens ein vager Ansatzpunkt! dachte Jo.

Der Fotoladen war nicht besonders groß und an einer Straßenecke gelegen. Der bleichgesichtige Mann sah sich nach einem Parkplatz um, bemerkte aber, daß im weiteren Umkreis keine Chance war, seinen Porsche legal abzustellen. So stellte er sich ins Parkverbot. Die Sache würde nicht lange dauern. Unwahrscheinlich, daß man ihn gerade in diesen paar Minuten aufschreiben würde …

Als der bleiche Mann eintrat, sah er hinter dem Tresen einen stämmigen, untersetzt wirkenden Mann mit Halbglatze, der das Bleichgesicht eingehend musterte.

»Was wünschen Sie?« fragte der Untersetzte.

Der Eingetretene legte einen Belegschein auf den Tresen. »Ich möchte diese Bilder abholen, Mister.«

»Für welchen Namen?«

»Mister Steve Tierney!«

Der Untersetzte nahm das kleine Stück Papier, warf einen prüfenden Blick darauf und meinte dann: »Sie sind nicht Mister Tierney! Ich kenne ihn seit Jahren, er ist einer meiner Stammkunden.«

»Und wennschon«, sagte der Fremde. »Ich habe den Beleg. Das dürfte doch genügen, oder?«

Der Fotohändler schüttelte den Kopf. »Nein, für mich nicht.«

»Hören Sie …« Das Bleichgesicht beugte sich etwas über den Tresen, dabei ging sein Blick seitwärts. Eine Frau stand an einem Ständer mit Fotoalben und war darin vertieft, sich eines davon auszusuchen. »Ich arbeite in Mister Tierneys Auftrag!«

»Reden Sie keinen Unfug!«

»Das ist kein Unfug!«

»Mister Tierney hat mich ausdrücklich angewiesen, alle Fotos, die er zu mir gibt und entwickeln läßt, nur ihm persönlich auszuhändigen. Und daran halte ich mich! Kapiert? Wie Sie an den Beleg kommen, ist mir im übrigen auch ziemlich schleierhaft, wenn ich ehrlich sein soll!«

Jetzt kam die Frau mit einem der Alben und bezahlte es. Indessen stand das Bleichgesicht ziemlich unruhig da. Der Muskel unter dem linken Auge zuckte. Der Kerl wartete, bis die Frau weg war. Zeugen konnte er nicht brauchen.

»Was wollen Sie eigentlich noch, Mister?« maulte der Geschäftsmann ziemlich ungehalten, als die Frau den Laden verlassen hatte. »Ich habe doch gesagt, daß ich Ihnen nicht helfen kann!« Dann sah er die Pistole in der Hand des Bleichgesichts, dessen Mund sich ein wenig verzog.

»Wirklich nicht?« meinte er sehr leise und sehr bedrohlich.

Der Fotohändler schluckte und begann plötzlich zu schwitzen. »Ich weiß nicht, ob Sie wissen, was Sie da tun ...«, murmelte er dann, offenkundig, um Zeit zu gewinnen.

Dem Bleichgesicht entging die kaum merkliche Wanderung keineswegs, die sein Gegenüber mit der Linken ausführte. Ein Alarmknopf, eine Waffe, irgend etwas in der Art, so war zu vermuten.

»Die Hände nach oben!«

Der Händler gehorchte nicht. Seine Hand wanderte nur um so schneller an der Kante des Tresens nach links.

Der abgedämpfte Schuß kam leise und tödlich.

Zweimal feuerte das Bleichgesicht. Der Fotohändler wurde zurückgerissen. Er versuchte, sich an den Regalen festzuhalten, die sich hinter dem Tresen befanden, und fegte dabei einige Kameras herunter, ehe er selbst zu Boden rutschte. Er saß reglos und mit starren Augen da und war ohne Zweifel mausetot.

Der Mörder sah kurz zur Eingangstür des Ladens hinüber. Aber es schien, als hätte er einen günstigen Zeitpunkt für seine Tat erwischt. Es war niemand zu sehen. Er steckte die Waffe beiseite und ging dann auf die Seite des Tresens. Um an die Bilder heranzukommen, die aus dem Großlabor eingetroffen waren, mußte er über die Leiche steigen, trat dabei in die Blutlache, die sich indessen gebildet hatte.

Der Killer brauchte nur unter TIERNEY nachzuschauen, und dann hatte er schon, was er suchte: Steve Tierneys wahrscheinlich letzten Film samt Negativen. Er verzichtete darauf, den Inhalt des kleinen Tütchens zu überprüfen, denn er durfte jetzt keine Zeit verlieren.

Mit schnellen, entschlossenen Schritten lief er ins Freie.

Einen Augenblick später saß er schon am Steuer seines Porsche, ließ den Motor aufheulen und trat kräftig auf das Gaspedal.

Dieser Job war erledigt! Alles, was irgendwie gefährlich werden konnte, war jetzt in sicheren Händen!

Blieb nur ein Problem, das noch einer Lösung bedurfte. Das Problem hieß Jo Walker.

Als Jo seinen 230 SLK auf dem Bürgersteig parkte, ahnte er schon, daß vielleicht jemand anders schneller als er gewesen war. Sein Ziel war der Fotoladen an der Ecke. Tierneys Kameraquittung war dort ausgestellt worden, und da der Detektiv kein eigenes Labor hatte, mußte er seine Bilder irgendwo entwickeln lassen. Vielleicht war dies die richtige Adresse.

Aber vor dem Laden war schon eine mittlere Menschentraube. Etwas war dort geschehen, und es konnte noch nicht allzuviel Zeit vergangen sein. Die Polizei war noch nicht am Ort des Geschehens.

Jo kam näher, sah die Blutspuren auf dem Bürgersteig. Er drängte sich durch die Leute hindurch und stand wenig später im Laden. Und dann war ihm klar, was geschehen sein mußte.

»Hat schon jemand die Polizei gerufen?« rief Jo in das allgemeine Gemurmel hinein. Es meldete sich niemand. Einige schauten weg. Die meisten wollten mit der Sache einfach nichts zu tun haben.

Jo sah, daß der Mann hinter dem Tresen tot war. Der Privatdetektiv ging zum Telefon, nahm den Hörer ab und wählte Rowlands Nummer.

Dann sah er sich ein bißchen um. Die Kasse hatte der Täter nicht angerührt, statt dessen aber in den noch nicht abgeholten Fotos herumgewühlt.

Jo sah die Blutspuren auf dem Boden. »Nichts anrühren! Und gehen Sie ein Stück zurück!« wies er die Leute an.

»Ich habe den Kerl gesehen!« meldete sich eine Frau.

Jo wurde hellhörig. »Erzählen Sie!«

Die Frau war Mitte Vierzig und ziemlich aufgeregt. Sie hatte sich erst vor wenigen Sekunden durch die Umstehenden gedrängt und war ziemlich blaß, seit sie die Leiche des Fotohändlers gesehen hatte.

»Ich habe hier ein Fotoalbum gekauft und bin dann gegangen. Am

Tresen stand ein Mann. Sehr schlank und ganz bleich im Gesicht. Er hatte irgendwie eine ungesunde Gesichtsfarbe. Ich habe nicht verstanden, worum es ging, aber er hat Mister Grey ziemlich bedrängt.« Sie schluckte. »Er ist es gewesen, Sie müssen mir glauben!« Sie sah Jo beschwörend an.

Jo blieb gelassen. »Woher wollen Sie das wissen?« fragte er.

»Habe ich das nicht gesagt?« Sie fuhr sich nervös durch die Haare. »Ich bin noch einmal zurückgekommen, weil ich meine Tasche vergessen hatte.« Sie deutete zu dem Ständer mit den Fotoalben. »Sehen Sie, da steht sie ja! Als ich um die Ecke kam, sah ich, wie dieser Mann aus dem Laden lief. Er lief ziemlich schnell und stieg dann in seinen Wagen.«

»Was für einen Wagen?«

»Einen Porsche.«

Jo pfiff durch die Zähne. »Die Nummer haben Sie nicht?«

»Nein, Sir! Ich war viel zu aufgeregt.«

»Verstehe.«

Irgendwo im Hintergrund war jetzt die Sirene eines Streifenwagens zu hören, sie wurde rasch lauter.

Am späten Nachmittag tauchte Tom Rowland bei Jo und April in der Agentur auf.

»Was gibt's, Tom? Ausnahmsweise mal ein reiner Freundschaftsbesuch?« fragte April keck, obwohl sie sich an zwei Fingern ausrechnen konnte, daß es nicht so war.

Tom Rowland grinste über das ganze, breite Gesicht, von einem Ohr bis zum anderen. Für Jo hieß es, daß es eine Spur gab.

»Ich habe mich um die Autonummer dieses Porsche gekümmert!« sagte Tom mit großspuriger Geste. »Er gehört einem gewissen Clint Leonard. Und der ist beileibe kein unbeschriebenes Blatt! Einbruch, Körperverletzung und ein paar andere Kleinigkeiten stehen bei ihm auf dem Konto. Mit Rauschgift hat er es auch mal versucht, aber die etablierten Herren in der Branche haben ihm so gewaltig in die Suppe gespuckt, daß er den Appetit daran verloren hat.«

»Und was macht er heute so?«

Tom Rowland prustete. »Er ist nicht mehr aufgefallen. Bei jemandem wie Leonard ist das allerdings nur ein Zeichen dafür, daß er geschickter geworden ist ... Aber wenn er in der Sache drinhängt, dann wohl als Handlanger.«

»Was ist mit dem Fotohändler? Ist er mit derselben Waffe getötet worden wie Tierney?«

»Der Bericht steht noch aus, Jo. Und vor morgen mittag rechne ich auch nicht damit. Aber was hältst du davon, daß wir Leonard mal einen Besuch abstatten?«

»Freiwillig wird er uns nichts über seine Hintermänner sagen!«

»Ich kann ihn festnehmen, Jo!« Er holte ein Stück Papier aus der Jackentasche und hielt es dem Privatdetektiv hin.

»Ein Haftbefehl?«

»Ja. Nachdem diese Frau aus dem Laden Leonard in unserer Kartei wiedererkannt hat, war das kein Problem mehr. Und wenn er erst einmal im Loch sitzt, wird er sich schon überlegen, ob er wirklich alles allein auf sich nehmen will!« Rowland klopfte Jo auf die Schulter. »Ich dachte, du wärst vielleicht gerne dabei!«

Clint Leonard bewohnte ein Apartment in attraktiver Lage. Das hieß, daß seine Geschäfte – was immer darunter auch zu verstehen war – ganz gut laufen mußten. Sie waren zu viert, als sie dort auftauchten: außer Jo und Rowland noch zwei Detectives.

»Bin wirklich mal gespannt, was der Kerl uns zu sagen hat!« meinte Rowland, während er die Klingel an der Apartmenttür drückte. Seine Rechte wanderte dabei in Richtung des 38er Special, der er unter dem Jackett bei sich trug.

Man konnte nie wissen.

Wenn Leonard wirklich der Mann war, den sie suchten, dann hatten sie es mit jemandem zu tun, der seine Waffe schnell und sicher zu gebrauchen wußte. Und vor allem nicht lange fackelte, ehe er den Abzug betätigte.

Auf das Klingeln reagierte niemand.

»Aufmachen! Polizei!« dröhnte Rowland. Jo hatte die Automatic schon in der Hand.

Zwei, drei Sekunden verrannen.

Dann ging die Tür schließlich doch noch auf. Eine junge, gutaussehende Frau im Bademantel und mit nassen Haaren öffnete die Tür einen Spalt, löste aber noch nicht die Kette.

»Was wollen Sie?«

Sie bekam Rowlands Ausweis unter die Nase gehalten. »Machen Sie auf!« wies der Captain sie nochmals an, und sie gehorchte.

Die Männer ließen sie einfach stehen und sahen sich in der Wohnung um. Von Clint Leonard keine Spur. Es gab keinen Fluchtweg, und über den Balkon wäre jede Flucht aussichtslos gewesen – selbst für Akrobaten und Bergsteiger. Jo steckte die Automatic ein.

»Wo ist Clint Leonard?« fragte der Privatdetektiv.

»Ich weiß nicht, wen Sie meinen!«

»Verkaufen Sie uns nicht für dumm! Sie werden ja wohl noch wissen, in wessen Wohnung Sie sich unter die Dusche stellen, oder?«

Sie lief rot an; nicht aus Verlegenheit, sondern aus Ärger.

»Wer sind Sie?« fragte nun Rowland die Schöne, die ihn trotzig musterte. »Oder wollen Sie lieber, daß wir das bei mir im Büro klären?«

Sie warf den Kopf in den Nacken. »Grace Dickins«, sagte sie.

»Wohnen Sie hier?«

»Was dagegen?«

»Wann kommt Leonard zurück?«

»Keine Ahnung. Was wollen Sie denn von ihm?«

»Er hat einen Mann umgebracht«, mischte sich Jo ein.

Sie zuckte nur mit den Schultern. Es schien sie nicht allzusehr zu berühren. »Wie gesagt«, meinte sie. »Ich weiß weder, wo er steckt, noch, wann er zurückkommt. Er sagt mir nie etwas!«

»Wir warten hier!« grunzte Rowland. Er wandte sich an die beiden Detektive. »Seht euch ein bißchen um, Leute! Vielleicht finden wir etwas!«

Die junge Frau stemmte die Arme in dic Hüften. »Dürfen Sie das überhaupt?«

Rowland hielt ihr den entsprechenden Wisch unter die Nase. »Wir dürfen«, sagte er.

Jo musterte sie währenddessen. *Sie überlegt, wie sie Leonard warnen kann!* ging es ihm durch den Kopf. In ihr schien es fieberhaft zu arbeiten. Jo spürte es ganz deutlich. Sie würde die erste Gelegenheit ausnutzen. Man mußte auf sie aufpassen.

Dann kam einer der Detektive mit einem Paar Schuhen in der Hand. Schwarze Schnürschuhe waren es. Sie waren frisch gewienert worden, aber das hieß nicht unbedingt, daß man mit ihnen nichts anfangen konnte. »Die könnten zu den blutigen Fußspuren passen, die am Tatort zu sehen waren!« meinte der Detektiv. »Die richtige Schuhgröße ist es jedenfalls!«

Indessen hatte sich Jo am Fenster postiert. Er sah einen Porsche herankommen und den Fahrer nach einem Parkplatz suchen. »Er kommt!« stellte der Privatdetektiv fest.

Grace Dickins wurde von Rowland ins Hinterzimmer geführt. »Wenn Sie einen Ton sagen, bekommen Sie den allergrößten Ärger, haben Sie mich verstanden?«

Sie antwortete nicht, befreite nur ihren Arm mit einer ruckartigen, trotzig wirkenden Bewegung aus dem Griff des Captains.

Die beiden Detektive zogen ihre 38er und postierten sich so, daß sie die Tür im Auge hatten. Jo stellte sich direkt neben die Tür und preßte sich an die Wand. Die Automatic hielt er mit beiden Händen umklammert.

Die Sekunden verrannen.

Dann drehte sich ein Schlüssel geräuschvoll herum, und die Tür ging auf. Aber nur einen Spalt weit. Grace Dickins schrie aus dem Hinterzimmer, während das bleiche Gesicht von Clint Leonard direkt in die Mündung eines Polizeirevolvers blickte.

»Keine Bewegung! Polizei!« rief der Detective vorschriftsgemäß, aber Leonard zögerte nicht den Bruchteil einer Sekunde. Seine Waffe trug er in der Manteltasche. Er feuerte einfach durch die edle Schurwolle hindurch und traf.

Ein Detective wurde nach hinten geschleudert und der Länge nach hingestreckt, während sein Kollege zurückfeuerte. Leonards Schritte waren auf dem Flur zu hören. Er rannte, was das Zeug hielt. Jo war der erste, der sich an seine Fersen heftete.

Der Privatdetektiv hatte kaum den Kopf durch die Apartmenttür gesteckt, da sausten bereits die Kugeln dicht über ihn hinweg und kratzten am Wandputz.

Leonard lief am Aufzug vorbei in Richtung Notausgang. Er kannte sich hier hervorragend aus, und das war sein Vorteil. Bevor er durch die Tür zur Nottreppe schnellte, brannte er noch ein paar Geschosse in Jos Richtung. Dann war er verschwunden.

Jo drehte sich um und wandte sich dem zweiten Detective zu, der ihm gefolgt war. »Der Kerl wird versuchen, zu seinem Wagen zu kommen!«

Der nickte. »Ich kümmere mich drum!« sagte er.

»Okay!«

Jo hetzte weiter, während der Beamte den Aufzug abwärts nahm. Mit einer energischen Bewegung lud der Privatdetektiv die Automatic durch, bevor er sich an die Tür heranwagte, die zur Feuertreppe führte. Sie stand einen Spalt offen, und Jo konnte in einen Hinterhof blicken. Als er die Tür etwas weiter öffnete, bekam er sofort die bleierne Quittung. Drei Schüsse, ganz kurz hintereinander abgefeuert, gingen hinauf zu ihm, und es blieb ihm nichts anderes übrig, als erst einmal den Kopf einzuziehen.

Dann stieß Jo mit einem Fußtritt die Tür auf und feuerte zurück. Clint Leonard hatte sich hinter einem abgestellten Lieferwagen verschanzt. Noch einen, ziemlich ungezielten Schuß feuerte er in Jos Richtung und lief dann davon.

Sein Porsche stand auf der entgegengesetzten Hausseite, und so hatte Leonard im Augenblick keine Chance, ihn zu erreichen.

Jo schnellte die Feuertreppe hinab. Seine Füße klapperten in rasendem Tempo über die Metallstufen, während er gleichzeitig den Flüchtenden im Auge behielt. Aber der war ziemlich großzügig mit seiner Munition umgegangen und hatte wohl den Inhalt seines Magazins vollständig verschossen.

Als Jo auf ebener Erde angekommen war, verschwand der bleiche Leonard gerade in einem engen Durchgang zwischen zwei Gebäuden. Der Privatdetektiv setzte zu einem Spurt an. Der Durchgang machte eine Biegung, dann kam die Straße.

Jo blieb vorsichtig und tastete sich mit schußbereiter Waffe voran. Wenig später sah er die Passanten auf dem Bürgersteig vorbeigehen und fluchte innerlich. Sicher nutzte der Kerl jetzt die Chance, in der Menge unterzutauchen.

Jo dachte trotzdem nicht daran, aufzugeben. Eine minimale Chance blieb. Er rannte los und stand ein paar Sekunden später zwischen hektischen Passanten, von denen einige etwas irritiert auf die Automatic in seiner Hand blickten.

Der Privatdetektiv drehte sich um, und dann sah er ihn, keine zwanzig Meter entfernt. Leonard kümmerte sich nicht um die Menschen um ihn herum.

Er schien seine Waffe inzwischen nachgeladen zu haben und feuerte wild drauflos, während Jo sich duckte, um sich neben einen am Straßenrand parkenden Wagen in Deckung zu hechten. Das dumpfe Geräusch der Schalldämpferpistole ging im allgemeinen Straßenlärm völlig unter. Dennoch entstand eine mittlere Panik.

Als Jo aus seiner Deckung mit angelegter Automatic hervortauchte, hatte Leonard eine junge Frau bei den Haaren gepackt, die offenbar einen Moment zuvor aus ihrem weißen Golf gestiegen war. Die Wagentür stand noch offen, und Leonard hielt die Frau jetzt wie einen Schutzschild vor den eigenen Körper.

Die Frau schrie vor Angst, aber als sie den Schalldämpfer an der Schläfe spürte, verstummte sie abrupt.

»Geben Sie auf, Leonard! Machen Sie es nicht noch schlimmer!« rief Jo, der die Automatic keinen Millimeter gesenkt hatte, obwohl er wußte, daß er sie in dieser Situation nicht benutzen konnte.

Leonard zog die junge Frau mit sich, bis er den Golf umrundet hatte und auf der Fahrerseite stand. Jo wurmte es, daß er nichts tun konnte. Bevor der Killer sich dann ans Steuer setzte, ließ er die Frau los, die schnell davonlief.

Dann folgte ein Blitzstart. Die Reifen des Golfs drehten durch, und Leonard fädelte sich ziemlich brutal in den Verkehr ein. Jemand hupte. Bremsen quietschten, und dann brauste er davon.

Jo überlegte eine Sekunde, ihm die Reifen zu zerballern, aber es waren zu viele Menschen in der Schußbahn.

Er fluchte vor sich hin, während er hinter sich ein ächzendes Geräusch hörte. Jo wandte sich um und sah Rowland japsend daherlaufen. Verfolgungsjagden waren schon aufgrund der korpulenten Figur nicht unbedingt Rowlands Stärke – zumindest, wenn sie auf Schusters Rappen durchgeführt wurden.

Nun war der Captain völlig außer Atem. »Jetzt werden wir ihn lange suchen können!« japste er resignierend.

»Ich habe mir die Nummer gemerkt«, erwiderte Jo, während er die Automatic wegsteckte. »Vielleicht nützt es ja was, den Golf zur Fahndung durchzugeben!« Aber insgeheim wußte Jo, daß nicht viel dabei herauskommen würde. Wenn Clint Leonard seinen Verstand einigermaßen beisammenhatte, dann würde er den Wagen an der nächsten U-Bahn-Station stehenlassen, um anschließend auf Nimmerwiedersehen unterzutauchen.

»Seine Hintermänner werden jetzt mehr als aufgescheucht sein«, glaubte Rowland. »Vielleicht gehen sie jetzt erst einmal eine Weile völlig auf Tauchstation. Das wird uns unser Geschäft nicht gerade erleichtern, Jo!«

»Dann müssen wir es so drehen, daß das Gegenteil dabei herauskommt!« gab der Privatdetektiv zurück.

»Daß Sie noch nervöser werden?«

»Ja, und Fehler machen.«

Sie machten sich auf den Rückweg. »Was ist mit Detective Ramirez?« erkundigte sich Jo.

Tom Rowland seufzte. »Er ist tot, Jo, und ich sage dir eins: Ich werde nicht eher ruhen, bis dieser Leonard das bekommt, was ihm zusteht!«

Clint Leonard wußte, daß er einen schlimmen Fehler gemacht hatte. Aber nun war es nicht mehr zu ändern. Er konnte allerhöchstens noch versuchen, seine eigene Haut zu retten und das Schlimmste zu verhindern ...

Leonard war mit der Subway mehr oder weniger ziellos durch die Stadt gefahren und schließlich weit oben im Norden, in der Bronx, gelandet. Seine Verfolger hatte er abgehängt, der gestohlene Golf stand irgendwo im Halteverbot und würde bald der Fahndung in die Hände fallen.

Leonard schätzte, daß er den Detective in seiner Wohnung voll erwischt hatte. Das war sein schlimmster Fehler gewesen, aber einer, der sich nicht hatte vermeiden lassen. Doch nun mußte er damit rechnen, daß die gesamte Stadtpolizei von New York heiß auf ihn war. Polizistenmord war eben immer noch etwas ganz Besonderes.

Er kaufte sich an einer Imbißstube einen Hot dog. Morgen würde sein Bild wahrscheinlich schon in der Zeitung stehen und in den Lokalnachrichten zu sehen sein. Dann würde alles schwieriger für ihn werden.

Mit dem Hot dog in der Hand ging er zur nächsten Telefonzelle und wählte eine Nummer, die er auswendig kannte.

»Hallo?« meldete sich etwas mürrisch eine Stimme, die Leonard auf Anhieb erkannte.

»Mister Lafitte? Hier spricht Clint Leonard!«

»Hatten wir nicht abgemacht, daß Sie mich unter dieser Nummer nicht anrufen, Leonard?« fragte die Stimme auf der anderen Seite etwas ungehalten. »Was fällt Ihnen ein! Verdammt, haben Sie den Verstand verloren?«

»Ich würde es nicht tun, wenn es sich vermeiden ließe!«

Lafitte atmete so tief durch, daß man es durch die Leitung hören konnte. »Na, schön!« sagte er dann. »Was gibt es?«

»Ich brauche jetzt Ihre Hilfe. Etwas Furchtbares ist geschehen! Die Polizei war in meiner Wohnung ...«

»Auf wessen Konto geht das?«

»Die Frau vielleicht ... Ich weiß es nicht. Walker war auch dabei. Er steckt seine Nase entschieden zu tief in die Sache.«

»Dann werden wir ihm eine Warnung zukommen lassen müssen«, brummte Lafitte. »Eine sehr ernste Warnung ...«

»Darum geht es jetzt nicht.«
»Worum dann?«
»Ich muß untertauchen. Und da ist noch etwas: Ich habe einen Polizisten getötet. Ich hatte keine andere Wahl ...«
Auf der anderen Seite war ein paar Sekunden lang nur Schweigen. Dann sagte Lafitte: »Damit will ich nichts zu tun haben! Ich war von Anfang an dagegen!«
»Sie müssen mir helfen!«
»So, muß ich?«
»Ich werde sonst dafür sorgen, daß ihr alle mit hineingerissen werdet! Darauf können Sie sich verlassen, Lafitte! Glauben Sie vielleicht, Sie können sich von mir die Kastanien aus dem Feuer holen lassen und mich dann einfach so fallenlassen?«
»Es ist Ihr Job, Leonard. Und Ihr Risiko.«
»Wie Sie wollen ...«
»Warten Sie! Wo sind Sie jetzt? Vielleicht finden wir eine Lösung ...«

Am nächsten Tag versuchte Jo, sich mit Karen Tierney in Verbindung zu setzen. Als er bei ihr anrief, legte sie einfach auf. Bei weiteren Versuchen nahm sie gar nicht erst den Hörer ab. Als Jo bei ihr auftauchte, tat sie, als wäre niemand zu Hause. Sie reagierte zuerst weder auf die Klingel noch auf Jos Klopfen.
Als sie schließlich doch öffnete, sah sie Jo an wie ein Gespenst. Diesmal war sie vollständig angezogen. Sie trug Jeans und einen Sweater.
Sie sagte überhaupt nichts, sondern führte ihn nur in die Wohnung.
»Was ist los mit Ihnen?« fragte Jo. Sie wandte den Kopf zur Seite und schwieg noch immer. »Ich denke, Sie haben mir einiges zu sagen ...«
Sie verzog das Gesicht. »Ach, ja?«
»Zum Beispiel wissen Sie, woran Ihr Mann zuletzt gearbeitet hat. Sie wollen es mir nicht sagen, und ich frage mich, warum.«
»Ich habe keine Ahnung, wovon Sie sprechen, Mister Walker. Und ich möchte Sie bitten, jetzt wieder zu gehen ...«
»Tut mir leid, aber so leicht werden Sie mich nicht los!« Jo nahm sich einen Stuhl und setzte sich darauf, während Karen Tierney starr vor sich hin blickte. Sie schien unter einem unglaublichen Druck zu stehen. Jo fragte sich nur, woher dieser Druck letztlich kam ... »Sie

haben das Bankschließfach Ihres Mannes geleert, dessen Inhalt eigentlich für mich bestimmt war«, stellte Jo sachlich fest.

Das ließ sie aufblicken. Sie strich sich die rote Mähne aus dem Gesicht und zog die Augenbrauen ungläubig zusammen. »Was?« fragte sie. »Ich weiß von keinem Schließfach!«

»Sie brauchen mir nichts vorzuspielen, Mrs. Tierney. Sie sind dort gesehen worden und haben Ihre Unterschrift hinterlassen.«

»Ich war nicht dort! Hören Sie.«

»Nein, Sie hören jetzt mir zu! Ich weiß nicht, woran es liegt, aber ich werde das Gefühl nicht los, daß Sie gar nicht wissen wollen, wer Ihren Mann ermordet hat!«

»Das ist eine unglaubliche Unterstellung, Mister Walker!«

»Dann entkräften Sie sie und helfen Sie mir!«

»Mein Mann ist tot, und nichts kann ihn wieder lebendig machen! Aber das Leben muß weitergehen ... Verstehen Sie, was ich meine?«

Jo schüttelte den Kopf. »Nein, ich glaube nicht.«

»Dann glauben Sie mir bitte wenigstens, daß ich Steve geliebt habe. Aber jetzt muß ich an die Zukunft denken!«

»Was bedeutet das?«

Ihre Blicke trafen sich. In ihren dunklen Augen sah Jo etwas wie Verzweiflung. Sie mußte sich sehr zusammenreißen und schien es auch nur unter größten Anstrengungen zu schaffen. Ihre Lippen waren aufeinandergepreßt. Schließlich sagte sie: »Es bedeutet, daß Sie mich in Ruhe lassen sollen, Mister Walker.«

»Wie ich darüber denke, habe ich Ihnen ja schon gesagt!« Jo erhob sich und trat näher an sie heran. Er legte ihr den Arm behutsam um die Schultern und stellte dann fest: »Ich habe den Eindruck, daß man Sie unter Druck setzt. Ist das richtig?«

»Ich weiß nicht, wovon Sie sprechen!«

»Sie wissen es ganz genau! Und ich vermute, daß Sie auch wissen, wer der Mörder Ihres Mannes ist.«

»Das ist eine Lüge!«

»Zumindest wissen Sie über seinen letzten Fall Bescheid, denn ich kann mir nicht vorstellen, daß Sie weggeschaut haben, als Sie den Inhalt des Schließfachs in den Händen hielten. Was war es? Fotos vielleicht? Ich wette, es waren Fotos. Vielleicht auch noch andere Sachen. Dinge, die jemandem einen Mord wert waren ...«

»Hören Sie auf! Ich war nicht in der Bank! Das sagte ich doch schon, verdammt noch mal! Warum glauben Sie mir denn nicht?«

»Ich würde ja gerne ...«

»Bitte gehen Sie!«

»Was ist mit dem Kerl, der Sie gestern besucht hat?«

Sie wurde bleich. »Woher wissen Sie das?«

»Was spielt das für eine Rolle?« gab Jo zurück.

»Es ist meine Sache, wen ich hier empfange, oder?«

Jo zuckte mit den Achseln. »Sicher. Aber Sie sollten sich vor ihm in acht nehmen!«

»Ich konnte immer hervorragend auf mich selbst aufpassen!«

»Der Mann heißt Clint Leonard und hat einen Fotohändler erschossen, weil dieser sich geweigert hat, Bilder herauszurücken, die Ihr Mann ihm zur Entwicklung gegeben hat ...«

Sie schluckte jetzt. »Was erwarten Sie? Daß ich vor Angst zittere?«

»Warum nicht? Sie hätten allen Grund dazu. Dieser Mann ist ein skrupelloser Killer!« Jo ließ das erst einmal wirken und fuhr dann nach kurzer Pause fort: »Clint Leonard schätze ich mehr oder weniger als Handlanger ein. Ihr Mann ist irgendeiner großen Schweinerei auf der Spur gewesen. Ich schätze, er ist per Zufall darauf gestoßen. Und vielleicht hat er geglaubt, die Hintermänner unter Druck setzen zu können – aber darüber wissen Sie sicher mehr als ich!«

Sie seufzte, stand auf und ging zum Fenster. Ihre Arme waren vor der Brust verschränkt. »Ich kann Ihnen nicht helfen, Mister Walker! Glauben Sie mir!«

»Womit erkaufen die sich Ihr Schweigen?« fragte Jo. »Sorgen die für Ihre finanzielle Zukunft?«

»Gehen Sie, Walker!«

»Oder hat man Ihnen nur versprochen, Sie in Ruhe zu lassen und Ihrem Jungen nichts zu tun?«

Tränen traten ihr ins Gesicht. Sie wischte sie hastig weg. Jo schien es ziemlich genau getroffen zu haben.

»Verstehen Sie mich doch!«

»Ich verstehe Sie. Aber ich glaube nicht, daß es richtig ist, was Sie tun.«

»Es ist ja nicht Ihr Junge, oder? Da kann man natürlich leicht große Reden schwingen!«

Jo schüttelte den Kopf. »Ich will Ihnen keine Moralpredigt halten, sondern Ihnen klarmachen, in welcher Gefahr Sie sind.«

»Lassen Sie das meine Sorge sein!«

»Was glauben Sie, wie lange das gutgeht? In dem Moment, in dem diese Leute den Eindruck haben, daß man sich auf Sie nicht mehr verlassen kann, wird man Ihnen das Licht ausknipsen!« Jo legte eine seiner Visitenkarten auf den Küchentisch. »Denken Sie darüber nach«, bat er. »Auch um Michaels willen!«

Sie wandte sich zu Jo um. Ihr Gesicht drückte jetzt Entschlossenheit aus. »Ich habe mich längst entschieden, Mister Walker! Und ich möchte, daß Sie das respektieren!«

»Ich hoffe, Sie wissen, was Sie tun!«

Während Jo ins Freie trat, sah er kurz auf die Uhr an seinem Handgelenk. Vielleicht hatte Rowland inzwischen den Bericht, der entscheiden würde, ob Clint Leonard auch Tierney auf dem Gewissen hatte. Wenn es so war, dann blieb allerdings immer noch die Frage offen, wer ihn geschickt hatte ...

Den 230 SLK hatte Jo hundert Meter weiter auf der anderen Straßenseite abgestellt. Als der Privatdetektiv schräg über die Fahrbahn ging, scherte plötzlich ein Ford aus einer Parklücke heraus, hielt direkt auf Jo zu und beschleunigte sogar noch.

Das Ganze dauerte nur wenige Sekunden.

Jo wirbelte herum und wußte, daß ihm nur noch eine einzige Chance blieb, am Leben zu bleiben. Er sprang und landete hart auf der Kühlerhaube.

Das Blech knickte unter seinem Gewicht hörbar ein. Von dem Gesicht des Fahrers war nichts zu sehen. Er hatte sich einen Damenstrumpf über den Kopf gezogen, der seine Züge wie eine groteske Fratze erscheinen ließ. Der Ford stoppte ziemlich abrupt, so daß Jo von der Haube geschleudert wurde.

Der Privatdetektiv kam hart auf dem Asphalt auf.

Jo saß in der Falle. Er war eingekeilt zwischen einem am Straßenrand abgestellten Pkw und dem Ford, dessen Motor nun aufheulte. Wenn Jo jetzt auf die Beine kam und versuchte davonzulaufen, würde er zerquetscht werden. Aber einfach liegenzubleiben, war eine genauso wenig verlockende Aussicht.

Das war kein Unfall, sondern ein Mordversuch. Der Kerl am Steuer des Fords wollte Jo töten.

Jo sah einen Reifen auf sich zuschnellen und rollte sich am Boden herum, so daß er den Bruchteil eines Augenblicks später unter dem parkenden Wagen lag.

Über sich hörte er Blech gegen Blech schrammen.

Jo rollte unter dem Pkw hinweg und kam auf der anderen Seite auf den Bürgersteig. Mit einer schnellen Bewegung riß er die Automatic unter dem völlig ruinierten Jackett hervor, während der Ford bereits rückwärts setzte und dann losbrauste.

Indessen stand Jo mit der Automatic in der Hand hinter dem parkenden Wagen und ballerte zweimal auf den Ford. Er zielte auf die Reifen, verfehlte aber knapp.

Der Ford schlug eine Art Haken mitten auf der Fahrbahn, so daß ein entgegenkommender Lieferwagen nur um Haaresbreite ausweichen konnte. Im nächsten Moment war der Ford dann mit quietschenden Reifen in eine Seitenstraße eingebogen.

Jo hörte ihn beschleunigen. Den würde er wohl nicht mehr einholen.

Eine halbe Stunde später befand Jo sich bei der Pier 1, von wo aus die Fähren nach Staten Island abgingen.

Aber diesmal schien die Fähre mit Verspätung auszulaufen – oder fürs erste überhaupt nicht mehr. Jedenfalls lag sie noch an der Pier und hinkte dem Fahrplan, der auf einem großen Plakat abgedruckt war, hinterher. Polizeiwagen parkten in der Nähe. Das ganze Gelände machte den Eindruck hektischer Aktivität.

Ein uniformierter Officer wollte Jo wegscheuchen. »Wir brauchen hier keine Schaulustigen, Mann!«

Jo zog seine Lizenz heraus und hielt sie ihm unter die Nase. »Man hat mir gesagt, daß Captain Rowland hier ist«, sagte er dazu.

Der Officer betrachtete stirnrunzelnd die Lizenz und zuckte dann mit den Schultern. »Wenn es Ärger geben sollte, werde ich alles auf Sie abwälzen!«

»Es wird keinen Ärger geben. Rowland erwartet mich!«

Das war zwar etwas übertrieben, aber auch nicht völlig an den Haaren herbeigezogen. Der Officer ließ Jo passieren. »Gehen Sie zur Fähre. Der Captain muß dort irgendwo sein!«

Wenige Augenblicke später stand Jo seinem alten Freund gegenüber. Er stand am Heck der Fähre und sah zusammen mit ein paar anderen Männern hinab in die Tiefe. Jo stellte sich neben ihn und blickte ebenfalls hinunter in das trübe Wasser des Hudson Rivers. Ein Taucher war da unten bei der Arbeit.

»Hallo, Tom! Was ist eigentlich hier los?« erkundigte sich Jo.

Rowland drehte sich zu dem Privatdetektiv um. Sein Gesicht hatte jegliche Farbe verloren. Irgend etwas mußte dem Captain ganz gehörig an die Nieren gegangen sein. Jedenfalls konnte sich Jo nicht erinnern, den Freund in letzter Zeit so gesehen zu haben.

»Was machst du hier, Jo?« fragte Rowland seinen Freund, aber er wirkte dabei abwesend.

»Browne hat mir gesagt, ich könnte dich hier treffen!« erwiderte Jo Walker.

Rowland deutete hinab. »Da unten war eine Leiche, die sich in den Schiffsschrauben verfangen hatte.« Er seufzte. »Zum Glück ist es nicht mein Job, alles zusammenzusuchen! Was ich gesehen habe, hat auf jeden Fall ausgereicht, um mir für den Rest des Tages gründlich den Appetit zu verderben!«

»Kann ich mir vorstellen ...«

»Das möchte ich bezweifeln, Jo!« Rowland wandte sich von der Reling ab und ging ein paar Schritte.

Jo folgte ihm und zündete sich dabei eine Zigarette an, was bei dem kräftigen Wind, der über die Fluten des Hudsons fegte, gar nicht so einfach war.

»Der Tote ist übrigens Clint Leonard«, sagte Rowland. »Der Schiffsführer hat sofort bemerkt, daß etwas nicht stimmte, und die Maschinen abgestellt. Wäre er weniger aufmerksam gewesen, hätten wir vielleicht Schwierigkeiten bekommen, ihn zu identifizieren, aber so war sein Gesicht noch zu erkennen ...«

Jo hob die Arme zu einer abwehrenden Geste. »Tu mir einen Gefallen und erspare mir die Details, Tom! So schön sind die nun wirklich nicht!«

Ein mattes Lächeln ging über Rowlands Gesicht. »Sorry.«

»Wie ist es passiert?« hakte Jo nach. »Wißt ihr schon etwas?«

»Er schwimmt wahrscheinlich schon die ganze Nacht im Hudson«, antwortete Tom Rowland. »Aber eins steht schon fest: Er ist nicht ertrunken, sondern starb durch einen Schuß. Noch haben wir keine Ahnung, wo das geschehen sein könnte.« Er zuckte mit den Schultern. »Er wurde umgebracht und dann ins Wasser geworfen ...«

»Ein Killer, der sein Handwerk versteht, hätte der Leiche ein paar Steine um den Hals gebunden, damit sie nicht auftaucht.«

»Und du meinst, dieser hier verstand sein Handwerk nicht so besonders?«

»Ich schätze, daß Clint Leonard für seine Auftraggeber einfach zu heiß wurde ...«

»Wie auch immer: Jedenfalls war Leonard der Mörder von Steve Tierney. Das steht nach dem Vergleich zwischen den Projektilen, die in den Körpern von Tierney, dem Fotohändler und Detektive Ramirez steckten, fest. Alle drei wurden mit derselben Waffe erschossen.«

Dann blickte Rowland an Jo hinunter. »Ich habe das Gefühl, du warst schon mal näher am Stand der Mode, Jo.«

Jo lächelte dünn. »Ich hatte eine unerfreuliche Begegnung mit einem Kerl, der es vorzog, sein Gesicht nicht zu zeigen.«

Rowland hob die Augenbrauen. »Eine Warnung an deine Adresse?«

»Ja, etwas in der Art. Vielleicht auch schon mehr ...«

Karen Tierney schaute nervös auf die Uhr. Michael hätte längst zu Hause sein müssen. Sie rief in der Schule an, aber dort war er nicht mehr. Vielleicht war er noch mit Freunden unterwegs, obwohl sie ihm eingeschärft hatte, gleich nach Hause zu kommen. Der Wagen war unglücklicherweise in der Werkstatt, sonst hätte sie ihren Sohn abgeholt.

Eine halbe Stunde, das ist nicht viel! redete sie sich ein. Das konnte alles mögliche bedeuten. Irgend etwas Harmloses vermutlich ... Aber sie konnte ihre Sorgen nicht einfach so abstreifen. Es half nichts, sich immer von neuem einzureden, daß das alles nichts bedeuten mußte. Sie hatte sich nichts vorzuwerfen. Sie hatte sich an das gehalten, was man ihr gesagt hatte, und dafür hatte man ihr zugesichert, daß ihr nichts geschehen würde. Und natürlich auch ihrem Jungen nicht. Das war das Allerwichtigste für sie.

Karen Tierney biß sich auf die Lippe und unterdrückte die Tränen, die einfach so aus ihr herauslaufen wollten. *Nur kühlen Kopf bewahren!* wies sie sich selbst an. *Nur nicht den Verstand verlieren!*

Sie hätte schreien können, aber obwohl sie allein in der Wohnung war, tat sie es nicht. Statt dessen ging sie zum Telefon und klapperte die Reihe von Michaels Freunden ab. Zumindest diejenigen, von denen sie wußte. Nichts. Immer wieder nichts.

Sie fragte sich, was sie unternehmen konnte.

Die Polizei schied aus – und dieser Walker? Nachdem sie ihn derart abserviert hatte? *Was soll's!* dachte sie. *Er weiß ohnehin schon eine Menge oder reimt es sich zusammen. Warum soll er nicht auch den Rest wissen?*

Aber wenn sie Michael wirklich in ihre Gewalt gebracht hatten, dann konnte es für den Jungen das Ende bedeuten. Skrupellose Leute waren das, denen eine Leiche mehr oder weniger keine besonderen Kopfschmerzen machte.

Plötzlich hörte sie einen Wagen vorfahren. Eine Autotür wurde geöffnet und fiel wieder ins Schloß. Dann Schritte. Sie glaubte schon fast, sich verhört zu haben, und spürte ihr Herz wie wild schlagen. Sie kannte diese Schritte ganz genau. Es war Michael.

Sie rannte zur Tür, öffnete und nahm ihren Sohn in die Arme, während sie flüchtig mit den Augenwinkeln eine Limousine davonfahren sah.

»Warum weinst du, Mum?« fragte der Junge.

»Ich weine überhaupt nicht«, behauptete sie. »Mit wem bist du gerade gekommen?«

»Mit einem Mann. Er war sehr nett und hat mich mitgenommen.«

»Aber ich habe dir doch gesagt, du sollst nicht einfach mit irgend jemandem, den du nicht kennst, mitgehen!«

»Aber er hat gesagt, daß er dich und Dad kennt, Mum!«

Sie atmete tief durch. Im Augen. blick hätte sie nicht den Nerv, das auszudiskutieren. Dann ging das Telefon.

Karen Tierney ließ es ein halbes dutzendmal klingeln, ehe sie aus ihrer Starre erwachte und sich bewegte. Mit zitternder Hand nahm sie den Hörer ab.

»Ja?«

Sie hörte das Atmen eines Menschen. Karen wollte am liebsten in die Muschel hineinschreien und den Kerl auf der anderen Seite der Leitung auffordern, sich doch endlich zu melden.

Aber sie unterließ es. Ein Kloß steckte ihr im Hals und verhinderte, daß auch nur ein einziger Ton über ihre zusammengepreßten Lippen kam. Schließlich machte es »klick!«, und die Leitung war unterbrochen.

Karen Tierney ließ den Hörer sinken und fühlte den kalten Schweiß auf ihrer Stirn. Angst kroch ihr den Rücken hinauf wie eine kalte, glitschige Qualle. Aber sie hatte verstanden.

Dies war eine Warnung, vielleicht die letzte. Man wollte ihr klarmachen, daß sie keine Chance hatte, sich herauszuwinden. Nicht die geringste! Sie konnten jederzeit zuschlagen, wenn sie wollten. Und sie wußten genau, wie Karens Achillesferse hieß: Michael.

»Ich komme einfach nicht über die Subway-Karten nach Wall Street hinweg«, murrte Jo, nachdem er sich umgezogen und frisch gemacht hatte.

Wieder und wieder war er zusammen mit April die Liste von Tierneys Klienten durchgegangen, aber keiner von diesen hatte etwas mit Wall Street zu tun. Weder Börsenmakler noch Geschäftsleute waren darunter.

Die Leute, für die Tierney gearbeitet hatte, waren von kleinerem Kaliber. Ein jiddischer Gemüsehändler zum Beispiel, dessen Laden wiederholt von einer Jugendgang heimgesucht worden war. Oder eine Frau, deren 15jährige Tochter mit dem Haushaltsgeld ihrer Mutter durchgebrannt war, um in Kalifornien als Fotomodell das große Los zu ziehen.

»Lafitte«, murmelte April. »Der Name kommt mir bekannt vor. Ich meine, im Zusammenhang mit Wall Street.«

Jo hob die Augenbrauen und warf einen Blick auf die Liste.

»Jennifer Lafitte? Sie hatte Tierney beauftragt, ihren Mann zu beschatten, der offenbar auf irgendwelche Abwege gekommen war ...«

»Nein, keine Frau. Ein Mann. Warte! Greg Lafitte heißt er, und er kommentiert auf irgendeinem Kabelsender die Börsenentwicklung. Jede Woche freitags. Chartanalyse nennt sich das ...«

Jo pfiff durch die Zähne. »Du kennst dich ja richtig aus!«

»Was dachtest du denn?«

»Siehst du dir diese Sendung regelmäßig an?«

»Immer, wenn ich Gelegenheit habe.« Sie hob die Schultern. »Weißt du, ich habe nämlich ein paar Dollars in einen Aktienfonds investiert und möchte natürlich ganz gerne darüber auf dem laufenden bleiben, was aus meinem Geld wird ...«

Jo grinste. »Sieh an ...«

»Tja, da staunst du, was?«

»Und? Ich hoffe, es hat sich für dich gelohnt!«

»Ich kann nicht klagen!« lächelte April.

»Wie wär's, wenn du mal versuchtest, die Adresse der Lafittes herauszufinden. Angenommen, Tierney hat Lafitte beschattet, weil seine Frau glaubte, er hätte etwas mit einer anderen ...«

»... und ist dabei auf etwas Größeres gestoßen?«

»Wäre doch möglich, oder?«

»Es ist ein Strohhalm, Jo. Ich hoffe, du bedenkst das!«

»Ja, aber was bleibt uns anderes? Clint Leonard hätte vielleicht interessante Dinge zu erzählen, wenn er noch leben würde ... Aber er ist tot und kann uns nicht mehr zu seinen Hintermännern führen!«

April stemmte ihre schlanken Arme in die geschwungenen Hüften. »Und was ist mit Tierneys Witwe? Kannst du es noch einmal bei ihr versuchen?«

Jo schüttelte den Kopf. »Sie hat Angst, und ich kann sie irgendwie auch gut verstehen. Schließlich hat sie einen Sohn.«

»Sie könnte Polizeischutz anfordern, Jo!«

»Du weißt doch, wie das ist, April! Man wird ihr und dem kleinen Michael kaum eine Rund-um-die-Uhr-Überwachung bewilligen, die ausreicht, um sie wirklich zu schützen.«

»Und wenn du noch mal mit Tom sprichst? Vielleicht kann er etwas machen!«

»Sie wird ihm gegenüber nie zugeben, daß sie überhaupt bedroht wird. Und dann kann er so gut wie nichts tun!«

Wenig später ging das Telefon in Walkers Agentur. Es war niemand anderes als Tom Rowland. »Wenn man vom Teufel spricht ...«, murmelte Jo. »Wenn du extra hier anrufst, gibt es wohl eine neue Spur, oder irre ich mich, Tom?«

»Erraten!« dröhnte der Captain. »Ein Pizzabäcker in der Gegend hat einen Mann beobachtet, der offensichtlich verletzt war. Am Bein. Als er ihm helfen wollte, hat der Kerl ihn mit einer Pistole bedroht und ist davongehumpelt. Das könnte unser Mann sein, denn Leonard war ja bekanntlich ziemlich schnell mit der Waffe zur Hand. Er könnte sich gewehrt und seinem Mörder noch eins verpaßt haben, bevor es ihn selbst erwischte!«

Jo pfiff durch die Zähne. Das war vielleicht ein Ansatzpunkt.

»Kann der Pizzabäcker den Kerl identifizieren?«

»Leider nein. Es war dunkel, und außerdem trug der Mann eine Schirmmütze. Aber meine Leute klappern jetzt alle Krankenhäuser und Arztpraxen ab, an die sich der Mann vielleicht gewandt haben könnte.«

»Na, da wünsche ich ihnen viel Spaß bei dieser Sisyphusarbeit!«

»Wenn ich den Jungs diese Wünsche wirklich ausrichte, wirst du dich fürs erste nicht mehr bei uns sehen lassen können, Jo!«

»Da ist noch etwas, Tom. Tierneys Witwe. Es wäre nicht schlecht, wenn sie Polizeischutz bekäme.«

Rowland atmete so schwer, daß Jo den Hörer etwas vom Ohr nahm. »Jo, du weißt, wie das ist ...«

Jo konnte sich denken, was jetzt kam. Das alte Lied vom Personalmangel und ein paar anderen Widrigkeiten, gegen die nichts zu machen war. Einen Augenblick lang hörte Jo sich die Litanei an, dann unterbrach er seinen Freund mitten im Satz.

»Sie ist unter Druck, Tom!«

»Weißt du, was meine Vorgesetzten mit mir machen, wenn das herauskommt? Ich habe ja auch noch einmal versucht, mit der Frau zu sprechen, nachdem Browne sich schon die Zähne ausgebissen hatte. Sie weiß nichts oder will nichts wissen. Und das heißt, daß ich nichts machen kann!«

»Dann laß sie beschatten«, schlug Jo vor und setzte dann ironisch hinzu: »Schließlich wissen wir ja nicht, ob nicht sie Leonards Auftraggeber war ...«

Aber das ging Rowland zu weit. »Du willst mich wohl auf den Arm nehmen?« Er seufzte. »Eine Streife alle zwei Stunden. Das ist alles, was ich machen kann!«

»Sein wöchentlicher Auftritt im Kabelfernsehen ist nicht Greg Lafittes eigentlicher Job«, berichtete April, während Jo den Mercedes startete.

Jo blickte zu ihr hinüber. »Und was ist sein Hauptjob?«

»Er leitet die Investment-Abteilung der Golden East Bank.«

»Dann dürften wir ihn um diese Zeit dort am ehesten antreffen!« schloß Jo.

Es dauerte nicht lange, bis sie die Zentrale der Golden East erreicht hatten. Viel mehr Zeit nahm es in Anspruch, sich durch die verschiedenen Vorzimmer voranzuarbeiten. Jo gab sich dabei als Mitarbeiter des Forbes-Magazins aus und behauptete dreist, einem Skandal auf der Spur zu sein, in den möglicherweise auch die Investment-Abteilung der Golden East Bank verwickelt sei. Aber natürlich wolle er vor Veröffentlichung der Story erst die Stellungnahme von Mister Lafitte dazu hören.

Das zog. Und so landeten Jo und April schließlich im Büro von Moira Jordan, Lafittes Stellvertreterin.

Moira Jordan war dunkelhaarig und hatte braune Augen. Es war schwer zu sagen, wie alt sie wirklich war. Entweder, sie hatte sehr schnell Karriere gemacht, oder sie wirkte viel jünger, als sie war. Jedenfalls hatte die Karriere nicht ihrem Aussehen geschadet. Sie sah blendend aus.

»Sie arbeiten für Forbes?«

»Ich hatte gehofft, mit Mister Lafitte sprechen zu können.«

Sie bedachte Jo mit einem Blick, der diesem aus irgendeinem Grund nicht gefiel. »Das ist leider nicht möglich, Mister ...«

»Walker.«

»Sagen Sie, habe ich Sie schon einmal gesehen?«

»Gut möglich. Wo ist Mister Lafitte?«

»Er hat sich für ein paar Tage krank gemeldet.«

»Etwas Ernstes?«

»Ich habe keine Ahnung.« Sie lächelte.

»Und es gehört auch nicht zu meinen Aufgaben, ihn auszuhorchen ... Also, entweder nehmen Sie mit mir vorlieb oder Sie gehen einfach wieder!«

Jo zuckte mit den Achseln. »Okay ...«

»Außerdem sind Sie nicht von Forbes, Mister Walker!«

»Woher wissen Sie das?«

»Instinkt. Was sind Sie? Steuerfahnder?«

»Privatdetektiv.«

Diese Auskunft schien Moira Jordan nicht im geringsten zu überraschen. Sie lächelte, und dabei blitzte es eigentümlich in ihren dunklen Augen. Sie war zweifellos eine Frau, die es faustdick hinter den Ohren hatte, auch wenn sie sich alle Mühe geben mochte, das hinter einer freundlichen Fassade zu verbergen.

»Dachte ich es mir doch«, meinte sie. »Was wollen Sie von Lafitte?«

»Das geht nur Lafitte etwas an.«

»Ich verstehe ...«, murmelte sie.

»Ich habe das Gefühl, daß dein Talent als Hochstapler auch schon besser ausgeprägt war!« spottete April später. »Sie hat dich angesehen, als ob sie von Anfang an wußte, wer du bist!«

»Wir sind uns nie begegnet«, behauptete Jo.

April grinste. »Bist du dir sicher? Oder kannst du dich nur nicht mehr erinnern? Bei den vielen Frauen, die dir über den Weg gelaufen sind, wäre das ja auch kein Wunder!«

»Sehr witzig!«

Die nächste Adresse, bei der Jo und April versuchten, Lafitte zu erreichen, war die luxuriöse Villa, in der er zu Hause war. Das Anwesen war abgezäunt.

Jo stoppte den Mercedes vor einem massiven gußeisernen Tor.

Der Privatdetektiv ließ das Seitenfenster hinabgleiten und betätigte das Sprechgerät. Eine Frauenstimme meldete sich, aber es war nur das Hausmädchen.

»Ich möchte zu Mister Lafitte«, sagte Jo.

»In welcher Angelegenheit?« kam es säuselnd zurück.

»Tut mir leid, das ist eine Sache unter vier Augen!«

Eine ganze Weile lang herrschte Schweigen am Lautsprecher. Dann war eine andere, tiefere Frauenstimme zu hören.

»Hier ist Mrs. Lafitte. Mein Mann ist nicht zu Hause. Kann ich ihm etwas ausrichten?«

»Ich glaube, der Name Steve Tierney ist Ihnen nicht unbekannt, Mrs. Lafitte …«

»Sind Sie deswegen hier?«

»Ja. Mein Name ist Walker, und ich versuche herauszufinden, wer Tierney umgebracht hat!«

»Und wie kommen Sie da auf mich?«

»Sie waren eine Klientin. Das können Sie nicht ernsthaft bestreiten. Es gibt Belege dafür. Vielleicht reden Sie auch lieber mit der Polizei, aber ich dachte, Sie wären vielleicht an Diskretion in dieser Angelegenheit interessiert!«

Das saß. Und es erfüllte seinen Zweck, denn es dauerte nur etwa zwei Sekunden, da ging das gußeiserne Tor automatisch auseinander. Jo fuhr den Mercedes bei dem imposanten Haus vor, das die Lafittes bewohnten.

»Eins steht fest«, meinte April. »Diese Klientin lag vom Einkommen her sicher weit über dem Durchschnitt, wenn man sich Tierneys Kundschaft so ansieht!« Sie stiegen aus.

Das Hausmädchen empfing sie an der Tür und führte Jo und April in ein sehr modern eingerichtetes, von A bis Z durchgestyltes Wohnzimmer. Eine Frau saß auf einem schwarzen Ledersofa. Das mußte Jennifer Lafitte sein, eine Brünette in den mittleren Jahren. Sie wirkte sportlich, hielt sich offenbar durch hartes Training fit. Der Typ dazu war sie jedenfalls, nicht nur ihres Körperbaus wegen. Sie hatte auch den passenden Gesichtsausdruck. Willensstark und entschlossen.

»Guten Tag, Mister Walker …« Sie warf einen mißtrauischen Blick zu April hinüber, in dem ein stiller, kurzer Vergleich lag. »Und wer sind Sie?«

»Das ist Miß Bondy, meine Mitarbeiterin.«

»Nehmen Sie Platz!«

»Meine Mitarbeiterin ist übrigens ein Fan Ihres Mannes, Mrs. Lafitte!« begann Jo.

»Was Sie nicht sagen!« reagierte Jennifer Lafitte sehr sarkastisch.

»Ja«, bestätigte April. »Seit ich selbst etwas in Aktien angelegt habe, versuche ich, keine seiner Sendungen zu verpassen!«

Jennifer Lafitte lachte herzhaft und fast etwas erleichtert.

»Soll ich Ihnen was sagen, Miß Bondy? Das Ganze heißt zwar Chartanalyse und klingt sehr, sehr wissenschaftlich, aber ich halte es letztlich für nicht viel genauer als Kaffeesatzleserei. Man versucht mit Hilfe statistischer Methoden Börsentrends zu ermitteln und dann vorherzusagen, wie sie sich in Zukunft entwickeln werden.« Sie zuckte mit den Achseln, setzte einen Gesichtsausdruck auf, der deutliche Geringschätzung ausdrückte, und wandte sich dann direkt an April: »Man muß daran glauben, verstehen Sie? Aber man bezahlt Greg viel dafür, daß er vor laufender Kamera einige Grafiken und Schaubilder mit etwas Börsenchinesisch kommentiert.«

»Es überrascht mich, daß Sie darüber so negativ denken«, sagte April.

»Ach, ja?« lachte sie. »Ich bin nur nüchtern genug, es als das zu sehen, was es ist! Ich lasse mir nämlich nicht gerne etwas vormachen, verstehen Sie?«

»Nur zu gut«, raunte Jo. »Haben Sie deshalb auch Mister Tierney engagiert?«

»Das geht Sie nichts an!«

»Tierney sollte Ihren Mann beschatten. Weshalb?«

»Können Sie sich das nicht selbst zusammenreimen?«

»Wie wär's, wenn Sie mir ein bißchen auf die Sprünge helfen würden, Mrs. Lafitte?«

Sie seufzte. Es war ihr anzusehen, daß sie nicht gerne darüber sprach. Nach kurzer Pause sagte sie dann in gedämpftem Tonfall: »Ich glaubte, daß er etwas mit einer anderen hätte.«

Jo hob die Augenbrauen. »Und, hatte er?«

»Kein Kommentar.«

»Wo ist Ihr Mann jetzt?« erkundigte sich der Privatdetektiv.

»In seinem Büro, nehme ich an. Oder auf irgendeinem Geschäftsessen. Wo auch immer ...«

»In seinem Büro hat er sich für ein paar Tage krank gemeldet. Ich habe mich erkundigt!«

Jennifer Lafitte verlor jetzt einen guten Teil ihrer frischen Gesichtsfarbe. »Warum fragen Sie mich nach Dingen, die Sie doch offenbar schon wissen, Mister Walker?«

Jo lächelte dünn. »Und warum lügen Sie mich an, Mrs. Lafitte?«

»Was soll das?«

»Ihr Mann will eine Verletzung auskurieren, nicht wahr? Eine Schußverletzung ...«

»Woher wissen Sie das?«

Der Detektiv hob die Schultern. »Ich habe einfach mal geraten. Jetzt weiß ich es.«

»Er ist leidenschaftlicher Sportschütze und ballert gerne im Garten herum. Leider ist ihm gestern nachmittag ein Unglück passiert. Ein Schuß hat sich gelöst und ist ihm ins Bein gegangen. Nichts Schlimmes, aber es muß ja nicht unbedingt an die Öffentlichkeit, oder?«

Jo verstand. Lafitte war jetzt sicher bei einem Arzt seines Vertrauens unter dem Messer, der ihm die Unfall-Story ohne weiteres glaubte. Das Projektil war vermutlich schon im Abfall. Warum sollte er es auch aufbewahren? Und der Rest fiel unter die ärztliche Schweigepflicht.

Es würde jedenfalls sehr schwer sein, eine solche Story zu widerlegen. Jo hatte schon seine Zweifel, ob er überhaupt auf dem richtigen Weg war.

Dann kam das Hausmädchen und brachte das drahtlose Telefon herbei.

»Sie entschuldigen mich bitte. Ich denke, es gibt nichts mehr zu sagen«, nutzte Jennifer Lafitte die Gelegenheit, ihre Gäste wieder loszuwerden.

Das ganze Zusammentreffen war ein Spiel gewesen, bei dem es darum gegangen war, soviel wie möglich von der anderen Seite zu erfahren, ohne selbst dafür allzuviel preisgeben zu müssen.

Jo und April erhoben sich und wandten sich zum Gehen, während Mrs. Lafitte den Hörer ans Ohr nahm. Sekunden später war sie bleich wie die Wand.

»Wann ist das geschehen?« fragte sie mit plötzlich brüchig gewordener Stimme. Dann flüsterte sie: »Mein Gott ...« Sie legte den Hörer auf und saß wie erstarrt da.

Jo und April waren an der Tür stehengeblieben und hatten sich noch einmal umgedreht. »Was ist geschehen?« fragte Jo.

Jennifer Lafitte blickte auf. Im ersten Moment schien es, als würde sie durch Jo hindurchblicken. Sie biß sich auf die Lippe und rang um ihre Fassung. Dann flüsterte sie: »Das war der Fahrer meines Mannes … Er sollte ihn von seinem Arzt abholen und für ein paar Tage zu unserem Landhaus in Vermont bringen …« Sie stockte, und es dauerte etwas, bis sie weitersprechen konnte. Etwas Furchtbares mußte geschehen sein. »Mein Mann ist tot!« sagte sie dann. »Auf offener Straße erschossen!« Sie schlug die Hände vor das Gesicht und begann zu schluchzen.

Jo wartete ab, bis Jennifer Lafitte sich wieder einigermaßen gefaßt hatte. Und das dauerte etwas. »Ich kann es einfach nicht fassen«, murmelte sie immer wieder und schüttelte dabei den Kopf. Sie war ansonsten sicher eine sehr beherrschte Frau, aber jetzt schien sie einem Nervenzusammenbruch nahe zu sein. Jo wollte etwas sagen, aber sie kam ihm zuvor. »Was wird hier eigentlich gespielt, Mister Walker?« fragte sie. »Sie scheinen ganz gut informiert zu sein, was meinen Mann angeht …«

»Leider nicht gut genug. Ich hatte eigentlich gehofft, daß Sie mir weiterhelfen könnten … Aber schön, wie Sie wollen! Steve Tierney, der Detektiv, den Sie engagiert hatten, hat bei seiner Arbeit irgend etwas entdeckt, das nicht für seine Augen und seine Kamera bestimmt war. Es hing vermutlich mit einem seiner letzten Fälle zusammen, warum also nicht mit Ihrem? Tatsache ist, daß Tierney Subway-Karten Richtung Wall Street gesammelt hatte, um sie steuerlich abzusetzen. Und zwar bis kurz vor seinem Tod. Wir haben uns die Liste der Tierney Klienten vorgenommen und sind dann auf Ihren Mann gekommen …«

Jennifer Lafitte atmete tief durch. »Ach, so ist das …«

»Tierney wurde von einem Killer namens Clint Leonard umgebracht, der seinen Auftraggebern jedoch zu heiß wurde und als Leiche im Hudson endete. Aber der Täter hat vermutlich eine Schußverletzung davongetragen. So wie Ihr Mann …«

Sie stand auf und verschränkte die Arme vor der Brust. Sie schien zu überlegen und kämpfte mit sich selbst. Dann hob sie schließlich den Kopf und fixierte Jo mit ihren wachen, intelligenten Augen. »Ich weiß nicht, worin Greg sich da verstrickt hatte. Wirklich nicht!«

»Verlangen Sie nicht, daß ich das glaube«, gab Jo zurück.

»Es ist aber so! Ich habe mich in geschäftliche Dinge nie eingemischt.«

»Steve Tierney wird Ihnen sicher einen Bericht geliefert haben. Fotos vielleicht. Irgendwas. Zeigen Sie mir das, und dann glaube ich Ihnen vielleicht.«

»Ich habe alles vernichtet.«

Jo runzelte die Stirn. »Weshalb?«

Mrs. Lafitte rieb die Hände etwas verlegen aneinander. Es war ihr unangenehm, darüber zu sprechen, aber sie tat es trotzdem. »Tierney fand heraus, daß mein Mann sich mit einer Frau traf, wie ich schon länger befürchtet hatte. Ein Callgirl. Wir hatten unsere Probleme miteinander, ich will das nicht weiter ausbreiten. Aber wir haben uns ausgesprochen und wieder zusammengerauft. Zwanzig gemeinsame Jahre, das verbindet, auch wenn nicht alles so gelaufen ist, wie man sich das am Anfang gedacht hat. Jedenfalls war die Affäre damit für mich erledigt. Und die Fotos brauchte ich nicht mehr ...«

»Wie war der Name des Callgirls?«

»Ist das wichtig?«

»Alles kann wichtig sein. Ich nehme an, Sie wollen, daß der Mörder Ihres Mannes nicht ungeschoren davonkommt!«

»Abigail Baldwin. Ich habe sogar einmal bei ihr angerufen, aber es meldete sich nur ihr Anrufbeantworter.« Sie zuckte die Achseln. »Beruflich nannte sie sich Françoise. An die Adresse kann ich mich beim besten Willen nicht erinnern!«

»Das ist kein Problem. Hat Tierney nie versucht, Sie oder Ihren Mann zu erpressen?«

»Nein, nicht, daß ich wüßte. Ich habe auch nichts von ihm gehört, nachdem der Auftrag erledigt war.«

»Was denkst du, Jo?« fragte April, als der Mercedes wieder das gußeiserne Tor passierte. Eine dunkle Limousine kam ihnen entgegen. Das mußte Lafittes Fahrer sein, der nun ohne seinen Boß zurückkehrte.

»Ich weiß noch nicht, was ich davon halten soll«, murmelte Jo.

»Glaubst du, Mrs. Lafitte weiß wirklich nichts?« fragte April in einem Tonfall, der deutlich machte, wie wenig sie an diese Möglichkeit glauben konnte.

»Keine Ahnung, was die Lady für ein Spiel spielt. Aber ich wette jetzt, daß wir auf der richtigen Spur sind ...«

April sah ihn mit ihren großen blauen Augen an. »Warum? Weil Lafitte ermordet wurde? Es muß nicht zwingend ein Zusammenhang bestehen, Jo!«

Die ganze Angelegenheit schien immer verworrener zu werden. Aber irgendwo mußte es doch einen Anfang geben, an dem man beginnen konnte, das ganze Knäuel zu entwirren. Tierney, Leonard,

Lafitte ... Ein Detektiv, ein Killer und der Investment-Chef einer großen Bank ...

Eine merkwürdige Reihe! dachte Jo. Und dann fiel ihm ein, daß er um ein Haar selbst dazugezählt hätte, wenn ihn nicht Instinkt und Geistesgegenwart in letzter Sekunde gerettet hätten. Es mußte einen gemeinsamen Nenner geben.

»Vorausgesetzt, wir bewegen uns wirklich im richtigen Milieu«, überlegte Jo. »Welcher Schweinerei könnte Tierney da auf die Spur gekommen sein?«

»Da gibt es doch unendlich viel. Designerdrogen zum Beispiel. Es ist doch bekannt, daß die in Wall Street kursieren. Oder einer der hohen Herren ist schwul und jemand hat das herausgefunden und versucht, dieses Wissen zu Geld zu machen.«

»Tierney?«

»Warum nicht, Jo?«

»Heute muß man das doch nicht mehr verbergen, April!«

»Konzernbosse sind oft sehr konservativ und denken da nicht so liberal.«

Aber Jo schüttelte den Kopf. »Nein, es muß etwas Größeres sein. Etwas, das organisiert betrieben wird. Preisabsprachen zum Beispiel, unerlaubte Kartelle ... Steuerhinterziehung in Millionenhöhe oder so etwas. Auf jeden Fall glaube ich, daß wir es mit einer Organisation zu tun haben ...«

»Wie wär's mit Insider-Geschäften?« meinte April. »Jedenfalls wäre das das erste, was mir bei Wall Street und Kriminalität einfallen würde. Außerdem ist war Lafitte Investment-Chef ...«

»Wie funktionieren denn diese Insider-Geschäfte?«

»Noch nie davon gehört?« neckte April. »Es handelt sich um illegale Absprachen zwischen Börsenmaklern, Firmenmanagern und Bankern. Ein Firmenmanager könnte dich die Veröffentlichung einer nach unten manipulierten Gewinnerwartung den Aktienkurs einer Firma in den Keller gehen lassen. Die Anleger geraten in Panik und bekommen von der Bank den Rat, möglichst alles zu verkaufen, um den Verlust in Grenzen zu halten, während die in den Deal Eingeweihten genau das Gegenteil tun. Wenn der Kurs tief genug gesunken ist, treibt man ihn künstlich nach oben, zum Beispiel durch Übernahmegerüchte, und kann dabei einen riesigen Reibach machen. Die anderen Anleger sind die Dummen und müssen die Zeche zahlen ...«

Jo zuckte mit den Achseln. »Ist das nicht das normale Spekulationsrisiko, das man tragen muß?«

»Natürlich, normalerweise schon. Aber wenn die Sache abgekartet ist, ist es etwas anderes. Dann ist es die eleganteste Form des Straßenraubs und im übrigen auch illegal.«

»Wahrscheinlich aber schwer nachzuweisen ...«

»Fast nie.«

»Gab es nicht vor kurzem in Japan einen Skandal, bei dem es um diese Dinge ging? Ich habe das nur am Rande registriert!«

»Ganz recht. Und anschließend hat es einen kräftigen Kursrückgang gegeben.« Sie lächelte kokett und zeigte dabei ihre strahlendweißen Zähne. »Schön zu wissen, daß es noch Dinge gibt, die der große Kommissar X nicht weiß ...«, lachte sie schelmisch.

»Man lernt eben nie aus!«

»Richtig.«

Jo blickte kurz zu ihr hinüber. »Wieviel hast du eigentlich angelegt?«

»10 000 Dollar. Mühsam zusammengespart von dem kärglichen Gehalt, das du mir zahlst!«

»Soll das ein diskreter Hinweis sein?«

»Nun. Tatsache ist, daß ich in Wirtschaftsangelegenheiten sicher noch viel versierter wäre, wenn ich ein paar Dollars mehr zum Spielen hätte! Oder meinst du nicht auch?«

»Darüber reden wir besser ein anderes Mal«, meinte Jo.

Es war eine Straße der Ruinen. Verlassene Häuser, die zum Abriß freigegeben worden waren, um ein paar Bürotürmen Platz zu machen. Zwei Gebäude hatte es schon erwischt. Von ihnen war nur ein riesiger Schutthaufen geblieben, der noch abgetragen werden mußte. Die anderen würden folgen, und auf einem großen Plakat konnte man sehen, wie sich die Immobiliengesellschaft, der die Grundstücke hier gehörten, das Endergebnis vorstellte.

Jo stellte den 230 SLK am Straßenrand ab und blickte auf die Uhr. Der Mann, mit dem er sich treffen wollte, mußte jeden Moment eintreffen. Vielleicht wartete er auch schon auf Jo.

Der Detektiv stieg aus und schlug die Wagentür hinter sich zu. Die Dämmerung hatte sich schon grau über die Stadt gelegt. Um diese Zeit war hier keine Menschenseele. Und genau deshalb hatte sein Informant diesen Ort als Treffpunkt vorgeschlagen.

Während Jo sich eine Zigarette anzündete und den Rauch ausstieß, sah er eine streunende Katze von einem Gebäude zum anderen huschen.

Dann hörte Walker ein Geräusch und drehte sich um. Aus einem der baufälligen Häuser trat ein hochgewachsener, breitschultriger Kerl, der Jo noch um einiges überragte.

Er hieß Tyner. Seine Haut war so schwarz wie Ebenholz, und die Zähne, die er beim Lächeln entblößte, waren so regelmäßig und weiß, daß es sich eigentlich nur um ein Gebiß handeln konnte. Die Originale hatte man ihm wohl bei irgendeiner Gelegenheit herausgeschlagen. Er war nämlich Leibwächter, Rausschmeißer und Gorilla und hatte schon für verschiedene Unterweltgroßen die Kochen hingehalten. Im Augenblick war er arbeitslos. Seinen letzten Boß, einen puertoricanischen Schutzgelderpresser, hatte die Konkurrenz vor kurzem erschossen.

Tyner kam auf Jo zu und reichte ihm die Hand.

Jo hatte Monate gebraucht, um einen wie ihn als Informanten zu gewinnen. Aber schließlich hatte es geklappt, was damit zusammenhing, daß der Kerl nicht mit Geld umgehen konnte und deshalb immer dringend etwas brauchte.

»Machen wir es kurz, Walker«, begann der Schwarze. »Was wollen Sie wissen?«

»Wenn jemand einen Killer braucht, zu wem geht man da im Moment?«

Tyner sah Jo erstaunt an. Dann fragte er: »Sie suchen einen Makler des Todes? Einen, der so etwas vermittelt? Davon gibt es Dutzende.« Er grinste. »Ich dachte immer, Sie arbeiten nur mit sauberen Mitteln! Wen wollen Sie denn umbringen?«

Jo verzog das Gesicht. »Ich? Niemanden. Aber ich bin in folgender Lage: Ich habe einen Killer, der aber umgelegt wurde und nicht mehr verraten kann, wer ihn beauftragt hat.«

Tyner begriff. »Und Sie wollen den Auftraggeber wissen?«

»Ja. Oder den Vermittler. Ich gehe davon aus, daß es einen gibt. Jedenfalls ist es sehr wahrscheinlich, weil die Auftraggeber vermutlich Leute sind, die ansonsten eine völlig weiße Weste haben ... Keine Mafiosi oder Drogenbarone, die sich ihre eigenen Laufburschen halten, sondern Saubermänner, die plötzlich in Bedrängnis geraten sind und einen Todesengel brauchen ...«

Tyner nickte. »Außenseiter also, die sich in der Szene nicht auskennen, aber trotzdem jemanden brauchen, der ihnen einen unliebsamen Zeitgenossen aus dem Weg räumt!«

»So ist es«, bestätigte Jo. »Der Killer heißt Clint Leonard, und ich möchte wissen, wer ihm die Aufträge vermittelte. Vielleicht komme ich so an seine Hintermänner.«

»Ich werde mich umhören«, sagte Tyner. »Aber versprechen kann ich nichts. Verstehen Sie mich? Und teuer wird es auch! Ich kenne ein paar Leute, die in Frage kämen ...«

»Ich brauche diese Information so schnell wie möglich.« Jo gab ihm einen Umschlag.

Tyner schaute hinein und nickte zufrieden. »War dieser Leonard schon lange im Geschäft?« fragte er.

»Nein, vermutlich erst seit kurzem.«

»Hm ...«, brummte Tyner. »Ich rufe Sie an, Walker!«

»Tun Sie das!«

»Aber Sie müssen mir noch etwas drauflegen. Diese Brüder kennen kein Pardon. Ich gehe ein großes Risiko ein!«

Jo nickte. Das hatte er erwartet. »Sie bekommen noch einmal dasselbe, wenn Sie mir etwas Brauchbares vorweisen können!«

Abigail Baldwin alias Françoise bewohnte ein Luxusapartment im 14. Stock. Ein Callgirl für gehobene Ansprüche, so schien es zuerst. Jo hatte zunächst bei ihr angerufen, aber es hatte sich lediglich ein automatischer Anrufbeantworter gemeldet.

Jetzt stand er vor ihrer Wohnungstür und klingelte schon zum dritten Mal. Vielleicht war sie nicht zu Hause. Schließlich wurde es Jo zu bunt, und er öffnete mit ein paar geübten Handgriffen die Tür.

Die Wohnung war ein ganz gewöhnliches Dutzendapartment. Die Möbel waren nichts Besonderes, und irgendwie hatte Jo das Gefühl, daß diese vier Wände unbewohnt waren. Nirgends war etwas Persönliches zu sehen, etwas, das auf Gebrauch hindeutete. Die Schränke waren leer. Jo ging ins Schlafzimmer. Das Bett war sorgfältig gemacht. Keine Bilder an den Wänden, keine Kleider in den Schränken. Dafür eine leichte Staubschicht auf dem Nachttisch. Vielleicht war Abigail Baldwin verreist. Wenn dem so war, dann hatte sie sicher vor, länger wegzubleiben.

Jedenfalls hatte sie ihren Anrufbeantworter eingeschaltet. Fragte sich nur, weshalb, wenn sie doch auf absehbare Zeit ohnehin in dieser Wohnung keine Kunden empfangen würde ...

Plötzlich hörte Jo ein Geräusch. Jemand war an der Tür und hatte offenbar einen Schlüssel. Jo zog die Automatic aus dem Schulterholster und stellte sich neben die Schlafzimmertür. Er wagte einen Blick und sah, wie ein elegant gekleideter Mann eintrat. Jo schätzte ihn auf Mitte Dreißig, nicht älter.

Er machte es sich auf der Couch gemütlich und blickte auf die Uhr. Dann stand er wieder auf und ging ins Schlafzimmer. Er ging an Jo vorbei und schien gar nicht auf die Idee zu kommen, daß jemand in der Wohnung sein könnte. Als er sich umdrehte und Jo erblickte, wurde er eine Sekunde lang völlig starr. Er schaute Jo an und schien erst eine schnelle Flucht zu erwägen. Vielleicht war es der Blick auf Jos Pistole, der ihn davon abhielt.

»Wer sind Sie, und was machen Sie hier?« fragte der Mann.

»Dasselbe könnte ich Sie fragen, denn schließlich ist das hier ja wohl kaum Ihre Wohnung!«

Der Mann machte eine verlegene Geste. Jo durchsuchte die Taschen seines Gegenübers. Er trug keine Schußwaffe, nur eine Sprühdose mit Reizgas zur Selbstverteidigung. Wenigstens hatte er einen Führerschein. Das Papier war auf den Namen Marcus Hamill ausgestellt.

Jo steckte seine Waffe weg. »Sie warten auf jemanden, nicht wahr?« fragte er. Es kam schon nahe an eine Feststellung heran.

»Auf Sie nicht. Wer sind Sie? Ich habe Sie noch nie gesehen.«

»Mein Name ist Walker. Jo Walker, Privatdetektiv. Aber das wissen Sie sicher längst. Ich habe den leisen Verdacht, daß Sie vielleicht etwas mit einer Reihe von Morden zu tun haben könnten. Mich hätte es auch beinahe erwischt. Sie werden verstehen, daß ich so etwas nicht mag.«

»Ich weiß nicht, wovon Sie sprechen!« erwiderte Marcus Hamill. Aber es klang nicht sehr überzeugend.

Jo hatte das Gefühl, daß Hamill sehr wohl wußte, wovon der Privatdetektiv gesprochen hatte. Jo grinste. »Wie sieht Françoise aus?« fragte er. »Ist sie blond oder brünett?«

»Ich ... Ich weiß, was das jetzt soll ...« Hamill bewegte sich etwas seitwärts.

Jo packte ihn am Kragen und drückte ihn gegen die Wand.

»Françoise alias Abigail Baldwin existiert überhaupt nicht! Sie ist ein Phantom, das nur zur Tarnung für einen Treffpunkt dient ... So ist es doch, nicht wahr?«

»Was Sie nicht sagen ...«

»Warten Sie auf Lafitte? Der wird nicht kommen ... Er ist tot, aber er kannte auch diese Adresse. Und was war mit Tierney? Er kannte sie ebenfalls! Vielleicht mußte er deshalb sterben ...« Er ließ Hamill los, und dieser strich sein Jackett glatt. Ein deutlicher Zug von Empörung stand in Hamills Gesicht. Und vielleicht auch noch etwas anderes. Angst.

»Sie sind weit vorgestoßen, Walker«, sagte Hamill. »Tierney war ein Schmalspurschnüffler. Ich verstehe, daß er begann, in der Sache herumzubohren, um uns anschließend eine Rechnung zu präsentieren. Wenn man in der Haut eines solchen Mannes steckt, muß man vielleicht so selbstmörderisch sein. Aber Sie, Walker! Haben Sie das nötig? Ich habe von Ihnen gehört. Ihre Agentur geht doch recht gut.«

»Mir ist Geld in diesem Fall gleichgültig«, sagte Jo.

»So etwas hört man heute selten!« gab Hamill mit sarkastischem Unterton zurück. »Aber es ehrt Sie.« Er verzog das Gesicht. »Nur kann ich es Ihnen nicht abnehmen ...«

Jo ging zum Telefon. Er sah dabei zu, daß Hamill keine Gelegenheit bekam, sich davonzumachen.

»Wen wollen Sie anrufen?« fragte Hamill etwas verunsichert.

»Captain Rowland von der Mordkommission.«

»Aber ...«

»Anstiftung zum Mord ist auch strafbar, Mister Hamill!« Und während er das sagte, wählte Jo ungerührt eine Nummer.

Hamill trat herbei und drückte auf die Gabel. »Sie haben nichts in der Hand!« schrie er. »Sie können mir doch keinen Mord anhängen!«

»Nicht nur einen. Ein Mann namens Clint Leonard hat einen Polizisten getötet, und ich könnte mir vorstellen, daß Sie derjenige waren, der diesen Killer engagiert hat! Die City Police wird jedenfalls entzückt sein, wenn ich ihr den Kerl präsentieren kann, auf dessen Gehaltsliste Leonard stand!«

»Ich bin kein Mörder. Und ich bezahle keine Killer, Mister Walker!«

»Ach, nein? Steve Tierney wurde beauftragt, Greg Lafitte zu beschatten, und ist auf diese Wohnung gestoßen. Wenn ich hier hereingekommen bin, ist Tierney es auch. Und er wird auf denselben Gedanken gekommen sein wie ich: daß dies kein gewöhnliches Apartment ist! Er brauchte nur auf der Lauer zu liegen und abzuwarten, wer sich hier alles einfindet ...« Jo machte eine Pause, um den letzten Satz etwas wirken zu lassen.

Dann fragte er: »Zu was für einer Art Treffen dient diese Wohnung?«

Hamill zögerte. Schließlich brachte er heraus: »Sehen Sie, ich bin Börsenmakler. Es gibt Geschäftskontakte, von denen nicht unbedingt jeder wissen muß, und für solche Fälle ...«

»... haben Sie diese Wohnung.«

»So ist es.«

»Mit wem treffen Sie sich heute?«

»Bedaure ...«

»Wir können zusammen auf ihn warten.«

»Was versprechen Sie sich davon?«

»Ich kann mir denken, um welche Geschäfte es in diesem Raum gegangen ist.«

Hamill zeigte die Zähne. »Ach ja?« knirschte er hervor.

»Ich nehme an, ich brauche Ihnen nicht zu erklären, was ein Insider-Geschäft ist ...«

»Haben Sie irgendeinen Beweis?«

»Brauche ich den?« Jo wußte jetzt, daß er richtig lag.

Hamill sah den Privatdetektiv wütend an. Sie wußten beide, daß es gar keines Beweises bedurfte, um den Börsenmakler zu ruinieren. Jo brauchte nur dafür zu sorgen, daß das Gerücht von Insider-Deals die Runde machte, und das Ganze mit ein paar Indizien zu würzen. Das würde alles niederpurzeln lassen, selbst wenn es nicht der Wahrheit entsprach. Auch an Hamill würde etwas klebenbleiben, ganz gleich, wie die Beweislage am Ende war. Die Börse lebte von Psychologie und Phantasie. Und genau diese beiden Dinge spielten auch hier die entscheidende Rolle. Es war wie ein Pokerspiel.

Jo entschied sich, den Einsatz noch etwas zu erhöhen.

»Sie glauben, daß das gesamte Beweismaterial vernichtet ist, nicht wahr? Der Inhalt des Bankschließfachs, die Bilder bei dem ermordeten Fotohändler ... Aber das ist nicht der Fall.«

Hamill wurde unruhig. »Ach nein?«

»Es gibt noch den Bericht, den Steve Tierney für Mrs. Lafitte angefertigt hat«, behauptete Jo einfach. »Sie war so freundlich, ihn mir auszuhändigen. Ihrem Mann kann er ja nicht mehr schaden ...«

»Das glaube ich nicht!« schnaubte Hamill. »Das kann einfach nicht stimmen! Lafitte hat gesagt, es sei alles vernichtet!«

»Dann hat er gelogen. Oder seine Frau hat Lafitte belogen, wie auch immer. Ich kann beweisen, daß Sie in der Sache drinhängen.

Mich interessieren Ihre Insider-Geschäfte nicht. Ich bin hinter jemandem her, der Mordaufträge vergibt ...«

»Hören Sie, können wir nicht zu einem Deal kommen, Walker?« Hamill war völlig fertig. Jos Taktik war voll aufgegangen. »Lassen Sie mich aus der Sache raus ... Ich habe mit den Morden nämlich wirklich nichts zu tun!«

»Dann müssen Sie mir etwas auf den Tisch legen, das ich gebrauchen kann. Sie verstehen mich doch, oder?«

»Unsere Organisation beruht darauf, daß der einzelne so wenig wie möglich weiß. Mein Job ist es, rund um die Uhr die Börsenkurse zu verfolgen. Ich habe einen Computer neben dem Bett stehen, und der Wecker ist so programmiert, daß er mich weckt, wenn in Hongkong oder Frankfurt was los ist. Heute läuft das Geschäft rund um die Uhr. Glauben Sie, ich hätte Zeit, mich um andere Sachen zu kümmern?«

»Wer kümmert sich dann um andere Sachen?«

»Ich weiß es nicht!«

In der nächsten Sekunde war ein Geräusch an der Tür zu hören.

»Gehen Sie hin!« flüsterte Jo. »Aber wenn Sie eine Dummheit machen, werde ich behaupten, daß Sie mein Spitzel in der Organisation sind, und was das für Sie bedeuten kann, brauche ich Ihnen ja wohl nicht zu sagen, oder?«

Hamill nickte und verließ das Schlafzimmer.

Jo sah einen hochgewachsenen, grauhaarigen Mann. Hamill gab sich Mühe, nicht verkrampft zu wirken.

»Hallo, Rick, was gibt's?«

»Eine Nachricht von Charley«, sagte der Grauhaarige. »Die Pressekonferenz von Microtech International findet schon übermorgen statt.«

»Das heißt ...«

»Es bleibt alles beim alten«, versicherte der Grauhaarige. »Der einzige Unterschied ist, daß es etwas schneller durchgezogen wird.«

»Und warum?«

»Weil Charley es so will. Ich würde nicht viel fragen an deiner Stelle. Bis jetzt ist es doch immer zu unser aller Profit ausgegangen, oder?«

»Stimmt.«

Der Grauhaarige, den Hamill Rick genannt hatte, schaute auf die Uhr. »Eigentlich müßte ich schon längst woanders sein. Du weißt jetzt Bescheid.«

Er wandte sich zum Gehen und war einen Augenblick später wieder verschwunden. Jo kam aus dem Schlafzimmer heraus.

»Sie haben das gut gemacht«, lobte er Hamill. »Wer war das?«

»Rick. Mehr weiß ich nicht.«

»Und Charley?«

»Charley habe ich noch nie gesehen.«

»Sie wollen mich wohl für dumm verkaufen, Hamill?«

»Es ist die Wahrheit. Ich bin nie direkt mit ihm zusammengetroffen. Charleys Anweisungen bekomme ich von Rick.«

Die Chance, daß Hamill Jo Walker für dumm verkaufen wollte, schätzte der Privatdetektiv fünfzig zu fünfzig ein. Er ließ den Börsenmakler erst einmal stehen und rannte hinaus auf den Flur. Hamill konnte er sich immer wieder vorknöpfen, aber der Grauhaarige ging ihm sonst durch die Lappen.

Jo blickte sich um. Von dem Mann war nichts mehr zu sehen. Wahrscheinlich hatte er bereits den Aufzug benutzt. Jedenfalls war einer der Lifte in Betrieb, wie die Leuchtanzeige verriet.

Walker hatte keine Lust, auf einen der anderen Aufzüge zu warten. Statt dessen spurtete er die Treppen hinunter. Er hatte eine gute Kondition, aber er war trotzdem froh, als er das Erdgeschoß erreicht hatte. Der grauhaarige Rick war gerade durch die Eingangstür ins Freie getreten. Jo sah, wie er sich mehrfach umdrehte, so als wollte er sichergehen, nicht beschattet zu werden. Dann stieg er in einen BMW. Jo merkte sich die Nummer. So schnell wie möglich sah der Privatdetektiv zu, daß er hinter das Steuer seines 230 SLK kam. Der BMW fuhr ziemlich forsch. Jo hatte seine Mühe, ihm auf den Fersen zu bleiben.

Es ging kreuz und quer durch die Stadt. Rick schien es vorzuziehen, ein paar Umwege zu machen. Er mußte sehr nervös sein. Schließlich führte er Jo zu einer feinen Wohnung in Greenwich Village. An der Tür stand auch ein Name. Rick Mariner.

Walker klingelte an Mariners Wohnungstür. Als dieser öffnete, schien er nicht im geringsten überrascht zu sein. Vielleicht hatte Hamill ihn vorgewarnt. Auszuschließen war das jedenfalls nicht.

»Was wollen Sie?« fragte Mariner.

»Ich möchte mit Ihnen reden«, erwiderte Jo. »Über Charley!«

Mariner lachte heiser. »Kommen Sie herein.«

Jo folgte ihm in ein völlig überladen wirkendes Wohnzimmer. Hier wollte jemand zeigen, wie viele Antiquitäten er sich leisten konnte – ohne Rücksicht darauf, ob die Sachen auch miteinander harmonierten.

»Sie fragen nicht einmal, wer ich bin«, stellte Jo fest.

Auf Mariners Lippen zeigte sich ein verhaltenes Lächeln.

»Warum sollte ich Sie das fragen? Sie sind Jo Walker, ein relativ erfolgreicher Schnüffler!«

»Nicht sehr freundlich formuliert!«

»Ich muß Sie ja nicht mögen, oder?«

»Hat Hamill Sie vorgewarnt?«

»Nein. Ich habe mal ein Bild von Ihnen gesehen.«

Jo lächelte dünn. »Bei welcher Gelegenheit?«

»Ist doch gleichgültig, oder? Einen Drink, Walker?«

»Nein, danke!«

»Sie spielen mit dem Feuer, Walker. Ich weiß nicht, ob Ihnen das gut bekommen wird. Woher wissen Sie von Charley?«

»Meine Sache.«

Mariner ging zu den Getränken und schenkte sich etwas ein. Jo hörte die Eiswürfel im Glas klirren. »Und was wollen Sie von Charley?«

»Das muß ich ihm schon selbst sagen, Mister Mariner.«

»Verstehe ... Vielleicht kann ich ihm trotzdem etwas ausrichten ...«

»Sie sollten wissen, daß ich besser vorgesorgt habe als der arme Mister Tierney ...«

Mariner hob die Augenbrauen und zog sie dann etwas befremdet zusammen. Aber das war nicht Schauspielerei. Er wußte ganz genau, was Jo meinte. »Was Sie nicht sagen, Walker«, murmelte er und nippte an seinem Glas.

»Selbst falls mir doch noch etwas zustoßen sollte, wird mein Beweismaterial stechen ... Dafür habe ich gesorgt!«

»Was haben Sie denn in der Hand?«

»Das werde ich nur Charley sagen.«

Mariners Augen wurden etwas enger. Er beobachtete für einen Augenblick sehr intensiv Jos Gesichtszüge und sagte dann im staubtrockenen Ton einer Feststellung: »Ich halte Sie für einen Bluffer!«

»Bei Ihren Insider-Geschäften haben Sie das Risiko abgeschafft, Mariner! Aber in diesem Spiel gelten andere Regeln. Wenn Sie unbedingt russisches Roulette spielen wollen, okay. Aber es geht nicht um schwer nachweisbare Wirtschaftsstraftaten, die dann schließlich im Dickicht der Gerichte versanden. Es geht um Morde, Mister Mariner.«

»Wir könnten jeden Staatsanwalt kaufen, Walker! Besser für Sie, wenn Sie uns das glauben ...«

Jo zuckte die Achseln. »Ein Privatdetektiv ist sicher billiger!«

»Und wie unverschämt sind Ihre Preisvorstellungen?«

Jo ließ die Frage unbeantwortet. »Wie komme ich mit Charley in Kontakt?« erkundigte er sich statt dessen.

»Sie überhaupt nicht, Walker!«

»Ich verhandle nur mit ihm selbst!«

Mariner verzog das Gesicht und nahm dann erst einmal einen Schluck. Er musterte Jo mit einem überlegenen Lächeln auf den schmalen Lippen und schüttelte schließlich energisch den Kopf. Dann klingelte das Telefon. Rick Mariner machte ein paar Schritte und nahm den Hörer ab. Er sagte dreimal ja. Mehr nicht, dann legte er wieder auf. *Eine ziemlich einseitige Unterhaltung,* dachte Jo.

Aber Mariner schien damit zufrieden zu sein. »Gehen Sie jetzt, Mister Walker. Charley wird sich mit Ihnen in Verbindung setzen.«

Jo nickte. »Bestellen Sie Charley, daß er sich nicht allzuviel Zeit lassen soll!«

Ein ziemlich schiefes eiskaltes Lächeln stand nun auf Mariners Lippen. »Keine Sorge, Walker! Es wird viel schneller gehen, als Sie denken!«

Als Jo gegangen war, klingelte bei Mariner erneut das Telefon. Der Grauhaarige nahm den Apparat in die Rechte und ging zum Fenster, von wo aus er beobachten konnte, wie der Privatdetektiv in seinen Wagen stieg und davonbrauste.

»Hallo?«

»Rick? Hier ist Hamill.«

»Sie schon wieder?«

»War Walker bei Ihnen?«

»Ja.«

»Rick, der Mann meint es ernst. Und er muß auch etwas in der Hand haben! Sag Charley, daß etwas unternommen werden muß! Ich habe keine Ahnung, wie diese Panne zustande kommt, aber Walker muß wenigstens so lange stillhalten, bis der Deal zu Ende gebracht ist, den wir gerade laufen haben!«

»Regen Sie sich nicht auf, Hamill! Oder wollen Sie aussteigen?«

»Mir wird die Sache langsam zu heiß!« rief Hamill. »So eine Insider-Sache kann ich vielleicht noch wegstecken, aber ich möchte nicht mit Mordaufträgen in Verbindung gebracht werden!«

Mariner lächelte. »Hat Walker Ihnen ein bißchen angst gemacht? Ich dachte, jemand wie Sie, der 24 Stunden am Tag den Aktienhandel verfolgt und in Wall Street Summen jongliert, die andere in ihrem ganzen Leben verdienen, hat keine Nerven.«

»Rick, ich ...«

»Hören Sie zu, Hamill: Machen Sie Ihren Job! Den machen Sie so gut wie kein zweiter! Aber es wäre besser, wenn Sie sich über den Rest weniger Gedanken machen würden!«

Mariner hörte Hamill durch das Telefon hindurch seufzen.

»Ich fühl' mich nicht wohl dabei ...«

»Hamill, hören Sie! Soll ich etwa Charley berichten müssen, daß auf Sie kein Verlaß mehr ist?«

»Nein. Auf mich ist Verlaß!«

»Dann bin ich ja beruhigt.«

Als April Bondy an diesem Morgen in ihren roten Sportflitzer stieg, um zu Walkers Agentur in der 7th Avenue zu fahren, war das Wetter scheußlich. Es regnete Bindfäden, und zwar zum ersten Mal seit Wochen. Unterwegs hielt sie kurz an, um sich in einem kleinen Eckladen ein paar Doughnuts zwischendurch zu besorgen. Die Tierney-Sache zog immer weitere Kreise, und so würde es sicher jede Menge Arbeit geben. Wer konnte schon dafür garantieren, daß die Essenspause dabei nicht auf der Strecke blieb?

April atmete tief durch und schlug sich den Mantelkragen hoch, bevor sie die Tür des Flitzers öffnete und zu einem mittleren Spurt ansetzte. Das Wasser platschte nur so auf sie herab. *Ich hätte gar nicht zu duschen brauchen,* ging es ihr durch den Kopf. *Eine ruinierte Frisur für ein paar Donuts.*

Als sie zurückhuschte, sah sie plötzlich einen Schatten vor sich. Sie blickte auf und sah einen Mann, den der Regen nicht zu stören schien, obwohl ihm das Wasser die Baseballmütze hinuntertropfte. Als April in sein Gesicht sah, erschrak sie im ersten Moment. Er sah aus wie Ronald Reagan, der an Alzheimer erkrankte Expräsident. Aber dann entspannte sie sich wieder, als sie in der nächsten Sekunde begriff, daß es eine Maske war, wie man sie zu Tausenden in Scherzartikelläden kaufen konnte.

Sie wollte an dem Mann vorbei, um in ihren Flitzer zu kommen, aber der Mann ließ das nicht zu und packte sie plötzlich roh am Arm.

Die Tür eines am Straßenrand parkenden Buicks ging auf, und April wurde hineingestoßen. Sie versuchte, sich zu wehren, aber der Kerl mit der Maske hatte einen eisernen Griff. Er setzte sich neben sie und hatte dann plötzlich eine Pistole in der Hand, deren Lauf genau auf Aprils Kopf gerichtet war.

»Schön ruhig, Lady«, zischte er.

Am Steuer saß ein zweiter Mann, der ebenfalls maskiert war. Als Frankenstein-Monster. Er riß das Steuer herum und fädelte sich auf ziemlich gewagte Art und Weise in den Verkehr ein. Jemand hupte empört, und der Fahrer eines überholenden Lieferwagens gestikulierte wild mit den Armen.

»Was wollen Sie?« fragte April, die inzwischen begriffen hatte, daß das Ganze eine abgekartete Sache sein mußte. Sie erinnerte sich daran, den Buick schon ein paar Meilen zuvor an einer Ampel hinter sich im Rückspiegel gesehen zu haben.

Sie blickte in das Plastikgesicht der Reagan-Maske.

»Wenn du schön brav bist, Lady, dann geht die Sache gut für dich aus, klar?«

Jo Walker blickte aus dem Fenster in die grauen Wolken über den Central Park. Seine tägliche Joggingrunde hatte er in Anbetracht des scheußlichen Wetters ausfallen lassen und statt dessen ein Telefonat mit Tom Rowland geführt, um zu erfahren, ob es etwas Neues im Mordfall Lafitte gab.

Aber das war nicht der Fall. Die Ermittlungen waren noch immer auf demselben Stand.

Inzwischen wunderte sich der Privatdetektiv zunehmend über seine Mitarbeiterin April. Unpünktlichkeit zählte nicht zu ihren Fehlern, und jetzt war sie schon fast eine Stunde überfällig. Auf den Verkehr war das nicht mehr zu schieben. Es mußte etwas passiert sein.

Walker versuchte, sie telefonisch zu erreichen. Vergeblich.

Dann kam der Anruf. »Walker?« Es war eine sonore Männerstimme. Aber sie klang irgendwie verfremdet.

»Wer sind Sie?« fragte der Detektiv mißtrauisch.

»Das tut nichts zur Sache.«

»Sind Sie Charley?«

Es folgte eine kurze Pause. Der Sprecher schien es vorzuziehen, sich dazu nicht zu äußern.

»Ich weiß, daß Sie an Ihrer Assistentin hängen, Mister Walker. Sie werden nichts tun, was ihr Leben aufs Spiel setzt, nicht wahr? Wir haben Miß Bondy in unserer Gewalt und werden sie töten, wenn Sie nicht tun, was ich Ihnen jetzt sage.«

»Beweisen Sie mir erst, daß Sie die Wahrheit sagen!«

»Wie Sie wollen ...«

Eine Sekunde später hörte Jo die Stimme von April. »Jo, ich bin hier ...« Mehr konnte sie nicht sagen. Sie wurde abgewürgt, und dann war wieder die Männerstimme zu hören.

»Lassen Sie die Finger von der Sache, in der Sie gerade herumwühlen!«

Jo stellte sich dumm. »Wovon reden Sie?«

»Sie verstehen mich sehr gut, Walker! Und daß Sie die Polizei aus dein Spiel lassen, dürfte wohl selbstverständlich sein.«

»Wie es aussieht, bestimmen Sie die Regeln!« zischte Jo.

»Sehr gut, daß Sie das akzeptieren.«

»Warum schicken Sie mir nicht einfach einen Ihrer Killer vorbei? An Geld mangelt es Ihnen doch sicher nicht. Da werden Sie sich doch einen Spitzenmann leisten können ...«

»Vielleicht kommt es uns preiswerter und macht weniger Aufsehen, wenn wir uns mit Ihnen anders einigen.«

Vielleicht war es einfach so, daß einigen Mitgliedern der Organisation die Sache langsam zu heiß wurde. Es waren schließlich neben Tierney ein Detektiv und ein Ladenbesitzer umgekommen. Dazu noch Greg Lafitte, der ja wohl ebenfalls zu Charleys Leuten zu zählen war.

Jo verzog das Gesicht. »Vorausgesetzt, ich bin nicht so unverschämt wie Tierney, nicht wahr?«

»Das haben Sie gesagt, Walker. Kommen Sie heute abend um acht in Harper's Bar. Ich will wissen, was Sie an angeblichen Beweisen vorliegen haben. Und dann sprechen wir über den Preis.«

»Und Miß Bondy?«

»... verbessert meine Verhandlungsbasis, Mister Walker!«

Auf der anderen Seite machte es »klick!«

Das Gespräch war zu Ende, und Jo fragte sich, was so merkwürdig an dieser Stimme klang. Er hatte sie ganz sicher noch nie gehört. Mariner war es nicht, auch Hamill nicht.

Jo hatte die letzten zwei Drittel des Gesprächs aufgezeichnet. Vielleicht konnte man damit etwas anfangen. Jo nahm die Kassette heraus und steckte sie in ein Kuvert. Dazu kamen ein paar Zeilen an seinen Freund Tom Rowland und Briefmarken. Bei der nächsten Gelegenheit würde er alles per Bike-Kurier losschicken.

Leichter wäre es gewesen, Rowland das Tonband einfach vorbeizubringen, aber das Risiko wollte Jo nicht eingehen. Möglich, daß er beschattet wurde, sobald er die Agentur verließ.

Jo wollte sich schon aufmachen, da ging erneut das Telefon.

Es war ein Mann, der sich nicht mit Namen meldete. Aber Walker erkannte die Stimme dennoch sofort. Es war Tyner.

»Es ist nur ein Gerücht«, sagte der Mann auf der anderen Seite der Leitung. Am Hintergrundgeräusch war zu hören, daß das Gespräch aus einer Telefonzelle geführt wurde.

Jo hob die Augenbrauen. »Und?«

»Clint Leonard soll zuletzt sehr häufig bei Sean Smith gesehen worden sein ...«

Sean Smith, überlegte Jo. Das war ein Buchmacher. Einer, von dem bekannt war, daß er nicht übermäßig zimperlich war, wenn er seine Schulden eintrieb. Aber wenn Tyner ihn mit Clint Leonard in Verbindung brachte, dann vermittelte der vielleicht nicht nur Wetten. Die Sitte hatte Smith schon lange im Verdacht, seinen Wettladen nur zur Tarnung zu betreiben.

»Warum nicht zur Vermittlung von Killern?«

Jo ließ sich die Sache durch den Kopf gehen. Heute abend mußte er in Harper's Bar sein. Kommissar X hatte die andere Seite geblufft, so daß sie ihn im Augenblick noch fürchtete. Aber wenn er Farbe bekennen und die Karten auf den Tisch legen mußte, dann war es vielleicht gar nicht schlecht, etwas mehr über diejenigen zu wissen, die hinter allem steckten. Über Charley zum Beispiel.

Sean Smith hatte sein Büro im Souterrain eines mehrstöckigen Gebäudes, dessen Fassade dringend einen Anstrich hätte vertragen können. Im Erdgeschoß befand sich ein FitneßStudio, das ebenfalls Smith gehörte.

Smith war ein kleiner, hagerer Mann in grauer Strickjacke und mit übergroßen Tränensäcken. Nichts an seinem äußeren Erscheinungsbild deutete darauf hin, daß es ihm nichts ausmachte, jemanden ohne mit der Wimper zu zucken krankenhausreif schlagen zu lassen.

Als Jo Smiths Büro betrat, war nur der Leibwächter dort, ein baumlanger Blondschopf, der offenbar fleißig im nahen Fitneßstudio trainiert hatte. Jedenfalls sah er aus, als könnte er jederzeit auch bei Bodybuilding-Meisterschaften mit konkurrieren.

Um diese Zeit war noch nichts los bei Smith. Aber das war für Jo vielleicht auch besser so.

»Tag, Mister. Worauf wollen Sie Ihre Dollars setzen? Vielleicht auf einen Stanley-Cup-Gewinn der New Jersey Devils?«

Jo winkte ab. »Ich möchte mit Ihnen unter vier Augen reden.«

Smith runzelte die Stirn, während Jo merkte, wie sich die Muskeln des Leibwächters leicht anspannten. Dem Buchmacher gefiel die Idee nicht. Also sagte er: »Billy ist immer dabei. Ich habe keine Geheimnisse vor ihm ...«

Jo zuckte mit den Achseln. »Aber ich.«

»Sagen Sie, worum es geht, oder verschwinden Sie ... Wer sind Sie überhaupt?«

Jo zögerte mit der Antwort. Wenn er sagte, daß er Privatdetektiv war, dann würde Smith auf einmal keinen Mund mehr haben. »Das tut nichts zur Sache«, wich er daher aus.

Was dann geschah, ging blitzschnell. Billy, der Leibwächter, schnellte nach vorn und packte Jo am Kragen. Der Privatdetektiv wurde roh gegen die Wand gedrückt. Auf dem Gesicht des Blondschopfs stand ein häßliches Grinsen, während er durch Jos Taschen fingerte.

Aber dieses Grinsen gefror zu Eis und wurde zu einer Maske des Erschreckens, als Jo den Kerl blitzschnell packte und aushebelte. Billy landete der Länge nach hingestreckt auf dem Boden. Eine volle Sekunde brauchte er, dann war er wieder auf den Beinen.

Der Blondschopf griff unter das Jackett, wo er vermutlich seine Waffe hatte. Er zog sie annähernd zur Hälfte heraus, aber Jo reagierte blitzschnell, kam mit der Rechten vor und hieb sie Billy direkt unter das Kinn, während die Linke in den Magen fuhr. Der Bodybuilder sank ächzend zusammen und klatschte dann schwer auf den Boden.

Jo verzichtete darauf, seinem Gegner die Kanone abzunehmen. Der Kerl würde eine ganze Weile ohne Bewußtsein bleiben. Zeit genug also für eine kleine Unterhaltung mit Smith.

Aber der Buchmacher schien davon überhaupt nicht begeistert zu sein. Er hatte in die Schublade seines Schreibtischs gegriffen und eine Beretta herausgerissen, deren Lauf jetzt auf Jo Walkers Gesicht zeigte.

»Wenn Sie nur eine falsche Bewegung machen, Mister, dann sind Sie ein toter Mann!« zischte Smith. Aber der Umgang mit Waffen war nicht sein Ding. Er hielt die Beretta ziemlich unsicher. Trotzdem – auf diese Entfernung war es einfach zu gefährlich für Jo, etwas zu versuchen.

Jo nahm die Hände hoch. »Nehmen Sie das Ding da besser weg, Smith. Sonst passiert am Ende noch ein Unglück!«

»Das haben Sie dann zu verantworten!«

»Hören Sie, Sie sind vielleicht einer, der Mörder vermittelt, aber selbst abzudrücken, da ist doch das Risiko viel zu hoch ...«

Smith runzelte die Stirn und verlor den letzten Rest von Gesichtsfarbe. Jo schien da etwas getroffen zu haben. Er kam etwas näher an den Schreibtisch heran.

»Ich weiß nicht, wovon Sie sprechen«, sagte Smith wenig überzeugend.

»Natürlich wissen Sie von nichts«, versetzte Jo ironisch. »Genau wie ein Heiratsvermittler in der Regel nicht weiß, daß es Männer und Frauen gibt, so wissen Sie nicht, was ein Killer ist, was?«

»Haben Sie eine Waffe?«

»Im Schulterholster.«

»Dann legen Sie sie hier auf den Tisch. Und zwar ganz vorsichtig, wenn ich bitten darf!«

Jo gehorchte. Und er war ganz vorsichtig.

»Zufrieden?« fragte er dann.

»Und jetzt wieder zwei Schritte zurücktreten!«

Als Jo das getan hatte, entspannte sich Smiths Körperhaltung.

»Was haben Sie jetzt vor?« fragte Jo.

»Wer sind Sie? Ein Bulle? Sie haben irgendwie das Auftreten, das dazu paßt!«

Jetzt hatte es keinen Zweck mehr, Katz und Maus zu spielen. Nicht im Angesicht einer Beretta. Und so sagte Jo: »Greifen Sie in meine rechte Jackettinnentasche.«

»Was soll da sein?«

»Mein Ausweis als Privatdetektiv.«

Sean Smith zögerte eine Sekunde. Dann ging er auf Jos Vorschlag ein und versuchte, ihm in die Tasche zu greifen. Für den Bruchteil eines Augenblicks paßte er dabei nicht auf. Jo riß ihm den Arm mit der Beretta schmerzhaft herum und schlug ihm die Waffe aus der Hand. Sie polterte geräuschvoll auf den Boden, während Jo den Buchmacher zur Hälfte über den Tisch zog.

Smith befand sich in einer ziemlich unangenehmen Lage und ächzte. »Was wollen Sie?«

»Sie kennen Clint Leonard!«

»Der ist tot. Und Tote soll man ruhen lassen!«

»Aber er hat für Sie gearbeitet.«

»Nein, das ist falsch.«

»Ich habe es aus zuverlässiger Quelle – einer Quelle, der ich auf jeden Fall mehr Glauben schenke als Ihnen, Smith!«

Jo ließ den Buchmacher los, und dieser rutschte daraufhin auf der anderen Seite des Schreibtischs herunter. Als er wieder auf den Beinen stand, sah er Jo ziemlich böse an. »Sie können mir nichts beweisen, Schnüffler! Ich mache Leute miteinander bekannt, und das ist ja nicht strafbar.«

»Wenn der eine ein Killer und der andere sein Auftraggeber ist, schon«, gab Jo den Ball zurück.

Smith zuckte mit den Achseln. »Davon weiß ich nichts, und Sie können nicht das Gegenteil beweisen.«

Jo wußte, daß sein Gegenüber da leider recht hatte. Trotzdem ließ er nicht locker. »Wer war der letzte, den Sie mit Clint Leonard bekannt gemacht haben?«

»Ich sage kein Wort.«

»Warum? Vor wem haben Sie Angst? Leonard kann Sie nicht mehr umlegen, wenn Sie ihn jetzt verraten. Aber ich kann Ihnen eine Menge Schwierigkeiten machen, wenn ich nicht eine vernünftige Antwort bekomme ...«

Smith hatte den Blick eines in die Enge getriebenen Tieres. »Was meinen Sie damit?«

»Meine Beziehungen zur Polizei sind ausgezeichnet, Smith. Ich habe einige Freunde dort, von denen ich weiß, daß sie Ihnen lieber früher als später das Handwerk legen würden. Möchten Sie, daß die Ihnen die Türen einrennen? Was glauben Sie, was das für einen guten Eindruck auf Ihre Kundschaft macht ...« Jo zuckte mit den Achseln. »Vielleicht kann ich sogar arrangieren, daß man bei Ihnen mal eine Steuerprüfung durchzieht ... Wäre vielleicht ganz ergiebig!«

Jetzt besann sich Smith. »Okay«, meinte er. »Ich habe Clint Leonard mit jemandem bekannt gemacht ...«

»Ein Name, Smith!«

»Ich kenne ihren Namen nicht. Sie hatte eine Sonnenbrille auf, und so konnte ich auch kaum etwas von ihrem Gesicht sehen. Und es interessierte mich auch nicht.«

»Sie?« echote Jo.

»Ja«, sagte Smith. »Eine Frau. Das war eindeutig ...«

»Haben Sie dieser Frau noch eine zweite Bekanntschaft vermittelt, nachdem Leonard tot war?«

Smith schwieg.

Jo umrundete den Schreibtisch, wobei er seine Automatic einsteckte und Smiths Beretta vom Boden aufhob. Er richtete die Pistole auf Smith, der sich in die hinterste Ecke des Büros zurückzog und dabei unabsichtlich eine Vase vom Regal fegte.

Jo lud die Waffe durch.

»Machen Sie keine Dummheiten!« stöhnte Smith.

»Tut mir leid, ich bin sonst nicht für solche Methoden. Aber meine Mitarbeiterin ist in den Händen dieser Leute. Und wenn ich nicht bald Namen höre, dann werde ich Sie persönlich für das verantwortlich machen, was noch geschieht!«

Jo drückte ihm die eigene Beretta an die Schläfe.

»Wenn Sie schießen, wird man das oben im Fitneß-Center hören!« meinte Smith ziemlich schwach.

»Ja, und es wird keiner von den Kraftprotzen wagen, hier herunterzukommen. Auf mich wird kein Verdacht fallen. Es gibt mindestens zwei Dutzend Leute, die Sie gerne tot sehen würden ...«

Smith schluckte. Dann sagte er: »Es sind zwei. Mike Gonzales und John Frederick. Beide sind von auswärts. Sie wollte das so ...«

»Wie komme ich an die beiden heran?«

»Über eine Telefonnummer. Ich schreibe sie Ihnen auf.«

Jo nahm die Beretta weg. »Wenn Sie gelogen haben, mache ich Sie fertig. Und dasselbe gilt, falls es Ihnen einfallen sollte, jemanden zu warnen.«

Smith nickte. »In Ordnung.« Indessen bewegte sich der k.o.-geschlagene Leibwächter wieder ein bißchen. Als Jo den Buchmacher verließ, stieg er über den kräftig gebauten Mann hinweg und meinte dabei zu Smith: »Ihr Bodyguard taugt nicht viel. Wenn Sie Ihre schmutzigen Geschäfte noch eine Weile überleben wollen, sollten Sie jemanden engagieren, der nicht so leicht auszuknocken ist!«

Jo Walker wählte vom Wagen aus die Nummer, die Smith ihm gegeben hatte. Es meldete sich eine Pension. Jo trat auf das Gaspedal, um möglichst schnell dorthin zu gelangen.

Vielleicht war dies eine Spur, die direkt zu April führte. Jo hoffte es zumindest, denn er hatte das dumpfe Gefühl, daß die Verabredung in Harper's Bar heute abend um acht nur dazu dienen sollte, ihn aufs Glatteis zu führen und auf irgendeine Art und Weise auszuschalten, sobald die andere Seite einigermaßen abgeschätzt hatte, ob ein toter oder ein lebender Kommissar X ihr gefährlicher werden konnte.

Die Pension war keine vornehme, dafür aber eine unauffällige Adresse in der Lower East Side.

Der Portier war so fett, daß er wahrscheinlich für alle Tätigkeiten, die nicht im Sitzen ausgeführt werden konnten, ohnehin ungeeignet gewesen wäre. Er saß hinter dem Tresen und las in den Kontaktanzeigen eines Sex-Magazins, als Jo zu ihm herantrat.

»Welche Nummern haben Gonzales und Frederick?« fragte Jo.

Der Portier blickte auf und musterte Jo kritisch. »Ich bin kein Auskunftsbüro«, verkündete er dann ziemlich mürrisch. »Wenn Sie ein Zimmer wollen, tragen Sie sich ein, ansonsten verschwinden Sie besser …«

Jo scherte sich nicht weiter um den Dicken, sondern langte dreist nach dem Gästebuch. Der Portier versuchte, es Jo wieder abzunehmen, aber das Ganze ging einfach zu schnell für ihn. So langte der Dicke zum Telefon.

Jo zog ihm kurzerhand die Schnur aus der Wand. »Lassen Sie das schön bleiben. Sie handeln sich nur Ärger ein!«

Der Portier schaute ziemlich verdutzt drein. Sein Mund stand weit offen, so als hätte er beim letzten Atemzug einfach vergessen, ihn wieder zu schließen.

Einen Augenblick später hatte Jo die Eintragungen von Frederick und Gonzales gefunden. Sie wohnten in Nummer 13 und 14. Ein Blick zur Schlüsselwand ließ vermuten, daß die beiden nicht hier waren.

Jo zog dennoch seine Automatic und lud sie durch.

»Sind Sie ein Bulle?« fragte der Mann hinter dem Tresen.

»Die Schlüssel!« wies ihn Jo an, ohne darauf einzugehen, und streckte dabei die Linke aus.

Der Portier gehorchte. Jo lief mit großen Schritten die Treppe hinauf. Wenig später stand er vor Nummer 13. Er horchte kurz. Es schien niemand im Raum zu sein, und so steckte er den Schlüssel ins Schloß und drehte ihn vorsichtig herum.

Trotz allem war Jo auf der Hut, als er das Zimmer betrat. Aber schon nach wenigen Sekunden ließ er die Automatic sinken. Es bestand keinerlei Gefahr.

Im Schnellgang durchsuchte Jo den Raum nach persönlichen Gegenständen. Vielleicht war ja etwas dabei, das ihn weiterbringen konnte. Jo hoffte es jedenfalls.

Er fand einen Koffer mit Kleidung.

Jo wühlte ein bißchen darin herum, aber ohne Ergebnis. Der

Schrank war leer, und selbst im Papierkorb war nichts, das dem Privatdetektiv bedeutsam erschien. Jo hielt sich nicht länger auf und nahm sich noch die Nummer 14 vor.

Jo fand ein paar Zeitungen, eine Illustrierte und einen Stadtplan von New York City. Jo faltete den Stadtplan auseinander. Eine Stelle war ganz zart mit Bleistift markiert.

Das zu Eis erstarrte Lächeln der Reagan-Maske ließ April Bondy unwillkürlich frösteln. Sie wußte nicht, wo sie war.

Während der Fahrt waren ihr die Augen verbunden worden, und dann hatte sie sich irgendwann in diesem halbdunklen, kahlen Raum wiedergefunden. Sie schätzte, daß dieser Raum zu ebener Erde lag. Jedenfalls waren die Maskierten mit ihr weder eine Treppe hinaufgegangen noch in einen Aufzug gestiegen.

April saß in einer Ecke auf dem Boden. Hände und Füße waren mit Klebestreifen so wirkungsvoll gefesselt, daß sie sich kaum rühren konnte.

»Was haben Sie mit mir vor?« fragte sie den Mann mit der Maske, der sie jetzt schon eine ganze Weile lang musterte.

Aber die Reagan-Maske gab keine Antwort.

Statt dessen meldete sich Frankensteins Monster, das am Fenster stand und hinausblickte. April konnte nicht sehen, was dort war. »Seien Sie einfach still!« sagte Frankensteins Monster, ohne sich dabei umzudrehen. »Je weniger Sie wissen, desto besser für Sie und uns!«

»Worauf haben Sie es abgesehen? Auf meinen Boß?«

Frankensteins Monster drehte sich jetzt abrupt um, trat – mit ein paar schnellen Schritten an April heran und packte mit der Linken ziemlich grob ihren Unterkiefer.

»Dein Gerede geht mir auf die Nerven, Lady!«

Einen Augenblick später war auch ihr Mund mit Klebeband bepflastert.

»Warum so nervös?« kam es unter der Reagan-Maske hervor. »Es ist alles prima gelaufen. Ein einfacher Job, ohne Komplikationen und Schnörkel.«

Frankensteins Monster machte eine wegwerfende Geste. Dann ein kurzer Blick auf die Uhr. »Die andere Sache steht noch aus«, meinte er.

»Warum so eilig?« dröhnte es dumpf unter der Reagan-Maske hervor.

»Willst du, daß der Kleine von der Schule zurück ist und zusieht?«

»Nein.« – »Na, also!«

»Meinst du, wir können die Lady hier sich selbst überlassen?«

Der Kerl mit der Monstermaske schüttelte energisch den Kopf. Er schien derjenige von beiden zu sein, der das Sagen hatte. »Nein«, sagte er mürrisch. »Nicht nötig. Ich kann das allein erledigen ...«

Jo hielt den 230 SLK an und überlegte, worauf sich die Markierung auf dem Stadtplan wohl beziehen mochte. Er ließ den Blick an der linken Häuserfront entlanggleiten und blieb bei einem Geschäft hängen, dessen Schaufenster vernagelt waren.

Die Leuchtreklamen waren abmontiert worden, und es gab nichts, das einem noch verraten konnte, was hier einmal verkauft worden war. Jetzt wurde das Gebäude selbst zum Verkauf angeboten und schien seinerseits ein Ladenhüter zu sein. Das Schild mit der Aufschrift »FOR SALE« war jedenfalls in einem Zustand, der darauf hinwies, daß es nicht erst gestern angebracht worden war.

Vielleicht ist April hier! dachte Jo und stieg aus. Ein verlassenes Gebäude wie dieses war wie geschaffen dafür, eine Entführte zu verbergen, zumal auch in der unmittelbaren Nachbarschaft einige Wohnungen leerstanden. Jo ging über die Straße und versuchte zwischen den Brettern hindurchzublicken, mit denen alles vernagelt war. Nichts zu sehen. Nur Dunkelheit.

Zwischen dem Geschäft und dem Nachbarhaus führte eine Durchfahrt in einen Hinterhof, in dem ein Wagen geparkt war. So ähnlich hatte Jo sich das gedacht. Es war also jemand hier.

Dann hörte der Privatdetektiv plötzlich ein Geräusch.

Es waren Schritte, die aus einem auf der anderen Seite des Hinterhofs gelegenen Gebäude kamen, das früher wahrscheinlich als Lager gedient hatte. Jo drückte sich seitlich in eine Nische, die zu einer zugemauerten Tür gehörte.

Er sah einen Mann ins Freie treten, der sich eine Frankenstein-Maske vom Kopf riß und darunter ziemlich zu schwitzen schien. Der Mann stieg in den Wagen, warf die Maske auf den Rücksitz und brauste dann einen Augenblick später an Walker vorbei.

Jo glaubte nicht, daß der Kerl ihn gesehen hatte. Der Privatdetektiv schlich an der Wand entlang. Die dem Innenhof zugewandten Fenster des Lagerhauses waren zwar verbarrikadiert, aber sicher war eben sicher. Jo konnte ja nicht wissen, wo eventuell jemand auf Beobachtungsposten stand.

Bevor er die Tür passierte, zog er die Automatic aus dem Schulterholster und entsicherte sie. Er versuchte so wenig Krach wie möglich zu machen, aber die Scharniere waren wohl schon eine Ewigkeit lang nicht mehr geölt worden und knarrten daher.

Jo kam in einen großen, kahlen Raum. An den Seiten waren Glasbausteine in den Wänden, durch die etwas Licht fiel.

Auf der anderen Seite war eine Tür, die wahrscheinlich in einen weiteren, ähnlichen Raum führte.

Es war zur einen Hälfte ein kaum hörbares Geräusch, das Jo warnte. Zur anderen Hälfte vielleicht Instinkt. Jedenfalls sprang plötzlich die Tür auf. Alles Weitere ging blitzschnell.

Jo sah eine maskierte Gestalt hervorspringen und eine Waffe heben. Ein Mündungsblitz zuckte. Das Schußgeräusch hörte sich in diesem kahlen Lagerraum wie ein Donnergrollen an und hallte mehrfach wider.

Ein zweiter Schuß folgte unmittelbar danach, während Jo sich längst zur Seite fallen gelassen hatte. Der Privatdetektiv rollte sich am Boden herum, während dicht neben ihm ein Projektil in den Betonboden schlug und als tückischer Querschläger weitergeschickt wurde.

Dann riß Jo seine Waffe hoch und drückte ab, bevor sein Gegenüber zum drittenmal feuern konnte. Der Maskierte bekam Jos Kugel ins linke Bein. Der Schrei, der daraufhin unter der Reagan-Maske hervordröhnte, schien je zur Hälfte aus Schmerz und Wut geboren zu sein.

»Waffe weg!« rief Jo, aber der Maskierte dachte keine Sekunde daran, aufzugeben. Er lehnte mit dem Rücken am Türpfosten und richtete erneut seine Waffe auf Jo.

Der Kerl mit der Reagan-Maske ließ Kommissar X keine andere Wahl. Bevor der Maskierte seinen Schuß abgeben konnte, hatte Jo bereits abgedrückt. Der Kerl rutschte getroffen am Türrahmen zu Boden. Er versuchte verzweifelt, seine Waffe in Anschlag zu bringen, aber das klappte nicht mehr.

Einen Sekundenbruchteil saß er regungslos da, während sein Blut auf den kalten Betonboden sickerte.

Jo rappelte sich auf und trat an ihn heran. Der Kerl war tot, da gab es keinen Zweifel. Als der Privatdetektiv dann in der Tür stand, sah er ein zusammengeschnürtes, blauäugiges Bündel in einer Ecke liegen.

»Es waren zwei!« sprudelte es aus April heraus, als Jo ihr das Klebeband herunterzog, das ihr den Mund verschlossen hatte. Geschwind glitten Jos Hände weiter und befreiten April von ihren Fesseln.

»Und wo ist Nummer zwei?«

»Das ist es ja eben, Jo! Ich vermute, bei Karen Tierney!«

Jo erstarrte mitten in der Bewegung. »Wie kommst du darauf?«

»Es war von einem Jungen die Rede, der noch in der Schule sei und das Ganze nicht mitkriegen sollte.«

»Wie rücksichtsvoll!« knurrte Jo ironisch.

Indessen rieb April sich die Hände. »Da glaubt jemand, sich nicht mehr auf Karen Tierneys Schweigen verlassen zu können!«

Jos Blick fiel auf einen Stuhl, auf dem ein Funktelefon lag; dazu eine Apparatur, um die Stimme zu verändern.

»Von hier aus haben sie mich heute morgen in der Agentur angerufen, nehme ich an«, murmelte Jo. »Zwei Männer, sagst du?«

»Der andere trug eine Frankenstein-Maske.«

Jo nickte. »Ich habe ihn davonfahren sehen. Aber das ist nicht Charley. Charley ist wahrscheinlich eine Frau.«

»Das mußt du mir erklären!«

»Später ...«

Jo nahm das Funktelefon und wählte Karen Tierneys Nummer. Es dauerte ziemlich lange, bis sie abnahm. Aber schließlich meldete sie sich doch, und Jo atmete innerlich auf. Der Kerl mit der Frankenstein-Maske war also noch nicht bei ihr.

Karen schien unter starker Anspannung zu stehen und mit den Nerven ziemlich am Ende zu sein. Und sie versuchte sofort, den Privatdetektiv abzuwimmeln. »Mister Walker, ich habe Ihnen doch gesagt, daß ...«

»Hören Sie mir gut zu«, unterbrach Jo sie abrupt und hoffte, daß sie nicht einfach sofort auflegte. »Sie sind in großer Gefahr. Ein Mann ist zu Ihnen unterwegs, der wahrscheinlich den Auftrag hat, Sie umzubringen.« Sie sagte gar nichts, und das hielt Jo für ein gutes Zeichen. Vielleicht glaubte sie ihm. »Wenn jemand an Ihrer Tür klingelt, machen Sie nicht auf!«

»Okay ...«

»Wissen Sie einen Ort, an dem Sie sich für die nächste halbe Stunde verstecken könnten? Nachbarn vielleicht?«

»Wir hatten nie viel Kontakt zu den Nachbarn, und außerdem ...«

»Versuchen Sie es, Karen! Sie werden Ihnen schon helfen! Sie haben keine andere Chance!«

»O mein Gott!« hörte er Karen Tierneys Stimme ihn plötzlich unterbrechen.

»Was ist los?«

»An der Tür ist jemand.«

Ein undefinierbares Geräusch drang durch die Leitung, und dann schien Karen Tierney aufgelegt zu haben.

Jo fuhr wie der Teufel und bedauerte, nicht in einem Streifenwagen zu sitzen und sich den Weg durch das Verkehrsgewühl mit Blaulicht und Sirene bahnen zu können.

Indessen betätigte April das Autotelefon, um Captain Rowland zu alarmieren. Als das geschehen war, berichtete Jo ihr in knappen Sätzen, was er inzwischen herausgefunden hatte.

»Hast du schon eine Idee, wer es ist, der da die Fäden aus dem Hintergrund zieht?« fragte Walkers Assistentin dann.

»Um das herauszufinden, habe ich das Gespräch heute morgen aufgenommen und sofort an Tom geschickt. Die Stimme war zwar verfremdet, aber kriminaltechnisch ließe sich vielleicht doch etwas machen ... Leider ist dieser mysteriöse Charley auf Nummer hundertprozentig sicher gegangen!«

»Du sprachst von einer Frau ...«

»Clint Leonard und die Kerle, die dich eingefangen haben, wurden von einer Frau engagiert.«

»Das ist alles?«

»Leider ja. Wer immer sich auch hinter dem Namen Charley verbergen mag, er – oder sie – hat alles so arrangiert, daß es möglichst keine Spuren gibt, die zum Kopf der Gruppe führen, mit der wir es hier zu tun haben!«

Als der 500 SL etwas später in der Nähe von Karen Tierneys Wohnung hielt, ahnte Jo, daß er vielleicht zu spät gekommen war.

»Da vorne ist sein Wagen!« sagte er zu April, während er ausstieg.

»Die Polizei muß jeden Moment kommen!« hoffte April.

Jo nickte. »Bleib hier und sorg dafür, daß sie gleich dahin kommt, wo sie gebraucht wird!« Jo nahm seine Automatic aus dem Schulterholster und bewegte sich mit schnellen Schritten vorwärts. Der Killer konnte noch in der Wohnung sein. Jedenfalls war Jo auf der Hut, nicht in das Schußfeld zu geraten. Vorsichtig hatte Jo sich schließlich bis zur Tür vorgearbeitet. Sie war angelehnt.

Langsam tastete der Privatdetektiv sich voran, passierte die Tür und stand dann im Treppenhaus. Einen Aufzug gab es auch, aber der war im Moment außer Betrieb. Die nächste Tür führte zu Karen Tierneys Wohnung. Sie war verschlossen, und Jo öffnete sie mit einem Stück Draht. Mit der Automatic im Anschlag schlich er dann in die Wohnung.

Er ging den Flur entlang und fragte sich, ob Karen Tierney wohl noch lebte. Jo fand den Killer dann in der Küche. Er saß am Tisch, und wenn Jo es nicht besser gewußt hätte, hätte man auf die Idee kommen können, daß er hier zu Hause war. Eine Pistole mit Schalldämpfer lag vor dem Kerl auf dein Tisch. Seine Rechte umklammerte den Griff und riß die Waffe augenblicklich in die Höhe, als der Privatdetektiv zu sehen war. Zweimal kurz hintereinander gab es das charakteristische dumpfe Geräusch. Jo ließ sich zur Seite fallen, während die Geschosse über ihn hinweggingen und das Holz des Türrahmens splittern ließen. Jo feuerte augenblicklich zurück. Der Schuß ging dem Killer in den rechten Arm. Der Mann schrie auf, versuchte, seine Pistole erneut hochzureißen, aber er sah schnell ein, daß ihm das nicht mehr gelingen würde.

»Waffe weg!« rief Jo. Der Killer gehorchte. Aber statt sich zu ergeben, machte er zwei Schritte und sprang dann durch das Küchenfenster. Glas splitterte, aber aus dem Hintergrund drang bereits eine Polizeisirene. Jo setzte nach und stieg durch das zersplitterte Fenster, während der Flüchtende sich längst wieder aufgerappelt hatte und davonhetzte. Der Mann hielt sich keuchend den Arm und drehte sich immer wieder zu seinem Verfolger um. Dreißig, vierzig Meter hatte er noch bis zu seinem Wagen. Aber da war bereits der erste Streifenwagen herangekommen und bremste mit quietschenden Reifen. Die Türen gingen auf, und Polizisten brachten ihre 38er Revolver in Anschlag. Dann kam ein zweiter Wagen und noch ein dritter. Der Killer blieb stehen. Er hatte keine Chance.

»Und du hast nicht zufällig eine Ahnung, wer dieser Charley ist?« fragte Tom Rowland, nachdem Jo ihm einen knappen Bericht gegeben hatte. »Was ich meine ist: Wenn wir unseren Kollegen, die sich mit Wirtschaftskriminalität befassen, einen Tip geben wollen, müssen wir ihnen wohl schon ungefähr sagen, in welchem Büro es sich lohnt zu suchen ...«

»Tut mir leid. Ich fürchte, ich stehe mit leeren Händen da.«

Tom deutete auf den Killer, der gerade in einen der Streifenwagen gesetzt worden war. Jemand kümmerte sich notdürftig um seine Wunde.

»Vielleicht packt er aus.«

»Ich glaube nicht, daß er viel zu sagen hat«, vermutete Jo. »Genau darauf basiert doch Charleys Organisation! Daß niemand weiß, wie alles zusammenhängt. Der Kerl hier hat einen Auftrag bekommen – und zwar über einen Vermittler. Er wird uns also nicht weiterhelfen können, selbst wenn er wollte ...«

»Und Mrs. Tierney?« fragte Rowland. »Vielleicht packt sie jetzt endlich aus! Wo ist sie übrigens?«

Jo zuckte mit den Achseln. Aber dann sah er sie plötzlich. Sie kam zögernd näher und machte einen ziemlich verstörten Eindruck. Jo und Tom bewegten sich auf sie zu.

»Ich habe die Sirenen gehört, und da dachte ich, daß alles vorbei ist ...«

»Wo waren Sie?« fragte Jo. »Unser Gespräch wurde ziemlich abrupt unterbrochen ...«

»Tut mir leid, Mister Walker. Als der Kerl an der Tür war, bin ich hinten aus dem Fenster gestiegen und davongelaufen.«

Jo begriff. Der Killer hatte angenommen, daß Karen Tierney kurz außer Haus war, und einfach auf sie gewartet.

»Mrs. Tierney ...«, begann der Privatdetektiv jetzt, aber sie kam ihm zuvor.

»Ich weiß, daß ich nicht besonders nett zu Ihnen war, Mister Walker. Aber bitte, verstehen Sie auch, in welcher Lage ich war. Ich dachte, wenn ich tue, was sie sagen, dann lassen sie mich und Michael in Ruhe. Aber jetzt ist ja wohl alles vorbei ...«

»Sie irren sich«, meinte Jo. »Nichts ist vorbei. Dieser Kerl war nur ein Handlanger, und man wird einen weiteren schicken, wann immer sein Boß es für richtig hält!«

Sie machte einen hilflosen Eindruck. »Was soll ich tun?«

»Packen Sie aus! Sie haben jetzt nichts mehr zu verlieren!«

»Was wollen Sie wissen?«

»Zum Beispiel, wer hinter dem Namen Charley steckt.«

Sie schüttelte den Kopf. »Ich weiß es nicht.«

»Aber Ihr Mann ist vielleicht dahintergekommen.«

»Steve hat mir nicht viel gesagt, Mister Walker. Nur, daß er an einer heiklen Sache arbeitete, die im Dunstkreis der Börse angesiedelt war. Er hat mir auch erklärt, wie diese Geschäfte funktionieren, die die Leute betreiben, denen er auf die Spur kam.«

»Er wollte sie erpressen, nicht wahr?«

»Darüber haben wir nicht gesprochen.«

»Und was war in dem Bankschließfach, dessen Inhalt für mich bestimmt war?«

»Ich weiß es nicht. Aber das habe ich Ihnen auch schon einmal gesagt!« Sie sah Jo offen an. Warum sollte sie jetzt noch lügen? Sich und ihren Jungen konnte sie nur schützen, wenn Charley so schnell wie möglich festgenommen werden konnte.

»Sie haben das Fach doch ausgeräumt«, erinnerte Jo.

»Nein. Und auch das habe ich Ihnen schon einmal gesagt. Es war die Wahrheit. Glauben Sie mir doch!«

»Aber es gibt Zeugen. Sie waren dort. Und Sie haben Ihre Unterschrift hinterlassen.«

Karen Tierney schüttelte sehr energisch den Kopf. »Ich habe keine Erklärung dafür!«

Jo sah sie an und dachte: *Vielleicht sagt sie die Wahrheit.* Eine Unterschrift zu fälschen war schließlich nicht unmöglich.

Moira Jordan erwartete eigentlich keinen Besuch mehr. Sie hatte sich die Schuhe ausgezogen und lief dann ins Bad, um die Wanne einlaufen zu lassen. Das Entmüdungsbad nach diesem anstrengenden Tag würde ihr guttun. Es war jetzt eine Menge zu tun in der Investment-Abteilung der Golden East Bank, seit Greg Lafitte das Zeitliche gesegnet hatte. Sie mußte seinen Job praktisch mit erledigen. Vielleicht würde sie sogar seine Nachfolgerin werden. Aussichten hatte sie jedenfalls.

Sie hatte gerade die Gürtelschnalle gelöst und wollte das schlichte, aber elegante lindgrüne Kleid abstreifen, da klingelte es an der Tür ihres Penthouses. Also zog sie ihre Schuhe wieder an und ging hin.

Ein kurzer Blick durch den Spion, dann öffnete sie, löste aber nicht die Kette. »Was wollen Sie?«

»Kriminalpolizei, Morddezernat!« klang es ihr entgegen. »Machen Sie bitte die Tür auf!«

Sie gehorchte. Es waren zwei Männer. Einen kannte sie. Es war Jo Walker, mit dem sie kurz bei Lafittes Büro in den Golden East Bank zusammengetroffen war. Der andere war korpulent gebaut und hielt ihr seine Dienstmarke unter die Nase.

»Ich bin Captain Rowland, und das hier ...«

»Wir kennen uns!« unterbrach sie und ließ ihren Blick zu Jo hinübergleiten. »Wenn auch nur flüchtig. Was wollen Sie von mir?«

Aber es war nicht Jo, der jetzt darauf antwortete, sondern Rowland. Er fing an, Moira Jordan ihre Rechte vorzulesen. »Sie haben das

Recht zu schweigen. Falls Sie auf dieses Recht verzichten, kann alles, was Sie von jetzt ab sagen, vor Gericht gegen Sie verwendet werden ...«

Sie schien einige Augenblicke lang völlig fassungslos zu sein. Dann meinte Sie mit beißendem Unterton: »Was soll diese Komödie? Das muß ein schlechter Witz sein!«

»Tut mir leid«, widersprach Rowland. »Es ist nicht einmal ein Irrtum.«

Sie stemmte die Arme in die Hüften. »Was liegt gegen mich vor?«

»Ich bin nicht wegen der kriminellen Insider-Geschäfte hier, mit denen Sie die Anleger betrügen. Das gehört nicht in den Bereich meiner Abteilung, aber Sie können sich sicher sein, daß die Kollegen sich dieser Sache annehmen werden ... Ich bin für Mord zuständig.«

»Ach ja? Ich habe niemanden umgebracht!«

»Mag sein«, sagte Rowland. »Aber Sie haben die Aufträge gegeben ...«

Sie wandte sich an Walker. »Haben Sie ihm diesen Floh ins Ohr gesetzt?«

»Es ist kein Floh«, erwiderte Jo kühl. »Sie waren es, die Clint Leonard beauftragte, Steve Tierney umzubringen, weil er Ihren Geschäften auf die Spur gekommen war. Sie haben seine Witwe unter Druck gesetzt, nichts von dem zu verraten, was ihr Mann ihr vielleicht über die Sache erzählt hatte. Es scheint, als hätten Sie dann kein Vertrauen mehr in Karen Tierneys Schweigen gehabt. Sie ist nur knapp davongekommen ...«

»Sie erzählen da Dinge, für die Sie nicht den Hauch eines Beweises haben!« ereiferte sie sich.

Aber Jo ließ sich nicht beirren. »Zuvor haben Sie Greg Lafitte erschießen lassen, der auch zu Ihrer Gruppe gehörte.«

»Warum sollte ich das tun?«

»Das wissen Sie doch selbst am besten! Lafitte hat Clint Leonard in einer Art Panikreaktion erschossen. Vielleicht war Leonard einfach nicht Profi genug und hat sich zu sehr für seine Auftraggeber interessiert. Dabei ist er dann auf Lafittes Nummer gestoßen. Aber genausogut könnte ich mir auch denken, daß es Lafittes Aufgabe in der Gruppe war, mit Leonard Verbindung zu halten. Ich stelle mir das so vor: Nach der Schießerei in Leonards Apartment brauchte dieser dringend jemanden, der ihm half. Er wandte sich an Lafitte. Die beiden trafen sich, und Lafitte brachte Leonard um, denn dieser war nun eine Gefahr. Vielleicht drohte Leonard sogar! Jedenfalls ließ sich ein Profi nicht auf die schnelle auftreiben, und Lafitte stellte sich so ungeschickt an, daß er selbst eine Kugel ins Bein bekam ...«

Moira Jordan verzog höhnisch das Gesicht. »Und was hat das mit mir zu tun?«

»Das will ich Ihnen sagen!« antwortete Jo. »Jetzt war es Lafitte, der alles zum Einsturz bringen konnte. Die Kugel in seinem Bein stammte aus Leonards Waffe und konnte ihn verraten, und von Lafitte war es kein weiter Weg zu Ihnen selbst. Das Risiko war Ihnen zu groß, nicht wahr? Sie haben schleunigst jemanden engagiert, um auf Nummer Sicher zu gehen!«

»Ich bin nicht bereit, mir das anzuhören!« schnaubte sie.

»Lafitte wußte wohl kaum, daß Charley sein Büro direkt neben seinem hatte ...«

»Hören Sie auf, Walker!«

»Ich will gar nicht erst von dem Kerl, der mich fast überfahren hätte, oder von der Entführung meiner Assistentin anfangen. Was hätten Ihre Leute übrigens heute abend in Harper's Bar mit mir gemacht? Wahrscheinlich wäre ich an irgendeinen einsamen Ort gelockt worden, um auf Nimmerwiedersehen von dort zu verschwinden.«

»Das sind Hirngespinste, Mister Walker!«

»Vermutlich hätten sie aber vorher noch genau unter die Lupe genommen, was ich gegen Sie in der Hand hätte ... So haben Sie es bei Tierney doch auch gemacht, nicht wahr? Sie haben abgewartet, bis Sie jedes Detail über ihn wußten. Zum Beispiel, daß er ein Bankschließfach hatte, dessen Inhalt für Sie gefährlich werden konnte. Was war darin? Kompromittierende Fotos? Ich nehme an, Sie haben das gesamte Material vernichtet. Wir werden nie erfahren, was es wirklich war.«

»Warum stellen Sie mir solche Fragen? Ich habe keine Ahnung von einem Bankschließfach!«

»Wirklich nicht? Sie sind doch dort gewesen, um an den Inhalt heranzukommen!«

Sie fing plötzlich an zu lachen, aber dieses Lachen hatte bereits einen unüberhörbaren Anteil von Hysterie.

»Mister Walker, Sie müßten doch wissen, daß man nicht einfach zu einer Bank gehen kann, um ein solches Fach auszuleeren! Das ist unmöglich.«

»Nicht, wenn man sich eine rote Perücke aufsetzt und sich mit falschen Papieren als Witwe zu verkaufen weiß! Und eine Unterschrift läßt sich mit etwas Training auch fälschen. Jedenfalls gut genug, um jeden zu täuschen, der nicht gerade ein ausgewiesener Schriftexperte ist.«

Sie verzog das Gesicht. »Um etwas zu fälschen, braucht man das Original!«

»Kein Problem«, meinte Jo. »Es gibt tausend Wege, um an eine Unterschrift zu gelangen. Vielleicht haben Sie jemanden vorbeigeschickt, der vorgab, für einen guten Zweck zu sammeln. Was weiß ich!«

»Bis jetzt nur Spekulation!« stellte Moira Jordan fest. »Wollen Sie mich deswegen festnehmen? Mein Anwalt hat mich in einer Stunde wieder auf freiem Fuß.«

»Es gibt Zeugen! Ich spreche nicht von dem zwielichtigen Buchmacher, der Ihnen Clint Leonards Dienst vermittelt hat. Der wird sein Mäntelchen nach dem Winde hängen und jeweils so aussagen, wie es für ihn selbst am besten ist!«

Moira Jordans Züge waren zu Eis erstarrt. »Sondern?«

Jo lächelte dünn.

»Es gibt einen völlig unbestechlichen Zeugen. Wie Sie sicher wissen, haben die meisten Banken eine Videoüberwachung ...« Er machte eine Pause und sah ihr in die braunen Augen. »Sie sind gut zu erkennen, trotz Ihrer Maskerade ...«

»Ich sage keinen Ton mehr!« flüsterte Moira Jordan dann fast tonlos. »Darf ich telefonieren?«

»Nur mit Ihrem Anwalt!« wurde sie von Rowland belehrt.

Die namenlose Tote

Jo Walker sog die kalte Morgenluft in gleichmäßigen Zügen in sich hinein, während er in gemäßigtem Tempo seine morgendliche Jogging-Tour durch den New Yorker Central Park machte. Zur Rechten hatte er den sogenannten Pond, einen Teich, an dessen Ufern sich ein Vogelreservat befand. Das Gezwitscher bildete einen angenehmen Kontrast zu den Geräuschen, die den Moloch New York sonst beherrschten.

Eine manchmal sogar friedliche, stille Oase in der pulsierenden Stadt – aber nicht an diesem Morgen …

Aus einiger Entfernung sah Walker drei Menschen auf sich zulaufen, zwei Männer und eine Frau. Aber das waren keineswegs Jogger, die zum Vergnügen oder wegen der Gesundheit liefen. Die drei kamen sehr schnell näher. Die Frau schien auf der Flucht vor den beiden Männern zu sein, die ihr im Abstand weniger Meter auf den Fersen waren. Aber dieser Abstand wurde immer kleiner.

»Nein!«

Die Frau keuchte und sah sich verzweifelt um. Sie trug sportliche Kleidung. Ihr langes, schwarzes Haar flog wirr durch das fein geschnittene, bräunliche Gesicht, während ihre Verfolger sie fast erreicht hatten.

Dann stolperte sie, strauchelte und ging zu Boden. Die beiden Kerle beugten sich über sie und packten sie roh. Sie schnappte nach Luft und hatte nicht einmal mehr genug davon, um zu schreien. Die junge Frau war völlig ausgepowert. Ihre Versuche, sich doch noch loszureißen, wirkten kraftlos. Dem eisernen Griff ihrer beiden Kontrahenten hätte sie wohl ohnehin nicht allzuviel entgegenzusetzen vermocht.

Indessen hatte Jo mit einem kleinen Spurt den Ort des Geschehens erreicht.

»Was machen Sie?« fragte Jo an die beiden Männer gerichtet, die ihr Opfer inzwischen an den Armen emporgerissen und auf die Füße gestellt hatten. Sie zitterte, und in ihren Augen stand nackte Angst. Als sie Jo sah, schien so etwas wie ein Hoffnungsfunke in ihnen aufzuglimmen.

Die beiden Männer trugen elegante Kleidung und machten einen guttrainierten Eindruck. Der eine hatte dunkle Haare und einen Oberlippenbart. Der andere war blond und blauäugig. Sein Gesicht wirkte grobschlächtig und brutal.

»Joggen Sie einfach weiter!« zischte der Dunkelhaarige. »Na los, verschwinden Sie schon!«

»Nein!« rief die Frau, aber der Blonde verschloß ihr mit seiner großen Pranke den Mund.

»Dies ist eine Polizeiaktion und kein Schauspiel, Mister!« behauptete der Dunkelhaarige frech.

Aber das schien Jo nicht besonders glaubwürdig. »Das sieht eher nach etwas anderem aus!« erwiderte er kühl.

»Glauben Sie, was Sie wollen!«

»Sie werden doch sicher Dienstausweise haben!«

Jo trat nahe an das Trio heran. Die beiden wechselten einen kurzen Blick. Es schien ihnen nicht zu gefallen, mit Jo an jemanden geraten zu sein, der sich nicht so leicht abwimmeln ließ.

Der Dunkelhaarige entblößte seine Zähne und knurrte: »Klar haben wir Ausweise!« Er griff in seine Innentasche und hatte in der nächsten Sekunde eine 8-Millimeter-Pistole in der Hand.

Jo hatte etwas in der Art erwartet. Sein Handkantenschlag kam daher blitzschnell und schleuderte dem Kerl die Waffe aus der Hand. Die nachfolgende Linke traf ihn mitten im ungedeckten Gesicht, ließ ihn rückwärts taumeln und zu Boden gehen. Er schien etwas benommen zu sein.

Die junge Frau nutzte ihre Chance und riß sich los. Sie hatte kaum noch Kraft, aber sie versuchte dennoch davonzulaufen. Sie strauchelte und fiel beinahe vor Schwäche hin. Wer mochte wissen, wie lange sie schon auf der Flucht war …

Ihre Bewegungen wirkten kraftlos und erschöpft, aber ihr Widerstandswille war ungebrochen. Sie war fest entschlossen, alles auf eine Karte zu setzen.

Der Blonde legte Jo indessen mit einem gekonnten Judogriff auf die Matte und griff dann zum Schulterholster. Es verging nur der

Bruchteil eines Augenblickes, und Kommissar X blickte in eine Pistolen-Mündung, die grell aufblitzte. Jo hatte sich jedoch bereits herumgerollt, als der Schuß in den Boden krachte. Ehe der Kerl zum zweiten Mal feuern konnte, schnellte Jo mit dem Fuß vor und fuhr seinem Gegner in die Kniekehle. Der Blonde verlor augenblicklich das Gleichgewicht. Sein Schuß ging in die Wolken. Ehe er es sich versah, war Jo über ihm, bog ihm den Waffenarm herum und entwand ihm die Pistole. Der Kerl atmete tief durch und erstarrte dann. Er war alles andere als begeistert davon, daß er nun in die Mündung seiner eigenen Waffe blicken mußte.

»Mistkerl!« knurrte der Blonde, während Jo sich erhob.

Der Dunkelhaarige hatte sich nicht weiter um seinen Komplizen gekümmert, sondern seine Waffe aufgehoben und unverdrossen die Verfolgung der jungen Frau wiederaufgenommen.

Jo sah, daß er sie bald einholen würde. Er wandte sich an den am Boden liegenden Blonden, der eine höllische Angst zu haben schien, und machte mit dem Pistolenlauf eine eindeutige Bewegung.

»Verschwinde!« zischte er, während der Kerl ihn ungläubig anstierte. »Na los, hörst du schwer?«

Jo wich einen Schritt zurück, während der Blonde wieder auf die Beine kam. Er schien Jo nicht zu trauen, vielleicht rechnete er damit, eine Kugel in den Rücken zu bekommen. Jo brannte ihm statt dessen eins vor die Füße. Jetzt spurtete der Blonde los, wobei er sich immer wieder umdrehte.

Doch Jo hielt sich nicht länger mit ihm auf, sondern setzte dem Dunkelhaarigen nach.

Jo war gut in Form und holte schnell auf. Der Dunkelhaarige hielt seine Waffe in der Hand und hatte die Frau fast erreicht. Ihr Vorsprung schmolz von Sekunde zu Sekunde. Sie schluchzte und stolperte nur noch mehr oder weniger vorwärts.

Als Jo etwas näher heran war, stoppte er und brachte die Pistole in Anschlag. »Waffe fallen lassen!« rief er.

Der Dunkelhaarige antwortete auf seine Weise.

Er drehte sich blitzartig um und feuerte sofort. Aber der Schuß war schlecht gezielt und ging einen halben Meter über Jo hinweg. Kommissar X hatte eine solche Reaktion insgeheim einkalkuliert, und so krachte sein Schuß nur einen Sekundenbruchteil später.

Die Kugel fuhr dem Dunkelhaarigen in den Arm. Er fluchte lauthals, versuchte, noch einmal die Waffe hochzureißen, aber der

Arm gehorchte ihm nicht so richtig. Die Waffe fiel zu Boden, während Blut durch seinen edlen Zwirn sickerte.

Mit verkniffenem Gesicht sah er sich kurz nach der jungen Frau um, die in einiger Entfernung von einer Parkbank haltgemacht hatte und nach Luft schnappte. Als Jo näher kam, ergriff der Verletzte die Flucht.

»Stehenbleiben!« rief Jo und ballerte einmal über den Kopf des Flüchtenden hinweg. Aber der Kerl blieb nicht stehen. Er lief einfach weiter. Jo dachte sich, daß es jetzt vielleicht Wichtigeres gab als eine wilde Verfolgungsjagd.

Er wandte sich der Frau zu, die auf der Bank niedergesunken war. Als er sich ihr näherte, blickte sie auf.

Ihre Augen waren dunkel und voller Furcht. Sie schien etwas sagen zu wollen, aber es kam kein Ton über ihre Lippen. Mit der Hand strich sie sich die Haare aus dem Gesicht.

»Haben Sie keine Angst«, sagte Jo ruhig. »Es ist vorbei.«

Sie seufzte, versuchte wie die Ahnung eines Lächelns und nickte. Sie hatte Ringe unter den Augen – wie jemand, der tagelang nicht geschlafen hat. Sie mußte Teil eines Dramas sein, von dessen Hintergründen Jo nicht den Hauch einer Ahnung hatte.

»Ich danke Ihnen«, sagte sie. Ihr Englisch hatte einen minimalen Akzent. Südamerika oder Südeuropa, schätzte Jo. »Wer weiß, was die Kerle mit mir angestellt hätten, wenn Sie nicht gewesen wären!«

Jo nickte. »Ich dachte immer, der südliche Central Park wäre relativ sicher, zumindest für New Yorker Verhältnisse.«

Jo wog die Pistole in seiner Hand, die er dem Blonden abgenommen hatte. Es war eine Beretta. »Es wäre vernünftig, zur Polizei zu gehen«, meinte er.

Aber sie schüttelte entschieden den Kopf. Dann versuchte sie zu lächeln, diesmal schon etwas erfolgreicher.

»Das bringt doch nichts«, sagte sie mit einer wegwerfenden Geste.

Jo zog die Augenbrauen hoch. »Warum denn nicht?«

»Das kennt man doch! So etwas verläuft im Sand!«

»Aber Sie haben das, was die meisten nicht haben, Miß ...« Jo erwartete, daß die dunkelhaarige Schönheit ihm vielleicht jetzt ihren Namen sagte, aber das tat sie nicht.

»Trotzdem«, sagte sie. »Es ist ja nichts passiert.«

»Was wollten die Kerle eigentlich von Ihnen?«

Sie zögerte eine Sekunde, ehe sie die Antwort parat hatte. »Ich nehme an, mein Geld! Was denn auch sonst?«

Jo hatte den Eindruck, daß sie selbst nicht so recht von dieser Version überzeugt war. »Das sah mir nicht so aus!« stellte der Privatdetektiv daher im Brustton der Überzeugung fest.

Die junge Frau zuckte mit den Achseln.

»Was weiß ich, wie es aussah oder was sie wollten!« Sie wirkte ein wenig genervt, stand auf und musterte Jo. »Warum fragen Sie mich eigentlich so aus?«

»Sorry – ist wohl eine Berufskrankheit. Ich bin Privatdetektiv. Mein Office ist übrigens in der Nähe. Sie sehen aus, als könnten Sie eine Tasse Kaffee und ein Frühstück vertragen ...«

Sie schien ein wenig irritiert. Ihre dunklen Augen sahen Jo an, als versuchte sie, dessen Gedanken zu lesen. »Warum machen Sie das?« fragte sie schließlich. »Schließlich war das ja alles andere als ungefährlich. Sie haben Ihr Leben riskiert.«

»Ich hatte den Eindruck, daß Sie Hilfe brauchten. Und an diesem Eindruck hat sich auch nichts dadurch geändert, daß die beiden Kerle sich davongemacht haben!«

»Der Eindruck täuscht.«

»Tut mir leid, es war nur ein Angebot.«

»Es war nicht so gemeint, Mister ...«

»Walker. Jo Walker.« Jo sah sie offen an. »Ich hoffe nur, daß Sie wissen, mit wem Sie sich da eingelassen haben. Die beiden Angreifer waren sicher keine Straßendiebe.«

Sie wandte ein wenig den Kopf und blickte an Jo vorbei. Kommissar X folgte ihrem Blick, um zu sehen, was die Aufmerksamkeit der jungen Frau erregt hatte.

In einiger Entfernung stand da ein untersetzter, aber sehr kräftig wirkender Mann mit gelocktem Haar. Als Walker zu ihm hinblickte, drehte der Lockenkopf sich zur Seite und ging mit immer schnelleren Schritten davon.

»Kannten Sie den Mann?«

»Nein. Wie kommen Sie darauf?«

»Es sah so aus.«

Sie versuchte zu lächeln. »Sehen Sie, das ist nicht der erste Mann, der mir hinterhersieht. Finden Sie das wirklich so ungewöhnlich?« Sie machte eine Pause und schien einen Moment lang nachzudenken. Dann sagte sie plötzlich: »Vielleicht nehme ich das Frühstück doch.«

Jo lächelte. »Zu gütig, Lady! Was hat den Stimmungsumschwung bewirkt?«

»Ich bin überzeugt, daß man Ihnen trauen kann!«

»Oder glauben Sie, daß die Kerle an der Straßenecke wieder auf Sie warten, um Sie in Empfang zu nehmen?«

»Glauben Sie, was Sie wollen! Gilt Ihr Angebot nun noch oder nicht?«

»Gehen wir!«

Wenig später trafen sie in Jos Residenz ein, die gleichzeitig als Wohnung und Office fungierte und sich in einer Traumetage am nördlichen Ende der 7th Avenue befand.

»Nanu«, wurde der von vielen auch respektvoll als Kommissar X bezeichnete Privatdetektiv von seiner attraktiven Assistentin April Bondy begrüßt. »Bringst du deine Klienten jetzt schon vom Joggen mit?«

Jo grinste der blonden April schelmisch ins Gesicht.

»Was glaubst du, wen ich morgens alles im Central Park treffe! Wenn ich Kaufmann wäre, würde ich dort meine Kontakte pflegen! Da hat man das ganze Busineß auf einem Haufen!«

April lachte. »Und alle im Jogging-Anzug ...«

»... und ohne Vorzimmerdrachen, die einen mit Terminen nach der Jahrtausendwende vertrösten!«

Sie wandten sich zu der jungen Frau um, die den Raum eingehend musterte und dann fragte: »Könnte ich mich erst ein bißchen bei Ihnen frisch machen?«

»Natürlich.« Jo wies ihr den Weg zum Bad.

Als er zurückkam, fragte April: »Wer ist die Kleine?«

»Sie hat es mir noch nicht gesagt!«

»Ihre Frisur hat ja wirklich etwas gelitten. Was ist passiert?«

»Ein paar Kerle waren hinter ihr her, und ich bin dazwischengegangen!« Er legte die Beretta auf den Tisch.

»Die scheinen ja gut ausgerüstet gewesen zu sein«, meinte April beim Anblick der Waffe, und Jo nickte.

»Kann man wohl sagen! Mit wem auch immer sich diese junge Frau angelegt hat – einfache Straßenräuber waren das nicht!«

»Steht sie unter Schock?«

»Glaube ich nicht. Sie wirkt auf mich außerordentlich cool, wenn man bedenkt, in welcher Lage sie gerade gewesen ist.«

Als die Fremde wenig später aus dem Bad kam, saßen Jo und April schon beim Frühstück. Sie setzte sich dazu. Im Gesicht hatte sie eine

Schramme, und ihre Kleider wiesen ein paar Flecken auf. Aber sonst schien mit ihr alles in Ordnung zu sein.

»Wollen Sie uns nicht Ihren Namen sagen?« hakte April nach, die vor Neugier fast platzte.

Die junge Frau hob den Kopf, als müsse sie überlegen, und sagte dann: »Es ist besser für Sie und besser für mich, wenn Sie ihn nicht wissen.«

April runzelte verwundert die Stirn. Sie schien mit dieser Antwort kaum etwas anfangen zu können.

Indessen wandte sich die junge Frau an Walker und versuchte so schnell wie möglich das Gespräch auf irgendein unverfängliches Terrain zu lenken. Sie mußte große Angst haben und dazu ein schier grenzenloses Mißtrauen. »Sie sind also Privatdetektiv«, murmelte sie gedehnt und schien dabei über irgend etwas nachzudenken.

»Ja«, nickte Jo.

»Ihr Geschäft scheint ja nicht schlecht zu gehen! Wenn ich mir Ihre Residenz hier so ansehe ...«

»Ich kann nicht klagen.«

»Was sind das so für Leute, die Sie hier aufsuchen?«

»Leute wie Sie.«

»Nehmen Sie mich nicht auf den Arm!«

»Es ist so, wie ich sage. Es sind Leute mit Problemen, Leute, die kein Vertrauen zur Polizei haben, und solche, denen die Polizei nicht helfen kann ...«

»Einer wie Sie arbeitet doch sicher nur für Millionäre und große Versicherungskonzerne!«

»Ich habe nichts gegen Geld«, erwiderte Jo. »Aber ich habe auch schon für kleine Leute gearbeitet. Ich bin in der glücklichen Lage, mir meine Aufträge aussuchen zu können.«

Sie aß das Frühstück mit großem Appetit. Vor allem vom Kaffee konnte sie kaum genug bekommen. Sie war übernächtigt, schien sich aber unbedingt wachhalten zu wollen.

»Ich fahre gleich zu Captain Rowland vom Morddezernat«, sagte der Privatdetektiv scheinbar beiläufig. »Rowland ist mein Freund. Ich könnte Sie mitnehmen. Das wäre kein Problem ...«

»Was soll ich dort?«

»Sie schauen sich ein paar Fotos an. Vielleicht sind die Kerle ja schon einmal aufgefallen. Dann könnten Sie sie identifizieren ... Das kostet Sie nicht mehr als ein bißchen Zeit, Miß.«

»Ich sagte schon einmal nein, Mister Walker.«

»Nennen Sie mich Jo.«

»Jo.«

Sie wollte keine Polizei, und ihr »Nein« klang ziemlich endgültig. Wahrscheinlich hatte sie ihre Gründe dafür.

»Haben Sie Angst, daß sich jemand an Ihnen rächen könnte, wenn Sie die zwei in die Pfanne hauen?«

Sie seufzte und strich sich dabei das blauschwarze Haar zurück. *Eine schöne Frau,* dachte Jo. *Eine sehr schöne Frau sogar.* Und dann ertappte er sich dabei, daß sein Blick wie magnetisch von ihr angezogen wurde.

»Ich habe es Ihnen doch schon einmal klarzumachen versucht, Jo ...«, sagte sie jetzt in einem etwas milderen Tonfall.

»Versuchen Sie es ruhig noch einmal!« lächelte Jo.

Sie hob beschwörend die Arme. »Ich bin Ihnen sehr dankbar für das, was Sie für mich getan haben, aber der Rest ist meine Sache. Ganz allein meine Sache, verstehen Sie?«

»Um ehrlich zu sein: nein. Denn mir scheint, daß Ihnen da etwas über den Kopf gewachsen ist. Die Kerle, die Ihnen aufgelauert haben, sind sicher keine Idioten. Die werden Sie überall wieder aufspüren. Glauben Sie mir!«

Jo merkte, daß er gegen eine Wand rannte. Je mehr er in sie zu dringen versuchte, desto mehr verschloß sie sich – aus welchem Grund auch immer.

Plötzlich sagte sie: »Ich glaube, ich muß jetzt los. Vielen Dank für alles. Ich werde es wiedergutmachen, wenn ich kann.«

»Warum ein so plötzlicher Aufbruch?« fragte April.

Die junge Frau versuchte ein Lächeln. »Es ist nicht plötzlich«, erklärte sie wenig überzeugend. »Ich muß jetzt einfach los, das ist alles.« Sie erhob sich, und Jo folgte ihrem Beispiel.

»Soll ich Sie nach Hause bringen?« fragte der Privatdetektiv.

»Nein, danke!«

»Wie gesagt, ich bin gleich sowieso unterwegs!«

»Dann nehmen Sie mich ein Stückchen mit!«

»Okay«, nickte Jo. Sein Blick versank in ihren dunklen Augen, und er dachte: *Was mag in diesem hübschen Kopf wohl vor sich gehen?* Man konnte es drehen und wenden, wie man wollte: Er wurde aus dieser Frau einfach nicht schlau. Sie machte es einem aber auch nicht gerade leicht!

»Sie müssen mir schon sagen, wo es hingehen soll!« meinte Jo, als er bereits zehn Minuten am Steuer seines champagnerfarbenen Mercedes 230 SLK Kompressor saß.

Die dunkeläugige Schönheit auf dem Beifahrersitz meinte knapp: »Fahren Sie nur. Ich werde Ihnen schon sagen, wann ich aussteigen möchte.«

»Wie gesagt, am besten steigen Sie überhaupt nicht aus, sondern kommen mit mir zur Polizei.«

»Lassen wir das.«

»Manchen ist nicht zu helfen.«

»Schon möglich ...« Sie seufzte. »Und was machen Sie jetzt bei der Polizei?«

»Ach, es geht um eine Gegenüberstellung. Ich möchte gerne dabeisein. Mein Freund Rowland und ich sind an einen Drogenring herangekommen. Jetzt kommt die Kleinarbeit. Aber die muß auch gemacht werden. Am Ende kann davon nämlich abhängen, ob es auch zu Verurteilungen kommt.«

»Was haben Sie mit Drogen zu tun, Jo? Sind Leute Ihrer Sorte nicht eher für den raffinierten Mord oder den spektakulären Diamantenraub zuständig?«

Jo blickte kurz zu ihr hin. »Sie irren sich«, erklärte er. »Obwohl ... Es war eigentlich auch eine Art Mord.«

»Das müssen Sie mir erklären.«

»Ein ziemlich verzweifelter Mann kam zu mir. Sein siebzehnjähriger Sohn hatte sich den Goldenen Schuß gesetzt. Das war der Auslöser, deshalb bin ich in der Sache drin.«

»Aber das ist doch kein Mord«, meinte sie. »Der Junge wußte doch wohl, was er tat. Er wollte es so.«

»Glauben Sie das wirklich?«

»Ja, so sehe ich das!«

»In diesem Fall war es mit Sicherheit anders. Der Junge war von seinem Dealer plötzlich mit Stoff einer Qualitätsstufe beliefert worden, die er nicht gewohnt gewesen war. Er hatte nicht mehr als seine normale Ration genommen und war nun tot. Und das war ganz eindeutig Mord, auch im juristischen Sinn.« Aber Jo hatte keine Lust, weiter darüber zu diskutieren. »Das Thema scheint Sie zu interessieren!« stellte er fest.

»Mich interessiert vieles.«

Jo Walker gab dem Gespräch einen abrupten Schwenk. »Seit wann sind Sie auf der Flucht?«

Sie lächelte. »Sie können es nicht lassen, was?«

»Wie gesagt: Berufskrankheit.«

»Ich habe die Kerle heute zum ersten Mal getroffen.«

»Mich brauchen Sie nicht anzulügen.«

»Sie wissen alles am besten, was?«

»Ich gebe mir Mühe«, lächelte Jo. »Wissen Sie, was ich glaube? Ich glaube, daß Sie schon tagelang vor ihnen davonlaufen.«

Sie versuchte sich in aufgesetzter, künstlich wirkender Heiterkeit. »Haben Sie Beweise?«

»Bin ich der Staatsanwalt?«

Sie deutete plötzlich mit ihrem schlanken Arm nach rechts und fragte: »Sehen Sie die Ecke dort hinten?«

»Ja.«

»Lassen Sie mich dort aussteigen.«

»Und dann? Wo wollen Sie hin?«

»Eine Straße weiter ist die U-Bahn ...«

Jo fuhr an den Straßenrand. Die junge Frau wollte schon aussteigen, aber Jo hielt sie noch zurück.

»Was ist noch?«

»Nehmen Sie das hier.« Sie nahm es und schaute stirnrunzelnd darauf. Es war eine seiner Visitenkarten. »Vielleicht überlegen Sie es sich ja noch einmal, ob Sie sich helfen lassen wollen.«

Sie steckte die Karte ein. »Leben Sie wohl, Jo.«

Und dann war sie auch schon weg. Jo sah sie zwischen den Passanten verschwinden. Sie blickte sich ständig um, als fühlte sie sich beobachtet. Man konnte nur hoffen, daß sie nicht eines Tages als Wasserleiche aus dem East River gefischt wurde ...

Captain Tom Rowland vom Morddezernat Manhattan C/II war ein massiger Koloß, der von seiner Figur her hervorragend geeignet gewesen wäre, als Double von Bud Spencer zu fungieren.

»Du bist ein bißchen zu früh dran, Jo! Wir müssen noch auf ein paar Leute warten! Aber ich kann dir einen frisch gebrühten Kaffee anbieten!«

»Danke, aber ich habe gerade gefrühstückt.«

»Wenn die Sache heute glatt geht, dann sind wir ein ganzes Stück weiter«, meinte Rowland. »Ich bin zuversichtlich ...«

Jo nahm die Beretta hervor, die er einem der beiden Kerle im Park abgenommen hatte. Er hatte die Waffe in eine Plastiktüte getan, obwohl es dazu längst zu spät gewesen war: Jo hatte die Pistole schließlich in die Hand genommen und benutzt und damit vermutlich fast alles an Spuren vernichtet, was irgend etwas aussagen konnte.

»Was ist das?« fragte Rowland.

»Heute morgen hatte ich beim Joggen Gelegenheit, mein Nahkampftraining etwas aufzufrischen«, antwortete Jo sarkastisch und erzählte Rowland knapp, was geschehen war.

»Und wo ist die Frau jetzt?« erkundigte sich der Captain.

»Auf und davon.« Jo zuckte mit den Achseln. »Was sollte ich machen, sie zwangsweise zur Polizei schleppen?«

»Sich überfallen zu lassen ist ja nicht strafbar!«

»Du sagst es!«

»Und was soll ich jetzt mit der Beretta?«

»Einfach mal ins Labor geben. Vielleicht kommt etwas dabei heraus!«

Rowland holte tief Luft und blies sich dabei auf wie ein Walroß. »Glaubst du eigentlich, das Labor hat nicht genügend zu tun, Jo? Mit dieser Waffe ist niemand umgebracht worden, und wenn sie aus dem Verkehr gezogen wird, wird das auch niemals geschehen.« Er hob die Beretta hoch und sah sie von allen Seiten an. »Die Nummer ist abgefeilt ...«, murmelte er.

»Eine Hand wäscht die andere, Tom. Also, was ist mit dem Labor? Wenn ich die Waffe dir überlasse, sind meine Chancen größer, sie untersucht zu bekommen, als wenn ich es allein versuche.«

Rowland seufzte und fixierte Jo mit seinem Blick. »Okay.«

»Danke.«

»Dann beantworte mir aber bitte eine Frage: Warum hängst du dich in diese Sache hinein?«

»Reine Neugier!« grinste Jo.

Ein Lieutenant kam herein und wandte sich an Rowland. »Es sind alle versammelt, Captain!«

Rowland schlug sich klatschend auf die Schenkel und stand auf. »Dann kann es ja losgehen!«

Jo steckte sich eine Zigarette in den Mund und zündete sie an.

»Drücken wir uns selbst die Daumen dafür, daß Jim Lacroix heute ins Loch geschickt wird!«

Sie gingen gemeinsam in einen schmucklos eingerichteten Raum, von dem aus man durch eine Scheibe in ein Nebenzimmer sehen konnte.

Rowland begrüßte eine vierzig- bis fünfzigjährige Schwarze von untersetzter Statur, die einen ziemlich verschüchterten Eindruck machte.

»Sie brauchen keine Angst zu haben, Mrs. Grogan«, behauptete Rowland.

Die Schwarze nickte, schien dem Police-Captain allerdings nicht so recht zu glauben. »Das sagen Sie so einfach, Captain!«

»Man kann Sie durch diese Scheibe nicht sehen«, ergänzte Walker.

Sie nickte und wandte den Blick zur Seite.

Martha Grogan war die Vermieterin von Ron Bogdanovich gewesen – jenem Jungen, dem jemand beim Goldenen Schuß etwas nachgeholfen hatte, indem er ihn mit reinem, statt, wie sonst üblich, mit großzügig verlängertem Heroin belieferte.

Indessen hatte sich auf der anderen Seite der Glasscheibe eine Riege hochgewachsener, aschblonder Männer aufgebaut. Einer von ihnen war Jim Lacroix, Bogdanovichs Dealer. Martha Grogan hatte bei ihrer ersten Vernehmung am Tatort ausgesagt, daß ein Mann Bogdanovich regelmäßig besucht hätte und auch kurz vor dessen Tod noch dortgewesen sei. Ihre Beschreibung paßte auf Lacroix wie die Faust aufs Auge, aber jetzt mußte sie ihn noch identifizieren, ihn als den Mann bezeichnen, der kurz vor Bogdanovichs Tod bei ihm gewesen war und ihn vermutlich beliefert hatte.

Diesmal eine tödliche Lieferung.

»Was ist?« fragte Rowland, vielleicht eine Spur zu ungeduldig. »Ist der Mann dabei?«

Martha Grogan schluckte. »Ich bin mir nicht sicher!«

»Aber das gibt es doch nicht! Sie konnten ihn doch ganz genau beschreiben!« schimpfte Rowland.

Sie hatte Angst, das lag deutlich auf der Hand. Wovor auch immer. Vielleicht hatte Lacroix jemanden bei ihr vorgeschickt, der ihr unmißverständlich klargemacht hatte, wie sie sich verhalten mußte, wenn sie bei guter Gesundheit bleiben wollte. Vielleicht war sie auch einfach gekauft worden.

»Ich bin mir nicht sicher, ob er dabei ist«, sagte sie wenig überzeugend. »Vielleicht der dort ganz rechts. Oder doch der in der Mitte? Sie sehen sich alle so ähnlich!«

»Hören Sie!« wurde sie von Rowland beschworen. »Sie brauchen wirklich keine Angst zu haben! Wenn Sie nur einen Ton sagen, dann können wir diesen Kerl ins Loch stecken!«

»Für wie lange?«

»Für sehr lange, denn dann geht es um Mord!«

»Können Sie mir das garantieren? Oder läuft es am Ende nicht so, daß ein geschickter Anwalt ihn doch rauspaukt?«

»Ich bin weder Richter noch Geschworener, aber wenn Sie ihn wiedererkennen, dann haben wir eine Chance!«

»Und wenn ich ihn nicht identifizieren kann?«

Rowland schwieg und atmete tief durch. Er ging zwei, drei Schritte hin und her und murmelte dann: »Ich fürchte, daß er uns dann durch die Lappen geht!«

Sie schien noch einmal zu überlegen. Man konnte ihrem Gesicht förmlich ansehen, wie der Kampf in ihr tobte. Dann war er entschieden – und zwar endgültig, wenn man nach dem Klang ihrer Stimme ging.

»Tut mir leid, von diesen Männern hier war es keiner!« sagte sie sehr bestimmt. Sie kniff ihre Lippen zusammen. Ihr Gesicht war eine Maske geworden.

Rowland machte einen letzten Versuch. »Einer dieser Männer ist ein Mörder. Sie wissen, welcher. Ron Bogdanovich hätte vom Alter her Ihr Sohn sein können. Denken Sie an Rons Eltern, was es für sie bedeutet, wenn sein Mörder davonkommt!«

Sie wandte den Blick an Rowland und seufzte. »Ich wünschte, ich könnte Ihnen helfen, Captain. Aber ich kann doch nur sagen, was der Wahrheit entspricht, oder?«

Der dicke Captain sah ein, daß die Sache verloren war. »Natürlich«, sagte er.

»Kann ich jetzt gehen?«

Rowland nickte. »Gehen Sie nur!« Als sie weg war, schlug er wütend mit der flachen Hand gegen die Wand.

»Der Tag fängt wirklich schlecht an, was?« fragte Jo.

Es war zwei Tage später, als Jo Walker die dunkeläugige Schöne zum zweiten Mal sah – diesmal allerdings nur als Schwarzweißfoto in der Zeitung. April hatte ihn darauf aufmerksam gemacht und ihm die entsprechende Seite unter die Nase gehalten.

»Wer kennt diese Frau?« stand dort in großen Lettern.

Das Foto war nicht besonders gut, ein Zeitungsfoto eben, aber Jo sah auf den ersten Blick, daß es sich um das Bild einer Toten handelte.

»Ich habe es geahnt«, murmelte er tonlos, als er den dazugehörigen Text las. In Yonkers war eine junge Frau umgebracht worden. Man hatte sie mit einer Kugel in der Herzgegend in einer Seitenstraße aufgefunden. Der Toten fehlte alles, was sie hätte identifizieren können. Sie hatte keinen Paß, keine Etiketten in der Kleidung, keine Brieftasche, keine Kreditkarte.

»Scheint, als hätten die beiden Kerle sie doch erwischt«, meinte April. »In der Zeitung steht, daß sie vorgestern ermordet wurde.«

»Nichts Näheres?«

»Nein.«

»Ich habe sie in der Nähe einer Subway-Station abgesetzt«, sagte Jo. »Sie muß sich auf ziemlich direktem Weg nach Yonkers aufgemacht haben.« Er zuckte mit den Achseln. »Sie hätte auf mich hören sollen...«

»Das hätte sie.« April machte eine kurze Pause und fuhr dann fort: »Ich weiß, daß dir das näher geht, als du zugeben willst. Ich habe gesehen, wie du sie angesehen hast...«

Jo stand auf, ging zum Fenster und blickte hinaus. Es war ein trüber Tag. New York war heute eine Waschküche. Der letzte Schauer war gerade zwei Minuten vorbei, der nächste kam bereits über den Central Park.

»Die Polizei in Yonkers sucht Zeugen, die die Tote kennen«, murmelte Jo. »Ich werde mal auf einen Sprung vorbeifahren.« Er machte eine unbestimmte Geste und ließ seine Hände dann in den Hosentaschen verschwinden. »Mehr kann ich wohl nicht mehr für sie tun...«

Der Mann, dem Jo Walker in dem miefigen, engen Büro gegenübersaß, hieß Clarke und war Lieutenant der Mordkommission von Yonkers. Clarke war klein und drahtig, und in seinen tiefen Augenhöhlen lauerten zwei giftige Augen. Ein kleiner Terrier, so wirkte er auf Jo. Einer, der zubiß und dann nie wieder losließ.

Na ja, dachte Jo. *Jeder hat eben seinen Weg.*

»Ihr Name ist also Walker«, raunte der Giftzwerg mit einem Unterton, der nichts Gutes ahnen ließ. »Kann es sein, daß ich diesen Namen schon mal gehört habe?«

»Durchaus.«

»Man nennt Sie auch Kommissar X, nicht wahr?«

»Ich kann es nicht abstreiten.«

Clarke schlug urplötzlich mit der flachen Hand auf den Tisch und schnellte mit dem Kopf wütend nach vorne. Seine Augen funkelten angriffslustig.

»Ich will Ihnen gleich zu Anfang etwas klarmachen, Mister Walker!

Ganz gleich, ob Sie Ihr Büro in einer Nobeletage oder in einem Hinterzimmer haben, ob Sie ein Star oder nur so ein Schmalspurschnüffler sind: Ich mag keine Privatdetektive.«

Jo zuckte mit den Achseln. »Das tut mir leid!«

»Und ich mag es auch nicht, wenn ihr Schnüffler uns Profis ins Handwerk pfuscht!«

Jo atmete tief durch. »Erstens sind wir Privaten genauso Profis in diesem Geschäft wie Ihresgleichen, und zweitens habe ich nicht die Absicht, Ihnen dazwischenzufunken, Clarke. Ich ermittle in diesem Fall gar nicht, sondern bin als Zeuge hier!«

»Okay!« Clarke grinste sarkastisch. »Ich will Ihnen das mal für eine Minute glauben. Erzählen Sie, was Sie zu der Sache beizusteuern haben! Sagen Sie bloß, Sie kennen die Tote!«

»Ich habe sie am Montag morgen im Central Park gesehen, als ich meine tägliche Jogging-Runde machte. Zwei Kerle waren ihr auf den Fersen, und ich bin dazwischengegangen.«

»Wie nobel, Mister Walker. Findet man heute selten, so etwas. Die meisten schauen einfach weg. Wer ist die Lady?«

»Sie hat mir ihren Namen nicht gesagt.«

»Zu schade! Wann war das genau am Montag morgen?«

»So gegen sieben. Einem der Kerle konnte ich die Beretta abnehmen. Sie befindet sich noch im Labor. Erkundigen Sie sich bei Captain Rowland, wenn Sie an dem Befund interessiert sind.«

»Bin ich nicht.«

Jo runzelte die Stirn. Fast glaubte er, sich verhört zu haben.

»Habe ich das richtig verstanden?«

»Ja, das haben Sie«, nickte Clarke. »Sehen Sie, die Sache ist ganz einfach: Zu dem Zeitpunkt, an dem Sie die namenlose Lady im Central Park von New York gesehen haben wollen, war sie schon mindestens eine halbe Stunde tot.«

Für Jo war das wie ein Schlag vor den Kopf. »Ich bin aber völlig sicher ...«

»Tut mir leid, Mister Walker, aber wie es scheint, haben Sie den Weg hierher nach Yonkers umsonst gemacht.« Es stand Clarke im Gesicht geschrieben, daß es ihm nicht ein bißchen leid tat. Aber das war Jo ziemlich gleichgültig. Seine Gedanken waren bei der namenlosen Toten, deren Bild er in der Zeitung gesehen hatte. »Sie war es«, sagte er. »Ich bin mir da hundertprozentig sicher. So ein Gesicht vergißt man nicht.«

»Sie muß sehr hübsch gewesen sein, bevor man aus ihr eine Leiche gemacht hat!« Clarke zuckte mit den Achseln. »Wahrscheinlich haben Sie eine andere Frau gesehen, Walker. Vielleicht eine, die der Toten sehr ähnlich sah und die Sie dann auf dem Foto wiederzuerkennen glaubten!«

Aber Jo schüttelte entschieden den Kopf. »Das glaube ich nicht.«

»Dann gehen Sie ins Leichenschauhaus und sehen Sie sie sich im Original an! Vielleicht geht es dann in Ihren Schädel!«

Kommissar X ließ nicht locker. Er hatte ein Paar gut funktionierender Augen im Kopf, und es gab keinen Grund, ihnen nicht zu trauen. Also bohrte er weiter.

»Es gibt Mittel und Wege, Todeszeiten zu manipulieren. Ist eine Obduktion durchgeführt worden?«

»Die Todesursache liegt auf der Hand. Sie starb durch eine Kugel aus einer 8-mm-Pistole. Ein Schuß aus nächster Nähe. Und da hat sich niemand die Mühe gemacht, irgend etwas zu manipulieren. Es war ein ganz simpler, brutaler Mord. Fast wie eine Hinrichtung.«

»Wer hat sie gefunden?«

»Wissen Sie was, Walker: Es ist genauso, wie ich befürchtet habe! Sie versuchen mir Fragen zu stellen, anstatt umgekehrt. Und genau das kann ich nicht leiden. Sie sagten, daß Sie in dieser Sache nicht ermitteln, also sehe ich auch nicht ein, weshalb ich Ihnen irgend etwas sagen soll.«

Jo verzog das Gesicht. »Und wenn ich nun doch an der Sache arbeiten würde?«

»Dann würde ich Ihnen vielleicht erst recht nichts sagen, damit Sie mir nicht dauernd in die Quere kommen!«

»Na, dann kann ich ja froh sein, daß ich mein Büro in Manhattan und nicht in Yonkers habe!«

»Allerdings. Bei mir hätten Sie nicht viel zu lachen! Und ich gebe Ihnen auch jetzt den Rat, sich den Kopf über Ihre eigenen Sachen zu zerbrechen.«

Kommissar X wandte sich zum Gehen. Aus diesem Terrier würde er kaum mehr herausbekommen. Und er fragte sich, ob er das überhaupt versuchen sollte. Schließlich war es Clarkes Aufgabe, den Mörder der jungen Frau zu finden, nicht Walkers. Es hatte ihn niemand beauftragt.

Bevor Walker sich auf den Rückweg nach Manhattan machte, wollte er sich die Tote aber doch noch einmal ansehen. Er wollte sichergehen, sich nicht geirrt zu haben.

Der Arzt, der Jo durch die Katakomben des Leichenschauhauses führte, war fast so bleich wie die Körper, die er zerschnitt. Kein

Wunder, dachte Jo. Schließlich kam der Kerl wohl ziemlich selten mal ans Tageslicht.

»Kannten Sie die Tote?« fragte der Arzt.

Jo nickte zögernd. »Könnte man so sagen.«

»Sie sind der erste, der sie zu kennen glaubt.«

»Und dabei steht es doch jetzt sogar in der Zeitung!«

»Vielleicht kam sie nicht von hier.«

»Alles möglich, Mister.«

Dann wurde eine Leiche aus dem Kühlfach gezogen. Der Arzt deckte das Gesicht ab und gähnte dabei ungeniert. Ihr Gesicht hatte fast jegliche Farbe verloren. Jemand war so pietätvoll gewesen, ihr die Augen zu schließen.

Aber sie war es. Für Jo gab es keinen Zweifel mehr.

»Todeszeit?« fragte Jo.

Der Arzt schaute in seine Unterlagen. »Montagmorgen, circa halb sieben. Wahrscheinlich früher.«

»Und wann wurde sie gefunden?«

»Steht auch hier: Kurz nach halb acht.«

»Kein Irrtum möglich?«

»Wovon sprechen Sie?«

»Von der Todeszeit.«

Der bleiche Arzt runzelte die Stirn. »Was wollen Sie eigentlich? Glauben Sie, wir machen hier Pfusch?«

»Nein, es ist nur so, daß ich die Tote noch quicklebendig gesehen habe, als sie nach Ihren Angaben schon auf dem Weg hierher war. Deshalb frage ich, ob es da nicht sein könnte, daß Sie sich bei der Todeszeit geirrt haben.«

Der Arzt blickte auf den Boden. »Mein Kollege Snyder war um halb acht am Tatort und hat den Tod festgestellt«, murmelte er. »Und wann bitte wollen Sie sie noch gesehen haben?«

»Schon gut«, meinte Jo. »Vergessen Sie's!« Um halb acht hatte die Tote in Walkers Residenz an ihrem Kaffee geschlürft.

Irgend etwas stimmte hier nicht.

Als Jo Walker zurück in die 7th Avenue kam, war es Nachmittag, und es regnete wieder. Diesmal war es kein Schauer, sonder eher eine Art Dauerregen, der Jo den ganzen Weg von Yonkers bis hierher begleitet hatte. Ein scheußlicher Tag – und das in mehrfacher Hinsicht.

Aber die Unannehmlichkeiten hatten sich mit der Feuchtigkeit, die da unablässig von dem grauen Himmel herabrieselte, noch lange nicht erschöpft. Das merkte Jo ziemlich bald, nachdem er sich wieder in seiner Residenz befand.

Er ließ die Türen auseinanderfliegen und warf den nassen Mantel in eine Ecke.

»Was Neues, April?« fragte er seine Assistentin.

»Im Büro sitzen zwei Klienten.«

Jo pfiff durch die Zähne. »Gleich zwei? Haben sie gesagt, was sie wollen?«

»Nein«, schüttelte April den Kopf und warf dabei ihre blonde Mähne in den Nacken. »Sie wollen nur mit dir persönlich sprechen. Von mir wollten sie nicht einmal eine Tasse Kaffee!«

Das erste, was Jo mißfiel, als er sein Büro betrat, war, daß jemand hinter seinem Schreibtisch saß und die Füße hochgelegt hatte. Der zweite Besucher lehnte am Fenster und hatte die Hände in den Hosentaschen.

Jo erstarrte.

Es waren die beiden Gorillas, vor denen die junge Frau davongelaufen war, deren Foto jetzt in den Zeitungen bewundert werden konnte. Der Dunkelhaarige hatte seinen rechten Arm bandagiert und trug ihn in einer Schlinge.

Wenigstens fiel er dadurch als Schütze erst mal aus. Anders der Blonde, dessen Hand in der Manteltasche ruhte und wahrscheinlich einen Pistolengriff umfaßte.

Das Gesicht des Dunkelhaarigen blieb sehr ernst und war fast eine Leichenbittermiene. Der Blonde hingegen grinste frech und kaute dabei auf irgend etwas herum.

»So sieht man sich wieder«, murmelte Jo.

»Schließen Sie die Tür!« befahl der Dunkelhaarige und ließ seine Worte durch seinen Komplizen dadurch unterstreichen, daß dieser jetzt seine Waffe aus der Manteltasche hervorholte und sie auf Jo richtete. »Ich hoffe, Sie machen keine Dummheiten, Walker!«

»Das hoffe ich umgekehrt auch!« konterte Jo, nachdem er die Tür geschlossen hatte. »Was wollen Sie von mir?«

Auf dem Schreibtisch lag noch die Zeitung, die Jo am Morgen gelesen hatte. Der Dunkelhaarige schlug die Seite auf, auf der das Bild der namenlosen Toten war. »Sie haben das hier sicher gelesen, nicht wahr?«

»Ja.« Walker trat näher an den Schreibtisch heran. Bevor er sich in den davorstehenden Sessel fallen ließ, deutete er auf das Foto. »Das ist eure Arbeit, nicht wahr?«

»Sie werden nicht im Ernst erwarten, daß wir dazu etwas sagen, Mister Walker.«

»Ich werde unter anderem dafür bezahlt, daß ich zwei und zwei zusammenzähle und meine Schlüsse ziehe.« Jo zeigte auf die Waffe des Blonden. »Acht Millimeter?«

»Die Fragen stellen wir hier, auch wenn Ihnen das nicht paßt!«

»Bitte! Sie sind wahrscheinlich nicht hier, um mir einen Auftrag zu geben!«

»Nein, das sicherlich nicht. Es geht um etwas anderes.«

»Da bin ich aber gespannt!«

»Sie erinnern sich an die junge Frau, Montag morgen im Central Park ... Sie sind uns leider dazwischengekommen.« Er hob ein wenig den bandagierten Arm an. »Diese Frau hatte etwas in ihren Besitz gebracht, das ihr nicht gehörte. Wir hatten die Aufgabe, es ihr wieder abzunehmen.«

»Und wie kann ich Ihnen da helfen?«

»Indem Sie es uns jetzt aushändigen.«

»Warum nehmen Sie an, daß ich es habe?«

»Weil sie es bei Ihnen deponiert haben wird, wenn sie einen Funken Verstand hatte. Es kann auch sein, daß Sie es ihr abgenommen haben. Der Phantasie sind da keine Grenzen gesetzt.«

»Das wird ja immer interessanter!« sagte Jo sarkastisch.

»Jedenfalls glaube ich nicht, daß diese Begegnung im Park reiner Zufall war.«

Jo zuckte mit den Achseln. »Bedaure, ich weiß noch nicht einmal, worum es geht.«

Das Gesicht des Dunkelhaarigen blieb regungslos. Mit der Linken machte er eine unbestimmte Geste. Unterdessen bewegte sich der Blonde seitwärts. Er öffnete einen der Büroschränke und begann damit, den Inhalt auf den Boden zu streuen.

»Scheint, als würde Ihre Antwort meinen Freund nicht sehr überzeugen, Mister Walker.«

Der Blonde grinste unverschämt. Es machte ihm Spaß, was er tat – besonders, als seine Hand dann über ein Regal strich und ein paar wertvolle Vasen auf dem Boden zerscheppern ließ.

Jetzt wurde es Jo zu bunt. Er gab dem Schreibtisch einen kräftigen Tritt, so daß er den Dunkelhaarigen rammte und dieser mitsamt Sessel nach hinten kippte. Er fluchte unterdrückt, während der Blonde die Waffe hob.

Jo warf sich zu Boden, bevor der Kerl schoß.

Genau in diesem Augenblick flog die Tür auf, und April kam herein. Der Krach hatte sie angelockt. Auf jeden Fall tauchte sie genau im richtigen Moment auf, denn der Blonde wirbelte mit der Waffe in der Hand herum in ihre Richtung.

Jo rollte sich am Boden herum und riß die Automatic heraus. Blitzschnell ging das. Der Blonde zögerte nur den Bruchteil einer Sekunde, und doch war es jetzt bereits zu spät für ihn. Er blickte direkt in den Lauf von Walkers Automatic und konnte sich seine Chancen an zwei Fingern ausrechnen, schneller zu schießen als der Privatdetektiv.

»Der Gedanke taugt nichts, der Ihnen da im Kopf herumspukt«, zischte Jo. »Werfen Sie Ihr Schießeisen lieber weg, wenn Sie kein Loch in den Kopf wollen!«

Der Blonde zögerte noch einen Moment und atmete dann tief durch. Er sah ein, daß er auch diese Runde verloren hatte, sosehr er sich darüber auch ärgern mochte. Er warf seine Pistole zu Boden. Sein dunkelhaariger Komplize arbeitete sich indessen unter Schreibtisch und Sessel hervor. Er schien Schmerzen zu haben, wenn man nach dem verzerrten Gesicht ging. Vielleicht hatte es seinen verletzten Arm erneut erwischt. Jos Mitleid hielt sich allerdings in Grenzen.

»Jetzt drehen wir den Spieß mal um!« knurrte Jo. »Wer schickt Sie?«

Der Blonde schielte zu seinem Komplizen hinüber und schien abzuwarten, wie dieser reagieren würde. Der Dunkelhaarige schien bei den beiden für das Denken zuständig zu sein.

»Sie können mich mal, Walker!« zischte dieser.

Jo wandte sich an April. »Du kannst die Polizei rufen!«

Der Blonde wurde unruhig. Ihm schien die harte Linie des Dunkelhaarigen nicht zu gefallen, er sagte aber nichts.

April hob indessen die Waffe des Blonden vom Boden auf und ging ins Vorzimmer. Jo befahl inzwischen dem Dunkelhaarigen, sich zu seinem Komplizen an die Wand zu stellen.

»Sie bluffen, Walker!«

»Glauben Sie?«

Inzwischen hörte man April aus dem Nebenzimmer die Polizei anrufen. Der Blonde bekam einen panischen Zug im Gesicht. »Der Kerl ist verrückt!« knurrte er. »Der bringt es fertig und liefert sich selbst mit ans Messer!«

»Halt's Maul!« zischte der Dunkelhaarige.

»Vielleicht können wir uns so mit ihm einigen!«

»Ich sagte: Halt's Maul!«

Jetzt mischte sich Jo ein: »Das mit der Frau in Yonkers – wart ihr das?«

»Kein Kommentar«, knirschte der Dunkelhaarige.

»Wir haben damit nichts zu tun«, schnatterte der Blonde, der es langsam mit der Angst zu tun bekam.

Jo hielt sich daher an ihn. »Die Frau wurde mit einer Acht-Millimeter-Pistole erschossen. Wenn ich mich nicht irre, dann ist Ihre Waffe von demselben Kaliber.«

»Es gibt viele Acht-Millimeter-Pistolen.«

»Im Labor wird sich herausstellen, ob es diese hier war.«

»Willst du mir was anhängen?«

»Warum nicht? Meine Beziehungen zur Polizei sind hervorragend!«

»Ich sage dir, der Kerl blufft!« knurrte der Dunkelhaarige.

Jo hielt sich nicht länger mit dem Katz-und-Maus-Spiel auf. Bis die Polizei kam, hatte er noch ein bißchen Zeit, und die nutzte er, indem er die Taschen der beiden Kerle durchsuchte. Er fand ihre Brieftaschen.

Der Blonde hieß Glenn Peters, der Dunkelhaarige Miles McCarthy – jedenfalls wenn man nach dem ging, was in den Führerscheinen stand. Aber die beiden waren natürlich nur Handlanger. Jo hoffte, durch sie vielleicht eine Etage höher zu gelangen. Er wollte wissen, wer dahintersteckte – und das jetzt nicht mehr nur deshalb, weil er diesen Hintermännern den Mord in Yonkers nicht verzeihen konnte, sondern weil er jetzt selbst in der Sache mit drinsteckte. Ob es ihm paßte oder nicht.

In der Brieftasche des dunkelhaarigen McCarthy steckte ein kleiner Zettel, auf dem eine Adresse stand. Jo hob die Augenbrauen. Es stand kein Name dabei, aber das machte nichts.

Es war eine Adresse, die er kannte: Jim Lacroix. Wenn das keine Überraschung war!

Zwei Detectives kamen wenig später vorbei und nahmen Peters und McCarthy mit. Vielleicht ergab die Untersuchung der Waffe ja etwas.

Jo machte sich indessen an die Verfolgung einer anderen Spur. Wer immer letztlich diese beiden Gorillas in sein Büro gehetzt hatte – er würde kaum lockerlassen. Und wenn Jim Lacroix in der Sache mit drinsteckte, dann war es auch nicht allzu schwer, sich auszumalen, worum es hier eigentlich ging: entweder um Drogen oder um Schwarzgeld. Oder beides.

Jim Lacroix bewohnte ein elegantes Penthouse, aber dort suchte Jo ihn gar nicht erst, weil er aus Erfahrung wußte, daß man ihn dort nur in Ausnahmefällen um diese Zeit antreffen konnte. Lacroix war ständig unterwegs. Ein umtriebiger Mann, der die Unterwelt-Hierarchie schon ein paar Stufen nach oben gefallen war. Er dealte. Kokain und Heroin, vielleicht auch noch andere Sachen.

Vor einiger Zeit hatte er versucht, in der Prostitution Fuß zu fassen, hatte sich da aber ganz gehörig die Finger verbrannt. Seitdem hatte er eine Narbe am Hals, trug daher meistens Rollkragen-Pullover und kümmerte sich nur noch um Geschäfte, von denen er etwas verstand.

Walker klapperte einige Lokale an der Bowery ab, von denen er wußte, daß Lacroix sich dort bevorzugt aufhielt. Schließlich ermittelte er ja schon eine ganze Weile in Lacroix' Dunstkreis und kannte die Gewohnheiten des Dealers ganz gut.

Jo traf ihn schließlich in einer Bar vor einem Martini sitzend. Sein Outfit war vom Feinsten. Allein das Sakko kostete sicher mehr, als der Barmixer im ganzen Monat verdiente. Maßgeschneidert. Ein breites Grinsen ging über sein Gesicht, wobei er ein paar Jacket-Kronen entblößte.

»So sieht man sich wieder, Walker!« gurgelte er vergnügt. »War wohl ein Schlag ins Wasser, die Show von heute morgen?«

Jo setzte sich zu ihm.

»Irgendwann erwischt dich jemand, verlaß dich drauf. Wenn ich es nicht bin, dann vielleicht mein Freund Rowland. Oder einer deiner sauberen Freunde.« Jo zuckte mit den Schultern.

Lacroix ließ das kalt. »Ich wußte gar nicht, daß du ein so schlechter Verlierer bist, Schnüffler!«

»Bin ich eigentlich gar nicht. Vielleicht liegt es daran, daß ich Leute wie dich nicht leiden kann!«

Lacroix lachte heiser und verzog das Gesicht. »Das Kompliment kann ich ohne Umschweife zurückgeben!«

»Irgend etwas hast du mit der Frau angestellt, um sie umzudrehen«, stellte Jo fest. »Vielleicht eine Art Pension, um ihr den Mund zu stopfen – oder eine handfeste Drohung. Ich schätze, es war eine Kombination aus beidem. Zuckerbrot und Peitsche, so sagt man doch dazu, oder?«

Lacroix hob die Augenbrauen. Bis jetzt hatte ihm Walkers Auftreten offenbar noch nicht die Laune verdorben, was nur heißen konnte, daß er sich sicher fühlte.

»Was willst du jetzt unternehmen, Walker?«

»Mal sehen.«

»Mich die ganze Zeit über beschatten, bis du glaubst, daß die Gelegenheit da ist, um zuzuschlagen?« Er lachte trocken. »Da kannst du lange warten.«

»Wart's ab, Lacroix! Vielleicht kommt das früher, als du es für möglich hältst!«

»Wie wär's, wenn du und dein Freund Rowland mal einsehen würdet, daß ihr euch schlicht und ergreifend geirrt habt! Ich bin kein Mörder. Und ich habe auch nichts mit dem puren Heroin zu tun, das dem Jungen über den Jordan geholfen hat.« Um seinen Mund spielte ein zynischer Zug. »Allerdings ...«, murmelte er gedehnt, »ich muß schon sagen: Wer das Zeug nimmt, sollte es auch dosieren können! Oder die Finger davon lassen!«

»Wenn ich dich reden höre, wird mir schlecht«, gestand Jo.

»Es zwingt dich ja niemand.«

»Leider doch. Ich bin nicht wegen dem Jungen hier.«

Lacroix runzelte die Stirn. »Weswegen dann? Willst du mir 'ne andere Sauerei anhängen? Dir traue ich alles zu, Walker!«

Jo hatte sich die Zeitungsseite mit der Toten aus Yonkers herausgerissen und hielt sie Jim Lacroix jetzt unter die Nase. Dieser warf nur einen flüchtigen Blick auf das Bild und die Überschrift und meinte dann: »WER KENNT DIESE FRAU? – Ich kenne sie jedenfalls nicht!«

»Merkwürdig«, meinte Jo. »Da wird jemand umgebracht, und die Spur führt geradewegs zu dir! Erklär mir das, wenn du kannst!«

»Ich weiß von nichts!«

»Und was ist mit Glenn Peters und Miles McCarthy? Sagen die dir etwas?«

»Jetzt begreife ich gar nichts! Was haben die mit der Frau in Yonkers zu tun?«

»Sie waren hinter ihr her. Und jetzt ist sie tot. Zufällig hatte einer der beiden deine Adresse dabei. Hast du die Nobel-Gorillas angeheuert?«

»Nein.«

»Ich hoffe, die Polizei glaubt dir das auch.«

»Warum sollte sie nicht?«

»Peters hatte eine Pistole bei sich. Und mit genau so einer Waffe ist die junge Frau in Yonkers erschossen worden ... Aber es weiß doch jeder, daß die beiden kaum aus eigenem Antrieb gehandelt haben! Das sind doch Lakaien. Man wird also nach einem Auftraggeber Ausschau halten ...«

»... und auf mich kommen. Willst du mir das sagen?«

Jo nickte. »Du hast es erfaßt.«

»Warum sollte ich die Frau umbringen wollen?«

»Was weiß ich? Bei dem Jungen hattest du ja auch einen Grund.« Jo rollte die Zeitung wieder zusammen und steckte sie in die Manteltasche, während das Gesicht von Jim Lacroix zu einer eisigen Maske geworden war.

»Du willst mir Ärger machen, nicht wahr, Walker?«

»Ja, und du kannst dich darauf verlassen, daß ich es auch schaffen werde!«

Lacroix tickte nervös mit den Fingern auf dem Tisch herum. »Also gut, ich kenne Peters und McCarthy.«

»Sie stehen auf deiner Gehaltsliste, stimmt's?«

»Nein. Sie haben mal für mich gearbeitet, als es darum ging, ein paar säumige Schuldner daran zu erinnern, daß man Jim Lacroix nicht so einfach vergißt.«

Jo konnte sich lebhaft vorstellen, wie diese »Erinnerung« in der Praxis aussah. Zu den Schulden kam in solchen Fällen noch eine saftige Krankenhausrechnung ...

»Für wen arbeiten die beiden jetzt?«

»Keine Ahnung!«

Jo erhob sich, packte Jim Lacroix am Revers seines edlen Jacketts und zog ihn zu sich heran. »Du willst mich für dumm verkaufen, Lacroix. Aber dazu mußt du schon entschieden früher aufstehen!«

Der Dealer ruderte mit den Armen. »Ich weiß es wirklich nicht, Walker! Aber du kannst ja mal bei Tony Willis nachfragen.«

Jo ließ Lacroix los, während der Barmann fragte: »Probleme, Jimmy?«

»Nein!« knurrte der Dealer und zog sein Jackett glatt.

»Tony Willis? Der Geschäftsführer von ›Round Midnight‹?« erkundigte sich Jo.

»Genau der. Ich habe Peters und McCarthy als Rausschmeißer dort empfohlen. Kann sein, daß sie bei Willis gelandet sind.«

»Ich hoffe für dich, daß das stimmt!«

»Und ich hoffe, daß ich dich nun fürs erste los bin, Walker!«

Jo wandte sich zum Gehen. Lacroix hatte etwas von einem schleimigen Aal. Immer wenn man schon glaubte, ihn gepackt zu haben, glitt er einem durch die Finger.

Als Jo wieder in seinem champagnerfarbenen 230 SLK saß, erreichte ihn ein Telefonanruf von April.

»Jo, hier hat sich gerade jemand am Telefon gemeldet, der seinen Namen nicht nennen wollte. Aber er kannte offenbar die Frau, der du im Central Park geholfen hast.«

»Hat er sonst was gesagt? Den Namen vielleicht?«

»Nein, er sprach nur von der ›Kleinen‹ aus dem Central Park. Es ging ziemlich schnell, Jo. Er wollte dich persönlich sprechen, aber damit konnte ich leider nicht dienen.«

»Will er sich wieder melden?«

»Hat er nicht gesagt.«

»Hat er wenigstens gesagt, was er von mir will und warum er sich nicht bei diesem Polizei-Terrier in Yonkers meldet? Der ist doch ganz wild auf jemanden, der die Frau identifizieren kann!«

»Keine Ahnung, Jo. Ich habe das Gespräch aufgenommen – wenn man es denn überhaupt so nennen will. Wenn du nachher zurückkommst, kannst du dir die Stimme ja mal anhören. Vielleicht ist es ein alter Bekannter … Was ist eigentlich mit der Lacroix-Spur? Ist sie heiß?«

»Eher lauwarm.«

Jo wollte schon auflegen, aber da hörte er April sagen: »Ehe ich es vergesse, Jo! Unser Freund Tom Rowland hat sich übrigens ebenfalls gemeldet.«

»Wegen der beiden Kerle, die mir einen unfreundlichen Besuch abstatten wollten?«

»Nein, Jo. Wegen der Beretta. Vor drei Jahren wurde ein Mann aus dem East River gefischt, der mit dieser Waffe erschossen wurde.«

Jo pfiff durch die Zähne. »Weißt du noch mehr darüber?«

»Rowland geht der Sache nach!«

»Okay. Wer weiß? Vielleicht ist das ein Punkt, an dem man ansetzen kann, um das Knäuel zu entwirren.«

Ein paar Minuten später hatte Jo Walker das ›Round Midnight‹ erreicht.

Es war schon mehr als ein Jahr her, seit er hier zum letzten Mal ermittelt hatte, aber in der Zwischenzeit hatte sich der Laden in erstaunlicher Weise verändert. Aus einem billigen Strip-Lokal war so etwas wie eine Nobel-Disco mit Laser-Show und allen nur denkbaren Schikanen geworden. Jo staunte.

Um diese Zeit war natürlich an einem Ort wie diesem noch nichts los, und so ging er schnurstracks dorthin, wo er Tony Willis' Büro vermutete. Es war immer noch am selben Platz und eines der wenigen Dinge hier, die sich kaum verändert hatten.

Ja, dachte Jo, von ihrem Outfit her hätten Peters und McCarthy in einen Laden wie diesen hineingepaßt.

Tony Willis war alles andere als erfreut, als er Jo hereinplatzen sah. Er erhob sich hinter seinem Schreibtisch. Der Mann, der sich in einen der protzigen Ledersessel gefläzt hatte, war wie ein Kleiderschrank gebaut und vermutlich nicht für die Buchführung angeheuert worden.

Als er Jo eintreten sah, bildeten sich auf seinem konturlosen Gesicht tiefe Furchen, die Schlimmes ahnen ließen. Aber Jo wußte, daß dieser Wachhund nur beißen würde, wenn sein Herr es ihm befahl.

»Was willst du?« fragte Tony Willis. »An deinen letzten Besuch habe ich keine guten Erinnerungen. Im Endeffekt läuft es doch immer darauf hinaus, daß du mir meine Gäste verscheuchst!«

Jo grinste. »Das könnte an den Gästen liegen«, meinte er. »Aber wie auch immer. Im Moment ist dein Laden ja leer.«

»So etwas spricht sich leider herum.«

»Dann machen wir es kurz. Ich will mich mit dir unter vier Augen unterhalten.«

Tony Willis atmete tief durch und nutzte diesen Augenblick zum Nachdenken. Dann wandte er sich an den Gorilla. »Geh ein bißchen frische Luft schnappen«, wies er ihn an.

Der Gorilla baute sich zu voller Größe auf, unterzog Jo einer kritischen Musterung und gehorchte dann – mit sichtlichem Widerwillen.

»Scheint sich viel verändert zu haben, was das ›Round Midnight‹ betrifft.«

»Ja. Es ist ein ganz anderer Laden geworden mit völlig verändertem Publikum!«

»Publikum mit mehr Geld, wie ich annehme.«

»Da nimmst du richtig an.«

»Ich frage mich, woher das Geld kommt.«

Willis verzog das Gesicht. »Wer weiß – vielleicht drucke ich es einfach!«

»Jedenfalls muß jemand viel Geld hier reingesteckt haben. Wem gehört das ›Round Midnight‹ jetzt?«

Willis ließ die Frage unbeantwortet. »Was willst du hier?«

»Glenn Peters und Miles McCarthy – arbeiten die für dich?«

»Seit ein paar Wochen, ja. Sechs Tage die Woche ab acht Uhr abends. Warum?«

»Dann hast du mir die Kerle auf den Hals geschickt!«

»Für wen hältst du mich?«

Walker kramte das Bild von der Yonkers-Toten heraus und hielt es Willis hin. »Kennst du sie?«

»Nein.«

»Sie hat nicht zufällig für dich gearbeitet?«

»Nein, bestimmt nicht. Und ich habe sie auch noch nie hier gesehen. Sie wäre mir aufgefallen, so hübsch wie sie ist.« Willis hob die Augenbrauen. »Sonst noch was – oder war es das?«

»Peters und McCarthy, haben die vielleicht noch eine Art ›Nebenjob‹?« hakte Jo nach.

Willis zuckte betont gleichgültig die Achseln. »Das geht mich nichts an«, antwortete er. »Ich kümmere mich nur um meine Angelegenheiten.«

Jo lächelte dünn. »Diese Sache könnte schneller deine Angelegenheit werden, als dir lieb ist!«

»Was meinst du damit?« Und dann fiel sein Blick erneut auf das Bild der Toten. Jetzt begriff er. »Ich vergebe keine Mordaufträge, wenn es das ist, was du meinst.«

»Wer dann?«

»Kein Kommentar.«

»Kennst du jemanden, dem in letzter Zeit vielleicht etwas abhanden gekommen ist? Schwarzgeld, Stoff, irgend etwas in der Art.«

Willis kniff die Augen zu engen Schlitzen zusammen und lehnte sich etwas zurück. Er fühlte sich jetzt sichtlich unwohl in seiner Haut. Jo hatte irgendeine Saite in Willis zum Klingen gebracht. Aber nach dessen Gesicht zu urteilen, mußte es wohl ein Mißton sein.

»Ich kann mich ja umhören«, grunzte Willis.

»Tu das«, nickte Jo in der Gewißheit, von diesem Kerl nichts mehr zu hören zu bekommen. Es mußte seinen Grund haben, daß Willis auf einmal solche Manschetten bekommen hatte.

Vielleicht lag es daran, daß er besonders nah am Vulkan saß und keine Lust hatte, etwas abzubekommen, wenn er zum Ausbruch kam...

Der Mann war klein, aber sehr kräftig. Doch das Auffallendste an ihm waren nicht seine breiten Schultern, die ihn noch etwas kleiner wirken ließen, als er in Wirklichkeit war, sondern sein gelocktes, dunkles Haar.

Der Lockenkopf saß in einem Schnellrestaurant mit Blick auf die Straße und kleckerte Hamburgersauce auf die Zeitung, die er vor sich ausgebreitet hatte. WER KENNT DIESE FRAU? stand dort, und er dachte mit einem Anflug von Zynismus: *Das hat sie nun davon!*

Es war viel schneller zu Ende gewesen, als er gedacht hatte. Er hatte sie eigentlich für cleverer gehalten. Aber die Leute, die sie gejagt hatten, waren mindestens ebenso clever, und der Lockenkopf wußte genau, daß er sehr auf der Hut sein mußte, wenn er verhindern wollte, daß es ihm genauso erging wie ihr.

Er schlug die Zeitungsseite um. Er konnte dieses Gesicht einfach nicht mehr sehen. *Vielleicht sollte ich einfach verschwinden!* kam es ihm zum ersten Mal in den Sinn. Einfach alles vergessen und sich irgendwo verkriechen.

Aber insgeheim wußte er, daß das keine Möglichkeit war.

Und alles wegen eines kleinen Päckchens! ging es ihm schmerzhaft durch den Kopf. Aber es gab kein Zurück. Augen zu und durch. Er mußte das Päckchen wieder in seine Hände bekommen, und zwar um jeden Preis.

Wenigstens hatte er einen Anhaltspunkt dafür, wo sich das Päckchen befand. Der Lockenkopf grinste. Jo Walker, Privatdetektiv, genannt Kommissar X.

Ich möchte wissen, wie sie an den gekommen ist! dachte er.

Der Lockenkopf hatte den Hamburger zu drei Vierteln aufgegessen, da sah er vorne bei der Tür einen Schwarzen hereinkommen, der in seinem edlen Zwirn an diesem Ort einfach lächerlich wirkte. Der Lockenkopf kannte den Kerl flüchtig. Er war nicht zum Essen gekommen, das lag auf der Hand.

Der Blick des Schwarzen wanderte im Raum umher und hatte den Lockenkopf zwei Sekunden später gefunden.

Der ließ den Rest vom Hamburger fallen und sprang auf. Er mußte weg hier. Es war schon beinahe zu spät, aber vielleicht hatte er noch eine Chance. Seine beschmierte Hand wanderte unter das Jackett und zauberte eine Pistole hervor. Wahrscheinlich hätte er sofort abgedrückt und vermutlich auch getroffen, denn er war kein schlechter Schütze.

Doch es kam anders. Er hatte die Pistole gerade entsichert, da fühlte er, wie etwas sehr Hartes in seinen Rücken gestoßen wurde. Wahrscheinlich eine Revolvermündung.

»Schön ruhig und nicht umdrehen!« zischte es in seinem Rücken. Eine Hand griff von hinten um ihn herum und langte nach der Pistole des Lockenkopfs. »Haben wir dich endlich, du Ratte!« kam es von hinten. Der Schwarze kam indessen näher, während Gäste und Personal in dem Schnellrestaurant wie erstarrt dastanden.

Der Lockenkopf ahnte, daß er jetzt alles versuchen mußte.

Bevor der Hintermann seine Waffe genommen hatte, wirbelte der Lockenkopf herum und ließ die Linke mitten in das Gesicht seines Gegners krachen. Einen Sekundenbruchteil war dieser unfähig, etwas zu tun, und das nutzte der Lockenkopf blitzschnell. Er packte den Kerl im Würgegriff und setzte ihm die Pistole an die Schläfe. »Waffe fallen lassen!«

Der Kerl gehorchte. Die Waffe plumpste mit einem unüberhörbaren Geräusch auf die Fliesen.

Der Schwarze hatte indessen ebenfalls unter die Jacke gegriffen und seine Waffe herausgeholt, aber jetzt stand er wie zur Salzsäule erstarrt da.

»Wenn du dich auch nur einen Schritt bewegst, dann ist dein Freund erledigt!«

Der Schwarze warf einen Blick zu seinem Komplizen.

»Tu, was er sagt!« röchelte dieser. Das Blut war ihm aus der Nase geschossen und über das Gesicht gelaufen. Es sah allerdings viel schlimmer aus, als es in Wirklichkeit war.

»Okay, okay!« murmelte der Schwarze.

»Die Waffe ganz vorsichtig auf den Tisch!«

»Ich mach alles, was du sagst!« *Irgend jemand wird längst die Polizei gerufen haben!* durchfuhr es den Lockenkopf. Es wurde Zeit für ihn zu verschwinden. Was er jetzt am wenigsten brauchen konnte, waren stundenlange Verhöre und dergleichen. Außerdem war er selbst nicht ganz koscher und würde wohl kaum ungeschoren aus der Sache herauskommen.

»Keine falsche Bewegung!« zischte er den Schwarzen an, als dieser seine Waffe auf den Tisch legen wollte. Der Lockenkopf hatte das kaum merkliche Zucken sehr wohl registriert. Für den Bruchteil einer Sekunde hing alles in der Schwebe.

Und dann machte der Schwarze doch eine falsche Bewegung. Der Lockenkopf hatte das kommen sehen und schoß zuerst. Zweimal. Die erste Kugel ging in die Schulter. Die zweite traf in Bauchnabelhöhe und ließ den Schwarzen wie ein Taschenmesser zusammenklappen.

Der Lockenkopf ließ den Lauf seiner Waffe in der Gegend umherzeigen, aber es drohte von niemandem Gefahr. Keiner wagte es, da einzuschreiten. Er zog den Kerl, den er noch immer im Schwitzkasten hatte, mit sich durch die Hintertür. Das war eine Vorsichtsmaßnahme, die ihm schon seit langem mehr oder weniger in Fleisch und Blut übergegangen war: Nie ein Lokal besuchen, in dem man den Hinterausgang nicht kannte.

Es ging ein paar Stufen hinab durch einen engen Korridor.

Aus der Ferne war eine Polizeisirene zu hören.

Der Lockenkopf stoppte und überlegte eine Sekunde, während sein Gefangener ächzte. Sie tauschten einen Blick. *Der Kerl ahnt langsam, daß ich ihn nicht am Leben lassen kann!* ging es dem Lockenkopf durch den Kopf.

»Du bist ein toter Mann!« zischte der Kerl mit der zerschlagenen Nase. »Verlaß dich drauf! Du wirst nicht davonkommen.«

»Wart's ab!«

»Das hat noch keiner geschafft!«

Blitzschnell steckte der Lockenkopf die Pistole in die Jackentasche, packte dann mit beiden Händen zu und drehte dem Kerl den Kopf herum. Es dauerte nur einen Augenaufschlag lang. Bevor der Mann schreien konnte, brach sein Genick.

Der Lockenkopf ließ ihn die Wand hinuntersacken und rannte den Korridor entlang. Dann erreichte er den Hintereingang, riß die Tür auf und lief hinaus.

Jo Walker hatte sich die Stimme auf dem Band jetzt zum dritten Mal angehört, aber er war danach nicht schlauer als nach dem ersten Mal.

Er schüttelte entschieden den Kopf. »Nein, diese Stimme habe ich noch nie gehört.«

»Er wird sich vielleicht wieder melden«, mutmaßte April. »Was kann das sein, worum es hier geht? Dieser Anrufer glaubt, daß du dir etwas unter den Nagel gerissen hast, das dir nicht gehört – und Peters und McCarthy hatten wohl ähnliche Gedanken. Also wenn du mich fragst, dann hast du am Montag morgen einer Diebin geholfen.«

Jo hob die Schultern. »Ja, sieht so aus. Ich habe versucht, von Tony Willis zu erfahren, wem Rauschgift oder Schwarzgeld abgenommen wurde. So etwas kommt ja immer wieder mal vor.«

»Obwohl es doch so etwas wie ein sicheres Todesurteil ist!« gab April zu bedenken.

»Daran denken die wenigsten. Sie sehen nur den schnellen Profit. Stell dir vor, da liegt eine Million, und du brauchst nur zuzugreifen.«

April lächelte. »So etwas stelle ich mir lieber nicht vor.«

Etwas später kam dann der zweite Anruf des Unbekannten. Walker nahm ab. Er erkannte die Stimme sofort wieder.

»Sie sind am Montag im Central Park einer jungen Frau begegnet, Mister Walker ...«, begann der Unbekannte. »Und ich nehme an, daß sie etwas bei Ihnen deponiert hat.«

»Wer sind Sie?« fragte Jo.

»Das tut nichts zur Sache.«

»Haben Sie Peters und McCarthy hinter der jungen Frau hergeschickt?«

»Die beiden Gorillas? Nein. Da liegen Sie völlig falsch. Aber ich habe beobachtet, wie Sie die beiden abgefertigt haben. Alle Achtung! Auf Dauer werden Sie so nicht durchkommen.«

Jo seufzte. »Etwas genauer hätte ich es schon ganz gerne.«

»Ich kann Ihnen aber sagen, daß Sie auf der Todesliste einiger sehr einflußreicher Leute stehen, Walker.«

»Weshalb?«

»Können Sie sich das nicht denken?«

»Und wer steckt dahinter?«

»Ich dachte mir, daß Sie interessiert sind, das zu erfahren, Walker. Aber meine Auskunft ist nicht umsonst.«

»Sie wollen das Päckchen?«

»Ihr Leben sollte Ihnen schon so viel wert sein, Walker.«

Jo überlegte kurz. Dann sagte er: »Okay.« Er hatte nichts, was er dem Kerl anbieten konnte. Aber vielleicht kam er trotzdem ein Stück weiter, wenn er sich mit dem Anrufer traf.

Der Unbekannte gab in knappen Worten Ort und Zeit an und legte dann auf. Jo blickte auf die Uhr an seinem Handgelenk. Er hatte eine gute halbe Stunde.

Jo setzte sich sofort in seinen 230 SLK, um zum Treffpunkt zu fahren. Der Ort, den der Anrufer angegeben hatte, war ein Hinterhof, und da war es ratsam, ein bißchen früher dort zu sein. Schließlich konnte es sich ja auch um eine Falle handeln.

Ein paar Minuten erst hatte sich Jo in den Verkehr eingefädelt, da war er sich bereits ziemlich sicher, verfolgt zu werden. Jo hatte das einfach zu oft erlebt. Da entwickelte man für solche Dinge eine Art sechsten Sinn.

Es war ein schwarzer Mitsubishi mit getönten Gläsern.

Jo machte an einer Ampel die Probe aufs Exempel. Nachdem er

sich bereits in die Geradeaus-Spur eingeordnet hatte, zog er abrupt nach rechts herüber, als es dort grün wurde. Jemand hupte und zeigte ihm einen Vogel. Jo hatte Glück, seinen Mercedes ohne Kratzer auf die Abzweigung zu bringen.

Es vergingen kaum ein paar Minuten, da hatte Jo den Mitsubishi wieder hinter sich. Der Fahrer war nur als Schemen erkennbar. Der Privatdetektiv blickte in den Rückspiegel und versuchte, sich das Nummernschild zu merken.

Jo beschleunigte plötzlich, zog mit quietschenden Reifen an einem Müllwagen vorbei und bog in eine Nebenstraße, in der kaum Verkehr herrschte. Die Gerade nutzte Jo, um etwas Abstand zwischen sich und seinen Schatten zu legen. Durchschlagenden Erfolg brachte das allerdings auch nicht.

Der Mitsubishi ließ sich nicht abhängen, und solange Jo ihn auf den Fersen hatte, konnte er nicht zum Treffpunkt mit dem Unbekannten.

Vielleicht will der Kerl gar nicht mich! überlegte Walker. Es konnte ja genausogut sein, daß der Verfolger im Mitsubishi hoffte, über Jo an den Unbekannten heranzukommen – jemanden, der vielleicht eine viel wichtigere Rolle in diesem undurchsichtigen Schachspiel innehatte.

Wird Zeit, daß ich den Spieß mal umdrehe! dachte Jo.

Nachdem der Mitsubishi ihm um eine weitere Ecke gefolgt war, jagten sie eine Einbahnstraße entlang.

Plötzlich schwenkte Jo in eine Parklücke am Straßenrand ein. Es war die einzige Lücke auf mehr als zweihundert Meter, und so blieb dem Verfolger nichts anderes übrig, als an Jo vorbeizuziehen, zumal er noch einen ungeduldigen Lastwagenfahrer im Nacken hatte.

Jo grinste, als er den Kerl fluchen und wütend gegen das Lenkrad schlagen sah. Für einen kurzen Augenblick sah er auch sein Gesicht – oder besser gesagt das, was die übergroße Sonnenbrille und der hochgeschlagene Mantelkragen davon frei ließen. Walker sah eine Zahnkrone blinken, aber alles in allem würde das, was er zu Gesicht bekommen hatte, kaum reichen, den Kerl je zu identifizieren.

Als der Mitsubishi gezwungenermaßen an Walkers Mercedes vorbeigezogen war und der Müllwagen mit seinen zischenden Bremsen die Straße freigegeben hatte, riß Jo das Lenkrad ganz herum, trat auf das Gaspedal und ließ den 230 SLK die Einbahnstraße in umgekehrter Richtung entlangbrausen. Ein VW und ein Buick wichen in letzter Sekunde zu den Seiten aus. Jo erntete böse Blicke und ein mittleres

Hupkonzert. Ein Lieferwagen stoppte direkt vor ihm, so daß Jo auf den Bürgersteig ausweichen mußte.

Als er die nächste Ecke erreicht hatte, war er gerettet. Kommissar X blickte sich kurz um. Jo erblickte noch die Rückfront des Müllwagens. Von dem Mitsubishi war nichts zu sehen.

Jo fädelte sich wieder in den Verkehr ein und warf einen kurzen Blick auf die Uhr. Es würde knapp werden, wenn er noch pünktlich am Treffpunkt sein wollte.

Jo fuhr noch einen kleinen Umweg. Ein paar Schnörkel konnten nicht schaden. Er wollte sichergehen, den Verfolger auch wirklich abgehängt zu haben.

Die Farbe blätterte von der Hausfassade, aber niemand schien Interesse daran zu haben, für einen neuen Anstrich zu sorgen. Diese Straße hatte in ferner Vergangenheit sicher einmal bessere Zeiten erlebt, aber davon war kaum noch etwas zu sehen.

Einige uralte Leuchtreklamen, die längst nicht mehr in Betrieb waren, zeugten noch davon, daß es hier sogar einmal Geschäfte gegeben hatte. Aber die waren alle verschwunden. Jetzt war hier Slum.

Jo stellte den Mercedes am Straßenrand ab und hoffte, ihn noch vorzufinden, wenn er zurückkam. Er stieg aus.

Leichter Nieselregen fiel aus dem grauen Himmel, und der Privatdetektiv schlug den Kragen hoch. Seine Rechte war in der Manteltasche und umfaßte den Griff seiner Automatic.

Er mußte auf der Hut sein. Vielleicht suchte nur irgend jemand eine passende Gelegenheit, um ihn an unauffälliger Stelle vom Leben zum Tod zu befördern.

Jo warf einen Blick auf die Hausnummern. Hier war er richtig. Jo gelangte durch eine enge Schlucht zwischen zwei schmuck- und fensterlosen Hauswänden in einen tristen Hinterhof. Er sah einen fast völlig ausgeschlachteten Ford, der aufgebockt war.

Dahinter bewegte sich etwas. Jo kam etwas näher heran, und dann sah er, was los war. Zwei Kerle beugten sich über einen Mann, der reglos am Boden lag.

Die beiden wirbelten herum, als sie Jo bemerkten. Sie waren sicher noch unter zwanzig und trugen Blousons, die mit martialischen Emblemen bedruckt waren.

Der Mann am Boden war mit Sicherheit nicht mehr am Leben.

Eine Kugel hatte ihm die Schläfe so zerschmettert, daß da nicht die leiseste Chance eines Irrtums bestand.

Die Kerle blickten Jo abwartend an. Einer von ihnen hatte noch die Brieftasche des Toten in der Hand.

Einen Augenblick lang geschah gar nichts. Aber Jo bemerkte die Anspannung bei seinen Gegenübern. In ihren Augen blitzte es. Dann griff der Rechte von ihnen unter seine Jacke. Jo hatte es instinktiv erwartet, riß die Automatic heraus und kam dem Kerl zuvor, unter dessen Blouson sich eine Pistole befand.

Der junge Mann erstarrte zur Salzsäule, bevor er die Waffe richtig in Anschlag gebracht hatte. Er kniff die Augen zu engen Schlitzen zusammen und blickte direkt in die Mündung der Automatic.

»Schön ruhig!« befahl Jo.

»Ein Bulle«, sagte der andere, den die Panik erfaßt zu haben schien, aber auch er wagte keine Bewegung. »So ein verdammter Mist!« knurrte er mißmutig vor sich hin.

»Waffe auf den Boden!« befahl Jo.

Der Kerl zögerte noch eine Sekunde, tat dann so, als wollte er die Pistole tatsächlich zu Boden fallen lassen, und riß sie dann urplötzlich in die Höhe.

Kurz hintereinander bellten zwei Schüsse auf.

Der erste kam von Jo und erwischte den Kerl, dessen Kugel ins Nichts abgelenkt wurde, am Arm. Jetzt erst fiel die Pistole zu Boden. Der Kerl hielt sich den Arm und fluchte vor sich hin.

»Das wäre nicht nötig gewesen«, stellte Jo kühl fest und kam etwas näher, bis die Pistole direkt zu seinen Füßen lag. Jo blickte kurz abwärts. Kaliber acht Millimeter, genau wie bei der Toten in Yonkers.

Jo deutete mit dem Lauf der Automatic auf den Toten. »Wart ihr das?«

»Nein, er war schon tot! Ich schwör's!« rief der, der sich die Brieftasche genommen hatte. Der andere kämpfte im Augenblick so sehr mit seinen Schmerzen, daß er ohnehin nicht viel hätte sagen können.

»Wenn der Kerl mit der Waffe deines Freundes umgebracht wurde, wird sich das herausstellen!« meinte Jo.

»Die Waffe? Die kommt doch von ihm!« Dabei deutete er auf den Toten. »Schauen Sie ruhig nach! Er trägt unter dem Jackett ein Schulterholster. Die Pistole paßt haargenau hinein!«

Jo streckte die Hand aus.

»Die Brieftasche, wenn ich bitten dürfte!«

Der Kerl warf sie herüber, und Jo schnappte sie aus der Luft. Der

Inhalt war nicht weiter ungewöhnlich. Führerschein, Kreditkarten, etwas Bargeld. Der Tote hieß Dick Fowler – ein Name, der Jo im Moment noch nichts sagte.

Aber er hätte sein Auto dafür verwettet, daß es sich um den Mann handelte, der ihn unbedingt hatte sprechen wollen. Jo ging zu der Leiche. So ein Schuß in die Schläfe war kein schöner Anblick. Das Gesicht hatte nur noch entfernte Ähnlichkeit mit dem, das in dem Führerschein abgebildet war. Es war ein kleiner, drahtiger Mann mit einem Lockenkopf.

Jo schlug Mantel und Jackett des Toten zur Seite. Da war tatsächlich ein leeres Holster. Aller Wahrscheinlichkeit nach waren die beiden Kerle tatsächlich nur Leichenfledderer und nicht die Mörder.

»Was habt ihr gesehen?« fragte Jo.

»Nichts!« knurrte der Verletzte. Und der andere meinte: »Ich sagte doch, als wir kamen, war schon alles passiert.«

»Habt ihr keinen Schuß gehört?«

»Nein.«

»Und sonst irgend etwas?«

»Jemand lief weg. Jemand, der ziemlich elegant gekleidet war und in einen tollen Schlitten stieg.«

»In was für ein Schlitten?«

»Einen BMW.«

»Nach der Autonummer brauche ich wohl nicht zu fragen ...«

»Was denken Sie sich eigentlich? Glauben Sie, wir haben nichts Besseres zu tun, als uns Autonummern zu merken?«

»Na, das würde jedenfalls niemandem schaden!«

Der Verletzte verzog das Gesicht. »Ha, ha, sehr witzig!« knurrte er gallig. Der andere hob ein wenig die Hände und meinte: »Vielleicht können wir uns irgendwie einigen ... Ich meine, es ist doch nicht unbedingt nötig, daß Sie uns aufs Revier schleppen und so. Wir könnten ...«

»Was war mit dem Mann, der davonrannte?« schnitt Jo ihm das Wort ab.

»Er hatte Schlitzaugen. An mehr kann ich mich nicht erinnern. Ich dachte mir noch: Der gehört nicht in diese Straße.«

»Schlitzaugen?«

»Wie ein Chinese!«

Jo bewegte den Lauf seiner Automatic hin und her. »Verschwindet!« befahl er. Es dauert eine volle Sekunde, ehe sie begriffen hatten und sich in Marsch setzten.

»Dick Fowler …«, murmelte Tom Rowland, als er mit seinen Leuten am Tatort war. »Irgendwie kommt mir der Name bekannt vor. Verdammt! Ich weiß nur noch nicht, wo ich ihn einordnen soll!«

Jo lächelte dünn. »Es fällt dir bestimmt wieder ein, Tom!«

Rowland blickte auf. »Wollen es hoffen!«

»Wie wär's, wenn sich deine Leute mal ein bißchen umhörten, wem in der Unterwelt etwas Wertvolles abhanden gekommen ist, Tom! Stoff, Schwarzgeld, irgend etwas in der Art.«

»Du glaubst, darum geht es?«

»Worum sollte es sonst gehen? Jemand hat die Hand ausgestreckt und konnte nicht nein sagen.«

»Du sprichst von der Lady in Yonkers?«

»Vielleicht.« Jo deutete auf die Leiche, die gerade hinter einem Spurensicherer verborgen war. »Vielleicht aber auch dieser Dick Fowler.«

Rowland nickte. »So könnte es sein.«

»Hast du übrigens eine Ahnung, durch wessen Geld das ›Round Midnight‹ derartig aufgemöbelt wurde?«

»Meinst du diese Kaschemme an der Bowery?«

»Jetzt ist es ein Luxusladen.«

»Ich werde mich bei den Kollegen von der Sitte umhören«, versprach Rowland. »Ich habe da einige Gerüchte gehört.«

Walker zog die Augenbrauen hoch. »Was für Gerüchte?«

»Harry Dominguez soll einige alte Schuppen aufgekauft und auf Vordermann gebracht haben. Natürlich über Strohmänner, damit es nicht so auffällt.«

Jo pfiff durch die Zähne. »*Der* Harry Dominguez?«

»Ja, ganz recht«, nickte der Captain. Dominguez hatte seine Finger in allem, was profitabel war. Um Gesetze und Menschenleben pflegte er sich dabei weniger zu kümmern. Angeblich war er ein ganz großer Hecht im Drogen-Teich. »Du weißt«, fuhr Rowland fort, »Leute wie Dominguez brauchen Orte, an denen sie ihr Geld waschen können … Das ›Round Midnight‹ kann er dazu so gut wie jeden anderen Laden gebrauchen. Und bei der richtigen Aufmachung zieht es auch zahlungskräftiges Publikum an. Leute, die Koks nehmen, um 27 Stunden am Tag Geld verdienen zu können, sind eine einträglichere Kundschaft als arme Junkies vom Straßenstrich.«

»Kann ich mir denken.«

»Übrigens hat es in einem Schnellrestaurant zwei Tote gegeben.«

Rowland sah sich den Führerschein von Dick Fowler an. »Der Kerl hier paßt genau auf das Phantombild, das an alle gegangen ist. Einem der Toten hat er das Genick gebrochen. Da gehört schon einiges dazu ...«

»Ein Ex-Marine? Fremdenlegionär?«

»Vielleicht. Der andere starb an einer Acht-Millimeter-Kugel.«

»Ein Kaliber, das in Mode zu kommen scheint«, murmelte Jo.

Als Jo Walker am nächsten Tag Captain Rowlands Büro aufsuchte, war schon manches klarer.

Rowland zog ein ernstes Gesicht. »Es gibt ein paar neue Antworten, die ein paar neue Fragen nach sich ziehen, Jo!«

Jo lachte. »Daran müßtest du dich langsam gewöhnt haben! Schließlich machst du deinen Job ja nicht erst seit gestern!«

Der Police-Captain schüttelte den Kopf. »Es gibt Sachen, an die werde ich mich wohl nie gewöhnen. Zur Sache: Der Mord an der Lady in Yonkers scheint geklärt.«

Jo hob interessiert die Augenbrauen. »Hat sich dieser Terrier namens Clarke an die richtige Spur geheftet?«

»Nein, Clarke war wohl völlig auf dem Holzweg. Es war Kommissar Zufall!« Rowland hob die Waffe, die er vor sich auf dem Schreibtisch liegen gehabt hatte. Eine 8-mm-Pistole. »Das ist die Waffe von diesem Dick Fowler, der sich gestern mit dir treffen wollte. Und es ist mit hundertprozentiger Sicherheit auch die Waffe, mit der die Frau in Yonkers umgebracht wurde; das haben die ballistischen Tests ergeben!«

Jo zündete sich eine Zigarette an und nahm einen tiefen Zug, bevor er nachhakte: »Aber wir wissen noch immer nicht, wer die Tote eigentlich war, oder?«

»Ich habe vor einer Stunde noch mit Clarke telefoniert. Bis jetzt hat sich kein glaubwürdiger Zeuge gemeldet, der die Frau identifizieren konnte!« Rowland grinste über das ganze Gesicht. »Du scheinst diesem Lieutenant in schlechter Erinnerung geblieben zu sein, Jo!«

»Kunststück!« Jo stand auf und versuchte nachzudenken. Es mußte doch irgendein Sinn in diesem Puzzle aus Tod und Unbekannt geben! »Ich hatte dir gestern die Nummer eines schwarzen Mitsubishis gegeben, der mich auf dem Weg zu Dick Fowler verfolgt hat ...«

»Gefälscht«, sagte Rowland ungerührt.

»Und Fowler? Schon etwas über ihn herausgefunden?«

»Er war bei den Marines und ist rausgeflogen, weil er Armeegut veruntreut hat. Danach hat er sich als Leibwächter bei privaten Sicherheitsdiensten, als Rausschmeißer und so weiter durchgeschlagen. Er ist mehrfach wegen Körperverletzung dran gewesen.«

»Sein letzter Arbeitgeber?«

Rowland lachte heiser. »Zuletzt ist er vor fünf Jahren straffällig gewesen. Das war drüben in Philadelphia. Seitdem ist er entweder zahm geworden oder hat sich geschickter angestellt. Es ist ärgerlich, Jo, aber ich kann es auch nicht ändern: Jede Spur führt konsequent in die Sackgasse!«

Jo schüttelte energisch den Kopf. Das wollte er nicht gelten lassen. »Wahrscheinlich sind wir nur zu dumm, alles zusammenzubringen, oder es fehlt uns das Schlüsselstück zum Ganzen!«

»Deine beiden freundlichen Besucher sind übrigens wieder auf freiem Fuß, Jo!«

»Peters und McCarthy?«

»Ja. Illegaler Waffenbesitz, darauf wird es hinauslaufen. Die Kaution ist lächerlich.«

»Und der Mann, der mit Peters' Schußwaffe vor drei Jahren umgebracht wurde?«

»Peters hat die Waffe erst später gekauft.«

»Und daran glaubst du?«

»Ja, er saß nämlich zu jener Zeit eine kürzere Haftstrafe ab.«

Jo kratzte sich am Ohr. Alles schien ins Nichts zu führen.

»April wird die beiden das nächste Mal sicher nicht ins Büro lassen!« Jo seufzte. »Ich brauche ein Bild von Fowler.«

»Warum? Willst du damit hausieren gehen?«

»Ganz recht, Tom.«

»Wie wär's, wenn wir uns zusammen aufmachten?«

Jo schüttelte den Kopf. »Das wäre nicht so gut. Jemandem wie mir erzählt man vielleicht etwas mehr als der Polizei!«

Am Abend zog Jo Walker durch ein paar einschlägige Etablissements an der Bowery und Umgebung und zeigte dort seine Fotos.

Mit Fowler hatte er überhaupt keinen Erfolg. Überall behauptete man, ihn nicht zu kennen, und selbst Leute, die Jo in früheren Fällen schon als Informanten gedient hatten, waren plötzlich schweigsam geworden. Die Yonkers-Leiche hingegen glaubte jemand wiederzuerkennen, aber der Kerl war so betrunken, daß Jo schließlich zu der

Überzeugung kam, daß die Erinnerung dieses Mannes durch die vielen Drinks gelitten hatte.

Es war schon deutlich nach Mitternacht, als Jo eine kleine, schlecht beleuchtete Nebenstraße passierte, um zu seinem Wagen zu gelangen, den er in der Nähe abgestellt hatte.

Plötzlich hörte er in seinem Rücken ein Geräusch, das langsam anschwoll. Es war ein Motorengeräusch. Irgendein Instinkt bewog Jo dazu, noch gerade rechtzeitig den Kopf zu wenden.

Es war eine dunkle Limousine, die mörderisch beschleunigte und auf ihn zuraste. Jo wirbelte herum. Das Licht blendete ihn. Jo konnte sich nur noch durch einen Sprung auf die Motorhaube retten. Er rollte über das Blech und fiel seitlich herunter, während der Wagen in eine Gruppe von Mülltonnen raste.

Jo sah zu, daß er wieder auf die Beine kam, denn ihm war sofort klar, was hier gespielt wurde. Dies war nichts anderes als ein Mordversuch. Jemand war ihm gefolgt und suchte nun seine Chance. Der Wagen setzte zurück.

Jo suchte nach einer Möglichkeit, sich zu schützen. Er spurtete zu einem Hauseingang auf der anderen Straßenseite, während er hinter sich die Limousine erneut herankommen hörte.

Es war knapp, aber Jo schaffte es um Haaresbreite in die Nische des Hauseingangs. Er riß seine Automatic aus dem Schulterholster, feuerte auf die Reifen und traf, erst den rechten, dann den linken.

Die Limousine raste über den Bürgersteig, schlingerte und blieb an einem parkenden Kastenwagen hängen.

Der Fahrer stieg aus. Jo sah ihn nur als Schemen. Mündungsfeuer blitzte in der Nacht, und Jo nahm Deckung. Zwei, drei Kugeln wurden in Jos Richtung geschickt und fuhren allesamt in das Mauerwerk des Türeingangs.

Dann hörte Jo schnelle Schritte. Der Kerl rannte davon.

Kommissar X tauchte indessen geduckt aus der Deckung heraus und hob die Automatic.

»Stehenbleiben!« rief er, bekam als Antwort aber nur einen mehr oder minder schlecht gezielten Schuß.

Jo feuerte zurück, allerdings ebenfalls ohne zu treffen. Der Flüchtende bog um eine Ecke, und Jo spurtete ihm hinterher. Als der Privatdetektiv ebenfalls die Ecke passierte, war ihm schon klar, daß er ihn verloren hatte.

Jo blickte die Straße entlang. Parkende Autos zu beiden Seiten und eine ganze Reihe von Diskotheken und Bars. Hier war rund um die Uhr Betrieb. Ein geradezu idealer Oft, wenn man schnell untertauchen wollte. Und in diesem Fall hatte Kommissar X keine Chance.

Jo steckte seine Waffe wieder ins Schulterholster und ging zurück, um nach dem Wagen zu schauen. Aber große Hoffnungen in bezug auf Spuren brauchte er sich da auch nicht zu machen. Wahrscheinlich war die Limousine gestohlen.

Irgend jemand hat mich auf seiner Liste! ging es Walker durch den Kopf.

Der nächste Tag war nicht so furchtbar wie der vorhergehende. Der Himmel war zwar immer noch grau, aber es regnete wenigstens nicht mehr. Der Mann, der da allein auf der Parkbank saß, hatte den Mantelkragen hochgeschlagen. Vom East River kam ein frischer Wind, und der Mann versuchte, sich mit einer Zigarette etwas warm zu halten. Er wartete. Mindestens einmal in der Minute schaute er auf die Uhr.

»Tag, Ridley!«

Der Mann fuhr herum. Sein Gesicht entspannte sich ein wenig. »Walker! Du mußt verrückt geworden sein!«

Jo Walker lächelte. »Weshalb?«

»Na, hältst du es wirklich für eine gute Idee, dich hier im East River Park mit mir zu verabreden?«

»Hätten wir uns vielleicht vor aller Augen auf der Bowery treffen sollen?«

Der Mann, der Ridley hieß, machte eine wegwerfende Handbewegung.

»Wir hätten uns überhaupt nicht treffen sollen, Walker! Ich muß wahnsinnig geworden sein!«

»Und geldgierig!«

Jo hatte plötzlich 500 Dollar zwischen den Fingern. Ridley stierte wie hypnotisiert auf das Geld und nahm es dann, nachdem er sich sorgfältig nach allen Seiten umgedreht hatte.

Ridley war ein Informant, mit dem Jo hin und wieder zusammenarbeitete, sofern es sich anbot. Und in diesem Fall bot es sich an, denn Ridley war für gewöhnlich gut informiert, was die Unterwelt – und speziell die Drogenszene – anging. Wovon er lebte, wollte Jo gar nicht so genau wissen. Die meisten seiner Unternehmungen bewegten sich mit Sicherheit jenseits der Grenze, die das Gesetz zog, ein weiterer Teil lag wohl im schmalen Niemandsland dazwischen.

Aber so viel Geld er auch verdiente, Ridley war es stets noch schneller wieder los, als er es herbeischaffen konnte. Dafür sorgte ein unbezwingbares Laster: Er zockte. Für Jo bedeutete das, daß Ridley an einer Mitarbeit immer interessiert war, da er ständig Geld brauchte.

»Was willst du?« fragte er, während Jo sich zu ihm setzte und sich ebenfalls eine Zigarette anzündete.

»Irgend jemandem muß in letzter Zeit etwas Wertvolles abhanden gekommen sein«, stellte Jo fest. »Hast du davon etwas gehört?«

»Man hört so manches ...«

»Also, du hast ...«

»Ich muß auch leben, Walker!«

»Verstehe, wieviel willst du?«

Er grinste. »Du verstehst nicht. Ich will am Leben bleiben! Die Sache, in der du da herumbohrst, ist verdammt heiß!«

»Das habe ich schon gemerkt, als ich versucht habe, aus Willis etwas herauszubekommen ...«

Ridley grinste flüchtig. »Wollte nicht mit dir reden, was? Kann ich gut verstehen! Und wenn du mich fragst, ich gebe dir den guten Rat, dich erst einmal ein bißchen zu verdrücken.« Er zuckte mit den Achseln. »Kann doch für dich kein Problem sein! Du hast doch Geld genug! Mach Urlaub in Europa oder auf Mauritius. So weit weg wie nur möglich!«

»Das ist nicht mein Stil, Ridley!«

»Alles andere wäre jetzt reine Dummheit. Walker, ich gebe dir diesen Rat völlig kostenlos, aber ich meine es verdammt ernst! Ein Kilo Kokain ist weggekommen. Irgend so ein kleiner Hampelmann wollte schnell Millionär werden ... Du hast schon genug Wirbel gemacht, Walker! Geh auf Tauchstation!«

Jo machte etwas ganz anderes. Er holte die Brieftasche heraus und zeigte Ridley den Stapel mit Scheinen. Große Scheine. Ridley schluckte.

»Wem ist das Kokain abhanden gekommen?«

»Ich habe nur Gerüchte gehört!«

»Und wie lauten die?«

»Mein Leben ist mir lieb und teuer, Walker! Teurer, als du bezahlen kannst!«

»Gut, fangen wir die Sache anders an. Sagt dir der Name Dick Fowler etwas?«

»Leibwächter, Rausschmeißer, vielleicht auch Mörder, das weiß ich nicht. Ein Mann, dem ich immer gerne aus dem Weg gegangen bin. Wie kommst du auf den?«

»Er ist tot.«

»Vielleicht bist du der nächste, Walker!«

»Soll das eine Warnung sein?«

Ridley nickte. »Besser, du faßt es so auf und nimmst die Sache ernst. Angeblich sollst du mit der Sache etwas zu tun haben. Mit dem gestohlenen Kokain, meine ich.«

»Traust du mir so etwas zu?«

»Darum geht es nicht, Walker. Wenn es dir derjenige zutraut, dem das Zeug abhanden gekommen ist, bist du genauso dran wie Dick Fowler.«

»Für wen hat Fowler zuletzt gearbeitet?«

»Das wird teuer!«

»Bedien dich!«

Ridley griff zu. Dann murmelte er ziemlich leise einen Namen. »Harry Dominguez.«

Bingo! dachte Jo. Langsam begann sich für ihn ein Bild zusammenzusetzen. Ein Bild, das ihm nicht gefiel, aber jetzt wußte er wenigstens, mit wem er es zu tun hatte.

Jo erhob sich. »Hat Dominguez zufällig auch das ›Round Midnight‹ aufgekauft?«

»Er hat Geld hineingepumpt und hat jetzt das Sagen.«

»Bis zum nächsten Mal, Ridley!«

Harry Dominguez bewohnte ein herrschaftliches, villenartiges Haus, das von einer hohen Mauer umgeben war.

Als Jo Walker seinen Mercedes vor dem schmiedeeisernen Tor stoppte, wandte er sich an Captain Rowland, der neben ihm saß. Ohne den Captain hatte er nicht die geringste Chance, überhaupt je zu Dominguez vorzustoßen oder gar in sein privates Refugium eingelassen zu werden. Aber mit einem Captain der Mordkommission, der offiziell ermittelte, war das etwas anderes.

»Worauf wartest du, Tom? Sag am Sprechgerät deinen Text auf!«

»Du hast dir mit Harry Dominguez wirklich den Richtigen ausgesucht, Jo! Ihm etwas anzuhängen ist schwerer, als einen Pudding an die Wand zu nageln!«

Jo zog eine Grimasse. »Vielleicht klappt es diesmal, Tom! Außerdem habe ich es mir ja nicht ausgesucht.«

»Ich weiß.«

»Hattest du schon einmal mit Dominguez zu tun?«

»Ich bin ihm mal begegnet, da war ich noch Lieutenant. Er hat schon damals den biederen Geschäftsmann herausgekehrt. Das ist eine Rolle, die er meisterhaft zu spielen versteht, Jo.«

Zwei Sekunden später meldete sich am Sprechgerät irgendeine niedere Charge. Aber als Tom das Wort Kriminalpolizei über die Lippen brachte, war das eiserne Tor schon so gut wie geöffnet. Dominguez wollte keine Schwierigkeiten. Und er war sich wohl auch absolut sicher, daß ihm nichts anzuhängen war. Nicht einmal falsches Parken.

Nachdem sie das Tor passiert hatten, stellte Jo seinen Mercedes vor dem protzig wirkenden Portal der Villa ab.

Sie stiegen aus und wurden anscheinend schon erwartet. Ein dunkelhaariger Mann mit asiatischen Gesichtszügen kam die Stufen des Portals herunter. Sein Anzug war ziemlich eng geschnitten. Für einen Sekundenbruchteil glaubte Jo eine gewisse charakteristische Ausbuchtung zu sehen, die ein Pistolenholster verriet.

»Sie sagten, Sie sind von der Polizei?« fragte der Asiate.

Tom Rowland hielt seine Marke hoch und nickte. »Genau so ist es. Wir möchten zu Mister Dominguez.«

»In welcher Angelegenheit?«

»Das möchten wir ihm selbst sagen, Mister …«

»Tanaka. Wenn Sie mir bitte folgen wollen …«

Dominguez konnte man sicher einige Verbrechen nachsagen, aber nicht, daß er keinen Geschmack hatte. Seine Villa schien mit erlesenen Antiquitäten vollgestopft zu sein.

»Sind Sie Japaner?« fragte Jo, als Tanaka sie in einen Salon geführt hatte. Die Bilder an den Wänden waren sämtlich Originale. Es war ein Raum, der nicht in erster Linie Reichtum, sondern Kultiviertheit vermitteln sollte.

Tanaka bedachte Jo mit einem nachdenklichen Blick, der schwer zu deuten blieb. Seine dunklen Mandelaugen schienen sich dabei ein wenig zu verengen.

»Meine Eltern waren Japaner, ich bin US-Bürger.« Er lächelte geschäftsmäßig und kalt. »Wenn Sie mich jetzt bitte entschuldigen würden. Ich werde Mister Dominguez sagen, daß Sie auf ihn warten!«

Tanaka wandte sich zum Gehen. Er hatte den Ausgang des Salons schon beinahe erreicht, da fragte Jo ihn: »Wo waren Sie gestern nachmittag zwischen vier und fünf?«

Tanaka erstarrte mitten in der Bewegung. Es verging ein Moment, ehe er sich umdrehte. Mit ausdruckslosem Gesicht fragte er dann völlig überflüssigerweise: »Meinen Sie mich?«

»Sehen Sie hier sonst noch jemanden?«

Tanakas Blick ging von Walker zu Rowland und wieder zurück. Er atmete einmal tief durch und erklärte dann im Brustton absoluter Überzeugung: »Ich war hier.«

»Hier im Haus?« vergewisserte sich Jo.

»Ja. Ich hatte Dienst.«

»Tragen Sie eine Waffe?«

Tanakas Arm spannte sich unwillkürlich an, seine Hand glitt ein wenig höher. Er fühlte sich jetzt sichtlich unwohl in seiner Haut, wollte dies aber um keinen Preis der Welt zeigen. Schließlich nickte er. »Ja, ich trage eine Waffe. Und ich habe dafür auch einen Schein.« Er schlug sein Jackett zur Seite und holte sie herauf. Jo nahm sie ihm aus der Hand. Es war ein 45er Revolver, Dick Fowler hingegen war mit einer Beretta getötet worden.

Jo roch dennoch am Lauf.

»Hiermit ist vor kurzem geschossen worden«, stellte er fest.

»Ich muß im Training bleiben«, gab Tanaka zur Antwort. »Sie wissen doch, wie das ist, Sir! So eine Villa übt eine starke Anziehungskraft auf Gesindel aller Art aus!«

Jo gab ihm die Waffe zurück. Tanaka steckte sie wieder ein und ging.

»Er könnte Fowlers Mörder sein«, meinte Jo. Vielleicht war Tanaka der Mann mit dem asiatischen Gesicht, den die Leichenfledderer hatten weglaufen sehen. Teuer genug war sein Anzug jedenfalls, um in einer solchen Gegend für Aufsehen zu sorgen.

»Du hast seine Waffe gesehen, Jo.«

»Er könnte eine andere benutzt haben.«

»Ach komm, Jo! Warum glaubst du, daß er es war? Nur, weil er Schlitzaugen hat?«

Jo schüttelte den Kopf. »Nein, weil er in den Diensten von Harry Dominguez steht. Das schafft eine Verbindung zwischen ihm und Fowler. Was glaubst du wohl, auf wie viele Leute in Dominguez' Dunstkreis eine ähnliche Beschreibung passen würde?«

Die beiden Freunde verstummten rechtzeitig, bevor Harry Dominguez das Zimmer betrat. Dominguez war ein sonnengebräunter Mann um die Fünfzig, dessen Kopf sicher irgendwann einmal mit schwarzem, lockigem Haar bedeckt gewesen war. Jetzt war davon das meiste ergraut.

Ein Lächeln stand in Dominguez' jovial wirkendem Gesicht, ein Lächeln, bei dem man sich sehr davor hüten mußte, nicht darauf hereinzufallen. Er gab erst Rowland und dann Jo die Hand und erkundigte sich danach, worum es ging. Jo wartete auf Tanaka. Aber der zog es offensichtlich vor, nicht in den Salon zurückzukehren.

»Es geht um Sie, Mister Dominguez«, behauptete Captain Rowland gedehnt, obwohl das natürlich nicht ganz stimmte. »Einer Ihrer Angestellten ist gestern tot aufgefunden worden.«

Dominguez machte zunächst ein etwas verdutztes Gesicht und hob dann mit einer hilflosen Geste beide Hände in die Höhe. »Tut mir leid, meine Herren, aber für mich arbeiten so viele Menschen. Die meisten habe ich nie gesehen ...«

»Es handelt sich um Dick Fowler!« warf Jo ein. »Ihren Leibwächter.«

Dominguez' Gesicht blieb gelassen. Er schien einen Augenblick lang nachdenken zu müssen und nickte dann. »Ja, richtig«, sagte er, »ein Mann namens Fowler hat eine Weile für meine Sicherheit gesorgt.«

»Und seit wann nicht mehr?« fragte Rowland.

»Ach, das ist eine leidige Geschichte, besser, wir wärmen sie nicht auf, Lieutenant!«

»Captain!«

»Verzeihung.«

»Sagen Sie schon, worum es ging. Zumindest Fowlers Ruf kann es nicht mehr schaden«, knurrte Rowland.

Dominguez hob die Schultern.

»Also gut«, sagte er, »ich will ganz offen zu Ihnen sein. Fowler hat geklaut. Sie sehen ja, daß es hier in diesem Haus genug Dinge gibt, die mitzunehmen sich lohnt. Manchmal habe ich auch einiges an Bargeld hier und ...«

»Und vielleicht auch ein Kilo Kokain?« warf Jo ein.

Über Dominguez' Gesicht flog ein freudloses, aus Verlegenheit geborenes Lächeln, das nur dazu diente, seinen Ärger zu überspielen. Aber er hatte das gut drauf. Er war ein Mann, der sich hervorragend zu beherrschen wußte, wenn es nötig war.

»Ich habe schon viel von Ihnen gehört, Mister Walker. In letzter Zeit besonders oft ...«

»Ich hoffe, nur Gutes!« lächelte Jo.
»Wie man es nimmt, Walker. Wo Licht ist, ist immer auch Schatten.«
»Wie wahr!«
Dominguez wandte sich an Rowland. »Ich möchte die letzten Bemerkungen Ihres Freundes einfach mal überhört haben, Captain. Und wenn Sie Ihre Streifen behalten und nicht doch eines Tages wieder Lieutenant oder arbeitslos sein wollen, dann kommen Sie auf diese Sache am besten erst dann wieder zurück, wenn Sie Beweise haben!«
Das war nicht mehr und nicht weniger als eine handfeste Drohung, und Rowland verstand sehr genau, was sein Gegenüber damit sagen wollte. Dominguez' Verbindungen reichten weit nach oben. Er hatte Einfluß und Beziehungen, und man munkelte, daß sogar der eine oder andere Staatsanwalt auf seiner Gehaltsliste stand.
Das war einer der vielen Gründe dafür, daß sich an Dominguez bis jetzt noch jeder die Zähne ausgebissen hatte. Er war einfach nicht zu packen.
»Stimmt es etwa nicht, daß Ihnen ein Päckchen Kokain abhanden gekommen ist?« fragte Jo ungeniert und erntete von Dominguez dafür einen Blick, der soviel sagte, wie: »Dir wird dein Mut auch noch vergehen, Walker!«
»Sie werden nicht im Ernst erwarten, daß ich darauf eine Antwort gebe! Halten Sie sich an die Fakten, nicht an Ihre wilde Phantasie!«
»Nun, Fakt ist, daß Dick Fowler nach einem gewissen Päckchen suchte, als er mich kurz vor seinem Tod anrief. Ein Päckchen, das sehr wertvoll sein muß und das er sich von dem Gehalt, das Sie ihm gezahlt haben, bestimmt nicht leisten konnte.«
Dominguez verzog das Gesicht. Er deutete mit dem Daumen auf Rowland. »Wenn ich Police-Captain wäre, würde mich die Frage interessieren, weshalb er dann ausgerechnet Sie angerufen hat! Vielleicht wäre da eine kleine Durchsuchung angebracht!« Einen Augenblick lang blickte er noch auf Jo Walker, dann funkelte er Rowland an. »Statt dessen belästigen Sie mich und stehlen mir meine wertvolle Zeit!«
»Ich weiß gar nicht, was Sie wollen, Mister Dominguez!« dröhnte Rowland zurück. »Bis jetzt hat Sie noch niemand angeklagt. Wir versuchen nur, den Tod Ihres Ex-Leibwächters aufzuklären!«
»Ach, und was hat dann Ihr Freund Walker getan?«
»Er hat eine Hypothese aufgestellt. Vielleicht haben Sie eine

bessere. Wer könnte Fowler Ihrer Meinung nach auf dem Gewissen haben?«

»Soll ich vielleicht auch noch Ihre Arbeit machen? Kommt nicht in Frage!«

Rowland nahm auf einem der zierlichen Stühle Platz, die aussahen, als hätten sie ein Vermögen gekostet. Für einen so massigen Mann wie Rowland war das sicher nicht das geeignete Sitzmöbel, aber etwas Robusteres gab es in diesem Raum nicht.

Dominguez baute sich zu einer imposanten Pose auf und meinte: »Hören Sie, ich weiß, daß Dick Fowler kriminell gewesen ist. Ich hatte ihm eine Chance geben wollen, er hat sie nicht genutzt. Alles Weitere interessiert mich nicht. Das Kapitel ist für mich abgeschlossen. Und zwar endgültig. Wenn Sie mich entschuldigen würden. Mister Tanaka wird Sie hinausbegleiten.«

Harry Dominguez wollte schon durch die Tür verschwinden, da hielt Walkers Stimme ihn zurück. »Einen Moment noch!« rief ihm der Privatdetektiv hinterher. Dominguez drehte sich um, hob die Augenbrauen.

»Was gibt es noch?«

»Ich möchte, daß Sie sich etwas ansehen!« Jo holte das Zeitungsbild der Yonkers-Leiche heraus, trat nahe an Dominguez heran und hielt es ihm unter die Nase. Dominguez sah nur ganz kurz hin, schielte für einen Sekundenbruchteil auf das Foto.

»Kennen Sie die Frau?«

»Nein.«

»Sehen Sie sich sie doch einmal richtig an!«

»Ich sagte, daß ich sie nicht kenne. Das ist doch genug, oder?«

»Wie Sie meinen.«

Jo tat das Bild wieder beiseite und dachte: *Der Kerl hat sie wiedererkannt! Wenigstens etwas, das bei der Sache herausgekommen ist!*

Harry Dominguez trat ans Fenster und blickte hinaus in den Garten. Er sah, wie Walker und Rowland in den Mercedes stiegen und davonfuhren.

Dominguez steckte sich eine Havanna an und nahm einen tiefen Zug. Das beruhigte ihn ein bißchen. Seine Gedanken wurden klarer. Wenig später hörte er, wie Tanaka in seinem Rücken auftauchte. Dominguez drehte sich nicht um.

»Wir müssen sehen, daß unser Problem jetzt endlich gelöst wird!« schimpfte er. »Und zwar sehr schnell!«

»Sie sollten sich keine Sorgen machen, Mister Dominguez«, meinte Tanaka. »Wenn die etwas gegen Sie in der Hand hätten, wären sie ganz anders aufgetreten. Aber sie haben nichts.«

»Ich weiß. Und ich hoffe, daß das so bleibt.«

Tanaka kam näher heran und trat neben seinen Boß, der noch immer aus dem Fenster sah.

»Wie wär's, wenn wir die Angelegenheit erst einmal eine Weile ruhen ließen, Boß?«

Dominguez blies den Rauch seiner Havanna in einer langgezogenen Wolke aus dem Mund und schüttelte den Kopf. »Nein«, widersprach er. »Das kommt nicht in Frage! Dann verliere ich das Gesicht – und vielleicht noch mehr. Jeder wird dann denken, daß er mit mir machen kann, was er will!«

»Ich glaube nicht, daß dieser Walker wirklich den Stoff hat«, sagte Tanaka im Brustton der Überzeugung. »Sonst hätte er nie und nimmer die Polizei eingeschaltet.«

Aber da konnte Dominguez nur lachen. »Dieser fette Captain wäre nun wirklich nicht der erste, der für einen Freund beide Augen zudrückt. Vielleicht hängt er sogar mit drin in der Sache! Im übrigen geht es auch gar nicht in erster Linie um den Stoff. Es ist mir ziemlich gleichgültig, wer ihn hat ...«

»Fowler hatte ihn jedenfalls nicht.«

»Nicht mehr, meinst du wohl.«

Tanaka nickte. »Ja.«

Dominguez drehte sich nun zu Tanaka um und musterte ihn kritisch. »Ich hoffe nicht, daß du je auf ähnliche Gedanken kommst!« knurrte er mürrisch.

»Ich bin ja nicht lebensmüde!«

Dominguez lächelte. »Siehst du, genau das ist der Grund, warum die Sache keinen Aufschub duldet! Sonst kommen Leute wie du auf dumme Gedanken, Tanaka!«

Tanakas Gesicht blieb unbewegt. »Dieser Walker weiß, daß ich Fowler erledigt habe. Schließlich hat er mich darauf angesprochen.«

Dominguez' Augen wurden zu engen Schlitzen. »Woher kann er das wissen? Hat dich jemand gesehen?«

»Keine Ahnung.«

»Du wirst schon eine Lösung für das Problem finden, Tanaka. Davon bin ich überzeugt!«

»Dominguez kannte das Mädchen«, meinte Jo Walker an Rowland gewandt, der noch auf einen Sprung in Walkers Office in der 7th Avenue gekommen war. »Das ist für mich so sicher wie das Amen in der Kirche!«

»Und was, bitte schön, bedeutet das? Der Mörder der Yonkers-Toten ist Dick Fowler gewesen, nicht Dominguez und seine Leute. Und außerdem wissen wir nach wie vor noch nichts über die Identität des Mädchens.«

»Wenn Dick Fowler tatsächlich seinen Chef um ein Kilo Kokain erleichtert hat, dann könnte die junge Lady seine Komplizin gewesen sein«, schlug Jo vor.

»Und warum sollte Fowler sie dann umbringen?« dröhnte Rowland.

»Vielleicht wollte er nicht teilen.«

»Alles Theorie, Jo. Beweisen können wir davon gar nichts.«

»Ich weiß.«

»Ich bin ja nun nicht erst seit gestern beim Police-Department, und ich habe gesehen, wie andere Abteilungen sich an Dominguez die Zähne ausgebissen haben. Speziell die Sitte. Es hat sich niemand gefunden, der bereit war, vor Gericht gegen ihn auszusagen. Selbst wenn wir also etwas Handfestes in den Händen hätten, könnten wir damit vermutlich wenig anfangen!«

Jetzt schaute April Bondy durch die Tür.

»Jo, da ist ein Anruf, der sehr merkwürdig ist. Eine junge Frau, die ihren Namen nicht nennen will ...«

Jo hob die Augenbrauen. »Stell sie durch!«

»Schon geschehen. Ich werde das Gespräch aufzeichnen.«

Jo nahm seinen Hörer. »Hallo?«

»Spreche ich mit Mister Walker?« Die Stimme klang seltsam vertraut. So vertraut, daß es Jo einen Stich versetzte.

»Ja, hier ist Walker«, murmelte er.

»Sie müssen mir helfen!«

»Wer sind Sie?«

»Erinnern Sie sich nicht? Wir sind uns im Central Park begegnet. Sie haben mich vor diesen Kerlen gerettet.«

»Ich dachte, ich hätte Sie in einem Leichenschauhaus gesehen.«

»Da draußen ist jemand, der mich umbringen wird!«

»Wo sind Sie?«

Sie nannte ihm eine Adresse in Spanish Harlem. Ein Hotel oder zumindest etwas, das sich so nannte.

»Was soll ich tun?« fragte sie, völlig verzweifelt. Was immer sie sonst auch über sich erzählt hatte – viel war es ja nicht gewesen –, ihre Verzweiflung schien Jo zumindest echt zu sein.

»Schließen Sie Ihr Zimmer ab und lassen Sie niemanden ein«, riet Jo, obwohl er wußte, daß das auch nicht viel nützen würde. »Ich bin gleich da!«

»Was ist los?« wollte Rowland wissen, nachdem Jo aufgelegt hatte und die Ladung seiner Automatic kurz überprüfte.

»Scheint, als sei die Frau aus Yonkers aus dem Jenseits aufgetaucht! Jedenfalls gibt es was zu tun!«

Jo ließ den Mercedes auf Hochtouren laufen, soweit dies der Stadtverkehr zuließ. Und Rowland orderte per Funktelefon einige Streifenwagen nach Spanish Harlem.

Die Adresse war leicht zu finden. Ein billiges Stundenhotel, an dessen Rezeption ein hohläugiger Latino saß, der behauptete, kein Englisch zu verstehen.

Jo hielt ihm das Bild der Toten aus Yonkers unter die Nase.

»No he visto esa mujer!« behauptete er mit reicher Gestik, ohne wirklich hinzusehen.

»Welche Nummer!« zischte Jo ungeduldig. »Que numero?«

Als Tom Rowland ihm seine Marke auf den Tisch legte, wurde der Latino blaß. Vielleicht war er illegal hier, oder es gab einen anderen Grund, aus dem eine Polizei-Marke ihm Schrecken einjagte. Jedenfalls wurde er sofort auskunftsfreudiger. »Numero – ocho!« murmelte er und deutete die Treppe hinauf. Nummer acht. Jo holte die Automatic heraus und spurtete die Treppe hinauf.

Vor der Nummer acht stand ein Mann im hellen Regenmantel, der sich an der Tür zu schaffen machte. In der Rechten hielt der Kerl eine Pistole mit Schalldämpfer.

Jo stoppte, während der Killer herumwirbelte und sofort schoß. Es machte »Plop!«, ein Geräusch, das fast so klang, als würde jemand niesen. Jo ließ sich zur Seite fallen, während das Projektil über ihn hinwegschoß, um dann am Ende des Flurs die Tapete von der Wand zu kratzen. Noch im Fallen ballerte Jo zurück und erwischte den Killer an der Seite. Der Kerl wurde rückwärts gegen die Tür geschleudert. Sein heller Mantel färbte sich rot, während er erneut den Arm hochriß und seine Waffe auf Jo richtete.

Jo rollte sich am Boden herum und wollte seine Automatic ebenfalls in Anschlag bringen. Aber er kam nicht mehr dazu. Ein Schuß krachte und traf den Killer mitten in der Brust, ließ ihn mit dem Rücken gegen die Tür des Hotelzimmers prallen und an dieser zu Boden rutschen. Seine Augen blickten starr und tot geradeaus.

Jo rappelte sich hoch und blickte zurück. Es war Tom Rowland, der den letzten Schuß abgegeben hatte. Der Captain war vom Treppensteigen noch ganz außer Atem.

»Danke«, sagte Jo. »Das war knapp.«

»Es hat eben doch seine Vorteile, daß wir unterschiedliche Sprintgeschwindigkeiten haben, Jo!« Der Dicke grinste, nachdem er wieder zu Atem gekommen war.

Jo behielt die Automatic in der Hand und stellte sich neben die Tür. »Machen Sie auf!« rief er. »Ich bin's! Walker!«

Ein paar Augenblicke lang geschah gar nichts. Nicht die geringste Bewegung war auf der anderen Seite der ramponierten Holztür zu hören, auf der kaum noch Lack war.

Dann wurde der Schlüssel im Schloß herumgedreht.

Die Tür ging einen Spaltbreit auf, und zwei dunkle Augen blickten mißtrauisch hervor. Dann öffnete sie die Tür ganz. Ihre Augen verrieten eine deutliche Spur von Entsetzen, als ihr die Leiche des Killers auf diese Weise ein Stück entgegenrutschte.

»Er wollte mich umbringen!« flüsterte sie.

Jo nickte. »Ja. Haben Sie eine Ahnung, wer ihn geschickt haben könnte?«

»Nein.«

»Wollen Sie mich zum Narren halten?«

»Ich weiß nichts! Ich weiß überhaupt nichts.« Sie deutete auf Tom Rowland. »Wer ist das?«

»Ein Captain der Mordkommission.«

Das schien ihr absolut nicht zu gefallen. Rowland beugte sich über den Toten und durchsuchte dessen Taschen. Aber er fand nichts, das etwas über seine Identität aussagen konnte. »Wir haben sein hübsches Gesicht sicherlich in unserer Fotosammlung!« hoffte er.

Von draußen waren Sirenen von Polizeiwagen zu hören, und wenig später tauchten ein paar Uniformierte auf. Rowland zeigte ihnen seine Marke und wies sie an, jemanden von der Spurensicherung zu holen.

»Der Kerl hat mich schon den ganzen Tag verfolgt«, berichtete die junge Frau. »Ich dachte schon, daß ich ihn abgehängt hatte. Aber das war wohl ein Irrtum ...«

Unterdessen legte Jo der jungen Frau einen Arm um die Schulter und führte sie von dem toten Killer weg in das schäbige Hotelzimmer hinein.

»Ich bin Ihnen schon wieder zu Dank verpflichtet, Jo!« flüsterte sie. »Wie wär's, wenn Sie mir jetzt Ihren Namen sagen würden?«

Sie musterte Jo mit ihren ausdrucksstarken, dunklen Augen. *Eine hübsche Frau,* ging es Jo durch den Kopf. *Aber eine, bei der man aufpassen muß, um nicht unversehens über den Tisch gezogen zu werden.*

»Ich heiße Teresa«, sagte sie.

»Und weiter?«

»Marquez.«

»Mexiko? Puertorico?«

»Spielt das eine Rolle?«

»Was weiß ich? Wenn Sie am Leben bleiben wollen, spielt alles eine Rolle!« Jo ahnte, was in ihrem hübschen Kopf vor sich ging. Sie dachte, jetzt, da der Killer tot war, könnte sie genauso weitermachen wie bisher. Aber das kam nicht in Frage. Jetzt war es für sie an der Zeit, endlich auszupacken. »Wo ist das Päckchen?« fragte Jo, und sie blickte ihn mit bleichem Gesicht an.

»Welches Päckchen?«

»Wenn Sie mir so dumm kommen, ist es vielleicht das Beste, ich überlasse Sie Harry Dominguez.«

Sie wurde noch bleicher. »Sie wissen also Bescheid ...«, murmelte sie schluckend. Jo gab dazu keinen Kommentar. Es war das Beste, sie erst einmal im unklaren darüber zu lassen, wieviel er wirklich wußte.

Es war ja wenig genug.

Jo zog die Augenbrauen in die Höhe. »Also?« Er machte den Kleiderschrank auf. Es war nichts darin, außer ihrem Regenmantel. Ansonsten schien sie kein Gepäck zu haben. Nur eine Handtasche, die sie mit beiden Händen umklammerte.

Jo riß sie ihr aus der Hand.

»Was fällt Ihnen ein?«

Anstatt eine Antwort zu geben, öffnete Kommissar X die Tasche und durchwühlte sie. Er fand einige tausend Dollar an Bargeld, ein paar Papiertaschentücher, etwas Parfüm, eine Zahnbürste und noch einige weitere Kleinigkeiten ...

Jo tastete das Innenfutter ab, aber ein Kilo Koks befand sich dort auf keinen Fall.

Teresa trat nahe an Jo heran. »Halten Sie mich wirklich für so dumm, das Zeug in diesem Zimmer zu haben?« flüsterte sie.

»Sie waren ja auch dumm genug, es zu stehlen!«

Sie warf den Kopf in den Nacken und strich sich eine Strähne ihrer dunklen Haare aus dem Gesicht. »Können wir uns nicht irgendwo anders über die Sache unterhalten?«

»Glauben Sie, Sie schaffen es, ohne die Polizei am Leben zu bleiben?«

Sie trat noch näher an Jo heran. Ihr Parfüm war sehr dezent. Sie roch gut, und sie wußte, wie man die Wimpern aufschlagen mußte, um auf Männer Eindruck zu machen. »Wenn Sie mir helfen, Jo ...«

»Ich habe mich selbst ziemlich unbeliebt gemacht.«

»Aber doch nicht meinetwegen!«

»Ich wüßte keinen anderen Grund!«

»Das tut mir leid.«

»Das braucht es nicht. Mir reicht es schon, wenn Sie Ihre Karten auf den Tisch legen. Dann enden Sie und ich vielleicht nicht mit einer Kugel in der Schläfe wie Dick Fowler.« Jo gab ihr die Tasche zurück. »Vielleicht sollten wir uns wirklich an einem anderen Ort unterhalten«, schlug er dann vor. »Geben Sie Rowland Ihre Personalien. Sind Sie immer noch eine Illegale?«

»Nein. Es ist alles in bester Ordnung. Die Leute, für die ich gearbeitet habe, hatten immer vorzügliche Beziehungen.«

»Na, dann wird es ja keine Probleme geben.«

Jo glaubte, daß er vielleicht mehr aus Teresa herausbekommen konnte, wenn er sie allein in die Mangel nahm.

Rowland begriff das sofort und legte Jo daher keinen Stein in den Weg. Schließlich wußte er, daß er sich auf Jo absolut verlassen konnte.

Teresa hatte allen Grund, vorsichtig zu sein, was die Polizei anging. Der Besitz eines Kilos Koks war ja schließlich keine Kleinigkeit – allerdings hatte man es bis jetzt ja nicht bei ihr gefunden. Und wahrscheinlich träumte Teresa Marquez nach wie vor davon, aus dem kleinen Päckchen doch noch Geld machen zu können ... Dieser Gedanke stand ihr förmlich auf die Stirn geschrieben – aber das konnte sie sich abschminken.

»Den Killer habe ich zum ersten Mal in der U-Bahn gesehen«, erzählte sie während der Autofahrt. »Ich mußte mir ein paar neue Sachen kaufen. Wenn man so ohne Gepäck reist... Sie verstehen sicher!«

»Sie haben Glück gehabt!« meinte Jo.

»Ich dachte schon, ihn los zu sein, da tauchte er plötzlich in einer

Seitenstraße wieder hinter mir auf und hat auf mich geschossen. Ich bin um mein Leben gerannt, Jo!«

»Auf die Dauer werden Sie nicht schnell genug rennen können, Teresa. Ich hätte übrigens schwören können, Sie schon einmal mausetot im Leichenschauhaus von Yonkers gesehen zu haben!«

Sie lächelte traurig. »Das war meine Zwillingsschwester Isabel.« Einige Tränen liefen ihr unwillkürlich über das feingeschnittene Gesicht. Sie suchte in ihrer Handtasche nach einem Taschentuch und fand es schließlich auch.

»Etwas in der Art habe ich mir schon gedacht«, murmelte Jo. »Wie wär's, wenn Sie mir die ganze Story mal von Anfang an erzählen würden?«

Sie wirkte plötzlich in sich gekehrt und nachdenklich. Ihr Blick ging aus dem Seitenfenster des Mercedes ins Nichts.

»Was wollen Sie wissen?«

»Zum Beispiel, wie Sie an Dominguez geraten sind!«

»Sehen Sie, vor drei Jahren sind meine Schwester und ich nach New York gekommen. Ein Schlepper hat uns von Venezuela hierher geschleust und an verschiedene Nachtclubs vermittelt. Ein Zwillingspaar – manche Leute stehen auf so etwas, Jo. Verstehen Sie, was ich meine?«

»Ich denke schon.«

»Irgendwann trafen wir dann in einem dieser Clubs auf Harry Dominguez und seinen Leibwächter.«

»Dick Fowler!«

»Ja.«

»Stand Dominguez auch auf Zwillinge?«

»Er war ganz verrückt nach uns.«

»Und wann sind Sie und Ihre Schwester dann auf die Idee gekommen, den großen Boß zu beklauen?«

Sie schüttelte den Kopf. »Es war nicht unsere, sondern Fowlers Idee. Für uns war Dominguez ein Kunde wie jeder andere, allerdings einer, mit dem sich viel Geld verdienen ließ, wenn wir ihn danach noch in seine Villa begleiteten. Aber eines Tages kam Fowler dann mit seinem Vorschlag. Wir hatten keine Ahnung, einen Drogenbaron vor uns zu haben, aber es war uns schon klar, um was für Dollar-Beträge es da geht. Als Dominguez dann eine Lieferung im Haus hatte, meinte Fowler, daß die Gelegenheit da wäre, mit einem Schlag ein Vermögen zu machen. Reiner Stoff, verstehen Sie? Was glauben Sie, was sich aus einem Kilo machen läßt, wenn man es richtig zu verlängern weiß? Der Plan war, daß wir den großen Boß so ablenken, daß Fowler freie Hand bekam. Fowler wollte jeder von uns Zwanzigtausend geben.« Sie atmete tief durch. »Haben Sie eine Zigarette für mich, Jo?«

»Sicher.« Walker gab ihr auch Feuer. »Die Story ist sicher noch nicht zu Ende, oder?«

Teresa Marquez schüttelte den Kopf. »Sie haben recht«, murmelte sie mit belegter Stimme und seufzte dann wie jemand, der die Zeit gerne zurückdrehen würde. »Wir dachten, wir wären besonders schlau.«

»Sie haben versucht, Fowler ebenfalls aufs Kreuz zu legen, nicht wahr?« schloß Jo.

Sie nickte. »Es hat sogar geklappt. Wir haben ihm was in den Drink getan und sind dann mit dem Stoff auf und davon. Irgendwann haben wir uns dann getrennt. Zwillinge sind relativ auffällig, wissen Sie.«

»Kann ich mir denken! Und damit wären wir wieder beim Ausgangspunkt – dem Stoff.«

»Ich sagte doch, ich habe ihn nicht.«

»Sie sagten, Sie hätten ihn nicht in Ihrem Hotelzimmer!«

»Jo, was soll die Haarspalterei?«

»Das wissen Sie genau!«

»Sie geben nicht auf, was?« Jo hob die Schultern. »Wenn es nur um Ihr Leben ginge, dann wäre es mir vielleicht gleichgültig, ob Sie sich bei Harry Dominguez anstellen, um eine Kugel in den Kopf zu bekommen.«

Sie verzog das Gesicht. »Ich dachte, Sie wären ein knallharter Bursche! Haben Sie so große Angst? Am Montag im Central Park haben Sie auf mich einen anderen Eindruck gemacht.«

»Ich lebe gerne, wenn Sie es genau wissen wollen. Aber lassen wir mich mal außen vor, Teresa. Ich finde, es sind schon genug Leute wegen dieses Päckchens gestorben – von denen, die es konsumieren und langsam daran zugrunde gehen werden, gar nicht zu reden!«

Sie schwieg, bis sie in der 7th Avenue waren und Jo den Mercedes irgendwo in der Nähe der Agentur abstellte. Jo schnallte sich los, und Teresa forderte: »Sie müssen mir helfen unterzutauchen, Jo!«

»Sie wollen wirklich mit aller Gewalt eine Kugel in den Kopf bekommen, nicht wahr?«

»Wenn Sie mir helfen, habe ich eine Chance!«

»Nein. So tief können Sie gar nicht tauchen, daß Dominguez Sie nicht aufspürt.«

»Einer wie er kann den Verlust von einem Kilo doch wettmachen. Das wird ihm nicht das Rückgrat brechen!«

»Doch, genau das wird es, Teresa. Es ist wie in einem Wolfsrudel: Wenn die Meute mitkriegt, daß der Leitwolf nicht mehr stark genug ist, um sich durchzusetzen, dann fängt die Meute an, über ihn herzufallen. Dominguez kann Sie unmöglich davonkommen lassen, Teresa. Und er wird Sie überall aufspüren.«

»Ich biete Ihnen die Hälfte, Jo!«

»Von dem Kokain? Vergessen Sie's!«

Ihre Hand langte nach dem Türgriff und öffnete. Sie wollte aussteigen.

»Wenn Sie jetzt gehen, dann garantiere ich Ihnen, daß man spätestens in einer Woche auch Ihr Bild in der Zeitung sieht. Wenn überhaupt! Vielleicht hängt man Ihnen auch einfach ein Gewicht um den Hals und läßt Sie auf dem Grund des Hudsons verwesen ...«

Sie blickte Jo an, schien ein paar Sekunden lang zu überlegen und schlug die Tür dann wieder zu.

»Okay«, sagte sie. »Sie sind Profi, Jo. Wenn Sie einen besseren Vorschlag haben, dann sagen Sie ihn mir. Ich werde ihn mir zumindest anhören!«

»Zu gütig!«

»Wissen Sie, wo ich herkomme? Aus einer Siedlung am Rande von Caracas, die aus Wellblechhütten besteht. Mit diesem Päckchen hätte ich ausgesorgt. Selbst die Hälfte würde für meine Ansprüche noch gut ausreichen ...« Ihr Blick ruhte einen Moment auf Jo. Dann fragte sie: »Und was soll ich Ihrer Meinung nach tun?«

»Geben Sie den Stoff mir.«

»Damit Sie tun, wovon Sie meinen, daß ich es nicht schaffe?«

»So viel Geld kann mir niemand bezahlen! Nein, darum geht es nicht.«

»Worum dann?«

»Wir müssen Dominguez und seiner Bande eine Falle stellen, bevor sie uns umlegen. Eine andere Wahl haben wir nicht.«

»Wie soll die Falle aussehen?«

»Das weiß ich noch nicht. Aber mir wird schon was einfallen.«

»Und was hat das mit dem Stoff zu tun?«

»Wir brauchen einen Köder. Irgend etwas, das wir Dominguez anbieten können!«

Sie schwieg und schien mit sich zu kämpfen. Aber sie hatte nur eine Chance, und Jo hoffte, daß ihr das langsam dämmerte.

»Was ist mit Ihrem Freund, dem dicken Captain?«

»Rowland? Nun, ganz allein werden wir die Sache nicht durchziehen können.«

»Jemand, der ein Kilo Koks besitzt, wird als Dealer angesehen. Man wird mich einlochen und später ausweisen.«

»Wenn Dominguez Ihretwegen in den Bau wandert, wird es keine Schwierigkeit sein, mit der Staatsanwaltschaft zu handeln. Da bin ich mir sicher! Außerdem hat Sie bis jetzt noch kein Polizist mit dem Stoff aufgegriffen.«

»Die Polizei muß draußen bleiben, Walker! Das ist meine Bedingung!«

Jo seufzte und schüttelte den Kopf. »Sie haben Sorgen, Lady! Aber wie Sie wollen ...«

»Geben Sie mir Ihr Wort!«

»Meinetwegen! Und wo ist nun das Zeug?«

»In einem Schließfach. Fahren wir hin?«

Jo schüttelte den Kopf. »Ich werde hinfahren, Sie bleiben derweil bei meiner Assistentin in der Agentur. Geben Sie mir den Schlüssel.«

Sie verzog das Gesicht. »Und woher weiß ich, daß Sie mich nicht doch hereinlegen, Jo?«

»Sie wissen es nicht. Sie müssen einfach wählen, wem Sie mehr trauen. Ihren eigenen Fähigkeiten oder meinen!«

Der Schlüssel, den Teresa Jo gegeben hatte, gehörte zu einem Schließfach am John F. Kennedy-Airport, und genau dorthin machte er sich nun auf den Weg. Er mußte sichergehen, daß die junge Frau ihn nicht schlicht und einfach anschmierte. Er traute ihr mittlerweile alles zu. Je selbstmörderischer eine Dummheit war, desto größer schien die Chance, daß Teresa sie auch beging.

Jo blickte immer wieder in den Rückspiegel, aber es verfolgte ihn niemand. Die gut dreißig Kilometer zwischen Midtown Manhattan und dem John F. Kennedy-Airport schaffte Jo in etwas weniger als einer Dreiviertelstunde, was – gemessen am Verkehr – kein schlechtes Ergebnis war. Schließlich hatte er sogar noch Glück bei der Parkplatzsuche und stand bald darauf vor einer Wand mit Schließfächern.

Jo wartete einen Augenblick ab, in dem etwas weniger Betrieb war. Er suchte sich die entsprechende Nummer heraus und öffnete das betreffende Fach. Da war wirklich ein Päckchen. Jo riß es auf. Es war voll kleiner, durchsichtiger Plastikbriefchen, in denen sich ein weißes

Pulver befand. Jo steckte eines der Briefchen in die Hosentasche, packte den Rest zusammen und steckte das Päckchen in ein anderes, noch freies Schließfach.

In seinem Rücken hörte er dann Stimmengewirr. Als er den Kopf ein paar Grad zur Seite drehte, sah er eine Gruppe japanischer Touristen, die sich in Anmarsch auf die Schließfächer befanden. *Gerade noch gutgegangen!* dachte Jo, während er die Schlüssel beider Fächer nacheinander abzog und einsteckte. Zur gleichen Zeit hatten die ersten Japaner bereits die Wand erreicht und holten ihr Gepäck heraus.

Jo wandte sich ab und ging davon. Er ließ den Blick über die Menschenmassen gleiten, die die riesige Halle erfüllten und in die eine oder andere Richtung strömten, je nachdem, welcher Flug gerade aufgerufen wurde.

Es schien, als hätte ihn niemand beschattet.

Jo war schon fast an einem der Ausgänge, da sah er einen alten Bekannten. Es war niemand anderes als Jim Lacroix, wie üblich in Rollkragen-Pullover und Jackett. Den Mantel hatte er locker über den angewinkelten Arm geworfen.

Die Blicke der beiden Männer begegneten sich, und Jo fragte sich, ob es wohl wirklich ein Zufall war, daß er den Dealer hier und jetzt traf. Ein flüchtiges Grinsen ging über dessen Lippen.

»Tag, Walker!« rief er, nicht ohne einen unangenehmen, triumphierenden Unterton. Aber das war nur Oberfläche. Jo hatte es nie deutlicher gespürt als in diesem Augenblick! Mit Lacroix war etwas geschehen. Seine selbstsichere Arroganz schien nur noch Maske zu sein, in Wahrheit hatte er Angst.

»Nanu, wo geht die Reise denn hin, Lacroix?« erkundigte sich Jo und trat näher an den Dealer heran. Dabei ließ er den Blick kurz umherschweifen, um zu sehen, ob Lacroix in der Nähe vielleicht einen Gorilla lauern hatte. Aber dem war nicht so. Er schien allein verreisen zu wollen.

Sein Grinsen wurde ziemlich breit. »Das möchten Sie wohl gerne wissen, was?«

»Darf ich raten? Rio? Acapulco?«

»Sonnig und weit weg! Warum nicht, Walker?«

»Wird es Ihnen nicht schon in New York zu heiß?«

»Ach, hören Sie auf!«

»Glauben Sie vielleicht, daß die Zeugin, die Sie unter Druck gesetzt haben, vielleicht doch noch auspackt und man Sie wegen Mordes vor

Gericht stellt?« Jo lächelte dünn. »Vielleicht sollten Sie ihr mehr zahlen, dann könnten Sie ruhiger schlafen!«

»Die Sache ist vorbei, Walker.«

»Nein, das ist sie nicht.«

»Dieser Junge war kein Engel, Walker. Er hat selbst gedealt, er hat bei einem Überfall einen alten Mann zum Krüppel geschlagen, und er hätte seine Eltern für einen Schuß verkauft. Wenn er in der richtigen Verfassung war, dann hätte er für hundert Dollar einen Menschen umgebracht, sofern ihn jemand gefragt hätte und seine Hände nicht so zittrig gewesen wären!«

»Ich weiß«, sagte Jo.

»Haben Sie das seinen blitzsauberen Eltern auch erzählt?«

»Ja, habe ich.«

Lacroix hob die Schultern. »Der Junge hat die Regeln verletzt. Er hat versucht, mich zu bescheißen.«

»Ich kann mir einfach nicht vorstellen, daß Sie so etwas noch nie probiert haben, Lacroix!«

»Leben Sie wohl, Walker!«

Er zog davon, und Jo schnürte es die Kehle zu. Aber es gab nichts, was er tun konnte. Er hatte den Mord ihm gegenüber praktisch zugegeben, aber es gab nichts Greifbares. Nichts, das sich vor einem Gericht verwerten ließ. Wenn er durch die Barrieren kam, würde niemand ihn aufhalten. Jim Lacroix konnte gehen, wohin er wollte. In ein paar Stunden schon konnte er auf der anderen Seite des Globus sein, um auf Nimmerwiedersehen unterzutauchen.

Jim Lacroix war gut gelaunt, als er die öffentlichen Toilettenräume betrat. Morgen hatte er alles hinter sich gelassen, was ihm so zusetzte. Es war eine Flucht, aber er fiel nicht ins Bodenlose. Er hatte einiges Kapital auf ausländischen Bankkonten angehäuft, und das würde eine ganze Weile reichen. Selbst bei aufwendigem Lebensstil. Jim Lacroix wirbelte herum, als er hinter sich die Tür zu den Sanitäranlagen aufgehen und wieder zuschlagen hörte. Sein Gesicht verlor jegliche Farbe. Er schluckte und wich einen Schritt zurück.

Zwei Männer waren eingetreten. Der eine war blond, der andere dunkelhaarig und mit bandagiertem Arm. Der Dunkelhaarige blieb an der Tür stehen – und zwar so, daß niemand hereinkommen konnte.

»Peters! McCarthy!«

»Schön, daß du uns noch kennst, Lacroix!« brummte der Dunkelhaarige mit einem zynischen Lächeln auf den Lippen, das selbst einen Mann wie Jim Lacroix frösteln ließ.

»Was wollt ihr?«

»Scheint, als hätten wir Glück, dich überhaupt noch in den Staaten anzutreffen«, meinte der dunkelhaarige McCarthy gedehnt. »Du wolltest dich aus dem Staub machen, was?«

»Was geht euch das an?«

McCarthy zuckte mit den Achseln. »Uns interessiert das im Grunde nicht. Du weißt, daß wir nie etwas gegen dich gehabt haben. Im Gegenteil.«

»Dominguez schickt euch, nicht wahr?«

Er bekam keine Antwort, sondern statt dessen einen furchtbaren Fausthieb von Peters. Lacroix taumelte rückwärts und knallte der Länge nach hin. Der Dealer rührte sich ächzend.

McCarthy machte eine knappe Geste. »Fang an!« zischte er an Glenn Peters gewandt.

»Sie können sich in meiner Obhut völlig sicher fühlen!« erklärte April Bondy im Brustton der Überzeugung, während sie die Pistole durchlud. Sie hob die Waffe in die Höhe und fügte hinzu: »Ich kann damit umgehen, ob Sie es mir nun glauben oder nicht!«

Teresa stand am Fenster. »Ich glaube Ihnen«, murmelte sie.

Dann hörten sie Schritte.

»Das ist Jo!« meinte April, und eine Sekunde später flog die Tür auf, und er stand vor ihnen.

Teresa drehte sich herum. »Liegt es noch an Ort und Stelle?« fragte sie mit einem schwachen Lächeln auf den Lippen.

»Ja.«

»Und was kommt nun?«

Jo warf seinen Mantel irgendwohin, ging zum Schreibtisch und griff zum Telefon. Er drückte Teresa den Hörer in die Hand. »Rufen Sie Harry Dominguez an!«

»Was soll ich ihm sagen?«

»Daß Sie ihm den Stoff zurückgeben und sich mit ihm treffen wollen!«

»Das wird ihn auch nicht dazu bewegen, mich oder Sie am Leben zu lassen, Jo!«

»Ich weiß. Aber es ist die einzige Chance, ihn in die Falle zu locken. Mäuse fängt man mit Speck. Und wir müssen in unserem Fall darauf hoffen, daß die Maus den Speck auch mag ...«

»Okay!«

»Sie müssen darauf bestehen, daß er sich mit Ihnen persönlich trifft.« Jo nahm einen Zettel und schrieb etwas auf. Dann gab er den Zettel an Teresa. »Dies ist der Treffpunkt, lesen Sie ihm die Adresse genau vor ...«

»Halten Sie mich für ein kleines Kind?«

»Sie müssen wirken, als seien Sie sich Ihrer Sache absolut sicher, Teresa. Und es muß schnell gehen. Er muß sich sofort entscheiden, sonst verzichten Sie auf das Treffen.«

»Ein gefährliches Spiel, Jo.«

»Nur halb so gefährlich wie das, was Sie bis jetzt getrieben haben, Teresa!«

»Captain, wir haben ihn!« rief Lieutenant Browne, einer von Rowlands Mitarbeitern im Morddezernat. Er warf dem Captain eine Akte auf den Tisch. »Das ist der Tote. Es war gar nicht so schwierig, ihn zu finden, so viel wie der auf dem Kerbholz hat.«

Rowland hob fragend die Augenbrauen. »Und?«

»Cal Matthews, Ex-Soldat, Ex-Polizist, Ex-Kaufhausdetektiv, Ex-Knastbruder.«

»Hört sich an, als hätte er es nirgends bis zu einem Pensionsanspruch gebracht! Was hat er denn zuletzt gemacht? Wäre doch zu schön, wenn seine Spur zu Harry Dominguez führen würde.«

Lieutenant Browne schüttelte den Kopf.

»Damit kann ich leider nicht dienen, Chef. Aber die Richtung, in die er statt dessen geht, ist auch nicht uninteressant. Matthews hat mehrfach für Jim Lacroix den Gorilla gespielt ... Liegt eigentlich nahe, anzunehmen, daß er auch diesmal in Lacroix' Auftrag unterwegs war.«

Rowland lockerte sich die Krawatte und fuhr sich mit einer fahrigen Geste über das Gesicht.

Die Lacroix-Sache hatte der Captain innerlich schon abgehakt gehabt. Wenn die Vermieterin des jungen Bogdanovich nicht aussagte und den Dealer identifizierte, konnte man alles Weitere vergessen. Und sie würde nicht aussagen, da konnte er sie noch so lange bearbeiten. Ihre Angst würde letztlich Sieger bleiben.

Rowland war lange genug im Geschäft, um zu wissen, daß solche Dinge immer wieder vorkamen und man sich damit abfinden mußte, daß nicht jeder Mörder gerichtsverwertbar zu überführen war.

Es war ärgerlich, aber wohl nicht zu ändern. Doch vielleicht gab es jetzt wieder so etwas wie einen Strohhalm ...

»Bis jetzt war ich der Meinung, daß die beiden Fälle nichts miteinander zu tun hätten«, murmelte Rowland nachdenklich. »Aber ich sehe eine Verbindung!«

»Zwischen Dominguez und Lacroix?«

»... und dieser Teresa Marquez, ja.«

Der hochaufgeschossene, schlanke Browne, der von seiner Figur her so etwas wie das exakte Gegenstück zu Rowland war, setzte sich halb auf den Schreibtisch seines Captains.

»Die Verbindung zwischen den beiden ist der Drogenhandel, würde ich sagen!«

»Aber Lacroix bewegt sich mehrere Spielklassen tiefer als Leute wie Dominguez.«

»Warum fragen wir Lacroix nicht einfach?«

»Gute Idee!« grinste Rowland. »Wäre das nicht ein Job für Sie?«

»Lacroix wird nicht sehr begeistert davon sein, daß wir ihm wieder auf den Fersen sind.«

»*Immer noch*, Browne. Nicht *wieder.* Es geht noch immer um denselben Mord.«

»Telefon, Mister Dominguez!«

Es war Tanaka, der das sagte. In der Rechten hatte er den drahtlosen Apparat und hielt ihn Dominguez hin, der hinaus in seinen Garten gegangen war, um etwas frische Luft zu schnappen.

Er schien in Gedanken versunken zu sein, und es dauerte einen Moment, bis er wieder voll da war. Er drehte sich zu Tanaka um und nahm ihm das Telefon ab. »Wer ist es?«

»Hören Sie selbst!«

Dominguez nahm den Hörer ans Ohr.

Als er die Stimme von Teresa seinen Namen aussprechen hörte, war das wirklich etwas, womit er nicht gerechnet hatte. Ein zynisches Lächeln spielte um seine Lippen.

»Du hast lange nichts von dir hören lassen, Teresa!«

»Ich will es kurz machen, Harry!«

»Darum möchte ich auch gebeten haben!«

»Wir müssen uns treffen.«

»Warum?«

»Ich habe eingesehen, daß ...«

»Daß du dich an einer furchtbaren Dummheit beteiligt hast? Die Einsicht kommt ziemlich spät, findest du nicht auch?«

»Es war nicht meine Idee, sondern die von ...«

»Solche Sachen diskutieren wir besser nicht am Telefon. Es ist mir im übrigen auch egal, wer die Idee hatte. Wichtig ist nur, was ihr getan habt!«

»Ich will nichts mehr von dem Zeug; kannst es zurückhaben!«

Sie nannte ihm einen Treffpunkt und sprach sehr schnell, wirkte aber erstaunlich sicher. Dominguez war überrascht. »Du wirst dort ein mehrstöckiges Haus sehen, das sich noch im Bau befindet ... Du wirst deinen Wagen auf das Grundstück fahren, den Motor abstellen und auf weitere Anweisungen warten, die ich dir per Funktelefon geben werde.«

»Was soll das Theater, Schätzchen? Mißtraust du mir etwa? Ich habe dich doch immer sehr gemocht!«

»Lassen wir das, Harry«, konterte Teresa kühl.

»Wollen wir die Sache nicht einfacher über die Bühne bringen? Ich mache dir einen Vorschlag.«

»Nein, Harry, die Sache läuft nach meinen Regeln oder überhaupt nicht.«

»Ich werde es mir überlegen. Wo kann ich dich erreichen?«

»Überhaupt nicht. Du mußt dich jetzt entscheiden. Jetzt sofort.«

Harry Dominguez überlegte ein paar Sekunden lang schweigend. Die Sache gefiel ihm nicht. Vor allem ließ er sich nicht gerne zu irgend etwas drängen. *Warum hat sie es so verdammt eilig?* fragte er sich. Schließlich sagte er: »Ich komme!«

»Das Ganze läuft natürlich nur unter der Bedingung, daß du mir niemanden mehr auf den Hals hetzt!«

»Wofür hältst du mich?«

»Also ist das akzeptiert?«

»Ja.« Harry Dominguez war einfach kein Mann, der es fertigbrachte, eine gute Dollar-Million so einfach verlorenzugeben. Aber der Hauptgrund, darauf einzugehen, war ein anderer ...

»Gut«, sagte sie. »Heute abend um acht bist du dort! Und ich rate dir, allein zu kommen, sonst kannst du das Päckchen in deine Verlustrechnung aufnehmen!«

Dominguez wollte noch etwas sagen, aber Teresa Marquez hatte bereits aufgelegt. Er wandte sich an Tanaka und ballte dabei die Rechte zur Faust. »Jetzt haben wir die Kleine! Haben sich Peters und McCarthy schon gemeldet?«

»Nein.«

Dominguez gab Tanaka das Telefon. »Was machen Sie für ein Gesicht?«

»Ich frage mich, was Sie jetzt vorhaben, Mister Dominguez.«

»Na, was wohl?«

Tanaka schien es nicht zu gefallen. Aber er wußte sich zu beherrschen. Sein Gesicht bekam wieder den gewohnten undurchdringlichen und nichtssagend wirkenden Zug.

»Ich würde die Finger davon lassen, Mister Dominguez. Es könnte eine Falle sein. Irgendwann werden Sie die Kleine schon erwischen, und dann bekommt sie ihre Kugel. Aber von dem Stoff würde ich die Finger lassen!«

Dominguez hob die Augenbrauen. John Tanaka, ein schweigsamer, undurchdringlich scheinender Mann, der sich mit seiner eigenen Meinung stets zurückhielt, wurde auf einmal redselig. Das war schon eigenartig ...

»Wie sollte so eine Falle denn aussehen?«

»Sie könnte die Polizei eingeschaltet haben. Überlegen Sie doch! Wie kommt es, daß dieser Rowland hier auftauchte?«

»Na, wegen Fowler. Er hat ja schließlich für mich gearbeitet!«

»Ein Vorwand!«

Dominguez musterte Tanakas Züge und versuchte, aus seinem Bodyguard schlau zu werden. Zwei Jahre arbeitete Tanaka jetzt schon für Dominguez, und dieser hatte eigentlich geglaubt, ihn zu kennen.

Seltsam, dachte Dominguez. Aber hatte er nicht auch gedacht, Dick Fowler zu kennen?

»Wenn jemand ein ganzes Kilo Kokain besitzt, kann er unmöglich die Polizei zu Hilfe holen.«

»Und wenn der jungen Frau das Gefängnis gegenüber der Chance, eine Kugel in den Kopf zu bekommen, als die angenehmere Alternative erscheint?«

»Aber darum will sie mir doch das Zeug zurückgeben! Sie will kein Loch in der Stirn ...«

»Habe ich meine Rolle gut gespielt?« fragte Teresa, wobei sie ein zweifelndes Gesicht machte.

Jo nickte. »Hervorragend.«

»Ich habe Angst, mich mit ihm zu treffen«, sagte sie.

»Das brauchen Sie nicht.«

»Werden Sie in meiner Nähe sein, Jo?«

»Natürlich.«

Ihre Hände zitterten, und Jo nahm sie in die seinen, um sie etwas zu beruhigen. »Heute abend ist alles vielleicht schon ausgestanden.«

»Ich will's hoffen!«

Jo blickte auf die Uhr. »Es wird Zeit.«

»Aber bis acht ist es doch noch eine ganze Weile!«

»Wir müssen eher dort sein.«

Jo holte die Automatic aus dem Schulterholster und überprüfte das Magazin.

»Glauben Sie, daß Sie das Ding brauchen werden?« fragte Teresa.

»Ich hoffe nicht.« Er wandte sich an April. »Ist mit deiner Waffe alles klar?«

»Alles okay!«

Sie fuhren zu dritt in Walkers Mercedes.

»Was geschieht nun, Jo?« fragte Teresa.

»Als erstes holen wir den Stoff.«

»Reicht es nicht, wenn wir Dominguez den Schlüssel geben? Dann geht er es sich abholen, und die Polizei braucht ihn nur einzusammeln.«

Aber Jo schüttelte den Kopf. »So funktioniert das nicht.«

»Warum nicht?«

»Weil Harry Dominguez niemals selbst zum Airport fahren würde, um sich das Zeug abzuholen. Dazu hat er seine Leute. Wir würden ihn nie erwischen, jedenfalls nicht so, daß er aus dem Verkehr gezogen wird. Und das ist die einzige Lebensversicherung für Sie, Teresa!«

»Sie wollen, daß man ihn mit dem ganzen Kilo erwischt?«

»Ja, wenn's geht! Ein Kilo ist Beweismaterial genug, um ihn als Großdealer festzunehmen.«

»Und was ist, wenn man uns mit dem Stoff erwischt?« fragte April dazwischen.

»Dann wird es schwer sein, zu beweisen, daß er nicht uns gehört...«

Teresa wurde unruhig, irgend etwas schien ihr nicht zu behagen. »Dieser Rowland ist doch Ihr Freund, nicht wahr?«

»Ja, seit vielen Jahren«, nickte Jo.

»Haben Sie ihn eingeweiht?«

»Nein, er weiß nur, daß unser Freund Dominguez den Treffpunkt mit einem Kilo Koks verlassen wird. Alles andere braucht er nicht zu wissen – er darf es sich nur denken, sonst kommt er in große Schwierigkeiten.«

»Und Sie glauben, daß Ihr Plan klappt?«

»Sicher. Dominguez wird das Zeug persönlich abholen müssen,

sonst bekommt er es nicht. Er wird es so schnell wie möglich wieder loszuwerden versuchen, aber diese kurze Zeitspanne reicht, um ihn festzunageln. Allerdings unter einer Voraussetzung. Und für die können nur Sie sorgen, Teresa!«

Sie sah ihn an, als wäre er ein exotisches Tier. Ihre Stirn zog sich zusammen, aber sie tat, als wäre sie sehr verwundert. In Wahrheit war sie überrascht darüber, daß jemand sie durchschaut hatte.

»Wovon sprechen Sie?« flüsterte sie und versuchte zu überspielen, was jetzt in ihr vorging. Ihr Blick ging zur Beifahrertür des 230 SLK. Aber der Wagen fuhr. Sie konnte nicht heraus.

Jo fingerte ein Briefchen mit weißem Pulver aus seiner Manteltasche. Er warf es ihr in den Schoß.

»Hier«, sagte er. »Dieses Zeug war im Schließfach. Es kann alles mögliche sein, aber Kokain ist es mit Sicherheit nicht. Das merkt sogar ein Amateur-Chemiker wie ich!«

»Aber …«

»Sie haben versucht, mich hereinzulegen. Und so etwas kann ich nicht leiden. Kein Wunder, daß Sie die Lösung mit dem Schlüssel bevorzugen würden … Aber das wäre keine wirkliche Lösung. Und mein Plan klappt nur mit dem echten Stoff.«

»Jo, ich …«

»Zum Diskutieren ist es jetzt zu spät. Wenn die Sache noch Aussicht auf Erfolg haben soll, dann müssen wir sehr viel eher am Ort des Geschehens sein. Dominguez wird sicher einen seiner Leute vorschicken, der dann irgendwo lauert, um Sie abzuknallen, sobald er das Zeug hat. Und wenn es so ist, müssen wir seinen Handlanger möglichst vorher ausschalten.«

Sie blickte schweigend geradeaus. »Sie können mich zu nichts zwingen!« erklärte sie.

»Ich weiß. Aber wenn Sie denken, daß Sie mich wie ein Spielzeug benutzen können, dann sind Sie auch schief gewickelt, Teresa. Wenn Sie nicht den Mund aufmachen, werde ich Sie bei der Polizei absetzen. Sollen die Ihnen dann helfen.«

Sie seufzte. Dann sagte sie kleinlaut: »Es ist im General Post Office von New York City. Ich habe es als Postlagersendung dort hingeschickt. Der Schlüssel vom Schließfach war nur ein Täuschungsmanöver. Ich dachte, wenn jemand den Stoff will, kann ich ihn vielleicht eine Weile damit hinhalten.«

»Dann wollen wir keine Zeit verlieren.«

Die Sache im General Post Office war schnell erledigt. Jo wich Teresa dabei keine Sekunde von der Seite. Wer konnte schon wissen, was ihr noch alles für Dummheiten einfielen?

Es war ein dicker, gepolsterter Umschlag, den man Teresa ohne Probleme aushändigte. Jo nahm ihn ihr gleich aus der Hand, und sie ließ dies, wenn auch widerwillig, geschehen.

»Wenn es noch irgendeine Überraschung gibt, die Sie für mich auf Lager haben, Teresa, dann sagen Sie es mir lieber gleich.«

»Nein, das war's.« Sie hakte sich bei ihm unter und sah ihn mit ihren dunklen Augen warm an. »Sie sind ein prima Kerl, Jo. Ich mag Sie.«

Jo lächelte. Sie war eine begehrenswerte Frau, aber eine, die das auch einzusetzen wußte. »Ist das jetzt eine neue Masche?«

»Es ist meine ehrliche Meinung.«

Sie gingen zum Wagen. Jo gab den Umschlag April, die ihn öffnete und den Inhalt kurz überprüfte, soweit das möglich war.

Dann ging es zum Treffpunkt. Es handelte sich um ein im Bau befindliches Bürohaus, an dem die Arbeiten nicht mehr vorangingen, seit der Rohbau fertiggestellt worden war. Dem Bauherrn war die finanzielle Puste ausgegangen, die Gläubiger stritten sich um das, was noch übrigblieb, und bis der Kampf nicht gelaufen war, lief mit Sicherheit gar nichts.

Jo hatte den Mercedes in einer Seitenstraße abgestellt. Die letzten paar hundert Meter waren sie zu Fuß gegangen. Jetzt war es kurz nach sechs Uhr nachmittags. Fast zwei Stunden also noch bis acht Uhr. Jo hoffte nur, daß das ausreichte und nicht schon Dominguez' Leute irgendwo lauerten, um Teresa einen gebührenden Empfang zu bereiten.

Jo ließ den Blick die fensterlose Fassade emporgleiten. Ein Klotz mit fünfzehn Stockwerken, für New Yorker Verhältnisse eher ein kleiner Bau, aber immer noch mehr als groß genug, um sich darin zu verstecken.

Bevor sie den Eingang passierten, holte Jo seine Automatic aus dem Schulterholster, und April folgte seinem Beispiel, indem sie ihre Waffe aus der Handtasche nahm.

Sicher war schließlich sicher. Jo hatte keinerlei Lust mehr auf unliebsame Überraschungen.

Mit dem Lauf der Automatic voran tastete er sich in das Gebäude hinein. Aber da war niemand. Jo ging zu dem offenen Schacht, in den eigentlich der Aufzug gehörte, und lauschte. Der Wind strich durch die offenen Fenster und machte dabei eine seltsame Art von Musik, die fast ein wenig gespenstisch klang.

Aber es war nichts zu hören, was auf die Anwesenheit von Menschen hindeutete.

Er wandte sich an April und flüsterte: »Die Treppe hinauf!«

»Glaubst du, die Luft ist rein?« fragte sie.

»Wir werden sehen.«

Wenig später ging es die Treppen hinauf.

»Wollen Sie nicht jede Etage durchsuchen?« erkundigte sich Teresa sarkastisch.

»Ganz ruhig bleiben!« befahl Jo. »Wir gehen hinauf bis ins oberste Stockwerk.«

Sie hielten die Waffen schußbereit im Anschlag und tasteten sich Etage für Etage voran. Aber es kam ihnen niemand in die Quere.

Das Gebäude schien tatsächlich leer zu sein.

Schließlich waren sie ganz oben angekommen. Der Wind pfiff hier ziemlich wüst durch die offenen Fenster.

Jo ging als erstes noch einmal zum Aufzugsschacht, um zu horchen. Eine ganze Weile blieb er dort mit angestrengtem Gesicht stehen, dann war er sich sicher.

Menschliche Schritte, fünf oder sechs Stockwerke tiefer. »Es ist doch jemand hier!« Er wandte sich an April. »Ihr bleibt hier oben! Ich werde mal nachsehen, wer sich da rumtreibt ...«

Jo lief die Treppen wieder hinunter. Zwischendurch horchte er, aber es waren keine Geräusche mehr zu hören. Jo versuchte es im zehnten Stock, ging rasch von Raum zu Raum, ohne auf jemanden zu stoßen.

Währenddessen begann es draußen wieder zu regnen. Das Platschen mischte sich mit dem Wimmern des Windes.

Vielleicht habe ich mich getäuscht! ging es Jo durch den Kopf. Vielleicht hatte der Wind irgend etwas mehr oder minder regelmäßig hin und her bewegt, das sich dann fünf Stockwerke höher wie Schritte anhörte.

Er nahm sich die nächste Etage vor. Ein solches Stockwerk war relativ schnell durchsucht. Die Räume waren sehr groß und leicht zu übersehen, da sie – abgesehen von etwas Baugerät – völlig leer waren. Keine verwinkelten Apartments und Wohnungen, sondern zukünftige Großraumbüros.

Jo arbeitete sich systematisch voran. Im ersten Raum dieser Etage war nichts zu sehen. Im zweiten auch nicht. Aber im dritten erlebte er eine unangenehme Überraschung.

In letzter Sekunde hatte Jo aus den Augenwinkeln die Gefahr noch gesehen, aber da war es schon passiert. Eine Eisenstange schlug ihm schmerzhaft die Automatic aus der Hand und beförderte sie in hohem Bogen auf den Boden – drei, vier Meter in den Raum hinein.

Der Kerl hatte neben der Tür gelauert. Sein zweiter Hieb hätte Jo glatt den Schädel zertrümmert, aber diesmal paßte der Privatdetektiv besser auf. Er duckte sich blitzschnell, so daß die Eisenstange dicht über ihn hinwegfuhr und mit einem metallischen Geräusch gegen die Mauer schlug.

Jo packte den Arm und drehte ihn herum, während ihn zwei blitzende Augen giftig anfunkelten. Die Eisenstange fiel zu Boden. Der Kerl ächzte und versuchte erfolglos, sich loszureißen.

Jo drehte ihn um und packte ihn am Kragen seines abgerissenen Mantels. Der Mann war unrasiert und trug eine Strickmütze. Seine Kleider starrten allesamt vor Dreck, und er roch nach einer Mischung aus Bier und ein paar anderen, undefinierbaren Zutaten ...

Wie einer von Dominguez' geschniegelten Gorillas sah er jedenfalls nicht aus. Er zitterte und schien Angst zu haben.

»Na, los, versuch mich fertigzumachen, du feiner Pinkel!« zischte er. Er hatte längst gemerkt, daß Jo ihm körperlich überlegen war.

»Nur, wenn du mich dazu zwingst!«

Der Kerl schielte nach der Pistole. Jo konnte förmlich von seinem Gesicht ablesen, was er dachte. »Vergiß es!« raunte Kommissar X. »Mit dem Ding verletzt du dich doch höchstens selbst!« Die Blicke der beiden Männer begegneten sich.

Zwei, vielleicht drei Sekunden lang geschah überhaupt nichts. Alles hing in der Schwebe. Dann sagte der Kerl: »Okay, ich gebe auf!«

Jo ließ den herumgedrehten Arm los, ging zu seiner Pistole, hob sie auf und steckte sie ein.

»Du willst mich hier rausschmeißen, was?« knurrte der Mann unwirsch. Jo ließ den Blick im Raum umherschweifen. In einer Ecke hatte der Kerl seine Habseligkeiten und auch eine kleine niedergebrannte Feuerstelle.

»Kein Gedanke!« sagte Jo.

»Was willst du dann? Bist du ein Bulle, oder wie kommt es, daß du eine Knarre dabeihast?«

Jo lächelte und ging zum Fenster. Er blickte hinab. Dort unten war niemand zu sehen. Es regnete unablässig, und bei diesem Wetter ging nur nach draußen, wer keine andere Wahl hatte.

»Hör zu«, sagte Jo. »Du hast sicher beobachtet, wie ich gekommen bin.«

»Du bist mit zwei Frauen gekommen, aber ich habe gehofft, daß ihr mich nicht bemerken würdet. Es kommen manchmal Leute hierher, um sich das Haus anzusehen. Leute wie du in guten Sachen. Die meisten kommen aber nie bis hierher zu mir. Wenn doch, geht es mir meistens schlecht. Dann holen sie die Polizei. Ich bin schon viermal hier rausgeworfen worden.«

»Wenn vor uns schon jemand gekommen wäre, dann hättest du das sicher bemerkt, oder?«

Er grinste. »Also doch Bulle!«

»Nein, Privatdetektiv.«

»Wie auch immer. Wenn jemand vor euch dagewesen wäre, hätte ich es bemerkt. Dafür habe ich fast so etwas wie einen sechsten Sinn bekommen, wissen Sie?«

Jo holte sein Portemonnaie heraus und entnahm ihm ein paar Scheine, die er dem Mann hinstreckte. »Hier«, sagte der Privatdetektiv. »Das ist für dich!«

Der Mann stierte auf das Geld. »Das ist 'ne Menge Moos. Was muß ich dafür machen?«

»Mach dir einen schönen Abend und komm nicht vor neun zurück!«

»Das ist alles?«

»Das ist alles.«

Ein Lächeln ging über das Gesicht des Mannes. Er ließ sich nicht zweimal bitten und streckte die Hand aus.

Jo Walker blickte hinaus und sah, wie sich der Obdachlose davonmachte. Kommissar X war sich ziemlich sicher, daß in nächster Zeit jemand auftauchen würde.

Und er behielt recht. Es dauerte kaum zehn Minuten, da quälte sich eine schlanke, dunkelhaarige Gestalt im Trenchcoat durch den Regen. Es war Tanaka.

Er blickte sich nach allen Seiten um, sah dann aber zu, daß er möglichst schnell ins Gebäude hineinkam.

Jo lief zu den Treppen, zog die Automatic und lud sie durch. Durch den Aufzug hörte er, wie Tanaka mit schnellen, energischen Schritten heraufkam. Jo postierte sich an einer Ecke und wartete.

Tanaka kam. In der Rechten hielt er eine Pistole mit Schalldämpfer. Er stoppte kurz und strich sich die nassen Haare aus dem Gesicht.

Einen Augenblick lang schien er sich nicht ganz schlüssig darüber zu sein, ob es besser war, weiter hinaufzulaufen oder sich in dieser Etage zu verstecken.

Er schien sich für die Treppe ins nächste Stockwerk zu entscheiden und wandte Kommissar X den Rücken zu.

Jo hielt den Augenblick für gekommen.

»Stehenbleiben, Tanaka! Und keine Bewegung!«

Tanaka erstarrte mitten in der Bewegung. Er drehte den Kopf ein wenig und versuchte aus den Augenwinkeln zu sehen, was sich hinter ihm abspielte.

»Pistole fallen lassen!« forderte Jo.

Der Asiate zögerte. In seinem Kopf schien die Frage herumzuspuken, ob er nicht doch noch eine Chance hatte.

»Ich würde es nicht darauf ankommen lassen«, meinte Jo.

Die Pistole fiel zu Boden. Er drehte sich langsam um.

»Walker! Das hätte ich mir ja fast denken können!«

»Tja, so sieht man sich wieder, Mister Tanaka!«

»Was haben Sie mit mir vor? Mich vielleicht einfach über den Haufen zu schießen?«

»Schließen Sie nicht von sich auf andere!«

Jo trat etwas näher heran, holte ein Paar Handschellen aus der Manteltasche und warf sie Tanaka vor die Füße. »Schließen Sie Ihre Hände damit zusammen!«

»Wollen Sie mich zur Polizei schleifen? Das geht nach hinten los. Sie haben kein Recht zu dem, was Sie tun!«

»Sie können mich gerne anzeigen, Tanaka. Nichts dagegen.«

»Ich begreife Ihr Spiel noch nicht so richtig, Mister Walker! Auf welcher Seite stehen Sie? Ich hatte erst angenommen, daß Sie mit Teresa Marquez unter einer Decke stecken. Stimmt das? Oder hat die Kleine auch Sie aufs Kreuz gelegt?«

»Machen Sie einfach, was ich sage«, verlangte Walker kühl und hob ein wenig den Lauf der Automatic.

Tanaka bückte sich. Er machte das sehr langsam und vorsichtig. »Keine Sorge«, sagte er. »Mir ist bewußt, daß Sie eine Waffe haben und ich nicht.«

»Ich hoffe es!«

Tanaka nahm die Handschellen auf und legte sie sich selbst an. Dann hob er die zusammengeketteten Hände hoch und fragte trotzig: »Zufrieden?«

»Bestens.«

»Und jetzt?«

»Jetzt geht es nach oben. Gehen Sie voran.«

Zögernd setzte er sich in Bewegung, während Jo sich bückte, um die Schalldämpferpistole vom Boden aufzuheben. Jo nahm dabei ein Taschentuch. Es war eine Beretta – genau der Pistolentyp, mit dem Dick Fowler getötet worden war ...

»Den 45er, den Sie mir in Dominguez' Haus präsentiert haben, tragen Sie wohl nur sonntags, was?«

»Was geht Sie das an?«

»Bleiben Sie stehen und halten Sie die Hände hinter dem Kopf gefaltet!« Tanaka gehorchte, während Jo die Beretta wegsteckte und sein Gegenüber dann sorgfältig abtastete. Tanaka hatte keine weiteren Waffen dabei. Dafür allerdings ein mobiles Funktelefon, das Jo ihm zurück in die Manteltasche steckte.

Dann ging es weiter hinauf. Zwei Stockwerke hatten sie geschafft, da geschah es: Der Karatetritt kam blitzschnell und war äußerst gekonnt. Jo bekam ihn vor die Brust, taumelte rückwärts und ging zu Boden. Für den Bruchteil eines Augenblicks blieb ihm die Luft weg, während Tanaka nachsetzte.

Sein nächster Tritt kickte Kommissar X die Automatic aus der Hand. Der, der dann folgte, hätte Jo im günstigsten Fall das Nasenbein zertrümmert, ihn aber auch ohne weiteres töten können. Doch der Privatdetektiv fing ihn mit den Händen ab und lenkte ihn zur Seite.

Fast gleichzeitig schnellte sein eigener Fuß nach vorne und fuhr Tanaka in die Kniekehle, so daß er ebenfalls zu Boden ging.

Tanaka robbte in Richtung der Automatic, drehte sich einmal herum und hatte die Waffe erreicht. Er griff nach ihr und wollte sie in Walkers Richtung reißen, aber da war Jo schon über ihm und drückte Tanaka die eigene Beretta an den Hals.

»Besser, du machst das nicht noch einmal!« zischte Jo.

Der weitere Aufstieg verlief ohne Zwischenfälle. April kam ihnen entgegen.

»Ich habe durch den Schacht so einiges gehört!« sagte sie. »Da dachte ich mir, daß du vielleicht Hilfe brauchst!«

»Das stimmte auch beinahe!« Jo blickte auf die Uhr. »Jetzt werden wir wohl abwarten müssen, bis es acht wird.«

In Tanakas Gesicht zuckte fast unmerklich ein Muskel. »Wollen Sie Dominguez eine Falle stellen?«

»Sie sind ein kluger Kopf, Tanaka.«

»Ich zähle nur zwei und zwei zusammen. Aber was immer Sie auch vorhaben, Sie sollten es vergessen, Walker! Das haben schon ganz andere versucht und sind dabei auf die Nase gefallen!«

»Es gibt immer ein erstes Mal, Tanaka!«

Als sie oben angekommen waren, wo Teresa wartete, nahm Jo Tanaka das Funktelefon aus der Tasche und lächelte dünn. »Damit sollten Sie Ihren Boß informieren, was?«

Tanaka sagte nichts. Sein Gesicht blieb unbewegt und kühl, nur in seinen Augen blitzte es. Jo legte indessen den Apparat in Tanakas zusammengekettete Hände und hielt ihm den Pistolenlauf an den Kopf.

»Rufen Sie Ihren Boß. Sagen Sie ihm, daß er herkommen kann!«

Harry Dominguez stieg aus dem Ferrari und sah sich nach allen Seiten um. Die Tür ließ er dabei offen. Der Regen hatte inzwischen aufgehört. Nur ein unangenehmer, feucht-kalter Wind blies ihm um die Ohren. Ein schneller Blick ging zu der Rolex an seinem Handgelenk. Es war Punkt acht.

Irgendwo war Tanaka in Stellung gegangen und wartete nur darauf, das zu tun, was getan werden mußte. Die Frau mußte sterben, unabhängig davon, ob sie ihm wirklich den Stoff zurückgeben wollte. Aber damit brauchte er sich nicht die Hände schmutzig zu machen. Dafür würde Tanaka sorgen ...

Das Telefon im Wagen klingelte. Dominguez griff hinein und langte nach dem Hörer. »Ja?«

Es war Teresa Marquez, wahrscheinlich von einem mobilen Funktelefon aus. »Passieren Sie den Eingang des Gebäudes und wenden Sie sich zu den Treppen. Gehen Sie in den dritten Stock zum Aufzugschacht. Dort werden Sie ein kleines Päckchen finden. Es ist alles noch da.«

Dominguez nickte. »Gut«, meinte er, während ein Gesichtsmuskel unwillkürlich zuckte.

»Ist die Sache damit ausgestanden, Harry?«

»Natürlich, Kleines. Du kennst mich doch! Wir haben uns doch immer prima verstanden.«

»Es war ein Fehler, der sich nicht wiederholen wird«, sagte sie. Und er konnte ihr da nur zustimmen.

»Richtig«, murmelte er. »Es wird sich nicht wiederholen ...«

Sie hängte ein, und er machte sich auf den Weg. Er blickte die fensterlose Fassade des Rohbaus empor und dachte: *Wahrscheinlich beobachtet sie mich jetzt in diesem Augenblick.* Dominguez hoffte nur, daß Tanaka sie auch im Visier hatte ... Aber das war eigentlich anzunehmen. Er hatte sich ja telefonisch gemeldet und durchgegeben, daß alles okay war. Und wenn man sich hier einigermaßen geschickt postierte, konnte einem niemand entgehen, der das Gelände betrat oder verließ. Dominguez tat, was Teresa gesagt hatte, und ging zum Eingang, stieg die Treppen hinauf bis in den dritten Stock und fand das Päckchen neben dem Fahrstuhlschacht.

Er blickte sich um und horchte. Es war nirgends etwas zu hören. Dann nahm er das Päckchen und ging. Der Rest war Tanakas Sache.

Als er im Wagen saß, überprüfte er kurz den Inhalt des Päckchens und steckte es dann unter den Beifahrersitz. Es schien alles in bester Ordnung zu sein. Dominguez ließ den Ferrari an und fuhr los. Er atmete tief durch.

Dominguez war noch nicht bis zur nächsten Straßenecke gekommen, da schnitt ihm plötzlich ein überholender Wagen den Weg ab und zwang ihn dazu, nach rechts auszuweichen und zu stoppen. Nach vorne hin war er völlig eingekeilt. Er saß in einem Dreieck aus dem Überholer und der langen Reihe von Parkern am Straßenrand.

Verdammt! schoß es Dominguez durch den Kopf. *Das kann unmöglich ein Zufall sein!* Er wollte zurücksetzen, aber auch von hinten kamen zwei Wagen, Männer in Zivil sprangen aus den Türen, und in Sekundenschnelle war der Ferrari von ihnen umringt. Jemand riß die Tür auf, und Dominguez blickte einerseits in die Mündung eines 38er Special und andererseits auf eine Dienstmarke der New Yorker Polizei.

»Steigen Sie aus und stellen Sie sich an den Wagen!«

»Was habe ich getan? Doch nicht etwa zu schnell gefahren? Ich wußte gar nicht, daß man dafür auch schon Fahnder in Zivil einsetzt!«

»Das ist nicht witzig, Sir!« gab einer der Männer zurück. Dominguez stieg aus dem Wagen, und jemand nahm ihm den Kleinkaliber ab, den er bei sich hatte. Dann sah er Rowland herankommen, der sich zwischen seinen Leuten hindurchdrängte.

Dominguez verzog das Gesicht. »Hätte ich mir ja denken können, daß das auf Ihrem Mist gewachsen ist!«

Rowland verzog das Gesicht. »Ich will mich nicht mit fremden Federn schmücken«, raunte er. Inzwischen fiel das Heer seiner Mitarbeiter über den Ferrari her. Es dauerte nur ein paar Augenblicke, und sie hatten das, wonach sie gesucht hatten: das Päckchen. Rowland nickte, nachdem er einen Blick hineingeworfen hatte. »Ich denke, das reicht, um Sie eine ganze Weile aus dem Verkehr zu ziehen, Dominguez.«

»Das ist ein abgekartetes Spiel!«

»Haben Sie sonst nicht eine Vorliebe für solche Spiele? Nennen wir es so: Wir haben einen Hinweis bekommen, der sich als richtig erwiesen hat ...« Er wandte sich an einen der Umstehenden. »Lieutenant Browne! Lesen Sie ihm seine Rechte vor und nehmen Sie ihn mit!«

Bevor Dominguez in einen der Dienstwagen gesetzt wurde, sah er noch Teresa Marquez in Begleitung von Jo Walker und dessen Assistentin auftauchen. Und da war noch jemand, dessen Anwesenheit ihm gar nicht gefiel: John Tanaka!

Dann wurde Dominguez weggebracht.

Rowland ging auf Jo zu und knurrte: »Das war ein Vabanquespiel, Jo!«

»Ich weiß.« Er gab Rowland Tanakas Waffe. »Hier«, sagte er. »Es würde mich nicht wundern, wenn das die Beretta ist, mit der Dick Fowler getötet wurde.«

Rowland nickte zufrieden. »Langsam setzt sich das ganze Puzzle zusammen.« Er wandte sich an Teresa Marquez. »Der Killer, der Ihnen in das Hotel gefolgt ist, wurde übrigens höchstwahrscheinlich nicht von Dominguez geschickt.«

Sie schaute verwundert drein und hob die Augenbrauen. »Von wem denn dann?«

»Sagt Ihnen der Name Jim Lacroix etwas?«

»Nein.«

»Er ist übrigens tot«, wandte sich Rowland an Kommissar X.

Jo hob die Augenbrauen. »Wie ist das denn geschehen?«

»Auf ähnliche Weise, auf die auch der junge Bogdanovich getötet wurde. Ihm wurde reines Heroin gespritzt. Da er selbst kein Konsument war, ist ihm das schlecht bekommen. Er wollte sich gerade per Flieger davonmachen, da hat man ihn in den Toilettenräumen erwischt. Er hat sich ziemlich heftig gewehrt ... und dem Mörder das Gesicht zerkratzt.«

»Weiß man schon, wer?«

»Man hat Spuren von Haut und Blut unter den Fingernägeln gefunden. Aber die könnten zu vielen Leuten gehören.« Rowland zuckte mit den Schultern. »Es könnte der Vater des jungen Bogdanovich sein. Schließlich starb Lacroix auf dieselbe Weise wie sein Sohn. Ich habe jemanden hingeschickt ...«

»Um nachzusehen, ob Mister Bogdanovich zufällig ein paar Kratzer im Gesicht hat?«

»Wäre doch ein Anfang, Jo.«

»Sucht besser in einer anderen Richtung.«

»In welcher?«

»Du hast gesagt, der Killer, der Teresa aufgelauert hat, kam nicht von Dominguez, sondern von Lacroix.«

»Richtig. Cal Matthews, du hast den Namen vielleicht schon gehört.«

»Das gibt nur einen Sinn, wenn Lacroix von dem Diebstahl des Kokains wußte. Er wollte an den Stoff kommen.«

»Woher sollte er von Teresa wissen?«

»Weil er vermutlich von Anfang an mit Fowler unter einer Decke steckte. Fowler könnte Lacroix angesprochen haben, um das Zeug loszuwerden ...«

Rowland nickte nachdenklich. »Ja, das macht Sinn. Das heißt ...«

»... daß Lacroix' Mörder wahrscheinlich unter Dominguez' Leuten zu suchen sind. Wie wär's mit Peters und McCarthy? Hat schon mal jemand nachgeschaut, ob einer von denen eine beschädigtes Gesicht hat?«

»Holen wir nach, Jo! Aber die werden jetzt alle so schnell wie möglich abzutauchen versuchen, wenn sie erst mal mitgekriegt haben, daß ihr Boß im Loch sitzt!«

Jo wandte sich an Teresa. »Wissen Sie schon, was Sie jetzt anfangen werden, Teresa?«

»Keine Ahnung. Aber ich werde schon was finden. Erst einmal bin ich froh, am Leben geblieben zu sein.«

Jo grinste. »Beinahe hätten Sie das ja noch verhindert!«

»Ich danke Ihnen! Mit dem Honorar werden Sie sich wohl noch ein bißchen gedulden müssen ...«

»Lassen Sie nur«, versetzte Jo. »Ich selbst stand ja auch auf Dominguez' Liste und habe daher gewissermaßen in eigenem Interesse ermittelt!«

»Trotzdem ...«

Der Todeskandidat

Er wußte, daß es für ihn kein Entrinnen gab. Er würde sterben. Noch atmete er, aber im Grunde war er schon so gut wie tot.

Die letzten Tage, die letzten Stunden, die letzten Augenblicke ... Die Zeit schien ihm geradezu davonzurasen, seit er den Tag seines Todes auf sich zukommen sah. Jenen Tag, an dem für ihn das Licht ausgehen würde. Vor ihm lag das große schwarze Nichts. Er hatte sich nie gefragt, was danach kam.

Er hatte einfach gelebt. Jetzt fragte er es sich fast ständig. Er fragte es auch den Geistlichen, den sie zu ihm schickten.

Als sie ihn dann holten, zitterten ihm die Knie. Sie mußten ihn aufrichten und halten.

Er wollte etwas sagen. Er wollte es herausschreien, daß er unschuldig war, daß er Claire Levine nicht umgebracht hatte, wußte aber insgeheim, daß es keinen Sinn hatte. Diese Männer machten nur, wozu man sie angewiesen hatte. Alle, die etwas zu dem Fall zu sagen hatten, hatten es gesagt, und nun war es eben soweit.

Es ging durch lange, kahle Flure. Wie durch Watte hörte er ihre Stimme, so als wären sie allesamt weit entfernt.

»Ich will nicht sterben!« ging es dann plötzlich über seine Lippen. Aber es war kein Schrei. Es war nichts weiter als ein verzweifeltes Flüstern. Er fühlte den eisernen Griff der Wachleute. Seine Hände waren mit Handschellen zusammengekettet. Aber das alles wäre überhaupt nicht notwendig gewesen. Er war viel zu schwach, um sich wirklich zu wehren.

Schritt für Schritt ging es vorwärts. Dann kamen sie nach draußen. Es war kurz nach Sonnenaufgang. Er sog die frische Luft ein. Er fragte sich, wie viele Gefangene diesen Weg vor ihm gegangen waren und was sie dabei gedacht hatten.

Es dauerte nicht lange, dann waren sie alle in einem steril wirkenden Raum, in dessen Mitte eine dünn gepolsterte Liege stand, auf der man ihn, festschnallen würde, um ihm dann, die tödliche Injektion zu geben.

Er sah den Arzt, der in seinem weißen Kittel dastand und mit seinen eisgrauen Augen alles überwachen würde.

Der Gefangene mußte unwillkürlich schlucken. Nacktes Entsetzen hatte ihn gepackt und so gut wie völlig gelähmt. Erst als er schon auf der Liege angeschnallt werden sollte, begann er sich zu wehren. Aber es war zu spät. Viel zu spät.

Er riß verzweifelt an den Riemen, aber es war sinnlos.

Schließlich waren alle Riemen angebracht, und er konnte nur noch den Kopf ein paar Zentimeter hin und her bewegen.

Mein Gott! dachte er. Ihn fröstelte.

Er hörte, wie der Arzt den Henker anwies, wie die Spritze anzusetzen sei. Eigentlich unnötig, denn der Kerl machte das sicher nicht zum erstenmal. Aber so war es nun einmal Vorschrift. Nichts sollte schiefgehen.

Und wenn doch?

Ein absurder Gedanke! schoß es dem Todeskandidaten durch den Kopf. Aber ein Gedanke, der sich einfach nicht aus seinem Kopf vertreiben ließ. *Es geht ganz schnell!* sagte er sich. *Das Gift wird sofort wirken. Zack und aus. Augen zu und nicht wieder aufwachen.*

Aber das sagte man auch von der Gaskammer und dem elektrischen Stuhl, und trotzdem klappte es nicht immer hundertprozentig. Zum Beispiel, wenn beim elektrischen Stuhl das Kopfstück nicht richtig paßte oder die Stromstärke zu gering war.

Auch bei der Spritze waren Pannen denkbar. Er wußte nicht, ob er auf eine Panne hoffen oder sich wünschen sollte, das alles so schnell wie möglich vorbei war. Er wußte es einfach nicht. Bilder und Gedanken rasten vor seinem geistigen Auge dahin. Szenen aus seinem Leben, Gesichter von Menschen, die ihm etwas bedeutet hatten.

»Nein!« flüsterte er ohnmächtig und dann bemerkte er, wie jemand die Injektionsnadel aus seinem Oberarm herauszog. Es war geschehen. Unwiderruflich.

Er schloß die Augen. Namenlose Dunkelheit senkte sich über ihn.

»LaRue!«

Eric LaRue blickte auf und erschrak dabei. Er fühlte den Schweiß auf seiner Stirn stehen. Kalten Angstschweiß. Eine Sekunde lang überraschte es ihn, noch am Leben zu sein, dann wußte er, daß er eingenickt gewesen war und geträumt hatte.

Es war nicht das erste Mal, daß ihm das passierte. Nachts fand er oft keinen Schlaf. Dafür überkam es ihn dann am Tage.

»Hey, aufwachen! Du hast Besuch!«

Jetzt erst war LaRue richtig wach. Er rieb sich die Augen und hörte den Gefängniswärter vor sich hin murmeln. »Verdammter Nigger!« knirschte es unter seinem ungepflegten buschigen Schnurrbart hindurch, auf dessen Haaren er immer herumkaute, wenn er Langeweile empfand.

LaRue kannte ihn. Der Kerl hieß McBride, war in seinem Job ziemlich fett geworden und mochte niemanden, dessen Haut auch nur eine Nuance dunkler war als seine eigene.

Eric LaRue streckte die Handgelenke durch die Gitterstäbe. Eine Sekunde später waren sie zusammengekettet. McBride drehte den Schlüssel herum, die Zellentür sprang auf, und dann führte er den Gefangenen vor sich her. Es ging durch mehrere weitere stark gesicherte Durchgänge.

»Es ist dein Bruder, dieser Winkeladvokat, der dich sehen will!« brummte McBride. Er grinste über das formlose Gesicht, aber davon konnte LaRue nichts sehen. »Ich hoffe, er hat schlechte Nachrichten für dich! Jemand wie du, der sich an 'ner weißen Frau vergreift, gehört hingerichtet! Und zwar unverzüglich, ohne Aufschub und Revision und den ganzen Unsinn!« McBride schob Eric LaRue in den Besuchsraum.

Eric schluckte. Sein Bruder Miles saß dort und tippte mit den Fingern auf dem Tisch herum. Eric brauchte nicht erst abzuwarten, bis Miles den Mund aufmachte. Er wußte auch so Bescheid.

Miles blickte auf. Sein Gesicht sprach Bände.

»Tut mir leid, Eric«, flüsterte Miles.

Eric setzte sich. Er hatte jetzt fast so weiche Knie wie in dem Vorraum, als es zur Hinrichtung ging; diesen verdammten Traum, den er jetzt mit grausamer Regelmäßigkeit hatte, wenn er die Augen schloß. Der Puls schlug ihm bis zum Hals, die, Kehle war wie zugeschnürt. Er glaubte, sein Gesicht würde brennen. Er hatte diesen Augenblick lange kommen sehen. Aber jetzt war es doch schockierend.

»Wir haben alles versucht, Eric!« hörte er die Stimme seines Bruders, der sich mit der flachen Hand über das Gesicht fuhr. Miles vermied es, den Todeskandidaten offen anzusehen. Aber die halbe Sekunde, in der sich ihre Blicke dann doch trafen, sah Eric ein Glitzern in Miles' Augen, das er nicht bei ihm gesehen hatte, seit sie kleine Jungs gewesen waren. Tränen!

»Du kannst nichts dafür!« hörte Eric sich selbst sagen und hatte dabei fast das Gefühl, als wäre, es jemand anderes, der da sprach. Jemand, der viel mehr Kraft hatte als er. »Du hast alles versucht!«

Das hatte Miles wirklich. Die letzte Instanz hatte ihr Urteil gefällt. Eine Wiederaufnahme konnte es nur geben, wenn plötzlich ganz neue Beweise auftauchen sollten. Aber was sollte da schon kommen? Eric LaRue war zum Tode verurteilt worden, und dieses Urteil würde nun in absehbarer Zeit auch vollstreckt werden. Der Termin stand bereits fest.

»Ich war beim Gouverneur«, berichtete Miles, um irgend etwas zu sagen. Er fühlte sich sichtlich unwohl in seiner Haut. »Aber er wird dich nicht begnadigen, Eric.«

»Ist das sein letztes Wort?« flüsterte Eric mit erstickter Stimme. Er brauchte die Antwort im Grunde nicht abzuwarten. Er kannte sie im voraus.

»Ich fürchte ja«, sagte Miles. Er brachte es einfach nicht fertig, seinen Bruder dabei anzusehen.

Eric nickte. Es überraschte ihn, aber ein wenig konnte er den Gouverneur sogar verstehen. Ein schwarzer Mann hatte angeblich eine weiße Frau umgebracht. Da schlugen die Emotionen ziemlich hohe Wellen. Und warum sollte ausgerechnet ein Politiker sich in dieser Situation ohne Not unbeliebt machen wollen?

Der Fall lag klar, die Beweise sprachen eindeutig für Eric LaRues Schuld. Die Öffentlichkeit war davon genauso überzeugt wie die Jury im Gerichtssaal. Und selbst die Handvoll Demonstranten vor dem obersten Gericht war nicht von Erics Unschuld überzeugt gewesen, sondern einfach nur ganz allgemein gegen die Todesstrafe.

»Die Chancen waren von Anfang an wohl nicht gut, was?« fragte Eric achselzuckend, während er die blanke Verzweiflung in sich aufsteigen fühlte. »Aber ich habe Claire nicht umgebracht ... Ich war überhaupt nicht dort!« Er schüttelte den Kopf und fuhr dann fort: »Ich bin unschuldig, aber ich kann es nicht beweisen!«

»Ich weiß, Eric.« Miles hörte seine eigene Stimme in diesem Moment wie die eines Fremden. Er fühlte sich scheußlich.

Eric LaRue atmete indessen tief durch. »Das wär's dann also«, meinte er resigniert.

»Ich habe noch nicht aufgegeben, Eric!« erklärte Miles. »Ich nehme morgen den Flieger nach New York, um mit einem Mann zu sprechen, der dir vielleicht noch helfen kann!«

»Wer sollte das sein? Ein noch besserer Anwalt als du vielleicht? Ein *weißer* Anwalt womöglich?«

»Nein, ein Privatdetektiv.«

Eric lachte heiser. »Was sollte der schon ausrichten? Wir hatten doch schon diesen Spellings engagiert ... Und was hat es gebracht?«

»Der Mann, von dem ich spreche, spielt in einer anderen Klasse als dieser Spellings.«

Eric winkte ab. »Ach, ja?«

»Ich spreche von einem Mann namens Walker«, erklärte Miles und versuchte, seiner Stimme dabei einen einigermaßen optimistischen Tonfall zu geben. »Seine Agentur ist eine Topadresse unter den privaten Ermittlern!«

»Ich mache mir keine Hoffnungen mehr, Miles. Vielleicht ist es besser, es einfach zu akzeptieren. Meine Zeit ist eben so gut wie um.«

»Eric!«

»Manchmal denke ich, je eher ich es hinter mir habe, desto besser!«

»Was redest du da!«

»Es ist so, Miles! Im Grunde haben sie mich längst hingerichtet. Fünfzigmal oder hundertmal. Ich weiß es nicht, ich habe es nicht gezählt. Jede Nacht ...« Eric stockte. »Verstehst du, wovon ich rede, Miles?«

Miles schaute zur Seite. »Ich weiß nicht.«

»Ich träume immer dieselbe Szene. Ich habe sie mal in irgendeinem Spielfilm gesehen. Jemand wurde aus der Todeszelle geführt, um dann die tödliche Injektion zu bekommen.« Er atmete tief durch. »Ich weiß nicht einmal mehr, wie der Film hieß, oder was der Kerl eigentlich verbrochen hatte, der da hingerichtet wurde. Aber jetzt werde ich diese Szene nicht los ...«

»Eric!«

»Ich sterbe jede Nacht, Miles. Kannst du dir das vorstellen?«

»Noch ist es nicht vorbei, Eric. Ich habe die Hoffnung noch nicht aufgegeben.«

Eric LaRues Blick war glasig. Er nickte kurz. »Ich danke dir für alles, was du getan hast!« murmelte er dann.

Miles' Lächeln war verkniffen. »Das ist doch das mindeste!« meinte er schwach.

»Du glaubst, daß du es mir irgendwie schuldig bist, alles zu versuchen, selbst wenn es keinen Sinn hat, nicht wahr? Aber in Wahrheit glaubst auch du nicht mehr an eine Möglichkeit, mich hier lebend herauszubringen!«

»Das ist doch Unsinn, Eric!« war Miles' Erwiderung. Aber in Wahrheit hatte Eric es ziemlich genau getroffen.

»Sie sind meine letzte Hoffnung!« bekannte Miles LaRue offen, als er Jo Walker gegenübersaß, dem Mann, der auch unter dem Namen Kommissar X bekannt war.

Walker lehnte sich in seinem Sessel zurück und sah sein Gegenüber nachdenklich an. Einen zum Tode Verurteilten aus dem Staatsgefängnis von Houston, Texas, herauszubekommen, dessen Hinrichtung schon terminiert und dessen Gnadengesuch abgelehnt worden war, war sicher alles andere als eine Kleinigkeit. Besonders in einem Fall, wo alles so klar auf der Hand zu liegen schien.

Miles LaRue hatte eine Akte mitgebracht, in der alles Wesentliche zusammengefaßt war. Bei den Unterlagen befanden sich auch Fotos, die die Polizei vom Tatort gemacht hatte, und Kopien der Polizeiberichte.

»Wenn Sie noch weitergehende Unterlagen benötigen, Mister Walker, so stehe ich Ihnen jederzeit zur Verfügung. Sie können in sämtliche Akten sehen, die mit dem Prozeß etwas zu tun haben und von denen ich Kopien besitze!«

Jo hob die Brauen und nickte dann, während er mit den Augen die Berichte überflog.

Claire Levine, eine hübsche Blondine mit Pagenschnitt, war in ihrem Haus erschlagen worden. Tatwaffe war mit ziemlicher Sicherheit eine ungefähr dreißig Zentimeter hohe Bronzefigur, die in Claires Wohnzimmer auf einem Marmorvorsprung über dem Kamin gestanden hatte. Jedenfalls war an dieser Statue Blut gefunden worden, das aus der klaffenden Wunde an Claires Kopf kam.

Im Haus waren jede Menge Fingerabdrücke gefunden worden, von denen die meisten wohl niemals identifiziert werden würden. Aber bei der Wohnung eines einigermaßen kontaktfreudigen Menschen war das nichts Ungewöhnliches.

Auch an der Bronzefigur waren Abdrücke. Und zwar außer von Claire nur noch die von Eric LaRue, der jetzt auf seine Hinrichtung wartete. Den Fakten nach also ein eindeutiger Fall.

Job las die Aussage von Rosa Montalban, einer Freundin von Claire, die am Abend des Mordes noch auf einen kurzen Besuch hatte vorbeikommen wollen. Rosa hatte sich schon gewundert, als sie die offene Tür bemerkte. Wenig später fand sie die Leiche. Seit gut zwei Stunden tot, wie die Polizei später feststellen sollte. Am Morgen hatte Rosa einen sehr heftigen Streit zwischen Claire und Eric mitbekommen. Eric war ziemlich außer sich gewesen und hatte ein paar wüste Drohungen ausgestoßen.

»Was hatte Ihr Bruder mit dieser Claire zu tun?« erkundigte sich Kommissar X.

»Er ... er hat sie geliebt«, erklärte Miles LaRue mit einem merkwürdigen Zögern.

»Sie sprechen in der Vergangenheit«, stellte Jo fest.

Miles zuckte mit den Achseln. »Die beiden waren seit kurzem nicht mehr zusammen, aber wahrscheinlich habe ich trotzdem etwas untertrieben. Eric liebte sie insgeheim wohl noch immer. Claire war eben eine ...« Er stockte. Seine Finger tickten nervös auf der Sessellehne herum. »Wie soll ich sagen?« fuhr er dann mit einem seltsamen Unterton fort. »Sie war eben eine außergewöhnliche Frau.« Er seufzte. »Leider wußten auch andere ihre Vorzüge zu schätzen ...«

»Eifersucht als Tatmotiv?« zweifelte Jo. Aber Miles schüttelte den Kopf.

»Nein, das hat die Polizei am Anfang vermutet. Wäre es dabei geblieben, säße Eric jetzt nicht in der Todeszelle. Bei Eifersucht hätte man auf eine Tat im Affekt plädieren können, und jeder mittelmäßige Anwalt hätte höchstens lebenslänglich für ihn herausgeholt.« Sein Lachen war heiser und sarkastisch. »Selbst bei einem Schwarzen. Aber die Anklage konnte das Gericht von einem anderen Motiv zeugen!«

»Und das wäre?«

»Eric und Claire waren nicht nur privat ein Paar, sondern auch geschäftlich. Sie waren Teilhaber einer Werbeagentur. Aber Claire wollte aus der Firma heraus. Sie hatte die Chance, eine Top-Position bei einem der Branchenführer zu bekommen. Natürlich nur unter der Bedingung, daß sie bei Eric aussteigt. Schließlich kann sie sich ja nicht selbst Konkurrenz machen.«

Jo hob die Schultern. »Ich verstehe nicht, wo da das Problem für Ihren Bruder gelegen hat!«

»Eric hatte finanzielle Schwierigkeiten. Und wenn Claire ihr Kapital aus der Agentur herausgezogen hätte, wäre das der Ruin gewesen. Anders bei Claires Tod. Die beiden hatten eine Lebensversicherung für den Fall der Fälle abgeschlossen und sich gegenseitig als Begünstigte eingetragen, damit die Firma nicht im Regen steht, wenn einer der beiden Inhaber stirbt und dessen Erben ausgezahlt werden müssen.« Miles hob die Hände. »In solchen Fällen ist das nichts Ungewöhnliches. Ich habe es den beiden seinerzeit empfohlen ...«

»Und jetzt hat man Ihrem Bruder einen Strick daraus gedreht!«

Miles nickte düster. »Sie sagen es, Mister Walker ... Mord aus Habgier! Das hört sich schon anders an, als wenn jemand seine Exgeliebte im Streit erschlägt, nicht wahr? Dazu kommt noch, daß es Zeugen gibt, die gehört haben wollen, wie Eric gesagt hat, daß er jetzt nur noch darauf hoffen könne, daß Claire einen Unfall baut ...«

Jo hob die Augenbrauen. »Hat er nicht versucht, sich mit Ihr zu einigen?«

»Doch, das hat er. Aber sie war auf dem Ohr taub. Sie hätte entweder auf die Chance ihres Lebens verzichten müssen, oder ihm Ihren Anteil einfach überschreiben können. Damit hätte sie ein kleines Vermögen verschenkt.«

Miles schüttelte den Kopf. »Für Claire war es eine einmalige Chance. Aber solange ihr Geld in der Agentur steckte, konnte sie sie nicht wahrnehmen – was ich aus Sicht ihrer neuen Arbeitgeber auch verstehen kann. Sie mußte sich entscheiden und zwar ziemlich schnell.«

Jo blätterte weiter. Er sah ein Foto von Eric. »Sie sehen Ihrem Bruder ziemlich ähnlich!« meinte er dazu.

»Ich weiß. Früher wurden wir oft verwechselt. Aber das hat sich inzwischen gelegt.«

Dann stieß Jo auf Erics Alibi, das er bei Vernehmungen angegeben hatte.

Er hatte ausgesagt, zur Tatzeit mit dem Wagen unterwegs gewesen zu sein, um in Galveston an einer Roulette-Runde teilzunehmen. Das Spiel war Erics Laster. Und deswegen hatte er weder finanzielle Rücklagen, die ihn in einer Situation wie dieser hätten über Wasser halten können, noch irgendeine Aussicht auf einen Kredit. In dieser Hinsicht war sein Rahmen nämlich längst ausgeschöpft. Alles, worauf man eine Hypothek legen konnte, war schon belastet.

An jenem Abend war Eric offenbar ziemlich verzweifelt gewesen. Als er dann zurückfuhr, konnte seine Verzweiflung allerdings kaum geringer geworden sein, denn er hatte wieder verloren. Viel sogar. Selbst für seine Verhältnisse. Und darum hatte er die Runde auch vorzeitig verlassen. Eric LaRue hatte einfach kein Geld mehr gehabt und noch etwas getrunken, bevor er zurück nach Houston gefahren war. Dabei hatte er sich etwas verirrt.

Zu der Zeit, in der Claire Levine erschlagen wurde, behauptete Eric, irgendwo zwischen Galveston und Houston gewesen zu sein. Und dafür sollte es sogar eine Zeugin geben. Eine junge Anhalterin, die er mitgenommen und in Houston irgendwo am Straßenrand wieder herausgelassen hatte.

Aber die Anhalterin war nicht aufzufinden gewesen. Und Eric wußte nicht einmal ihren Vornamen. Der Staatsanwalt wertete das als Schutzbehauptung, um die erdrückenden Indizien zu entkräften. Schließlich waren auf der Mordwaffe Erics Fingerabdrücke.

Jo musterte jetzt sein Gegenüber mit einem nachdenklichen Blick. »Glauben Sie Ihrem Bruder eigentlich, daß er unschuldig ist?«

»Ja.«

Er sagte es, ohne zu zögern. Erstaunlich, dachte Jo. Aber Miles LaRue schien nicht den geringsten Zweifel an der Unschuld seines Bruders zu haben.

»Glauben Sie ihm auch die Story mit der Anhalterin?«

»Warum sollte er die erfinden?« gab Miles aggressiv zurück.

»Ich frage ja nur.«

»Hören Sie, Walker! Ich kenne Eric. Und ich weiß, daß er hitzig sein kann. Aber ich glaube einfach nicht, daß er zu einer solchen Tat fähig wäre!«

»Wenn es da Zweifel gibt, wäre es besser, Sie schenken mir gleich reinen Wein ein.«

»Ich hätte Eric auch verteidigt, wenn ich gewußt hätte, daß er lügt. Schließlich ist er mein Bruder. Aber ich bin davon überzeugt, daß er unschuldig ist und die Wahrheit gesagt hat. Leider läßt sich das nicht beweisen.«

Jo klappte die Mappe zu und erhob sich. »Was soll ich eigentlich genau für Sie tun? Wenn die Hinrichtung jetzt noch ausgesetzt werden soll, dann müßte wirklich etwas ganz Neues auf den Tisch kommen.«

»Sie sagen es!« nickte Miles.

Jo nahm sich eine von seinen Zigaretten und bot auch Miles eine an. Aber der lehnte ab. »Irgend jemand muß Claire Levine ja letztlich getötet haben«, stellte er dann mit der Zigarette zwischen den Lippen fest. »Ich glaube kaum, daß Ihr Bruder eine Chance hat, wenn es nicht gelingt, den tatsächlichen Mörder zu finden.«

»Es würde schon genügen, wenn Sie diese Anhalterin auftreiben würden!«

»Ich werde tun, was ich kann: Aber erwarten Sie keine Wunderdinge von mir!«

»Das tue ich auch nicht.«

»Sie hätten früher zu mir kommen sollen, Mister LaRue. Jetzt wird es ziemlich knapp, finden Sie nicht auch?«

Miles' Gesichtsausdruck veränderte sich ein wenig. Dann sagte er etwas gepreßt: »Sie sind nicht der erste Private Eye, den ich engagiere.«

Jo runzelte die Stirn. »Ach, nein?«

»Der erste hatte einen ...« Miles zögerte, bevor er weitersprach. »Einen *Unfall*«, sagte er dann. »Die Begleitumstände waren allerdings sehr merkwürdig. Die Sache wird vermutlich nie wirklich aufgeklärt werden! Sie sollten also vorsichtig sein, Mister Walker!«

»Keine Sorge.«

Miles LaRue verabschiedete sich. Jo brachte ihn noch zur Tür. Draußen im Vorzimmer saß April Bondy, Walkers blondmähnige Assistentin. Sie war gerade damit beschäftigt, die Termine für die nächste Zeit zu koordinieren.

Als Miles LaRue verschwunden war, wandte Jo sich an seine Assistentin. »Für die nächste Zeit kannst schon einmal alles streichen.«

April hob die Augenbrauen und blickte etwas ungläubig drein. »Was ist los, Jo? Ein kleiner Extraurlaub?«

»Wir machen eine kleine Reise nach Houston, Texas!«

Sie seufzte. »Wahrscheinlich nicht zum Vergnügen, was?«

»Nein. Der Bruder von Mister LaRue sitzt in der Todeszelle, und er hätte gerne, daß ich ihn da heraushole. Ich schlage vor, daß du gleich deine Sachen packst, nachdem du die Termine für die nächsten Tage abgesagt hast!«

»Okay, Jo.« In diesem Job mußte man mit solchen Dingen rechnen. Wenigstens ging es diesmal in eine Gegend mit angenehm warmem Klima.

April blies sich eine Strähne aus den Augen. Auf den Knien hatte sie eine der Akten, die Miles LaRue bei Walker zurückgelassen hatte. Sie blätterte lustlos darin herum, während Jo gedankenverloren aus dem

Fenster sah und den Ausblick auf die geschlossene Wolkendecke über North Carolina genoß. Die Hälfte des Fluges hatten sie etwa hinter sich.

»Die Chancen, diese Anhalterin zu finden, sind gleich null!« meinte April resigniert. »Sieh dir diese Beschreibung an, die Eric LaRue von ihr gegeben hat! Die ist so gut wie nichts wert!«

Jo drehte sich zu ihr herum. »Man soll sich die Leute eben genau anschauen, die man zu sich ins Auto steigen läßt!«

»Es sieht nicht gut aus, Jo!«

»Ich weiß.«

April beugte sich wieder über die Unterlagen. »LaRue hat Anzeigen aufgegeben, damit sie sich meldet. Ohne Ergebnis«, stellte sie fest.

»Vielleicht liest sie keine Zeitung.«

»Oder sie wollte damit nichts zu tun haben. Vielleicht hat sie dafür ja gründe.«

»Vielleicht war sie auf der Durchreise. Sie kann jetzt sonstwo sein, April!«

»Trotzdem!« beharrte sie. »Diese Anhalterin ist eine der wenigen Chancen für Eric LaRue ...«

Jo hob zweifelnd die Schultern. »Selbst wenn wir sie fänden, ist das noch keine Garantie, daß Eric LaRue freikommt. Der Ankläger wird behaupten, daß LaRue sie gekauft hat!«

»Zumindest gäbe es dann begründete Zweifel an Eric LaRues Schuld. Und das wäre doch schon etwas!«

»Ich denke, wir sollten uns zuerst in der Umgebung dieser Claire Levine umsehen. Es muß doch noch andere geben, die einen Grund gehabt haben, sie umzubringen ... Vorausgesetzt, dieser Eric ist wirklich unschuldig.«

April schien verwundert. »Du bist dir nicht sicher, nicht wahr?«

»Kann man sich bei der Beweislage sicher sein? Wir müssen jede Möglichkeit in Betracht ziehen.«

Ein Mitarbeiter von Miles LaRues Anwaltskanzlei holte Jo und April vom Flughafen ab. Miles besaß ein großes Haus in einem Villenvorort von Houston, das ziemlich leer war, seit seine Frau ihn vor ein paar Jahren verlassen hatte.

Jedenfalls gab es genug Räume für Unterkunft und die Einrichtung eines provisorischen Büros. Und das Angebot, Miles Zweitwagen, einen robusten Landrover, zu benutzen, nahm Jo gerne an.

Kommissar X war es lieber, im Haus des Anwalts unterzukommen, als in einem der Houstoner Hotels abzusteigen. Der Fall LaRue hatte in Houston und Umgebung eine Menge Aufsehen erregt. Und wenn jetzt jemand engagiert wurde, um Eric im letzten Moment noch vor dem Henker zu retten, dann würde das früher oder später die Runde machen.

Jo hatte keine Lust, dann auf dem Präsentierteller zu stehen. Das konnte seine Arbeit nur behindern.

»Wenn Sie irgend etwas brauchen sollten, Mister Walker, dann sagen Sie es mir«, ließ Miles den Privatdetektiv wissen. »Sie können von mir jede Unterstützung bekommen!«

Jo nickte. »Das wird vermutlich auch nötig sein!«

»Wo werden Sie anfangen?«

»Ich würde gerne zuerst mit Ihrem Bruder reden!«

Miles blickte auf die Rolex an seinem Handgelenk und hob dann bedauernd die Hände. »Tut mir leid, aber da werden Sie bis morgen warten müssen. Die Besuchszeiten sind vorbei.«

»Dann werde ich mich am Tatort mal umsehen. Was ist mit dem Haus von Miß Levine? Ich nehme an, es ist freigegeben.«

»Natürlich.«

»Wem gehört es jetzt?«

»Einer Erbengemeinschaft. Im Augenblick steht es leer. Soweit ich weiß, wird es über ein Maklerbüro zum Verkauf angeboten.«

»Wie heißt das Büro?«

»Es ist das Büro von Rosa Montalban!«

Das ließ Jo aufhorchen. »Die Lady, die die Leiche gefunden hat? Welch ein Zufall!«

Miles nickte. »Ja, sie ist Immobilienmaklerin.«

Rosa Montalban hatte ihr Büro in einer Traumetage mitten in Houston. Beste Lage, aber sicher nicht billig. Ihre Geschäfte konnten also nicht schlechtgehen.

Jo hatte Glück, sie an diesem Tag überhaupt noch zu erwischen. Ihre Mitarbeiter hatte sie schon nach Hause geschickt. Sie kamen Kommissar X auf dem Flur entgegen. Und sie selbst hatte auch schon ihre Sachen zusammengepackt, um für heute Schluß zu machen.

Aber die Tür zu ihrem Maklerbüro war noch nicht abgeschlossen worden, und so ging Jo einfach hinein.

Rosa war dunkelhaarig und kurvenreich. Und der tiefe Ausschnitt ihres Sommerkleides zeigte genug, um jede Art von fairer Verkaufsverhandlung von vornherein unmöglich zu machen.

Sie blickte auf und musterte Jo mit ihren dunkelbraunen Augen. »Wer sind Sie?« fragte sie.

»Mein Name ist Walker. Ich komme aus New York und interessiere mich für ein bestimmtes Objekt.« Jo nannte ihr die Adresse und sah, daß Rosas Blick sich sogleich veränderte.

»Eigentlich wollte ich gerade Schluß machen, aber wenn Sie ernsthaft interessiert sind ... Ich sage Ihnen aber gleich, daß unter einer halben Million Dollar nichts zu machen sein wird. Wollen Sie es sehen?«

»Gerne«, nickte Jo.

»Ich nehme an, Sie sind mit dem Wagen hier.«

»Richtig.«

»Dann fahren Sie hinter mir her.«

Rosa fuhr einen kleinen Sportflitzer, und Jo mußte sich ganz schön ranhalten, um ihr auf den Fersen zu bleiben. Keine Viertelstunde brauchten sie, dann hatten sie Claire Levines Haus erreicht. Es war wirklich ein schönes Anwesen. Der Garten wirkte inzwischen ein wenig verwildert. Leider hatte Claire nicht allzulange Freude an diesem Besitz gehabt.

Rosa fuhr mit dem Sportflitzer auf den Hof, Jo stellte den Landrover dahinter.

»Kommen Sie, Mister Walker!« Sie winkte ihm zu, war dann auch schon an der Tür und drehte den Schlüssel herum.

Jo folgte ihr. Rosa führte ihn durch die Räume. Jo blickte sich ein bißchen um, fand aber kaum Persönliches über Claire Levine. Auf dem Nachttisch im Schlafzimmer stand ein Foto, das sie zusammen mit einem Mann zeigte. Aber es war nicht Eric LaRue.

Vermutlich sein Nachfolger in Claires privater Gunst, dachte Jo.

Im Wohnzimmer wurde es interessant. Kommissar X erkannte es von den Fotos wieder, die er in den Akten gesehen hatte. Nur von der Bronzefigur war nichts zu sehen. Aber die war ja schließlich auch ein Beweisstück.

»Ist irgend etwas, Mister Walker?« hörte Jo Rosas Stimme, während er den Blick schweifen ließ. Die Spurensicherung hatte sicher jeden Flecken in diesem Raum abgesucht. Aber Jo hoffte auch nicht darauf, auf eine neue Spur zu treffen. Er versuchte vielmehr, sich den Hergang der Tat vorzustellen.

In den Berichten stand nichts von Einbruchsspuren. Also hatte Claire ihren Mörder selbst hereingelassen, vermutlich, weil sie ihn kannte. Vor dem Kamin hatte der Mörder nach der Bronzefigur gegriffen und zugeschlagen ... So sah es der Staatsanwalt. Und die Jury war dieser Sichtweise gefolgt.

»Verschwinden Sie!« hörte Walker indessen Rosa ziemlich ärgerlich sagen. Sie hatte ihre schlanken Arme in die Hüften gestemmt und schien ziemlich aufgebracht zu sein. »Sie wollen dieses Haus überhaupt nicht kaufen!«

»Das habe ich auch nie gesagt«, erwiderte Jo gelassen.

»Sie haben mir vorgespielt ...«

»Ich habe gesagt, ich sei an dem Haus *interessiert.* Und das stimmt auch!«

»Wegen dem Mord an Claire Levine, nicht wahr?«

»Ja.«

»Ich hatte gehofft, die Sache wäre jetzt langsam ausgestanden. Aber jetzt, wo die Hinrichtung des Mörders bevorsteht, wird die Geschichte noch einmal interessant!«

»Nun ...«

»Sind Sie von der Presse? Es ist soviel über die Geschichte geschrieben worden. Sie hätten nur bei Ihren Kollegen abzuschreiben brauchen, anstatt mir die Zeit zu stehlen! Aber da sind Sie leider nicht der erste, der das nicht kapiert hat!«

Jo holte seine Lizenz aus der Jackentasche und reichte sie ihr. Sie nahm das Dokument stirnrunzelnd, während Jo sagte: »Ich versuche herauszufinden, was geschehen ist.«

Rosa verdrehte die Augen, gab ihm die Lizenz zurück und schüttelte dann energisch den Kopf.

»Es ist doch nicht zu fassen!« meinte sie. »Ein Privatdetektiv aus New York! Was wollen Sie? Diesen Hund noch in letzter Sekunde vom Haken holen, der Claire umgebracht hat?«

»Eigentlich hatte ich gehofft, ich könnte mit Ihnen ein paar Takte über die Sache reden. Schließlich sind Sie es, die die Tote entdeckt haben.«

Rosa lachte kopfschüttelnd. »Ich habe nichts dagegen, daß man diesen Eric LaRue demnächst vom Leben zum Tode befördert! Ich denke, er hat es nicht besser verdient! Und ich werde Sie ganz bestimmt nicht dabei unterstützen, wenn Sie versuchen sollten, seinen Kopf aus der Schlinge zu holen!«

Jo nickte. »Ich verstehe Sie«, sagte er.

»Ach, ja?« Sie hatte einen ironischen Unterton, der Jo nicht besonders gefiel. Aber der Privatdetektiv behielt die Ruhe.

»Claire Levine war Ihre Freundin. Es muß ein Schock für Sie gewesen sein, sie da so liegen zu sehen.«

Sie schluckte. »Ihr Schnüffelhandwerk verstehen Sie anscheinend«, murmelte sie dann. »Sie sind gut informiert, das muß der Neid Ihnen lassen!«

Jo versuchte es mit einem erneuten Anlauf.

»Miß Montalban, möchten Sie nicht sicher sein, daß der Kerl, der demnächst hingerichtet wird, auch der Richtige ist?«

»Ich bin mir sicher!«

Jo verzog das Gesicht zu einem dünnen Lächeln. »Wie schön für Sie. Vielleicht sagen Sie mir trotzdem, was das eigentlich für eine Bronzefigur war, die dort über dem Kamin stand.«

Rosa atmete tief durch und verschränkte die Arme vor der Brust. Sie beruhigte sich ein bißchen. Schließlich sagte sie: »Das war gewissermaßen symbolisch, Mister Walker. Die Figur war ein Preis, den der texanische Verband der Werbewirtschaft jährlich für den besten Spot vergibt. Eric und Claire haben ihn während ihrer gemeinsamen Zeit gewonnen. Und dann hat Eric sie damit erschlagen ...«

Am nächsten Morgen stand Captain Bo Harris vom Houston Police Department auf Jos Liste. In seiner Zuständigkeit hatten die Ermittlungen im Levine-Fall gelegen.

Im Police Department geriet er an einen jungen Detective. Er wirkte ziemlich schmächtig in seiner etwas überweiten Jacke. Aber immerhin konnte er seine Dienstwaffe ganz gut verbergen.

»Was wollen Sie denn von ihm?« fragte er.

»Das muß ich ihm schon selbst sagen.«

»Vielleicht kann ich Ihnen helfen. Der Captain ist gerade nicht da.«

»Wenn Sie sich im Mordfall Claire Levine auskennen.«

Der Detective musterte Jo mit seinen hellblauen Augen, die etwas nervös wirkten. Aber aufmerksam. Das waren Augen, denen so schnell nichts entging.

»Darüber steht doch alles in den bunten Blättern«, raunte der Detective. In seinen Augen blitzte es jetzt seltsam. »*Jeder* weiß darüber Bescheid. Alle Fakten sind dutzendfach breitgetreten worden. Wenn Sie also von der Presse sind oder eine Biographie des Mörders schreiben oder einfach nur Ihre Neugier befriedigen wollen, schlage ich Ihnen vor, sich an Pressearchive, Bibliotheken und so weiter zu wenden.« Er hob die Augenbrauen. Sein helles Gesicht, das von der texanischen Sonne in diesem Jahr noch kaum etwas abbekommen zu haben schien, hatte jetzt einen unverhohlen arroganten Ausdruck. »Unsere Zeit hier ist nämlich sehr kostbar, müssen Sie wissen.«

»Wie heißen Sie?« fragte Jo.

»Ballard.«

»Wissen Sie, meine Zeit ist auch sehr kostbar, Mister Ballard, und deshalb spreche ich wohl besser mit dem Captain. Ich wette um fünf Dollar, daß die Tür dort hinten die zu seinem Büro ist...«

Jo wandte sich zum Gehen.

»Warten Sie!« rief Detective Ballard. »Captain Harris ist wirklich nicht da! Was wollen Sie denn wissen? Ich habe bei den Ermittlungen mitgemischt...«

Jo blieb stehen, kam einen Schritt zurück und setzte sich auf eine Ecke von Ballards Schreibtisch.

»Ich interessiere mich für diese Anhalterin, die Eric LaRue auf seinem Weg von Galveston nach Houston mitgenommen hat! Über die steht fast nirgendwo etwas. Weder in den Akten, noch sonstwo...«

»Sie sind keiner von der Presse!« murmelte Ballard. »Privatdetektiv?«

»Ja.« Jo zeigte ihm seine Lizenz. Ballard faßte sie mit zwei Fingern an, fast so, als könnte er sich daran verunreinigen. Er gab sie Walker zurück und verzog dabei das sonst so glatte Gesicht.

»Ich mag Leute nicht, die sich in unseren Job einmischen.«

Darauf ging Kommissar X nicht weiter ein. Statt dessen fragte er: »Was wissen Sie über diese Anhalterin?«

»Ich weiß nicht, wie Sie an die Akten herankamen, aber wie auch immer! Sie werden sicher die Beschreibung gelesen haben, die dieser schwarze Bastard von ihr gegeben hat.«

»Nicht sehr präzise.«

»Sie sagen es.«

»Ich nehme an, Sie haben nach ihr gefahndet!«

Ballard lachte heiser. »Natürlich. Aber als Private Eye wissen Sie doch, daß es unmöglich ist, jemanden zu finden, der gar nicht existiert!«

»Und da sind Sie sich so sicher?«

»Nichts als ein Märchen, was der Kerl uns da erzählt hat. Der

Nigger wollte seinen Hals retten. Da erzählt man doch alles mögliche, meinen Sie nicht?«

»Hört sich an, als würden Sie Schwarze nicht mögen.«

Er verdrehte die Augen. »Es gibt zum Glück kein Gesetz, das mich dazu zwingt.«

»Was haben Sie gemacht, um die Anhalterin zu finden?«

»Die übliche Routine. In der Vermißtenabteilung nachgefragt, in unseren Akten und natürlich bei der Sitte. Oft landet so eine Herumstreunerin auf dem Strich.«

»Und?«

»Sie haben das Phantombild in den Akten gesehen?«

»Ja«, nickte Jo.

»Das ist überall herumgezeigt worden. Glauben Sie mir! Es gibt diese Frau nicht.«

»Und im Leichenschauhaus?«

»Da haben wir damals zuerst nachgeschaut. Und ich wette, LaRues Anwalt hat alles versucht, um sie zu finden!«

Jo zuckte die Achseln. »Schon möglich!«

»Wissen Sie, was? Am besten, Sie suchen sich schnellstmöglich eine andere Sache, in der Sie herumschnüffeln können!«

Jo hob die Augenbrauen. »Soll das eine Warnung sein?«

»Nehmen Sie es, wie Sie wollen! Aber ich glaube nicht, daß Sie sich viele Freunde machen werden, wenn Sie weiter in dem Fall herumbohren!«

Jo grinste. »Wenn es diese Frau nicht gibt, kann ich sie ja auch nicht finden, und Sie brauchen sich keine Sorgen darüber zu machen, daß der Mann, den Ihr Department verhaftet hat, noch in letzter Sekunde vom Haken gelassen wird!«

Als Jo Walker dem Todeskandidaten gegenübersaß, sah er einen gebrochenen, verzweifelten Mann. Eric LaRue blickte mit müden Augen auf und musterte Jo zweifelnd.

»Sie sind also der Kerl, den mein Bruder engagiert hat!«

»So ist es«, nickte Kommissar X.

»Ich habe ihm gesagt, daß er das lassen soll!«

»Warum?«

»Es ist hinausgeschmissenes Geld.«

»Ich kann ja wieder gehen.«

»Das war nicht gegen Sie gerichtet, Mister...«

»Walker.«

»Sehen Sie, ich wüßte nicht, wie Sie etwas für mich tun könnten! Sie müßten schon etwas völlig Neues auf den Tisch legen. Etwas, das bei der Verhandlung noch nicht berücksichtigt worden ist. Aber da fällt mir nichts ein.«

»Ich könnte die Anhalterin finden!«

Eric lachte heiser. »Manchmal bin ich mir selbst schon nicht sicher, ob es sie wirklich gegeben hat!« Er hob ein wenig die Schultern. Es war eine Geste der Gleichgültigkeit. Dieser Mann hatte den Kampf um sein Leben schon so gut wie aufgegeben. Jo konnte es ihm nicht verdenken.

»Wo haben Sie sie getroffen?«

»Eine halbe Meile hinter Billings' Drugstore stand sie plötzlich an der Straße. Da habe ich sie mitgenommen, Sie wirkte ziemlich heruntergekommen. Ihre Sachen waren schmuddelig und hätten dringend eine Wäsche vertragen können.«

»Hatte sie sonst noch etwas bei sich?«

»Eine kleine Tasche.«

»Kam sie aus der Gegend?«

»Nein.«

»Wie kommen Sie darauf?«

»Ich weiß nicht, ob sie vielleicht hier in der Gegend wohnte. Viel bei sich hatte sie nicht, also glaube ich kaum, daß sie eine besonders lange Reise hinter sich hatte. Aber andererseits hatte sie einen besonderen Akzent ... Eine typische Texanerin war sie jedenfalls nicht.«

»Was war das für ein Akzent?«

»Keine Ahnung.«

»Spanisch vielleicht?«

Eric schüttelte energisch den Kopf. »Es war kein Akzent, den ich bisher gehört hatte. Aber das ist auch schwer zu sagen. Wir haben nämlich nicht viel miteinander geredet.«

»Warum nicht?«

»Sie war nicht sehr gesprächig.«

»War es das erste Mal, daß sie nach Houston kam?«

»Ja, ich denke schon. Sie hat mich nach einer Bar mit dem Namen *Clou* gefragt.«

»Und?«

»Ich habe sie in der Nähe abgesetzt. Es war nicht allzu weit von meinem Weg entfernt.«

»Hat sie auch gesagt, was sie da wollte?«

»Hat sie nicht.« Eric atmete tief durch. »Das ist alles Monate her! Wer weiß, wo sie jetzt ist.«

Er hat recht, dachte Jo. Aber an irgendeinem Ende des Fadens mußte man ja schließlich anfangen, um das Knäuel nach und nach aufzulösen.

»Ist Ihnen sonst noch irgend etwas an ihr aufgefallen?« fragte Jo dann nach kurzer Pause.

»Nein.« Eric schüttelte den Kopf und wirkte irgendwie abwesend. *Er kämpft nicht mehr,* überlegte Jo.

»Irgendeine Kleinigkeit vielleicht!« bohrte der Privatdetektiv unbeirrt weiter.

Nach einigen Sekunden Pause sagte Eric dann plötzlich: »Sie zitterte, obwohl es warm war. Das ist mir aufgefallen.«

Kommissar X horchte auf. »Glauben Sie, daß sie drogensüchtig war?«

»Von solchen Dingen verstehe ich nichts, Mister Walker.« Eric wirkte jetzt in sich gekehrt. Er schien ins Nichts zu blicken. Dann sagte er plötzlich: »Sie hatte so ein Amulett um den Hals. Daran hat sie immer herumgespielt.«

»Was war das für ein Amulett?«

»Ein Mandala.«

»Na, das ist ja immerhin etwas.«

Eric atmete tief durch. Sein Gesichtsausdruck schien zu sagen, daß ohnehin alles keinen Zweck hatte. »Ich wette, nicht einmal Sie glauben daran, daß ich unschuldig bin, Walker!«

»Es spielt keine Rolle, was ich glaube«, erwiderte der Privatdetektiv kühl. »Ich möchte gerne noch wissen, wie Ihre Fingerabdrücke auf die Mordwaffe kommen?«

»Ich habe diese Figur oft angefaßt. Immer, wenn ich bei Claire war, habe ich sie in die Hand genommen! Es war ein ... Reflex, wissen Sie? Mit dieser Figur hat es etwas auf sich ...«

»Ein Preis für den besten Spot, ich weiß.«

»Woher ...?«

»Und es war nicht zufällig auch ein Reflex, der Sie nach dieser Statue greifen ließ, um die Frau zu erschlagen, die Sie einmal geliebt haben und die nun drauf und dran war, Sie zu ruinieren?«

»Damals dachte ich so darüber, heute weiß ich, daß ich mich selbst ruiniert habe. Wenn ich keine Spielschulden gehabt hätte, hätte man die Agentur mit einem Kredit problemlos über Wasser halten können. Claire hat nur ihre Chance gesucht, und das hätte ich vielleicht auch getan.«

»Wann haben Sie sie das letztemal gesehen?«

»Am Tag vor ihrem Tod. Da habe ich auch das letzte Mal diese verdammte Figur angefaßt... Sie war irgendwie ein Symbol für unsere besseren Zeiten, wissen Sie? Privat und auch was unsere Arbeit betrifft.«

Jo hob die Augenbrauen. »Was wollten Sie bei ihr?«

»Ich wollte noch einmal mit ihr über die Sache reden, obwohl ich im Grunde wußte, daß es zwecklos sein würde. Wir haben uns schrecklich gestritten. Unglücklicherweise war noch jemand dabei.«

»Wer?«

»Jim Graham, ihr neuer Lover. Ich glaube, er nennt sich Import-Export-Kaufmann. Seine Aussage vor Gericht paßte natürlich hervorragend in die ganze Geschichte hinein, wie Sie sich sicher denken können.«

»Allerdings.«

»Ich hätte auf Miles hören sollen«, murmelte Eric unvermittelt.

»Inwiefern?« fragte Jo.

Erics Augen wurden schmal. »Er hatte mir geraten, mich schuldig zu bekennen und dann auf Tötung im Affekt zu plädieren. Aber ich bin unschuldig. Und ich dachte, daß mir nichts passieren kann, da ich Claire nicht umgebracht habe. Ich habe mich geirrt ...«

Als Walker wieder hinter dem Steuer des Landrovers saß, rief er per Funktelefon April an, die inzwischen versuchte, mit ihrem PC in den Polizeicomputer hineinzuhacken. Vielleicht war die junge Anhalterin ja doch irgendwann einmal aufgegriffen worden. Die Suche der Polizei schien ja nicht sehr intensiv gewesen zu sein. Aber das Ergebnis von Aprils Bemühungen war bislang gleich null.

»Sie hatte einen Akzent«, bemerkte Jo.

»Mexikanisch?« fragte April.

»Eric glaubt, daß es etwas anderes war. Und dann war da noch ein Amulett. Ein Mandala.«

»Sonst noch was?«

»Sie könnte drogensüchtig gewesen sein oder sonstwie krank. Eric sagt, daß sie trotz der Hitze gefroren hätte.«

»Ich werde mal die hiesigen Ärzte durchtelefonieren.«

»Mach das! Aber die Notaufnahme der hiesigen Kliniken ist vielleicht vielversprechender. Wer nicht einmal eine Karte für den Bus löst, wird kaum Geld für den Arzt haben.«

»Und was machst du jetzt, Jo?«

»Ich nehme mir Billings' Drugstore vor.«

Wenig später bemerkte Jo im Rückspiegel einen Polizeiwagen, der mit Sirene und Blaulicht an dem Landrover vorbeizog.

Jos Blick ging zum Tachometer. Aber er fuhr nicht zu schnell. Trotzdem wurde er an den Straßenrand gewinkt.

Zwei Uniformierte mit Sonnenbrillen stiegen aus und kamen näher. Jo ließ das Seitenfenster des Landrovers herunter.

»Was gibt's, Officer?« fragte er den ersten.

»Ihren Führerschein!«

Jo kramte ihn aus der Tasche und gab ihn durch das Fenster. Der Cop warf einen kurzen Blick darauf, allerdings ohne die Sonnenbrille abzunehmen. Dann nickte er seinem Kollegen zu. Jo konnte es förmlich spüren, daß hier etwas falsch lief.

»Ist das Ihr Wagen, Mister ... *Walker?«*

»Nein, ich habe ihn geliehen.«

»Von wem?«

»Von Mister Miles LaRue, dem Besitzer.«

»Ich möchte die Papiere sehen.«

Dagegen war nichts einzuwenden. Jo beugte sich zum Handschuhfach, und erstarrte dann, als er aus den Augenwinkeln die Mündung des 38er Revolvers sah, den der Cop urplötzlich herausgerissen hatte.

Die Waffe zeigte ziemlich genau auf Jos Schläfe.

Was immer dieses Theater zu bedeuten hatte, es war im Augenblick wohl das beste, überhaupt nichts zu tun.

»Ganz ruhig!« zischte der Cop und zog dabei den Mund breit. Er kaute auf einem Kaugummi herum und wirkte angespannt. »Nehmen Sie die Hände und falten Sie sie hinter dem Kopf. Und dann steigen Sie ganz vorsichtig aus, Walker!«

Jo atmete tief durch. Er blickte von einem Cop zum anderen und fragte sich, was er wohl falsch gemacht haben mochte. »Was soll das eigentlich?«

»Mund halten!« knurrte der zweite Uniformierte, der indessen die Wagentür aufriß.

Jo kam heraus, wie man ihm gesagt hatte. Ziemlich roh wurde er dann mit dem Oberkörper auf die Motorhaube des Landrovers geschleudert und nach Waffen abgesucht. Aber Jo hatte kein Schießeisen bei sich. Die Automatic, die er in New York trug, hätte er auf seinem Flug nicht mitnehmen können.

Seine Arme wurden gepackt und nach hinten gebogen. Jo hörte die Handschellen klicken. Während der eine der beiden Cops ihn dann zum Streifenwagen führte, leierte der andere die Rechte herunter, die dem Gefangenen zustanden.

»Vielleicht erklären Sie mir mal, was hier eigentlich vor sich geht!« forderte Jo, als er schon im Wagen saß.

»Was hier vor sich geht?« Der Cop, der neben Jo Platz genommen hatte, verzog das Gesicht und spuckte dann seinen Kaugummi in den Aschenbecher. »Was hier vor sich geht? Das wissen Sie doch sicher hundertmal besser als ich!« Er lachte heiser. »Wir werden jetzt mal in aller Ruhe feststellen, was der Besitzer dieses Landrover dazu sagt, daß Sie sich die Kiste ausgeliehen haben!«

»Könnte ja sein, daß er gar nichts davon weiß!« frotzelte der andere.

»Wollen Sie mich für dumm verkaufen?« rief Jo ärgerlich.

»Um es kurz zu machen: Dieser Wagen ist als gestohlen gemeldet worden!«

Drei Stunden später saß Walker einem breitschultrigen, aber nicht besonders großen Mann gegenüber, dessen kurzgeschorene graue Haare die braungebrannte Kopfhaut hindurchschimmern ließen. Es war niemand anders als Captain Bo Harris. Harris grinste schief und rieb sich den mächtigen Stiernacken.

»Tut mir leid, Sir«, behauptete er scheinheilig. »Irgendwie scheint dieser Landrover in die Liste der gestohlenen Wagen hineingeraten zu sein.« Er funkelte Jo mit seinen dunkelbraunen Augen angriffslustig an. »Ich habe auch keine Erklärung dafür. Vielleicht hat sich jemand bei der Nummer vertan ...«

Jo lächelte dünn. Das war nichts als reine Schikane. Wahrscheinlich hatte der junge Detective, mit dem Jo gesprochen hatte, nichts Besseres zu tun gehabt, als aus dem Fenster zu blicken und sich Jos Wagennummer zu notieren Dann war er zu seinem Chef gerannt.

»Sie sind Privatdetektiv aus New York«, stellte Bo Harris fest. »Und Sie fahren Miles LaRues Wagen ...«

»Was dagegen?«

In Harris' Augen blitzte es angriffslustig. »Ich nehme an, Sie arbeiten für LaRue?«

»Ich habe nicht die Absicht, mit Ihnen darüber zu reden, Captain!« erwiderte Jo kühl.

»Das brauchen Sie auch nicht. Es liegt ja wohl klar auf der Hand. Genauso, wie klar sein dürfte, weswegen er Sie engagiert hat ...« Harris beugte sich etwas vor und verzog das Gesicht.

»Ach, ja?« machte Jo.

»Ich habe ihn angerufen. Er wird hier gleich auftauchen, um Sie abzuholen.«

»Zu gütig!«

Harris beugte sich noch weiter nach vorn und hielt Jo den Zeigefinger wie einen Revolverlauf entgegen. »Sie sollten sich nicht in Dinge einmischen, die nicht Ihre Angelegenheit sind, Walker! Haben Sie mich verstanden? Fliegen Sie zurück nach New York und fangen sie dort Ihre Verbrecher!«

»Ich lasse mir nicht gerne Vorschriften machen, Harris!«

»Ich habe mich ein bißchen erkundigt. Es scheint Ihnen ja finanziell nicht so schlechtzugehen, daß Sie *jeden* Auftrag annehmen müssen!«

Jo grinste. »Das ist allerdings wahr!«

»Dann lassen Sie von diesem die Finger, wenn Sie nicht wollen, daß Sie sie sich verbrennen!«

Jo blieb gelassen. Er begriff. Dieser unsympathische Captain sah es nicht gerne, wenn in einer Sache noch einmal herumgerührt wurde, die er für abgeschlossen erklärt hatte.

»Die Sache mit dem Wagen hat, sich doch erledigt, oder?« fragte Jo.

»Nun ...«

»Dann kann ich ja gehen!«

»Das können Sie, Walker! Aber ich warne Sie! Mit Ihrer Halsstarrigkeit werden Sie sich hier keine Freunde machen!«

»Ich werde es verkraften!«

»Der Staatsanwalt sieht das übrigens auch nicht gerne. Er ist dafür bekannt, daß er für die konsequente Anwendung der Todesstrafe eintritt. Auch im Fall Eric LaRue.«

Jo hob die Augenbrauen. Das war wirklich erstaunlich. Da hatte er kaum zu ermitteln begonnen, und schon hatte er sich den Unwillen einiger einflußreicher Leute zugezogen.

»Grüßen Sie den Staatsanwalt schön von mir, wenn Sie ihm gleich Bericht erstatten!« konterte Jo schneidend. »Und wenn Sie und er wirklich gute Arbeit geleistet haben, wird es wohl niemanden geben, der Eric LaRue noch retten kann. Ich weiß also nicht, was Sie so beunruhigt.« Jo erhob sich. »Meinen Führerschein und meine Lizenz hätte ich gerne zurück«, forderte er dann.

Captain Harris' Blick war finster. »Sie haben die Wahl, Walker ... Und wenn Sie sich dafür entscheiden, hierzubleiben, werden Sie Houston in schlechter Erinnerung behalten!«

»Und dies war ein Vorgeschmack, meinen Sie?«

»Hier ist nicht New York. Sie haben hier kein Heimspiel. Und ich werde dafür sorgen, daß Sie jede Menge Schwierigkeiten bekommen!«

Jo verzog das Gesicht. »Tut mir leid, aber ich bin nicht sehr ängstlich!«

Jo verwünschte Harris für die Stunden, die er durch diesen selbstherrlichen Captain verloren hatte. Das Ganze war nichts anderes als reine Schikane. Und wahrscheinlich würde sich Jo noch auf Weiteres in der Art einstellen müssen.

Allerdings fragte sich der Privatdetektiv, wer wohl die treibende Kraft bei der Sache gewesen war. Harris oder der Staatsanwalt?

Jos Weg führte dann zu Billings' Drugstore. Aber dort hatte nie jemand ein Mädchen mit einem Mandala-Amulett gesehen.

Das war im Grunde auch kein Wunder. Unter den Beschäftigten herrschte ständiges Kommen und Gehen. Kaum einer arbeitete länger als ein paar Monate hier. Die Sache war bereits lange genug her, daß seitdem fast die gesamte Angestellten-Crew ausgetauscht worden war.

Als Jo dann am Abend den *Clou* aufsuchte, hatte dort der Betrieb gerade erst begonnen. Dementsprechend wenig war hier jetzt los.

Jo setzte sich an die Bar, nahm einen Drink und schaute sich etwas um. »Wie lange sind Sie schon hier?« fragte er dabei den Mixer.

»Fünf Jahre. Warum? Hört man mir immer noch an, daß ich aus South Carolina komme?«

Jo lächelte. »Ich fürchte, ja. Aber mich stört das nicht.«

»Aber Sie sind auch nicht von hier, stimmt's?«

»Ich suche ein Mädchen«, sagte Jo.

Der Barmann grinste und beugte sich über den Tresen hinüber und grinste über das ganze Gesicht. Er hatte Jo gründlich mißverstanden. »Da kann ich Ihnen sicher helfen«, meinte er gedämpft.

»Ich suche jemand ganz Bestimmtes«, sagte Jo. »Eine junge Frau mit brünetten Haaren und einem merkwürdigen Akzent. Und einem Amulett, einem Mandala.«

»Was soll das sein – ein Mandala?«

»Ein Kreis. Die eine Hälfte ist schwarz, die andere weiß. In der schwarzen Hälfte ist ein weißer Punkt, in der weißen ein schwarzer.«

Der Barmann kniff die Augen zusammen. »Sie sind kein Tourist, was?«

»Nein.«

»Bulle?«

Jo musterte einen Augenblick lang sein Gegenüber und überlegte, ob es jetzt besser war, ja oder nein zu sagen. Ein Drink, den ein ziemlich müde wirkender Geschäftsmann bestellte, nahm ihm die Entscheidung ab.

Als der Barmann dann zurückkam, nahm Jo einen zweiten Anlauf. »Sie ist vor ungefähr einem Jahr hier in der Nähe abgesetzt worden und wollte in diesen Laden hier!«

»Ist sie Ihnen durchgebrannt?«

Jo verzog das Gesicht. »Ich dachte immer, Barmixer seien diskret.«

»Bin ich auch.«

Die beiden Männer wechselten einen kurzen Blick, und Jo verstand. Er griff in die Hosentasche und legte ein paar Scheine auf den Tisch, die der Barmann mit einer lässigen Bewegung in die Taschen seiner bunten Weste wandern ließ.

»Die einzige Lady, die ich je mit einem solchen Amulett gesehen habe, sitzt da drüben!« sagte er dann mit einem breiten Grinsen. »Sie heißt Lori.«

»Danke!«

Jo nahm seinen Drink und setzte sich zu Lori. Lori war hellblond und vollbusig. Die Anhalterin hingegen brünett und sehr schlank und außerdem wohl auch etwas jünger.

Mit anderen Worten: Fehlanzeige. Jo setzte sich trotzdem zu ihr. Vielleicht wußte sie ja etwas über die Anhalterin. Und als er sie zu einem sündhaft teuren Drink einlud, wurde sie etwas gesprächiger.

»Was wollen Sie von dem Mädchen? Ist sie Ihnen durchgebrannt?« fragte Lori, nachdem Jo sie ihr beschrieben hatte. Der mißtrauische Unterton war nicht zu überhören.

»Das heißt, Sie kennen sie«, stellte Jo fest.

»Kann sein ... Kann aber auch nicht sein.«

Zwei Hundertdollarscheine machten Lori die Entscheidung etwas leichter. Sie faßte sich an das Mandala. »Sie hat mir das hier geschenkt«, erzählte sie.

»Sie ist also hier abgestiegen?«

»Ja.«

»Was wollte sie?«

»Einen Job. Sie sah gut aus, wenn auch ein bißchen heruntergekommen. Aber sie war noch keine einundzwanzig. Und Mister Lawrence, der Besitzer, wollte keine Schwierigkeiten.«

»Ich verstehe. Wie heißt sie?«

»Nadine.«

»Und weiter?«

»Nichts weiter. Ihren zweiten Namen hat sie mir nie gesagt. Sie hat ein paar Tage bei mir gewohnt.« Lori zuckte mit den Schultern. »Sie tat mir einfach leid.«

»Sie sprach ein bißchen seltsam, nicht wahr?«

»Ja.«

»Woher kam sie?«

»Darüber hat sie nie geredet. Aber sie erwähnte mal, daß sie in Montreal gewesen sei. Kann also sein, daß sie Franco-Kanadierin ist. Ist aber nur eine Vermutung. Ich habe sie auch nie gefragt. Sie wird schon ihre Gründe gehabt haben, sich auf den Weg zu machen!«

»Wo ist sie jetzt?«

Lori zuckte mit den Schultern. »Ich weiß es nicht ...«

Jo wußte instinktiv, daß sie log. Er sah es ihren dunklen Augen an, die ihn gierig musterten.

Sie hatte ihr Gegenüber auf geschickte Art neugierig gemacht, erst durch das, was sie sagte, und dann durch das, was sie verschwieg. Jo kannte dieses Spiel zur Genüge. Aber welche Wahl hatte er schon? Lori spürte einfach, daß Jo in der Klemme steckte und auf ihre Informationen angewiesen war. Und diesen Vorteil wollte sie sich noch etwas dicker vergolden lassen. Also legte Jo zwei Scheine drauf.

»Sie hat sich von einem Typen abschleppen lassen«, erzählte sie dann. »Sie nannte ihn Larry. Pinkfarbener Caddy und Goldkettchen überall dort, wo man sie am Körper unterbringen kann. Wenn Sie mich fragen: ein Zuhälter.«

»Hier aus Houston?«

Sie wartete auf einen weiteren Schein, bis sie antwortete. »Nein, San Antonio! Jedenfalls stand das auf seinem Nummernschild.«

Jo hatte den Landrover in einer Seitenstraße abgestellt, aber als er dort auftauchte, erlebte er eine unangenehme Überraschung: Drei Kerle warteten da auf ihn.

Alle drei trugen Motorradhelme. Von ihren Gesichtern konnte Jo nur die Augen sehen, aber das genügte vollkommen, um zu erkennen, daß diese Leute es auf ihn abgesehen hatten.

Einer hatte einen Baseballschläger in der Hand, die beiden anderen schwangen Totschläger. Der Baseballschläger donnerte auf die Motorhaube des Landrovers und hinterließ dort einen häßlichen Knick. Die drei kamen näher.

Jo blieb stehen und sondierte die Lage. Es war klar, daß sie es auf ihn abgesehen hatten, aus welchen Gründen auch immer. Jo drehte sich halb herum und sah, daß er in der Falle saß, denn in seinem Rücken waren jetzt auch zwei Kerle aufgetaucht.

Aus den Augenwinkeln registrierte Kommissar X das Messer, das einer von ihnen in der Hand hatte. Es blinkte bedrohlich in der milchigen Abendsonne.

Jo fragte sich, mit wem er es hier eigentlich zu tun hatte. Eine Motorradgang schied aus, sonst hätte man irgendwo in der Nähe die Maschinen gesehen. Außerdem trugen sie keine bedruckten Jacken oder sonst irgendwelche typischen Erkennungszeichen.

Aber für Straßenräuber benahmen sie sich ziemlich merkwürdig. Sie sagten nämlich kein Wort. Und dem Landrover hatten sie eine Beule verpaßt, anstatt ihn mitzunehmen.

Als sie heran waren, konnte der Baseballschläger Jo kaum noch überraschen, der urplötzlich in Kopfhöhe durch die Luft schwang. Jo duckte sich, so daß der Schlag ins Leere ging. Er hörte den Kerl unter seinem Helm ächzen und nutzte die Sekunde, die ihm blieb, ehe sein Gegner erneut ausholen konnte. Ein gezielter Tritt vor den Solarplexus ließ den Mann stöhnend nach hinten taumeln und raubte ihm erst einmal den Atem, während sich gleichzeitig Jos Faust in die Magengrube eines Angreifers bohrte, der versucht hatte, sich von hinten an ihn heranzumachen.

Der Kerl hatte Jo festhalten und in den Würgegriff nehmen wollen. Jetzt stöhnte er kurz auf und holte dann mit dem Totschläger aus. Ein trockener Handkantenschlag stoppte ihn, und die nachfolgende Rechte, die ihm wie ein Hammer in den Bauch fuhr, setzte ihn erst einmal außer Gefecht.

Jo machte einen Satz und drehte sich dann zu den drei verbliebenen Gegnern herum. Mit so heftiger Gegenwehr schienen die Männer mit den Helmen nicht gerechnet zu haben. Sie wechselten ein paar unschlüssige Blicke, aber Jo ahnte, daß sie nicht so einfach klein beigeben und abziehen würden.

Indessen kam der Kerl mit dem Baseballschläger wieder zu sich, während sich der fünfte Angreifer immer noch die Eingeweide festhielt.

»Jetzt machen wir dich alle!« ächzte es dumpf unter einem der Helme hervor. Aber sie hatten eingesehen, daß das nicht ganz so einfach werden würde, wie sie sich das vorgestellt hatten.

Jo sah das Messer blitzen und hervorschnellen. Jos Reaktion kam um den Bruchteil einer Sekunde zu spät, und so spürte er dann am linken Unterarm, wie die Klinge den Stoff seines Jacketts aufschlitzte und ihm den Arm ritzte. Es blutete stark. Fast gleichzeitig bekam Jo dann auch noch mit dem Baseballschläger einen Hieb in Schulterhöhe. Er taumelte und ging zu Boden.

Die Kerle kreisten Kommissar X ein.

Ein Stiefel trat nach ihm. Es war ein spitzer Cowboystiefel, in dessen Leder eine Art Schlangenmuster eingearbeitet war. Er traf Jo schmerzhaft in der Seite, während einer der anderen Kerle mit dein Totschläger auf ihn einhämmerte.

»Gib's ihm!« grunzte jemand.

Jo wußte, daß es jetzt ums Ganze ging. Im letzten Moment sah er den Baseballschläger erneut herabsausen, wich aber aus. Das Holz krachte auf den Asphalt. Jo riß es dem Kerl aus der Hand und ließ den Schläger seitwärts kreisen, so daß es dem Mann mit dem Messer gegen die Knie krachte und ihn laut aufschreien ließ. Dann rollte sich der Privatdetektiv herum und kam wieder auf die Beine. Den Baseballschläger hielt er fest umklammert. Er ließ ihn ein paarmal hin und her kreisen, aber seinen Gegnern schien plötzlich die Lust an der Sache vergangen zu sein.

»Verdammt, meine Knie!« kreischte der Messermann und raubte seinen Komplizen damit den letzten Nerv.

Der Kerl lag am Boden, versuchte sich aufzurichten, knickte aber ein und mußte sich bei einem seiner Kumpanen stützen. Die Kerle wechselten ein paar Blicke und begannen dann den ziemlich überstürzten Rückzug.

»Wir sehen uns wieder, Mann!« tönte einer von ihnen.

Sie konnten gar nicht schnell genug davonkommen, stiegen in einen verbeulten Chrysler und brausten um die nächste Ecke.

Jo ging zum Landrover, wobei er mit der Hand versuchte, die Blutung an seinem Unterarm zu stillen. Das sah nicht gut aus. Er würde zum Arzt gehen müssen.

Den Baseballschläger nahm er mit und legte ihn auf den Rücksitz des Rovers. Jo fluchte innerlich. Einer der Kerle hatte offenbar mutwillig den Außenspiegel blind gemacht. Der Privatdetektiv konnte von Glück sagen, daß noch Luft in den Reifen war.

»Was glaubst du, was hinter diesem Vorfall steckt?« fragte April, während Jo den Sitz der Manschette überprüfte, die der Arzt ihm verpaßt hatte.

Kommissar X zuckte mit den Achseln. »Keine Ahnung. Die Kerle haben auf mich gewartet.«

»Vielleicht hatten sie es gar nicht auf Sie abgesehen, Walker!« meinte Miles LaRue. »Sie haben beim Landrover gewartet. Und der gehört mir!« Der Anwalt hob ein wenig die Schultern und trat zum Fenster. »Es ist schon ein Weilchen her, da hatten es mal so ein paar Rassenfanatiker auf mich abgesehen. Ich lag zwei Wochen im Krankenhaus.«

Jo horchte auf. Vielleicht waren diese Schläger ja in derselben Ecke zu suchen. »Hat man die Kerle nicht erwischt?«

»Nein. Man hat sich auch nicht sehr viel Mühe gegeben.«

»Lief da schon der Prozeß gegen Ihren Bruder?«

»Ja, das war ja das Ärgerliche dabei! Ich hatte alle Hände mit der Verteidigung zu tun, und dann kommt so etwas dazwischen. Wenn ich mehr Zeit gehabt hätte, wäre ich der Sache vielleicht entschlossener auf den Grund gegangen, aber so hatte Eric erst einmal Vorrang.«

»Verstehe ...«, nickte Jo. »Aber diese Kerle haben mich ja kommen sehen. Ich glaube kaum, daß das ein Versehen war. Aber wie auch immer. Diese Schläger haben mir ja schon angekündigt, daß sie mich wieder beehren werden!«

Am nächsten Morgen machten sich Jo und April auf den Weg nach San Antonio. Allerdings ging es zuvor noch zu einem Waffengeschäft, wo Jo eine Automatic samt Munition kaufte. Die Waffengesetze von Texas waren ziemlich liberal, da war so etwas kein Problem.

Jedenfalls hatte Jo keine Lust, beim nächsten Zusammentreffen den behelmten Schlägern wieder nur mit bloßen Händen begegnen zu müssen.

»Die Sache bekommt eine häßliche Wendung«, meinte April, als Jo wieder hinter dem Steuer des Landrovers Platz genommen hatte.

»Daß niemand davon begeistert sein würde, daß wir hier auftauchen und in der Levine-Sache herumwühlen, konnten wir uns eigentlich im voraus ausrechnen!« grinste Jo.

Als sie in San Antonio ankamen, war es schon Nachmittag. Mit New York verglichen, war San Antonio eine Kleinstadt. Und so war das hiesige Milieu auch nicht mit der Bowery zu vergleichen. Hier jemanden zu finden, dessen Vorname man wußte und der einen pinkfarbenen Caddy fuhr, war nur eine Sache von Stunden.

Jo und April hörten sich ein bißchen um, und dann hatten sie ihn. Er hieß Larry Costello und residierte in einem luxuriösen Apartmenthaus. Voll klimatisiert, eine angenehme Umgebung, eine erste Adresse. Seine Geschäfte schienen nicht allzu schlechtzugehen.

Er war vermutlich zu Hause. Jedenfalls stand sein nicht gerade unauffälliger Wagen auf dem Parkplatz.

Als Walker und seine Begleiterin dann wenig später vor Larry Costellos Wohnungstür standen, mußten sie dreimal klingeln, ehe jemand öffnete. Costello trug tatsächlich überall Goldkettchen. Um den Hals, am Arm und Fuß. Er stand im Bademantel und mit nassen Haaren da. Und in der Rechten hielt er einen Revolver.

Jo blieb jedoch gelassen. »Nicht gerade die feine Art, Gäste zu begrüßen, finden Sie nicht auch?« fragte er sarkastisch. Sein Gegenüber fand das allerdings nicht sehr komisch. In seinem Gesicht zeigte sich keinerlei Regung.

Larry musterte erst Jo und dann April. »Was wollen Sie?« fragte er dann ziemlich gereizt. Vermutlich hatte der Kerl seine guten Gründe, so mißtrauisch zu sein.

»Wollen wir das auf dem Flur besprechen?« erwiderte Jo kühl. »Ich weiß nicht, vor wem Sie sich fürchten, aber mit der Kanone in der Hand könnten Sie doch ganz beruhigt sein!« Larry atmete tief durch.

Das schien ihm einzuleuchten. »Ich bin nur vorsichtig«, meinte er. Vielleicht hatte er im Moment gerade irgendwelche Auseinandersetzungen mit der Konkurrenz. Aber das interessierte Jo nicht sonderlich.

Larry nickte knapp. Dann winkte er Jo und April mit dein kurzen Revolverlauf herein.

»Was ist los, Larry?« fragte eine Frauenstimme aus dem Hintergrund mit akzentschwerer Sprache.

»Setzen Sie sich!« bat Larry dann, ohne darauf zu achten. Dabei deutete er auf eine Couch. In der Tür zum Nebenraum lungerte eine zierliche Asiatin herum und rauchte eine Zigarette.

»Los, verschwinde!« zischte Larry zu ihr hinüber, und sie verschwand auch. Wenn auch wohl eher widerwillig.

Jo Walker kam gleich zur Sache. »Ich suche Nadine«, erklärte er ohne Umschweife. Und der Blick, den Larry aufsetzte, sagte genug. Er kannte sie. Er war zweifellos der Mann, mit dem die Anhalterin mitgegangen war.

Immerhin, dachte Jo. Eine Spur, die nicht völlig kalt sein konnte!

Larry grinste schwach und brauchte einen Moment, um das zu verkraften und sich zu fassen. »Keine Ahnung, von wem Sie sprechen. Nadine nennen sich viele.«

»Diese Nadine haben Sie in einem Laden namens *Clou* in Houston aufgegabelt. Sie ist brünett, kommt vermutlich aus Kanada und hat einen französischen Akzent.« Jo verzog das Gesicht zu einem dünnen Lächeln. »Ich schätze, von der Sorte gibt es nicht ganz so viele«, setzte er dann nicht ohne ironischen Unterton hinzu.

Larry machte ein unbestimmtes Gesicht. »Wer sind Sie?« zischte er dann mit deutlichem Mißtrauen im Tonfall.

»Jedenfalls kein Bulle!« erwiderte Jo.

Larry Costello zeigte beim Grinsen die Zähne. Die vordere Reihe war so gleichmäßig, daß sie nicht echt sein konnte. Wahrscheinlich hatte er den größten Teil davon bei irgendwelchen Streitereien eingebüßt. »Das genügt mir nicht!« knurrte er.

»Ich will Ihnen keine unnötigen Schwierigkeiten machen«, kündigte Jo an, während er seelenruhig in die Tasche griff, um sich eine Zigarette zu nehmen, die er sich dann eine Sekunde später zwischen die Lippen steckte. »Also machen Sie mir auch keine und erzählen Sie mir, wo die Kleine ist!«

Larry ließ die Waffe sinken. Jo spürte, wie April, die neben ihm saß, fast hörbar seufzte.

»Sie kommen zu spät, Mister!«

Jo runzelte die Stirn, während er den Zigarettenrauch hinausblies. »Ist sie nicht mehr hier?« fragte er.

»So ist es.«

»Wieder auf Reisen gegangen?«

Larry verzog das Gesicht zu einer Maske. »Kann man so sagen«, meinte er. »Eine sehr lange Reise ...« Larry zuckte die Achseln, so als ginge ihn das Ganze nichts an. Was er wirklich darüber dachte, war ihm kaum anzusehen.

»Erzählen Sie«, forderte Jo.

»Sie wissen sicher, daß sie an der Nadel hing ...«

»Weiter!«

»Sie hat sich eines Tages meine Kreditkarten und mein Bargeld unter den Nagel gerissen und ist auf und davon. Vor ein paar Tagen ist sie dann gefunden worden. Sie hatte sich den goldenen Schuß gesetzt. Sie liegt im Leichenschauhaus. Die Polizei sucht noch nach irgendwelchen Angehörigen, aber es hat sich niemand gemeldet. Auch oben in Kanada nicht.«

»Sie heißt Nadine Poincheval«, sagte das zartgliedrige weibliche Wesen, das ein Polizei-Sergeant war, und auf den Namen Whitney hörte. Sie reichte dem Arzt, der neben ihr stand, kaum bis zur Schulter. Der Arzt hatte das Tuch vom Gesicht der Toten genommen.

»Ich nehme an, Sie haben auch ein paar Fotos«, sagte Jo.

Sergeant Whitney nickte mit ernstem Gesicht. »Natürlich. Wissen Sie irgend etwas über sie, Mister Walker?«

Jo schüttelte den Kopf. »Nur, daß sie vor fast einem Jahr in der Nähe von Houston in ein Auto stieg und mitgenommen wurde. Jetzt wäre sie eine wichtige Zeugin.«

»Ich schätze, für eine Vernehmung ist es jetzt zu spät. Alles, was wir bisher über sie wissen, ist, daß sie in Montreal zweimal wegen Handtaschendiebstahl geschnappt wurde. Nach Angehörigen wird noch gesucht ...«

»Hatte sie noch irgend etwas bei sich?«

»Sie können sich die Sachen gerne ansehen.«

Eine Viertelstunde später waren sie alle drei in der Asservatenkammer und warfen einen Blick auf die Sachen, die Nadine bei sich gehabt hatte. Viel war es nicht. Es paßte alles in eine mittlere Sporttasche hinein, die noch ziemlich neu zu sein schien, genau wie die sorgfältig zusammengefalteten Jeans, an denen sogar noch das Preisschild war.

Interessanter waren andere Dinge. Eine Zeitungsseite zum Beispiel, die für sie offenbar von Bedeutung gewesen war. Jedenfalls hatte sie das Blatt aufgehoben. Jo faltete es auseinander. Auf der einen Seite waren Anzeigen, auf der anderen ein Bild von Eric LaRue. *LaRue auch in letzter Instanz zum Tode verurteilt,* lautete die Überschrift.

»Dieser Fall scheint sie sehr beschäftigt zu haben«, meinte April.

»Kein Wunder!« Jo nahm eine lederne Handgelenktasche aus der Sporttasche. Nadine hatte versucht, das aufgeklebte Monogramm möglichst schonend zu entfernen, aber es war immer noch sichtbar, welche Buchstaben sich dort zuvor befunden hatten.

»E und L«, murmelte Jo. »Eric LaRue.«

»Ein Beweis ist das noch nicht«, gab April zu bedenken.

»Nein. Aber es fügt sich logisch zusammen. Diese Nadine Poincheval hat viele beklaut, warum nicht auch Eric? Und nachdem der verhaftet wurde, hatte er natürlich andere Sorgen, als sich um seine verschwundene Handgelenktasche zu kümmern.«

»Leider bringt das Eric aber noch kein Alibi, Jo!«

»Es ist ein Anfang.«

Jo öffnete die Tasche. Einziger Inhalt war ein Führerschein, ausgestellt auf den Namen Nadine Poincheval. Aber dieser Führerschein war ausgestellt in Houston, Texas. Einem Ort, in dem Nadine also noch nie gewesen war, bevor Eric sie dorthin gebracht hatte? Während ihrer Zeit in Houston konnte sie das Papier nicht erworben haben. Dafür stimmte das Datum nicht.

»Sieht aus wie eine Fälschung«, meinte Jo.

April kaute nachdenklich auf ihrer Unterlippe. »Du meinst, diese Nadine könnte Eric den Führerschein gestohlen und dann ein paar Änderungen, vorgenommen haben!«

»Genau.« Jo wandte sich an Sergeant Whitney. »Es müßte sich doch feststellen lassen, wer der eigentliche Besitzer dieses Führerscheins ist, oder? Eine Führerscheinnummer in einen Computer eintippen, das dürfte doch nicht allzuviel Mühe machen!« Er lächelte charmant. »Außerdem werde ich Ihnen ewig dafür dankbar sein!«

Sie atmete tief, rang noch zwei Sekunden mit sich und nickte dann. »Meinetwegen!«

Es dauerte nicht lange, bis das Ergebnis vorlag. Die Nummer des Führerscheins gehörte tatsächlich einem gewissen Eric LaRue aus Houston. »Sie sind der erste nette Polizist, den ich hier in Texas kennengelernt habe!« meinte Jo grinsend zu Sergeant Whitney.

Diese stemmte ihre schlanken Arme in die schmalen Hüften. »Soll das ein Kompliment für mich oder eine Beleidigung für meine Kollegen sein?«

»Beides!«

Gegen Mittag des folgenden Tages traf Jo Rosa Montalban in Smiley's Coffeeshop, wo sie ihre knappe Mittagspause verbrachte – sofern die Geschäfte das zuließen.

Sie sah so entzückend aus wie vor zwei Tagen, als Jo ihr zum erstenmal begegnet war. Ihr Blick war angestrengt auf den Inhalt einer Ablagemappe gerichtet, während sie mit zwei Fingern den letzten Rest ihres Imbisses hielt. Ein Doughnut vielleicht, so schätzte Jo.

Sie blickte erstaunt auf, als sie Kommissar X bemerkte und verdrehte dann die Augen. »Sie schon wieder?« ging es ihr nicht gerade erfreut über die Lippen. »Woher wissen Sie überhaupt, daß ich hier bin?«

»Einer Ihrer charmanten Mitarbeiterinnen hat es mir verraten. Haben Sie was dagegen, wenn ich mich zu Ihnen setze?«

»Würde es etwas nützen, wenn ich ja sagen würde?«

Jo lächelte. »Käme auf einen Versuch an!«

»Am besten, Sie sagen gleich, was Sie diesmal wollen, dann sparen wir eine Menge Zeit. Stöbern Sie immer noch in dieser Mordgeschichte herum?«

Jo Walker setzte sich und nickte. »Das ist mein Job«, sagte er. »Dafür werde ich bezahlt.«

Sie blickte Jo mit ihren dunklen Augen ruhig an. »Sie werden dafür bezahlt, zu glauben, daß dieser Eric LaRue unschuldig ist. Aber ich fürchte, Sie werden im trüben fischen, Mister Walker! Ich glaube nicht an einen Justizirrtum oder dergleichen!«

»Und ich glaube gar nichts«, erwiderte Jo. »Ich versuche einfach nur. herauszufinden, was passiert ist.«

»Ist das nicht eindeutig?«

Jo beugte sich ein wenig vor und erklärte dann: »Eric hat damals angegeben, zur Tatzeit mit dem Wagen unterwegs gewesen zu sein.«

»Ja, ich weiß. Ich war im Gerichts saal. Eine plumpe Lüge, die schwer zu widerlegen ist, weil es keinen Zeugen gibt, wenn man auf dem Highway unterwegs ist, keinen Unfall baut und nirgends tankt.«

»Es gab eine Zeugin. Eine Anhalterin.«

»Die niemals existiert hat!«

»Wir haben sie gefunden.«

»Ist das Ihr Ernst?«

»Ich sage Ihnen das, damit Sie begreifen, daß es vielleicht doch lohnt, mal darüber nachzudenken, wer sonst noch für den Mord an Ihrer Freundin Claire in Frage kommt. Denn irgend jemand muß sie ja schließlich getötet haben.«

Sie überlegte einen Moment. »Haben Sie jetzt nicht, was Sie wollen? Jemand, der Eric LaRue ein Alibi gibt. Na bravo! Ich schätze, Sie können bald ins heimatliche New York!«

»So einfach ist das nicht«, gestand Jo. »Die Anhalterin ist tot. Goldener Schuß. Aber sie hatte die Tasche noch bei sich, die sie Eric gestohlen hatte. Samt Führerschein. Sein Bruder Miles verhandelt gerade mit dem Staatsanwalt und dem Richter.«

»Aber es wird nicht reichen, meinen Sie!«

»Da werden einige Leute zugeben müssen, daß sie Fehler gemacht haben und wer tut das schon gerne? Auf jeden Fall wäre es besser für Eric, wenn ich den wirklichen Täter präsentieren könnte. Sie waren Claires Freundin. Denken Sie nach, wer sie sonst noch hätte umbringen können!«

»Ich habe keine Ahnung.«

»Was ist mit diesem Jim Graham?«

»Sie waren erst kurze Zeit zusammen, Claire und Jim. Ich weiß nicht viel über ihn. Aber wenn es dieser Eric LaRue nicht war und Sie unbedingt einen Verdächtigen präsentiert haben wollen, dann würde ich an Ihrer Stelle mal einen Blick auf seinen Bruder werfen.«

»Miles?«

»Ja.«

Jo kniff die Augen zusammen. »Weshalb?«

Rosa stand auf, legte das Geld passend neben ihr Gedeck und wandte sich zum Gehen. »Ich schlage vor, Sie fragen ihn selbst, Mister Walker!«

Und damit ließ sie Jo einfach stehen. Kommissar X blickte ihr nach, wie sie mit der Mappe unter dem Arm davonging. Den Bruchteil einer Sekunde lang ließ sich der Privatdetektiv dabei von ihrem Hüftschwung hypnotisieren.

Warum nicht? dachte er dann. *Ich werde Miles fragen!*

Jo traf Miles LaRue vor dem Gerichtsgebäude. »Wie ist es gelaufen?« fragte der Privatdetektiv ohne Umschweife.

»Sie werden die Sache prüfen«, antwortete Miles. »Das Auffinden dieser Anhalterin ist meiner Ansicht nach ein neuer Umstand, der das rechtfertigen könnte. *Könnte,* wohlgemerkt. Aber ob die Hinrichtung wirklich ausgesetzt wird, müssen wir abwarten.«

»Wir werden wohl noch etwas drauflegen müssen.«

»Was sollte das sein?«

»Den wahren Mörder zum Beispiel.«

Miles blickte auf. In seinen Augen flackerte es. Ein Muskel zuckte unkontrolliert unterhalb des linken Auges. Dann machte er eine ausholende Bewegung und winkte ab. »Das ist illusorisch, Mister Walker.«

»Es schien auch illusorisch zu sein, die Anhalterin zu finden.«

Miles sah Jo jetzt fast ein bißchen ärgerlich an und sagte sehr bestimmt: »Das war schon der Fehler bei Erics Verteidigung! Nach der Taube auf dem Dach zu greifen, anstatt den Spatz in der Hand zu nehmen!«

»Hätte er sich wirklich schuldig bekennen sollen, obwohl er Claire nicht getötet hat?«

»Lassen wir das!« murrte Miles. »Es ist sinnlos, über vergangene Fehler zu diskutieren. Trinken Sie einen Kaffee mit mir?«

Jo schüttelte den Kopf. »Keine Zeit«, sagte er.

Miles sah sein Gegenüber einige Augenblicke lang nachdenklich an. Dann nickte er langsam. »Sie wollen es wirklich, nicht wahr?« Er schüttelte den Kopf. »Sie wollen wirklich Claires Mörder stellen!«

»Ich dachte, das sei in Ihrem Sinne! Sie haben mich doch engagiert, um Ihren Bruder aus der Todeszelle zu holen!«

Miles hob die Augenbrauen. »Ja, das ist richtig«, meinte er mit einem merkwürdigen Unterton, den Jo nicht so recht zu deuten wußte. Dann versuchte er zu lächeln. Er klopfte Jo versöhnlich auf die Schulter. »Entschuldigen Sie«, murmelte er dann. »Das war ein anstrengender Morgen für mich. Und die Sache steht noch auf des Messers Schneide.« Er wandte sich zum Gehen. Seinen Wagen hatte er ein paar Meter weiter am Straßenrand geparkt.

»Mister LaRue!« rief Jo ihm nach.

Miles drehte sich noch einmal herum. »Was ist noch?«

»Wie gut kennen Sie Rosa Montalban?« fragte Jo.

Miles runzelte die Stirn und kam wieder zurück. »Was soll die Frage?«

»Warum geben Sie mir nicht einfach eine Antwort?«

»Ich kenne Miß Montalban nur flüchtig.«

»Wie kann sie auf die Idee kommen, daß Sie etwas mit Claires Tod zu tun haben könnten, vorausgesetzt, Eric ist unschuldig?«

Miles schluckte. »Ich habe keine Ahnung, Mister Walker!«

»Ich sagte Ihnen schon mal, daß es am besten ist, wenn Sie mir reinen Wein einschenken«, entgegnete Jo sachlich.

Miles zuckte nur mit den Schultern. »Ich habe Ihnen nichts zu sagen!« preßte er hervor. Dann drehte er sich um und ging davon. Jo sah ihm dabei zu, wie er in den Wagen stieg und davonfuhr.

»Na, Walker?« hörte der Privatdetektiv plötzlich eine Stimme in seinem Rücken. Er drehte sich um und sah in die Augen von Captain Harris, der säuerlich das Gesicht verzog. »Sie können es nicht lassen, was?«

»Haben Sie etwas anderes erwartet?«

»Ich dachte, ich hätte Sie eindringlich gewarnt!«

Jo grinste. »Ich nehme an, Sie wissen es schon …«

»Das mit der Anhalterin?«

»Spricht sich ja schnell herum, nicht wahr? Hat der Staatsanwalt seinen Ärger schon an Ihnen ausgelassen, oder haben Sie das noch vor sich?«

Captain Harris machte eine wegwerfende Geste, aber die Sache nahm er in Wirklichkeit keineswegs so leicht, wie er jetzt tat. »Das war doch nur Wind um nichts! Sie werden diesen Kerl nicht vom Haken bekommen!«

Dann schauten sie beide plötzlich in eine andere Richtung. Autoreifen quietschten, Blech knallte aufeinander, irgend jemand hupte wie verrückt.

Es war der Wagen von Miles LaRue. Er war scheinbar mutwillig in eine Reihe von parkenden Fahrzeugen hineingefahren.

Jo drängte sich durch den Menschenauflauf, der innerhalb weniger Augenblicke entstanden war.

Miles LaRue saß am Steuer seines Wagens und blickte starr ins Nichts, während im Hintergrund schon eine Polizeisirene dröhnte. Miles hatte eine Schramme an der Stirn. Sein Gesicht war eine Maske des Schreckens.

Jo riß die Tür auf. »Sind Sie verletzt?«

Miles sagte nichts, wahrscheinlich stand er unter Schock. Einer der Umstehenden fuchtelte mit den Armen in der Luft herum.

»Ich wollte gerade in meinen Wagen steigen, da kommt dieser Verrückte angerast!« hörte Jo ihn aufgebracht reden. »Der hätte mich um ein Haar umgemäht!«

»Das muß ein Selbstmörder sein!« gab eine Frau in den mittleren Jahren ihren klugen Kommentar.

Ja, dachte Jo. Wenn man Miles' stieren Blick sah, dann konnte man wirklich leicht auf so einen Gedanken kommen.

Jo versuchte dem Anwalt herauszuhelfen. Es klappte auch. Miles hatte außer der Schramme am Kopf noch etwas mit dem Brustkorb.

Prellungen vermutlich. Jo tastete ihn kurz ab. Gebrochen schien nichts zu sein.

»Sie hätten tot sein können«, sagte Jo, während Miles sich gegen das Dach seines Wagens lehnte. »Wenn Sie einen Wagen mit geringerer Knautschzone fahren würden, wären Sie es sicher auch.«

Miles nickte. »Es waren die Bremsen«, murmelte er so leise, daß niemand außer Jo es hören konnte. »Die Bremsen ...« Er blickte auf. Langsam schien er sich von seinem Schock zu erholen. »Jemand wollte mich aus dem Weg räumen, Walker! Diese Reihe von parkenden Wagen war die letzte Chance für mich, den Wagen zu stoppen ... Da hinten kommt die Kreuzung. Wenn ich dort erst gewesen wäre ...« Er sprach nicht weiter.

»Was glauben Sie, wer dahintersteckt?« fragte Jo.

»Während des Prozesses haben ein paar Fanatiker rassistische Parolen an mein Haus gesprüht und versucht, Feuer zu legen. Und meine Reifen waren auch regelmäßig zerstochen ... Aber dies hier geht entschieden weiter!« Er hob die Schultern und ächzte dann mit schmerzverzerrtem Gesicht. »Ich habe im Augenblick nicht viele Freunde hier in Houston, was?« fragte er dann mit einem schwachen Lächeln.

»Das scheinen wir gemeinsam zu haben!« erwiderte Kommissar X.

Aus den Augenwinkeln sah Jo die kleine, aber kräftige Gestalt von Bo Harris. Er stand in einiger Entfernung da und sah zu. Es schien ihn nicht sehr zu rühren, was hier passiert war. Jedenfalls verriet sein Gesicht auch jetzt keinerlei Regung.

Jo brachte Miles in die Klinik, nachdem er sich dessen Wagen oder besser gesagt, was davon übriggeblieben war, genauer angesehen hatte.

»Sie sollten Polizeischutz fordern«, meinte Jo. »Solange Ihr Bruder weder hingerichtet noch bei einem Wiederaufnahmeverfahren freigesprochen wird, sind Sie in Gefahr ...«

Miles lächelte schief. Er preßte die Hände gegen den Oberkörper. Wie es schien, hatte er doch etwas mehr abgekriegt. »Was können die schon machen?« Er lachte heiser. »Ich erlebe so etwas nicht zum erstenmal, Mister Walker! Im Höchstfall werden sie ihre Streifenwagen veranlassen, öfter vor meinem Haus spazierenzufahren. Aber im entscheidenden Moment ist dann meistens niemand da!«

»Hat Sie in letzter Zeit jemand bedroht?«

»Nicht mehr Leute, als sonst auch! Ich bin Anwalt!« Miles zuckte die Achseln. »Ein paar zusammengeklebte Drohbriefe, eingerahmt mit den Symbolen des Ku-Klux-Clans ... Darüber rege ich mich schon gar nicht mehr auf!«

»Es wäre nicht schlecht, wenn Sie mir die Briefe trotzdem einmal zeigen würden.«

Miles nickte. »Meinetwegen!«

Den Rest des Weges schwiegen sie.

Als Jo dann den Landrover auf dem Klinikparkplatz anhielt, kam der Privatdetektiv auf einen anderen Punkt zurück. »Sie sind meiner Frage vorhin ausgewichen«, stellte er fest.

Miles wandte sich herum, wollte etwas sagen, blies aber dann nur etwas Luft heraus. Er sah Jo an und schien dabei abzuschätzen, inwieweit er mit der Sprache herausrücken sollte. »Sie sind hartnäckig«, meinte er.

»Meistens bleibt mir keine andere Wahl.«

Schließlich nickte Miles. Er hatte sich entschieden. »Okay«, sagte er. »Aber Sie müssen mir versprechen, daß die Sache unter uns bleibt.«

»Einverstanden.«

Miles atmete tief durch und sagte dann gedämpft: »Ich hatte eine Affäre mit Claire.«

Jo begriff. Miles wurde so mit einem Schlag zum Verdächtigen und konnte natürlich kein Interesse daran haben, daß sich das herumsprach.

»War das, als Eric noch mit ihr zusammen war?« fragte Jo dann.

»Zwischen den beiden war es schon so gut wie aus.«

»Weiß Eric davon?«

»Keine Ahnung. Ich habe es ihm nicht gerade unter die Nase gebunden.« Miles blickte ins Leere. »Es hat auch nicht sehr lange gedauert. Auf irgendeiner Party hat sie dann diesen Graham kennengelernt ...«

»Wann haben Sie Claire zum letztemal gesehen?«

»Das weiß ich jetzt nicht mehr.«

Jo hob die Schultern ein wenig. »Wie kommt es nur, daß das für mich irgendwie nicht sehr überzeugend klingt?«

»Was wollen Sie eigentlich? Denken Sie vielleicht, ich hätte Claire umgebracht?«

»Das ist jetzt Ihr Gedanke gewesen.«

»Okay«, murmelte Miles dann ziemlich gereizt. »Ich glaube, es war zwei oder drei Tage vor ihrem Tod. Es war ganz flüchtig. Wir haben nicht miteinander geredet. Zufrieden?«

Jo nickte. »Fürs erste.«

»Tun Sie mir einen Gefallen, Walker: Rufen Sie in meiner Kanzlei an und sagen Sie denen, wo ich bin.«

»Mach' ich.«

Kommissar X trieb Jim Graham in einem Fitneßcenter auf. Graham lag unter einem ziemlich schweren Gewicht und verzog jedesmal das sonnengebräunte Gesicht zu einer grotesken Grimasse, wenn er es ächzend hochstemmte. Offenbar hatte das harte Training schon einigen Erfolg gebracht. Graham hatte jedenfalls eindrucksvolle Muskeln vorzuweisen.

Während Graham noch vor sich hin grunzte und sich den Schweiß aus allen Poren trieb, entdeckte Jo bei einem der benachbarten Folterinstrumente einen Bekannten.

Es war Detective Ballard, der unwillkürlich zusammengezuckt war, als er Jo erkannt hatte. Eine Hantel knallte lautstark auf den Boden, und dieses Geräusch verdarb Graham augenscheinlich etwas die Freude an seiner Quälerei.

»Paß doch auf, Ray!« schimpfte er Ballard an.

Kein Wunder, daß er ärgerlich war. Graham gehörte nämlich das Fitneßcenter, wie man am Eingang lesen konnte.

Der junge Police-Detective stierte indessen Jo an. Dann erschien auf seinem Gesicht ein zynischer Zug. Seine hellblauen Augen glitzerten kalt. »Sieh an!« zischte er.

»Das nenne ich eine Überraschung!« spottete Walker. Ballard konnte da nur das Gesicht verziehen.

»Man muß sich fithalten, Walter!« knurrte er, nahm sich ein Handtuch und wandte sich zum Gehen. Vorher wechselte er mit Graham einen kurzen Blick und nickte ihm zu.

Dann ging Ballard hinaus. Graham kam dafür unter seinem Gewicht hervor und hängte sich ebenfalls ein Handtuch über den Nakken. »Sie sind also dieser Walker, der versucht, den Mörder von Claire vor seiner gerechten Strafe zu retten!«

»Sie sind gut informiert!«

»Sie glauben, diese unglaubwürdige Story von der Anhalterin beweisen zu können, die Eric LaRue vor Gericht erzählt hat?«

»Hat Ballard Ihnen das erzählt?«

»Spielt das eine Rolle?«

»Nein.«

Graham streckte Jo den Zeigefinger entgegen und trat nahe an den Privatdetektiv heran. Jim Graham war ein hochgewachsener, durchtrainierter Mann, dessen gleichmäßige Bräune wohl von der Höhensonne kam. Seine dunkelbraunen Augen musterten Jo kühl. »Ich warne Sie«, zischte er. »Treiben Sie Ihr Spiel nicht zu weit! Sie könnten es sonst noch bereuen!«

»Ach, wirklich?«

»Ich mag es nicht, wenn mit allerlei Tricks versucht wird, die Vollstreckung eines rechtskräftigen Urteils zu verhindern!« Graham ballte die Rechte unwillkürlich zur Faust. »Ihr Auftraggeber, dieser Miles, hatte schon einmal einen Schnüffler engagiert ... Wie hieß er noch? Spellings, wenn ich mich nicht irre ...«

»Sie meinen, es ist ihm nicht gut bekommen, den Auftrag angenommen zu haben!«

Graham verzog das Gesicht zu einem breiten Grinsen und zeigte zwei Reihen makellos weißer Zähne. »So ist es, Walker!« zischte er.

»Sie sind nicht der erste, der mich einzuschüchtern versucht«, erwiderte Jo.

»Tun Sie von mir aus, was Sie wollen, Mister!« knurrte Graham.

Sein Lächeln sollte Überlegenheit signalisieren. Aber es lag auch eine Portion Krampf darin. Import-Export-Kaufmann nannte er sich. Er war auch als Kredithai bekannt, besaß darüber hinaus dieses Fitneßstudio und hatte den Informationen nach, die April über ihn zusammengetragen hatte, den Ruf, ab und zu auch auf der anderen Seite der Grenze, die das Gesetz zog, nach guten Geschäften zu grasen.

Er wandte sich zum Gehen. »Ich schätze, unsere kleine Unterhaltung ist damit beendet, Walker!«

»Ich dachte, sie fängt gerade erst an«, sagte Jo.

»Vergessen Sie's!«

Graham wollte Kommissar X einfach so stehenlassen und hatte schon anderthalb Schritte hinter sich gebracht, da ließ Jos Stimme ihn stoppen. »Wo waren Sie eigentlich zu der Zeit, als Claire Levine umgebracht wurde?«

Das war ein Satz, der Wirkung hatte. Graham stand wie erstarrt da, während er Jo noch immer den Rücken zuwandte.

»Wenn LaRue Sie – engagiert hat, werden Sie doch sicher einen Blick in die Protokolle geworfen haben.«

»Das ist richtig. Aber man scheint Ihnen diese Frage nie gestellt zu haben. Vielleicht liegt es daran, daß Sie so gute Beziehungen zur Polizei haben.«

»Meinen Sie, weil Detective Ballard sich bei mir fit hält, liegt mir auch gleich die ganze Mordkommission zu Füßen?« höhnte Graham, wobei er sich ziemlich aufblies. Seine Nasenflügel bebten. Dann wischte er sich ein paar Schweißperlen von der Stirn.

»Ich habe nur laut gedacht«, blieb Jo gelassen.

Graham stemmte die muskulösen Arme in die Hüften. »Was muß ich machen, um Sie loszuwerden, Walker?«

»Geben Sie einfach eine Antwort, die mich zufriedenstellt.«

Graham lachte häßlich. Dann schüttelte er den Kopf. »Ich muß Ihnen nicht antworten.«

»Mir vielleicht nicht ...«

»Ach, Sie glauben wirklich, daß das Verfahren noch mal wiederaufgerollt wird?« Graham schüttelte den Kopf. »Ausgeschlossen! Diese Geschichte mit der Anhalterin wird sich als Windei herausstellen.«

Jo verzog das Gesicht. »Ich wundere mich, daß Sie sich da so sicher sind.«

»Wundern Sie sich, worüber Sie wollen, Walker! Und am besten tun Sie das in New York! Kapiert?«

Jo lächelte dünn. »War ja deutlich genug.«

»Hoffentlich.«

Kommissar X ging an Graham vorbei. Die Unterhaltung brachte nicht mehr allzu viel. Plötzlich blieb der Privatdetektiv dann stehen und wandte sich noch einmal halb herum.

»Es ist schon verwunderlich, daß Sie gar nicht wissen wollen, wer die Frau, mit der Sie immerhin liiert waren, nun eigentlich umgebracht hat! Und wenn die Sache mit der Anhalterin erst einmal wasserdicht ist, dann kann ich Ihnen versprechen, daß ich nicht der einzige bleiben werde, der sich diese Frage stellt!«

Graham schluckte. Er rang mit den Armen, und sagte dann nach zwei Ansätzen schließlich: »Ich hätte kein Motiv gehabt, Claire umzubringen. Ich habe sie geliebt.«

»Wie wäre es mit Eifersucht?«

»Wegen Eric LaRue? Das war doch längst aus zwischen den beiden!«

Jo zuckte die Achseln. »Vielleicht gab es ja noch jemanden.«

»Wer hat Ihnen das erzählt? Diese Rosa Montalban vielleicht?« Er lächelte säuerlich. »Rosa ist eine Schlange. Nehmen Sie sich vor ihr in acht!«

»Ich werde schon aufpassen. Aber ich komme nicht durch Rosa darauf.« Jo ging, ohne noch ein Wort zu verlieren.

»Hören Sie, Walker! Ich war hier an jenem Abend! Haben Sie das verstanden? Ich war hier und habe trainiert! Und es gibt ein gutes Dutzend Leute, die das jederzeit bestätigen würden!«

»Sicher«, murmelte Jo. So etwas in der Art hatte er sich gedacht. Und wahrscheinlich bestand dieses Dutzend trainingswütiger Bodybuilder aus guten Freunden.

Walker schätzte, daß Grahams Alibi falsch war, aber das würde man ihm nur schwer nachweisen können.

Kommissar X machte ein paar Schritte in Richtung Ausgang und blieb dann stehen. Nicht wegen Graham, der ihm nachstierte und nur darauf zu warten schien, daß der Privatdetektiv endlich das Fitneßcenter verließ, sondern aus einem anderen Grund. Ein mittelgroßer, kräftiger Kerl mit dunklen Haaren hatte das Studio betreten. Unter dem Arm hielt er eine Sporttasche. Der Kerl trug ein ärmelloses T-Shirt mit dem Schriftzug von Coca-Cola. Dazu gebleichte Hochwasser-Jeans und Cowboystiefel.

Jos Blick hing an dem Schlangenmuster, das in das Leder eingearbeitet war ...

Der Coca-Cola-Mann hatte Jo sofort gesehen. Ein unruhiges Flackern war in den Augen des Mannes. Vielleicht zwei Sekunden lang trafen sich die Blicke der beiden Männer, dann drehte sich der Kerl halb herum, um in Richtung Umkleide zu gehen.

»Schöne Stiefel haben Sie da«, sagte Jo. »Die gibt es sicher nicht allzu oft. Vielleicht sogar nur ein einziges Mal. Sieht nach Handarbeit aus ...«

Der Kerl blieb stehen, und als er sich dann herumdrehte und Jo musterte, waren seine Augen schmale Schlitze. An seinem Oberarm hatte er eine Narbe. Vermutlich eine Tätowierung, die entfernt worden war. Aber das Motiv war noch ganz gut sichtbar. Es war ein Hakenkreuz.

»Kennen wir uns?« knurrte er.

»Kann schon sein«, erwiderte Jo kühl.

Der Kerl grinste verlegen. »Ich kann mich nicht erinnern ...«

»Ich mich dafür um so besser. Das letztemal waren Sie allerdings nicht allein und fühlten sich dementsprechend ein bißchen stärker ...« Jo hob die Linke. Um den Unterarm trug er noch immer eine Manschette. »Na, ich wette, jetzt fällt der Groschen!«

Der Groschen war schon lange gefallen. In den Augen des Mannes leuchtete jetzt Panik auf. Er warf Jo die Sporttasche entgegen und rannte davon. Jo setzte nach und mußte im nächsten Augenblick einer Hantel ausweichen, die der Kerl genommen und seinem Verfolger entgegengeschleudert hatte.

Der Mann rannte hinaus auf die Straße.

Als Jo ebenfalls im Freien war, sah er ihn in einen Buick steigen und den Motor anwerfen. Zum Glück war der Buick nicht mehr der neueste. Der Wagen hatte Startschwierigkeiten, und so kam Jo noch rechtzeitig, um die Beifahrertür aufzureißen und sich neben den Kerl zu setzen.

Der Wagen fuhr los, aber nach einem halben Dutzend Metern stoppte der Bursche so abrupt, daß Jo mit dem Kopf nach vorne gegen das Handschuhfach geschleudert wurde.

Er kam hart auf und war einen Augenblick lang benommen. Und genau das wollte der Kerl mit dem Coca-Cola-T-Shirt eiskalt ausnutzen.

Jo spürte den Stiefelabsatz hart an seiner Seite. Der Kerl wollte ihn einfach durch die noch immer offene Beifahrertür befördern und grinste triumphierend. Aber dieses Grinsen gefror schon Sekunden später zu einem Ausdruck ungläubigen Entsetzens, als er in die blanke Mündung der Automatic blickte, die Jo hervorgerissen hatte.

»Schön ruhig bleiben!« zischte Jo ihn an. Der Mann atmete tief durch und schlug dann mit der flachen Hand wütend gegen das Lenkrad.

»Was wollen Sie von mir?«

»Wollen Sie mich für dumm verkaufen?«

Ihm schien dieses Katz-und-Maus-Spiel selbst absurd vorzukommen. Jo schätzte, daß er Zeit gewinnen wollte und insgeheim hoffte, Jo doch noch überrumpeln zu können.

Kommissar X schaute im Handschuhfach des Buick nach und fand die Wagenpapiere. »Jerry Edwards. Sind Sie das?«

Der Mann antwortete nicht.

Jo packte ihn am T-Shirt und zog ihn grob zu sich herüber – während er ihm gleichzeitig mit der anderen Hand den Lauf der Automatic in den Magen. bohrte.

»Okay ...«, ächzte er. »Ich bin Edwards.«

»Für wen spielen Sie den Gorilla?«

»Für niemanden.«

»Ich rate Ihnen nicht, mich anzulügen!« warnte Jo. »Arbeiten Sie für Jim Graham?«

»Nein.«

»Für wen dann? Es wird doch wohl seinen Grund haben, daß Sie und Ihre Freunde versucht haben, mich in die Mangel zu nehmen!«

Er schaute drein wie ein begossener Pudel. »Wie konnten Sie mich erkennen?« fragte er schwach.

»An den Stiefeln.«

»Verdammt!«

»Ich hatte Sie etwas gefragt!«

Er blickte auf und sah Jo offen an. »Sie wollten verhindern, daß dieser Schwarze hingerichtet wird, der sich an einer weißen Frau vergangen hat!«

»Und deshalb die Prügel?«

»Ist das nicht Grund genug?« Edwards sah auf und wirkte auf einmal viel selbstsicherer. »Ich sage kein Wort mehr!«

»Okay«, sagte Jo. »Dann lassen Sie den Motor wieder an.«

»Was soll das?«

»Wir fahren zur Polizei!«

Edwards seufzte und hob verzweifelt die Schultern, anstatt endlich den Motor zu starten. »Verdammter Mist!« stöhnte er, beugte sich vor und lehnte sich mit der Stirn gegen das Lenkrad.

»Was ist?« fragte Jo.

»Ich habe eine Bewährungsstrafe«, murmelte er.

»Das ist Pech«, sagte Jo kühl.

»Können wir uns nicht irgendwie anders einigen?« schlug Edwards dann vor. »Wenn Sie mich anzeigen, wandere ich wahrscheinlich erst mal 'ne Weile in den Bau. Gerade jetzt, wo ich den neuen Job habe.«

Jo zuckte die Achseln. »Hängt ganz davon ab.«

»Wovon?«

»Ich will ein paar Dinge wissen, zum Beispiel, wer noch dabei war, als ihr mich in die Mangel genommen habt!«

»Nicht hier! Ich bin bereit, mich mit Ihnen zu unterhalten, aber verdammt noch mal nicht hier!«

Jo begriff. Er wollte vermeiden, daß seine Freunde ihn hier so sahen. »Okay«, ging Kommissar X darauf ein. »Wo dann?«

»Ich könnte in eine Seitenstraße fahren!«

Jo hatte nichts dagegen einzuwenden. »Meinetwegen.«

Edwards ließ den Wagen an und fuhr stockend los. Der Buick bog um die nächste Ecke und anschließend gleich um noch eine weitere. Dann fühlte Edwards sich anscheinend sicher genug. Er wurde richtig gesprächig. Kein Wunder, die Angst, saß ihm im Nacken. Er erzählte viel über seine Ansicht zu den verschiedenen Rassen und daß Amerika in Gefahr sei, weil es zu viele Schwarze und Mischlinge gäbe. »Eines Tages werden die uns allemachen!« meinte er. »Dann wird es hier Verhältnisse wie in Südafrika geben!« Er schwadronierte noch ein bißchen über die angebliche Überlegenheit der weißen Rasse. Jo hörte nur halb hin. Es klang wie auswendig gelernt. Jerry Edwards hatte eine Menge Muskeln, aber nicht den Grips, sich so etwas aus den eigenen Fingern zu saugen. Aber er schien an den Unfug zu glauben, den er daherbetete.

Schließlich unterbrach Jo ihn. »Ich – will die Namen von denen, die dabei waren, als ihr mich in die Mangel genommen habt!«

»Wenn Sie denen sagen, daß Sie ihre Namen von mir haben, bin ich geliefert!«

»Wenn Sie mir diese Namen *nicht* sagen, sind Sie auch geliefert.«

Edwards kniff die Augen zusammen und kämpfte mit sich. »Kann ich Ihnen trauen?«

»Ihr Leben ist bei mir sicher besser aufgehoben als bei Ihren Freunden, das verspreche ich.«

Edwards nickte. »Okay. Haben Sie was zu schreiben?«

»Sicher.« Jo fingerte einen kleinen Block aus der Jackentasche und dazu einen Kugelschreiber. Edwards schrieb schnell und hastig. Es waren vier Namen. Jo steckte den Block schließlich wieder ein und ließ die Automatic ins Schulterholster wandern. »Ich hoffe, Sie haben nicht versucht, mich hereinzulegen!«

»Keine Sorge.«

»Es würde Ihnen schlecht bekommen. Glauben Sie mir!«

»Ich kann's mir lebhaft vorstellen.«

»Geht das von heute mittag auch auf euer Konto?«

Edwards runzelte die Stirn, Vielleicht wußte er wirklich nicht, was los war. Vielleicht war es auch nur gut gespielt.

»Jemand hat am Wagen von Miles LaRue herumgespielt und versucht, ihm umzubringen!«

Edwards schüttelte den Kopf. »Nein«, sagte er. »Davon hatte ich keine Ahnung.«

»Hoffentlich.« Jo öffnete die Tür und stieg aus.

»Können Sie mit diesen Namen irgend etwas anfangen?« fragte Jo.

Miles warf einen Blick auf den Zettel und schüttelte dann energisch den Kopf. »Nein. Ich kenne keinen einzigen von denen.«

»Zu dumm, daß unsere Beziehungen zur hiesigen Polizei so schlecht sind«, meinte April. »Sonst wären wir sicher schon ein Stück weiter!«

Sie befanden sich im weiträumigen Wohnzimmer von Miles' Haus. Der Anwalt hatte die Drohbriefe auf den niedrigen Glastisch gelegt. Sie waren aus Illustrierten zusammengeklebt, Nach Fingerabdrücken lohnte es sich vermutlich gar nicht erst zu suchen. Wer sich soviel Mühe machte, würde nicht so dumm sein und quasi seine Unterschrift hinterlassen.

»An Ihrer Stelle würde ich mich an das FBI wenden«, sagte Walker dazu. »Wenn es hier wirklich eine Gruppe des Ku-Klux-Clans oder eine ähnliche Vereinigung gibt, dann dürfte das für die von Interesse sein.«

Aber Miles winkte ab. »Was glauben Sie, wie oft ich schon mit solchen Sachen dort gewesen bin. Und dann sitzt einem so ein fettgesichtiger Weißer mit einem selbstzufriedenen Lächeln gegenüber, und behauptet, daß alles getan würde, was in seiner Macht stände.« Er machte eine wegwerfende Geste. »Und meistens ist das so gut wie nichts!«

»Es wäre ja nicht völlig ausgeschlossen, daß Claire das Opfer eines solchen Fanatikers wurde«, meinte Jo. »Dieser Jerry Edwards hat mir jedenfalls einen ganzen Vortrag über die Schädlichkeit von Mischehen gehalten.«

»Dagegen spricht, daß es keinerlei Spuren eines Einbruchs gab«, warf April ein. »Claire muß ihren Mörder gekannt haben.«

»Was ist mit *Graham?*« vermutete Jo.

Miles hob die Schultern. »Wo wäre das Motiv?«

»Eifersucht.«

»Auf wen?«

»Auf Sie, Miles!«

»Ja«, murmelte er. »Das könnte sein … Jim Graham ist ziemlich aufbrausend. Soweit ich weiß, hat es ihn auch schon mal wegen Körperverletzung erwischt.«

»Woher wissen Sie das, Miles?« hakte Jo nach und hob dabei die Augenbrauen.

Miles blickte auf und wirkte etwas desorientiert. Er hatte einfach so vor sich hin gesprochen und schien jetzt erst zu begreifen, was er gesagt hatte. Er hob die Schultern. »Was weiß ich ...« Er machte auf einmal einen ziemlich hilflosen Eindruck.

»Sie haben Erkundigungen über Graham eingeholt, nicht wahr?«

»Na und?«

»Was wissen Sie noch über ihn?«

»Daß er ein krummer Hund ist! Aber leider nicht soviel, daß man Ihn vor Gericht zerren könnte!« Er atmete tief durch und preßte sich dann die Linke gegen den Oberkörper. Die Prellungen, die er davongetragen hatte, würden Ihm noch eine ganze Weile zu schaffen machen. »Diese sogenannten Import-Export-Geschäfte von Graham riechen doch geradezu nach Betrug!« Plötzlich schien er nicht mehr der kühle Anwalt zu sein, der glasklar die Fakten sah und sie für eine Geschworenen-Jury zu interpretieren wußte. Das Temperament war mit ihm durchgegangen. Er spürte es selbst. Seine Rechte hatte sich unwillkürlich zur Faust geballt. Jetzt entkrampfte sie sich ein wenig.

»Sie haben Claire sehr geliebt, nicht wahr, Miles?«

Er sah auf. Sein Blick war voller Trauer. Auch jetzt noch, obwohl es doch schon so viele Monate her war ... »Ja«, sagte er.

»Hat sie mit Ihnen Schluß gemacht, oder umgekehrt?«

»Ist das wichtig?«

»Das weiß ich nicht.«

»Sie hat mit mir Schluß gemacht.«

»Wie haben Sie darauf reagiert?«

»Warum müssen Sie mich quälen?«

Jo zuckte mit den Achseln. »Ich tue es nicht gerne«, murmelte er. »Glauben Sie mir!«

Miles erhob sich. »Ich bin müde«, meinte er. »Es war ein schlimmer Tag für mich.« Und damit verließ er den Raum.

April sah Jo etwas erstaunt an. »Was sollen diese Fragen, Jo?« fragte sie ihn, als Miles nicht mehr im Raum war. »Glaubst du, daß er der Mörder ist?«

»Zumindest verschweigt er uns etwas. Seine Bremskabel wurden gekappt, aber er scheint gar nicht so sehr Angst davor zu haben, daß es da jemanden gibt, der ihn ins Jenseits zu befördern versucht.«

»Vielleicht hat er es einfach verdrängt, Jo. Überleg dir mal, was auf diesen Mann in der letzten Zeit so alles eingestürmt ist.«

»Hey, LaRue!«

Eric fuhr von seiner Pritsche auf und sah durch die Gitterstäbe den

Schatten einer massigen Gestalt. Er blinzelte und blickte dann in die aufgedunsenen Züge von McBride.

»Was gibt's?« fragte Eric.

Besuch konnte es nicht sein, nicht um diese Zeit. Also mußte McBrides Auftauchen irgend etwas Unangenehmes bedeuten.

»Komm her, LaRue!«

Eric kam etwas näher. McBride grinste über das breite Gesicht. Seine Züge waren eine einzige Drohung. Irgendwie war Eric froh, daß das massive Stahlgitter zwischen ihnen beiden war. Aber McBride hatte den Schlüssel. Und er konnte diese Barriere jederzeit öffnen.

»Ich habe gehört, daß dein Bruder versucht, den Fall noch mal aufzurollen ...«

»Ich habe keine Lust, mit *Ihnen* darüber zu reden, McBride!«

»*Sir* für dich, LaRue! Kapiert?«

Eric atmete tief durch. Innerlich kochte er. Aber er wußte, daß es keinen Sinn hatte, sich mit McBride anzulegen. »Sir!« preßte er also über die Lippen.

McBride lachte häßlich. »Schon besser!«

Die ganze Zeit über stand nur eine Frage zwischen ihnen. Eric überlegte sich, welche Gemeinheit sich McBride diesmal hatte einfallen lassen. Der Dicke war ein Sadist. Entweder der Job hatte ihn dazu gemacht, oder er war schon immer so gewesen und arbeitete deshalb hier. Für Eric lief es auf dasselbe hinaus.

»Ich bin sicher, daß dein Bruder dir nur falsche Hoffnungen macht«, meinte McBride. »Du solltest dich auf den Tod vorbereiten – so oder so.«

»Wir werden sehen.«

»Komm näher!«

Eric kam bis an die Gitterstäbe heran, und McBride beugte sich zu ihm.

»Was gibt's noch?«

McBride flüsterte jetzt, als er fortfuhr. »Du solltest eines wissen, LaRue! Selbst, wenn es dir gelingt hier herauszukommen, heißt das nicht, daß du der Gerechtigkeit entgehst.«

»Ach, nein?«

»Du wirst schon sehen, was ich meine, wenn es soweit kommen sollte«, knurrte McBride.

»Warten Sie dann etwa mit Ihrem Polizeirevolver vor den Gefängnistoren auf mich?«

McBride verzog das Gesicht. »Es wird sich schon jemand finden! Glaub mir, LaRue! Du hast keine, Chance. So oder so!« Und dann schnüffelte McBride plötzlich. Seine Nasenflügel bebten seltsam, als er die Luft einsog. »Du stinkst nach Marihuana«, behauptete er. Und jetzt sprach er plötzlich viel lauter, so daß selbst die Wache, die oben von der Brüstung in den Innenhof hinabblickte, es noch mitbekam.

»Das ist doch Unsinn«, erwiderte Eric schwach. »Ich habe das Zeug noch nie genommen.«

»Es ist immer irgendwann das erste Mal.«

»Das ist doch nur wieder irgendeine Schikane!«

»Tritt zurück, LaRue! Bis zur Wand!«

McBride hatte den Revolver aus dem Holster gezogen. Die kurze Mündung des 38er Special zeigte direkt auf LaRues Bauch. McBride war es anzusehen, daß er am liebsten abgedrückt hätte. Eric gehorchte, während McBride die Zelle öffnete und eintrat.

»Wenn du dich rührst, bist du tot, LaRue«, knurrte McBride. Er brauchte es Eric nicht zu sagen. Der Gefangene wußte das nur zu gut. Und er wußte auch, daß McBride nur darauf wartete, den Revolverabzug legal betätigen zu können.

Aber dazu gab Eric seinem Gegenüber keine Gelegenheit.

McBride sah sich in der Zelle um. Aber nicht besonders gründlich. Wenn er wirklich Marihuana gesucht hätte, wäre er anders vorgegangen. Eric war schon lange genug hinter Gittern, um das oft genug miterlebt zu haben.

Dann ging McBride hinaus, steckte den Schlüssel ins Schloß und zog schließlich mit einem zynischen Grinsen auf den Lippen ab.

Es dauerte fast eine Viertelstunde, bis Eric merkte, was wirklich gespielt worden war. Er stand an der Zellentür, blickte hinaus und fühlte sich wie ein Affe im Käfig. Oben sah er die Wache patrouillieren. Als er die Gitterstäbe umfaßte, um sich aufzustützen, merkte er, daß die Tür sich bewegte.

Sie war nicht abgeschlossen.

Eric fühlte seinen Puls bis zum Hals schlagen. Er brauchte ein paar Sekunden, um zu begreifen, daß das nichts als eine Falle war. *Er hat es absichtlich getan!* durchfuhr es Eric. McBride hatte nur so getan, als würde er die Zellentür abschließen.

Einen Augenblick lang schwankte Eric. Vielleicht war diese minimale Chance besser, als sich später wie ein Stück Schlachtvieh abführen zu lassen. Die Wiederaufnahme seines Verfahrens war noch nicht durch. Und vielleicht würde es sie auch nie geben ... Eric rang mit sich.

Auf einmal schien es ihm so leicht zu sein. Aber dann siegte doch die Vernunft. Er wich vor der Gittertür zurück und verkroch sich in der hintersten Ecke seiner Zelle.

Er wußte, daß er keine Chance hatte. Jedenfalls nicht so.

Am nächsten Morgen fuhren Jo und April einige Meilen in Richtung Galveston, um Melanie Spellings, die Witwe des Privatdetektivs aufzusuchen, der vor gut zwei Wochen unter noch immer nicht ganz geklärten Umständen umgekommen war.

Fahrerflucht, so hieß es offiziell. Jedenfalls war Spellings tot.

Mrs. Spellings war eine Frau von Mitte Dreißig. Sie hatte dunkle Haare, und ihr ansonsten recht hübsches Gesicht bekam durch den mißtrauischen Zug etwas sehr Ernstes. Vor dem Haus spielten zwei Jungen, so zwischen neun und elf Jahre alt. Mrs. Spellings schickte sie ins Haus, als sie sah, daß jemand kam.

»Was wollen Sie?« fragte sie, nachdem Jo und April ausgestiegen waren.

»Mein Name ist Jo Walker. Ich bin Privatdetektiv, wie Ihr Mann es war, und dies ist meine Mitarbeiterin, Miß Bondy. Wir würden uns gerne einen Augenblick mit Ihnen unterhalten.«

Mrs. Spellings musterte erst Jo eingehend, dann blieb ihr Blick bei April hängen. »Miß Bondy?« echote sie. »Dann waren Sie das, die in den letzten Tagen mein Telefon hat heißlaufen lassen!«

»Sie haben immer wieder aufgelegt.«

Mrs. Spellings nickte. »Richtig!« sagte sie. »Und ich habe jetzt wenig Lust, mich mit Ihnen oder Ihrem Boß zu unterhalten.«

Sie drehte sich um und wollte in Richtung Haustür gehen.

»Es geht auch um Ihren Mann, Mrs. Spellings«, war dann Walkers Stimme zu hören und ließ sie einen Moment lang stoppen.

Mrs. Spellings drehte sich halb herum. »Für wen arbeiten Sie beide?«

»Für Miles LaRue«, sagte Jo.

»Ich will von der ganzen Geschichte nichts mehr hören!« erklärte Mrs. Spellings bestimmt.

Walker hob die Augenbrauen. »Interessiert es Sie gar nicht, wer Ihren Mann auf dem Gewissen hat?«

»Sagen Sie bloß, daß *Sie* das interessiert!« zischte Mrs. Spellings.

»Sie wollen doch nur diesen LaRue aus der Todeszelle holen! Das ist doch alles, was für Sie wichtig ist!«

»Vielleicht hängen die beiden Sachen zusammen«, meinte Jo. »Ihr Mann wurde an einer abschüssigen Stelle von einem Wagen abgedrängt. Unfall mit Fahrerflucht, so steht es offiziell in den Akten. Man könnte das aber auch als Mord interpretieren.«

»Denken Sie, was Sie wollen!«

»Ich sage das nur, weil alle, die sich auf die eine oder andere Weise um das Schicksal von Eric LaRue kümmern, eingeschüchtert und bedroht wurden. Mir haben ein paar Schläger aufgelauert, und meinem Auftraggeber hat man die Bremsen seines Wagens so manipuliert, daß er froh sein kann, nur ein paar Schrammen abgekriegt zu haben!«

Mrs. Spellings verschränkte die Arme vor der Brust und atmete tief durch. »Was Sie nicht sagen ...«

»Hat Ihr Mann mit Ihnen über seine Arbeit gesprochen?«

»Selten.«

»Er hat in der LaRue-Sache ermittelt, aber keinen Bericht abgeliefert ...«

»Dann wird er wohl nichts herausgefunden haben.«

»Er hat wochenlang recherchiert!« erinnerte Jo. »Verzeihen Sie, aber das kann ich mir kaum vorstellen! Ich bin ja schließlich auch in dem Job.«

»Wenn es Ergebnisse gab, dann wird er sie seinem Auftraggeber ausgehändigt haben! Und nun entschuldigen Sie mich bitte!«

Sie ging zum Haus.

»Sie scheint unter Druck zu stehen«, meinte Jo zu April. Dabei fiel sein Blick auf einen nagelneuen Ford, der in der halboffenen Garage stand.

Jo folgte Mrs. Spellings. April versuchte zuerst, ihren Chef zurückzuhalten. Dann kam sie ebenfalls mit. Vor der Haustür holte Jo die Witwe des Privatdetektivs ein.

»Was wollen Sie noch?« fragte Mrs. Spellings. »Muß ich erst die Polizei holen?«

Jo holte einen Block aus der Jackentasche und schrieb eine Nummer darauf. Dann riß er das Stück Papier heraus und hielt es ihr hin.

»Was ist das?«

»Die Nummer, unter der Sie mich erreichen können, Mrs. Spellings.«

»Warum sollte ich Sie anrufen wollen?«

»Könnte ja sein, daß Sie es sich noch einmal überlegen«, antwortete er. »Im Staatsgefängnis von Houston sitzt ein Mann noch immer für einen Mord in der Todeszelle, den er nicht begangen hat ... Es geht hier um das Leben eines Menschen, Mrs. Spellings. Das sollten Sie bedenken!«

Ihre Blicke trafen sich einen Augenblick lang, dann wandte der Privatdetektiv sich zum Gehen.

»Warten Sie!« rief sie dann. Jo und April hatten noch keine zehn Schritte hinter sich gebracht. Sie kam näher und sagte dann, nach einer gewissen Pause: »Kommen Sie herein!«

Jo und April wechselten einen verwunderten Blick und folgten dann Mrs. Spellings ins Haus. Es ging durch ein bieder wirkendes Wohnzimmer in einen Nebenraum, bei dem es sich offenbar um ein Büro handelte.

»Hier hat mein Mann seine Ermittlungsunterlagen aufbewahrt«, erklärte Mrs. Spellings. Sie sah, wie Jos Blick an den Regalwänden entlangwanderte. »Die Unterlagen über die LaRue-Sache werden Sie hier nicht finden«, sagte sie dazu.

»Und wo dann?« fragte Jo.

»Mister LaRue war hier, um sie abzuholen. Mister Miles LaRue natürlich, der Anwalt.«

Jo runzelte die Stirn. Davon hatte Miles keine Silbe gesagt.

»Wann war das?« fragte der Privatdetektiv.

»Ein paar Tage, nachdem mein Mann umgekommen war.« Sie zuckte mit den Schultern und rieb die Handflächen gegeneinander. »Es war ganz merkwürdig«, murmelte sie.

»Was war merkwürdig?«

»Mister LaRue schien zu denken, ich wüßte über den Inhalt der Akte Bescheid.«

»Und? Wußten Sie es etwa nicht?«

»Nein.« Sie senkte den Kopf. »Aber was spielt das schon für eine Rolle?« Sie zögerte einen Augenblick, bevor sie weitersprach. Ein Kloß schien ihr im Hals zu sitzen. »Nach dem Tod meines Mannes stellte sich heraus, daß unser Bankkonto wesentlich besser ausgestattet war, als ich gedacht hatte. Es waren regelmäßig beachtliche Einzahlungen eingegangen. Die Einzahlungen begann eine Woche, nachdem mein Mann für LaRue zu arbeiten begonnen hatte. Sie wurden immer höher und gingen auf jeden Fall weit über das hinaus, was er normalerweise für einen Job dieser Art verlangte ...«

»Das Geld stammte ausschließlich von Miles LaRue?«

»Ja«, nickte sie. Es dauerte einen Augenblick, bis sie weitersprach. »Dann tauchte er hier auf und meinte, ich sollte alles vergessen. Er bat mich, ihm die Unterlagen auszuhändigen, und gab mir dafür einen Umschlag. Ich habe keine Fragen gestellt.«

»Verstehe«, murmelte Jo.

»Das ist alles«, sagte Mrs. Spellings dann. »Mehr weiß ich nicht. Und ich hätte Ihnen auch dies nicht erzählt, wenn nicht ...«

Jo hob die Augenbrauen. »Wenn was nicht?«

Sie zögerte. Ein Kloß schien ihr im Hals zu sitzen. »Ich möchte nicht, daß ein Unschuldiger stirbt«, gestand sie. »Aber ich hoffe trotzdem, daß Sie jetzt nicht als erstes zu Mister LaRue gehen und ihm brühwarm unter die Nase reiben, was ich Ihnen gesagt habe!«

Jo nickte. »Ich werde sehen, inwieweit sich das vermeiden läßt«, versprach er.

»Sehen Sie, ich habe zwar keine Ahnung, was in den Unterlagen stand, aber ich habe mir so meine Gedanken gemacht.«

»Und die wären?«

»Chuck, mein Mann, sollte für LaRue in dem Levine-Mordfall ermitteln, um seinen Bruder aus dem Gefängnis zu bringen. Vermutlich haben Sie denselben Auftrag.«

»Das ist richtig«, nickte Jo.

»Aber Chuck muß dann irgend etwas über Miles LaRue herausgefunden haben, was diesem schaden konnte. Und es war ihm offenbar das viele Geld wert ... Erst dachte ich, daß es einer von diesen verrückten Ku-Klux-Clan-Fanatikern war, der Chucks Wagen in den Abgrund gedrängt hat. Schließlich hatten wir genug Drohanrufe, seit mein Mann mit dieser Sache zu tun hatte ...«

»Und was denken Sie nun?« hakte Jo nach. Die Sache fing an, interessant zu werden.

»Als LaRue mit seinem Geld auftauchte, war mir klar, daß er meinen Mann auf dein Gewissen hatte. Vielleicht nicht er selbst. Vielleicht hat er einen Handlanger geschickt. Schließlich ist er ein verhältnismäßig wohlhabender Mann, der sich jemanden anheuern könnte. Teurer als die Dauererpressung, die mein Mann mit ihm gemacht hat, konnte das auch nicht werden!« Mrs. Spellings wandte sich ab und ging zwei Schritte zum Fenster. »LaRue hat mir Geld für mein Schweigen gegeben, ich habe es genommen. Vielleicht war das ein Fehler ...«

»Darüber steht mir keine Meinung zu, Ma'am«, sagte Jo sanft.

Sie zuckte die Achseln und wischte sich etwas aus den plötzlich geröteten Augen heraus.

»Was hältst du von ihr?« fragte April, als sie wieder mit dem Landrover unterwegs waren.

Jo zuckte die Achseln. »Auf jeden Fall hat unser Auftraggeber uns ein paar Fragen zu beantworten!«

»Scheint, als hättest du den richtigen Riecher gehabt, Jo! Ich hab's nicht glauben wollen!« April strich sich mit der Linken eine blonde Strähne aus den Augen. »Was könnte dieser Spellings über Miles LaRue herausgefunden haben?«

»Ich weiß nicht...«, murmelte Jo. »Aber so ganz schlüssig erscheint mir diese Version auch nicht.«

»Was meinst du damit, Jo?«

»Na, überleg doch mal! Jemand engagiert einen Privatdetektiv, der schnüffelt etwas über das Ziel hinaus und wird dann durch seinen Auftraggeber umgebracht. Doch dieser hat nichts Eiligeres zu tun, als gleich einen Nachfolger zu engagieren! Das will mir nicht in den Kopf!«

April atmete tief durch. »Du hast recht, das ist schon etwas merkwürdig.«

»Eigentlich sollte man meinen, daß Miles nach dieser Sache erst einmal die Nase voll von unserer Zunft gehabt hat!«

»Aber er wollte unbedingt das Leben seines Bruders retten, Jo! Und so etwas kann nur gelingen, wenn neue Beweise auf den Tisch kommen!«

Kommissar X wandte plötzlich den Blick in den Rückspiegel. Ein verbeulter Chrysler fuhr ziemlich dicht auf. Von dem Gesicht des Fahrers war kaum etwas zu sehen. Er trug eine Sonnenbrille und eine Baseballmütze mit großem Schirm.

»Glaubst du, der will etwas von uns?« fragte April, die sich halb herumgedreht hatte.

Der Chrysler-Fahrer beantwortete ihr in der nächsten Sekunde diese Frage. Er scherte nach links aus und zog auf der Überholspur neben den Landrover. Aber er überholte nicht.

Statt dessen schwenkte er nach rechts. Das Geräusch von aneinanderschrammendem Blech drang durch das Dröhnen der Motoren, und Jo hatte seine Mühe, den Landrover einigermaßen in der Spur zu halten.

»Der Kerl muß verrückt sein!« rief April verzweifelt, während ein erneuter Ruck durch das Fahrzeug ging.

Der Kerl mit der Baseballmütze zeigte ein ungeniertes Grinsen und setzte zu seiner nächsten Attacke an. Er beschleunigte plötzlich und zog an dem Landrover vorbei, um ihm dann den Weg abzuschneiden. Der Landrover wurde zur Seite gedrängt, und schrammte innerhalb weniger Sekunden gegen die Leitplanken. Das Fahrzeug geriet ins Schleudern und überschlug sich einmal, ehe es am Rande der Böschung zum Stehen kam.

Der Chrysler jagte unterdessen davon.

Jo fühlte, wie ihm etwas Flüssiges und Warmes über das Gesicht lief. Blut.

Einen Moment lang war er wie weggetreten, dann wurde es vor seinen Augen wieder klarer. Er blickte zu April hinüber, die schlaff in ihrem Sicherheitsgurt hing.

Jo betastete kurz die Wunde an seinem Kopf. Sie blutete zwar, schien. aber nicht besonders ernst zu sein. Dann löste er den Gurt und beugte sich zu April. Er löste auch ihren Gurt und packte sie bei den Schultern. Sie kam jetzt ebenfalls zu sich. Einen Augenblick lang blickte sie etwas orientierungslos um sich, dann schien sie zu begreifen.

»Alles in Ordnung?« fragte Jo.

»Mein Arm ...«, stöhnte sie. »Und der Nacken tut mir auch ziemlich weh!«

Jo kletterte als erster aus dem Landrover, der an einer schrägen Böschung klebte.

»Sei vorsichtig!« warnte Jo. »Der Wagen rutscht.«

»Ich werd's versuchen!« nickte April.

»Steig aus meiner Seite aus! Sonst kommst du noch unter die Räder!« Jo reichte ihr die Hand. April schaffte es gerade noch, bevor der Wagen die nächsten paar Meter hinabrutschte. Die Böschung war erst frisch mit Pflanzen befestigt worden, aber für den Landrover bot das natürlich keinen genügenden Halt. Ein paar Meter hatte der Wagen noch vor sich, bis er die Sohle erreicht hatte. Innerhalb der nächsten Minuten würde er die auch noch hinter sich bringen.

Jo zog April mit sich. Es ging hinauf zur Straße. April humpelte ein bißchen. »Ich glaube, ich habe mir den Fuß verstaucht!« stöhnte sie. »Aber insgesamt haben wir wohl ziemlich großes Glück gehabt!«

»Das kannst du laut sagen!« bestätigte Walker und deutete dabei auf eine Gruppe von Bäumen, die sich gut hundert Meter weiter neben der Straße befand. »Stell dir vor, dieser Kerl hätte uns *dort* abgedrängt. Dann würden wir jetzt hier nicht herumlaufen!«

Schließlich waren sie oben.

»Und was jetzt, Jo?«

»Na, was schon? Hoffen, daß uns einer mitnimmt.«

»Glaubst du, daß dieser Chrysler-Fahrer etwas mit den Kerlen zu tun hat, die dir aufgelauert haben?«

»Ich würde fast darauf wetten!«

Zwei Stunden später saßen sie einem etwas umständlichen, aber dafür ganz netten Officer gegenüber, um ihre Anzeige aufzugeben.

»Sind Sie sicher, daß Sie sich bei der Wagennummer nicht vertan haben?« fragte der Officer, während, er in der Rechten einen Telefonhörer hielt, der ihn mit der Zulassungsstelle verband. »Ich meine, es war eine außergewöhnliche Situation, und vielleicht ...«

»Wenn es die Nummer nicht gibt, dann war das Schild gefälscht oder gestohlen«, erwiderte Jo resigniert.

»Immer mit der Ruhe, Mister! Wir werden die Sache schon in die Hand nehmen«, versuchte der Officer zu beschwichtigen, während er die Hand auf den Hörer legte. Dann wandte er sich wieder seinem Gesprächspartner auf der anderen Seite der Strippe zu. Es war eine Frau, soviel konnte Jo hören. Eine Frau, die ziemlich laut sprach. Aber leider nicht laut genug, um mehr als ein paar wertlose Bruchstücke mitzubekommen.

Der Officer legte auf und notierte sich etwas auf dem großen Block, den er vor sich liegen hatte. »Es gibt einen Wagen mit dieser Nummer«, erklärte er dann gedehnt. »Aber es ist kein Chrysler.«

»Sondern?«

»Ein Abschleppwagen.«

»Wer ist der Eigentümer?«

»Nicht so schnell, Mister ...«

»Walker!«

»Das ist eine Sache, die *wir* in die Hand nehmen werden. Ich möchte nicht, daß Sie dort auftauchen und irgendwelchen Ärger verursachen. Wahrscheinlich sind demjenigen, dem das Kennzeichen eigentlich gehört, die Schilder gestohlen worden. So etwas kommt jeden Tag vor.«

»Sie könnten mir trotzdem die Adresse geben!«

Aber der Officer schüttelte ganz energisch den Kopf. Der gemütliche Eindruck, den er äußerlich machte, schien gewaltig zu täuschen.

»Nein, das werde ich nicht tun!« erklärte er in einem Tonfall, der deutlich machte, daß er keine Lust hatte, darüber zu diskutieren.

»Sie haben Angst, daß ich als Racheengel dort auftauche und die Sache auf die unfeine Art zu klären versuche, stimmt's?«

»Es wäre nicht das erstemal, daß so etwas passiert, Mister Walker!«

Jo legte ihm seine Lizenz auf den Tisch. »Glauben Sie, daß ich diesen Wisch noch in der Tasche hätte, wenn ich das jemals getan hätte?«

»Das ändert für mich nichts!« erklärte der Officer. Und dann wurden Jo und April freundlich, aber bestimmt hinausgebeten. »Wir haben eine Menge zu tun«, stellte der Officer klar. »Es kann also etwas dauern, bis Sie von uns hören.«

Jo hörte gar nicht hin. Sein Blick war auf die kleine Notiz gerichtet, die der Officer sich nach dem Telefonat gemacht hatte. Das Auf-dem-Kopf-Lesen gehörte in seinem Job zu den Grundfertigkeiten. Jo las einen Namen: Camdon. Ein Blick ins Telefonbuch würde genügen, um herauszufinden, wer mit diesem Namen dafür in Frage kam, einen Abschleppwagen zu besitzen.

»Ich habe Sie kommen sehen«, meinte Miles LaRue, als er April und Jo gegenüberstand. »Was ist mit dem Wagen?«

»Wir haben uns einen Leihwagen nehmen müssen«, erklärte April. »Ihrer ist leider in keinem fahrtauglichen Zustand mehr.«

»Was?« Miles runzelte die Stirn.

»Ein kleines Attentat«, erläuterte Jo lakonisch.

Miles sah noch etwas mitgenommen aus. Er hatte an einigen Akten gearbeitet und erhob sich jetzt. »Was sehen Sie beide mich so an ...«

»Wir waren bei Mrs. Spellings«, erklärte Jo. »Vielleicht würden wir auch ganz gerne mal einen Blick in die Unterlagen werfen, die dieser Spellings von seinen Ermittlungen angelegt hatte.«

Miles atmete tief durch und fuhr sich dann mit der flachen Hand über das Gesicht. Er fühlte sich in diesem Moment nicht besonders wohl in seiner Haut, das war ihm deutlich anzusehen. Ein nervöses Flackern war in seinen Augen. Er machte eine mehr oder minder hilflos wirkende Geste. Er schüttelte den Kopf. »Was soll das?« rief er. »Wofür bezahle ich Sie eigentlich? Dafür, daß Sie mir Ärger machen? Dafür, daß Sie *mir* hinterherspionieren?«

»Spellings hat Sie erpreßt, nicht wahr?«

»Ich weiß nicht, wovon Sie reden!« knurrte Miles.

»Das nehme ich Ihnen nicht ab!«

»Was spielt das schon für eine Rolle, Walker? Ihre Aufgabe ist es, Eric zu helfen! Und nichts anderes!«

Miles wich ein Stück zurück und ging zum Eisschrank, um sich einen Drink zu holen.

Indessen fuhr Walker fort: »Es hat mich ohnehin schon gewundert, daß Sie zwar daran interessiert waren, Ihrem Bruder zu helfen, aber immer gekniffen haben, wenn es darum ging, sich ein paar Gedanken darüber zu machen, wer denn nun Claire Levine in Wahrheit umgebracht hat!«

Miles ließ die Eiswürfel ins Glas klacken und verzog dabei das Gesicht. »Sie irren sich.«

»Und Mrs. Spellings? Hat die sich auch geirrt, als sie das Geld, das Sie ihr gegeben haben, als Schweigegeld ansah?«

»Was hat Mrs. Spellings Ihnen erzählt, Walker?«

»Soll ich das wirklich wiederholen?«

»Nur zu!«

»Sie denkt, daß Sie für den Tod ihres Mannes verantwortlich sind!«

»Das war ein Unfall.«

»Oder Mord.«

Miles schluckte. Er stand da wie jemand, der schon ziemlich in die Enge getrieben worden war. Jo sah ihm an, wie es bei dem Anwalt fieberhaft zu arbeiten begann.

»Wie wär's mit der Wahrheit?« fragte Jo.

»Ich habe diesen Spellings nicht umgebracht oder umbringen lassen. Warum sollte ich das auch getan haben? Der Mann war vielleicht nicht ganz Ihre Klasse, Walker, aber das ist ja wohl kein Mordmotiv!«

»Ich sagte schon, er hat Sie erpreßt!«

»Warum kümmern Sie sich nicht um Erics Fall, verdammt noch mal! Ich werde Ihnen das vom Honorar abziehen!«

Jo zuckte die Achseln. »Unglücklicherweise scheinen die beiden Sachen zusammenzuhängen ...«

»Ach, ja?«

»Wo waren *Sie* eigentlich an jenem Abend, als Claire Levine umgebracht wurde?« fragte Jo.

Ein paar Sekunden lang war es völlig still. Miles nahm einen Schluck von seinem Drink. »Okay, Walker. Ich werde jetzt mit offenen Karten spielen!«

»Ich bitte darum!«

»Ich habe Claire umgebracht.«

Es war kaum mehr als ein Flüstern, das da über Miles' Lippen kam. Er ließ sich in einen Sessel fallen und stellte das Glas mit dem Drink irgendwo ab. Fast machte es den Eindruck, als wäre er sogar ein wenig erleichtert, dieses Geständnis loswerden zu können.

»Wie ist es passiert?« fragte Jo.

»Wie ich Ihnen schon einmal sagte: Ich habe sie sehr geliebt. Und ich konnte es einfach nicht verwinden, daß sie sich mit einem Kerl wie Jim Graham einlassen konnte! Einem Mann ohne Charakter! Einem Gangster! Und dann war da noch die Sache mit Eric. Sie war drauf und dran, ihn zu ruinieren. Das konnte ich auch nicht verstehen. Sie sehen, ich hatte Grund genug, zu ihr hinauszufahren, und mit ihr zu reden.«

»Und das haben Sie dann auch, getan, nehme ich an.«

»Ja«, nickte Miles. »Ich weiß auch nicht, warum gerade an jenem Abend. Jedenfalls stand ich dann vor ihrer Tür. Sie hat mir geöffnet und mich hineingebeten. Sie war sehr freundlich, aber in den Punkten, auf die es mir ankam, bewegte sich nichts.«

»Es kam zum Streit?«

»Ja.«

»Und dann haben Sie irgendwann nach dieser Bronzefigur gegriffen.«

Miles blickte auf und schüttelte den Kopf. »Nein, es war ganz anders!« behauptete er.

»Erzählen Sie!«

»Sie wurde ganz hysterisch. Wir stritten uns, und es kam zu Handgreiflichkeiten. Und dann ist sie gestürzt und mit dem Kopf unglücklich irgendwo aufgekommen.« Er schluckte. »Sie hat sich nicht mehr bewegt ...«

Jo setzte sich zu ihm auf das Sofa. »Was haben Sie dann getan?«

»Ich geriet in Panik und bin auf und davon.« Miles sah auf. »Verstehen Sie mich jetzt?«

»Wenn Sie sich der Polizei stellen würden, würde man Sie nicht wegen Mordes verurteilen!« stellte Jo fest. »So wie sie die Sache schildern, war es Totschlag.«

»Ich habe gedacht, daß ich meinen Bruder freibekomme. Aus Mangel an Beweisen oder dergleichen. Ich wußte ja, daß er unschuldig war, also mußte es möglich sein. Dachte ich jedenfalls. Es war ein

Irrtum. Später habe ich dann überlegt, ein Geständnis abzulegen, um Eric zu retten.«

»Warum haben Sie es nicht getan?« fragte jetzt April.

Miles wandte den Kopf zu ihr herum und lächelte schwach. »Weil ein solches Geständnis kaum etwas wert gewesen wäre! Jedenfalls nicht mehr zu dem Zeitpunkt. Man hätte es als verzweifelten Versuch gewertet, Eric vor dem Henker zu bewahren! Es hat genug ähnliche Fälle gegeben, in denen irgend jemand versucht hat, im letzten Moment mit einem mehr oder weniger glaubwürdigen Geständnis noch das Ruder herumzureißen oder auch einfach nur auf sich aufmerksam zu machen. Je nach dem.« Miles schüttelte den Kopf. »Glauben Sie mir, ich habe nächtelang wach gelegen und darüber nachgedacht. Ich bin Präzedenzfälle durchgegangen und habe schließlich entschieden, daß es keinen Sinn hat.«

Jo nickte. »Ich verstehe«, murmelte er. »Und Spellings hat herausgefunden, daß Sie zur Tatzeit bei Claire waren!«

Vielleicht stimmte es, was er sagte, und er hatte wirklich über die Möglichkeit nachgedacht, sich zu stellen. Aber irgendwie glaubte Jo nicht so recht an diese Möglichkeit. Denn wenn Miles tatsächlich daran gedacht hatte, sich zu stellen, hätte Spellings ihn kaum erpressen können. Aber das spielte jetzt keine Rolle mehr.

»Was werden Sie jetzt mit diesem Wissen anstellen, Walker?« fragte Miles.

Jo blickte zu April hinüber. »Ich weiß nicht«, gestand er. Und April machte auch einen recht ratlosen Eindruck.

Plötzlich fragte Walkers blonde Assistentin: »Wo sind Spellings Unterlagen geblieben?«

»Vernichtet«, sagte Miles. »Es gibt also keinerlei Beweise mehr für das, was ich Ihnen beiden gerade mitgeteilt habe.« Er blickte auf, musterte erst April und dann Jo einen Augenblick lang. »Aber ich habe ihn nicht ermordet!«

»Sie hatten ein Motiv!« gab April zu bedenken.

»Richtig«, bestätigte Miles. »Ich hatte ein Motiv. So wie Eric ein Motiv hatte, Claire zu töten und es doch nicht getan hat!«

Einige Augenblicke lang herrschte Schweigen.

»Was war mit der Bronzefigur?« fragte Jo dann. »Die Polizei hat sie als Tatwaffe angenommen.«

Miles zuckte die Achseln. »Ich glaube, sie stand noch an Ihrem Ort, als Claire stürzte. Ich habe nicht darauf geachtet. Außerdem war der

Sturz auch nicht beim Kamin, sondern ein paar Meter weiter. Sie kam gegen eine Tischkante, glaube ich.«

»Blutete sie?«

»Ich habe nichts gesehen.«

»Was glauben Sie, wie die Leiche zum Kamin gekommen ist?«

»Das habe ich mich auch gefragt.« Jo hob die Augenbrauen. »Und? Ihre Antwort?«

Miles seufzte. »Sie könnte noch gelebt und sich dorthin geschleppt haben. Ich kann es mir sonst nicht erklären.«

»Und die Bronzefigur?«

»Claire könnte versucht haben, sich aufzurichten und sie dabei heruntergerissen haben. Die Figur fiel in die Blutlache hinein, die sich vor dem Kamin befand. So entstand der Eindruck, daß diese Figur die Tatwaffe war. An der Figur waren Erics Fingerabdrücke, und das hat das ganze Verhängnis dann ausgelöst!«

»Hätte es nicht Blutspuren auf dem Weg vom Tisch zum Kamin geben müssen? Claires Kopf *hat* stark geblutet, das kann man auf den Fotos vom Tatort sehen ...«

Miles hob die Hände zu einer hilflosen Geste. »Ich weiß es nicht, Walker! Ich weiß nur, was *ich* getan habe!« Miles griff dann in seine Innentasche und zog sein Scheckheft hervor. »Ich glaube, Ihr Job ist damit erledigt. Sie beide haben gute Arbeit geleistet. Mehr war wohl nicht drin. Mit ein bißchen Glück wird es ein Wiederaufnahmeverfahren für Eric geben. Sie können jetzt nur noch eins für mich tun!«

»Und das wäre?« fragte Jo.

Miles musterte Kommissar X ein paar volle Sekunden lang schweigend. Dann bat er: »Sie könnten diese Sache so schnell wie möglich vergessen. Wenn Sie es meinetwegen nicht tun wollen, dann tun Sie es für Eric! Denn wenn jetzt diese Geschichte ans Licht kommt, für die es nicht mehr den Hauch eines handfesten Beweises gibt, wird der Richter alles für einen Trick halten. Sie könnten Eric damit schaden.«

»Okay«, nickte Jo.

»Soll ich schon mal einen Flug für uns buchen?« fragte April.

Kommissar X zuckte mit den Achseln. »Warum nicht?« brummte er. Aber er hatte kein gutes Gefühl bei der ganzen Sache.

»Was versprichst du dir davon?« fragte April. »Die Sache scheint doch aufgeklärt! Miles hat gestanden! Und ich für morgen unseren Rückflug gebucht!«

»Ich möchte mir einfach noch einmal den Tatort ansehen und den Hergang zu rekonstruieren versuchen, April. Das ist alles. Außerdem komme ich über ein paar Ungereimtheiten nicht hinweg.«

Jo ließ den geliehenen Chevy über den Asphalt jagen.

Als sie bei Claire Levines Haus ankamen, war dort Betrieb. Zwei Wagen standen auf dem Hof. Einer davon gehörte Rosa Montalban. Einen Augenblick später kam Rosa mit einem gutgekleideten Paar, beide Mitte Dreißig, aus der Tür. Aber die beiden machten ein eher skeptisches Gesicht. Rosa schien das Haus bei ihnen wohl kaum loswerden zu können.

Das Paar stieg in den Wagen und fuhr davon.

Indessen hatte Rosa Jo in dem Chevy entdeckt und kam näher. Der Privatdetektiv öffnete die Tür und stieg aus.

»Es ist wohl kaum Zufall, daß Sie hier auftauchen!« begann Rosa. Sie trug heute etwas Hochgeschlossenes, was sie allerdings kaum weniger sexy wirken ließ.

Jo lächelte. »Haben Sie das Haus verscherbeln können?«

»Es ist zu teuer! Aber diese Erbengemeinschaft will sich in dieser Hinsicht einfach nicht belehren lassen. Die Zeiten sind schlecht. Wir haben Rezession, da können sich die meisten ein so teures Vergnügen eben nicht mehr leisten.« Sie deutete zur Haustür. »Sie wollen sicher hinein!«

»So ist es.«

»Was hätten Sie gemacht, wenn ich nicht zufällig hiergewesen wäre?«.

Jo grinste. »Es gibt Mittel und Wege, eine Haustür zu öffnen, ohne daß man einen Schlüssel hat!«

Rosa lachte. »Wenigstens sind Sie ehrlich!« Inzwischen war auch April ausgestiegen. Jo stellte sie kurz vor, und Rosa betrachtete Walkers Assistentin mit einem kurzen, etwas abschätzigen Blick. Einen Moment später wandte sie sich wieder Jo zu und fuhr fort: »Ich habe versucht, Sie zu erreichen.«

»Ist Ihnen doch noch jemand eingefallen, der Claire getötet haben könnte?«

Sie verschränkte die Arme vor der Brust und machte ein unbestimmtes Gesicht. Offenbar war sie sich nicht so ganz sicher, ob sie mit der Sprache herausrücken sollte.

»Haben Sie mit Miles gesprochen?«

»Habe ich.« Jo hatte keine Lust, ihr die Geschichte zu erzählen. »Was wollten Sie mir sagen, Rosa?«

»Nun, ich hatte diese Sache schon so gut wie vergessen, weil es schon ziemlich lange her ist. Noch bevor Claire und Eric sich kennenlernten.«

»Erzählen Sie!«

»Da war ein Kerl, der Claire mehr oder weniger belagert hat. Er hat sie angerufen, er hat sie fotografiert, er stand mitten in der Nacht an ihrem Fenster ...«

»Was hat Claire dagegen unternommen?«

»Zunächst nichts. Er war nicht bösartig, sondern nur aufdringlich. Und er gab einfach nicht auf. Als dann ihre Beziehung mit Eric anfing, wurde es noch schlimmer.«

»Inwiefern?«

»Erst hat Claire das Ganze nicht so richtig ernst genommen. Vielleicht schmeichelte es ihr sogar, daß dieser Mann so hartnäckig war. Aber als sie sich mit Eric einließ, wurde es anders.«

Jo hob die Augenbrauen. »Was wurde denn anders?«

»Nun, die Zuneigung dieses Mannes schlug in so etwas wie Haß um. Claire hat mir erzählt, daß er mitten in der Nacht bei ihr anrief und sie eine Nigger-Hure nannte ... Ich weiß nicht, wie lang dieser Terror ging. Ich war ein paar Wochen in Kanada, und als ich zurückkam und sie fragte, sagte sie, die Sache sei erledigt. Vielleicht hat sie ihn angezeigt oder ihm damit gedroht. Ich weiß es nicht.«

»Ist er danach noch einmal bei Claire aufgetaucht?«

»Keine Ahnung. Ich hatte eine Zeitlang ziemlich viel zu tun, und deshalb habe ich Claire nicht mehr so oft getroffen.«

»Wissen Sie, wie der Mann aussieht?«

»Ich habe ihn einmal gesehen. Mittlere Größe, braune, peinlich kurzgeschnittene Haare. Damals jedenfalls. Ach ja, er trug einen kleinen Ohrring.« Sie blies sich eine Strähne aus den Augen und lächelte. »Name und Adresse wären Ihnen wahrscheinlich lieber, nehme ich an!«

»Schlecht wäre das nicht!« gab Jo zurück.

»Tut mir leid.« Sie gab Jo den Hausschlüssel. »Hier! Bringen Sie ihn bei Gelegenheit bei mir vorbei!«

»Keine Sorge!«

»Der Kerl, der uns von der Straße gedrängt hat, hatte auch einen Ohrring!« stellte Jo fest, als Rosa in ihren Wagen gestiegen und davongefahren war.

April zuckte die Achseln. »Spielt das jetzt noch eine Rolle, Jo?«

»Ich weiß es nicht.«

Sie gingen ins Haus und befanden sich wenige Augenblicke später an dem Ort, an dem es passiert war. Zwischen dem Tisch und dem Kamin lagen gut vier Schritte. Zuviel für eine Leiche. Jo hatte ein paar Tatortfotos aus den Akten herausgenommen und holte sie nun aus der Jackeninnentasche heraus.

»Angenommen, Claire lebte noch, nachdem Miles sie in Panik verließ, und hat sich in Richtung Kamin geschleppt ...«, begann Jo.

»Aber warum in Richtung Kamin?« warf April ein. »Das Telefon steht in entgegengesetzter Richtung! Ich an Claires Stelle hätte versucht, dorthin zu gelangen!«

»Ja, das ist merkwürdig. Und dann ist da auch noch die Mordwaffe, diese Bronzefigur. Wenn Claire sie aus Versehen heruntergerissen hätte, dann hätte sie niemals dort gefunden werden können, wo sie auf den Fotos zu sehen ist!«

April hob die Schultern. »Und? Wie bringst du das zusammen?«

»Vielleicht war Miles gar nicht der Mörder, auch wenn er es glaubt. Vielleicht kam der wirkliche Mörder erst, als Miles schon weg war!«

Der Chevy humpelte über eine schlaglochreiche Piste zu Camdons Schrottplatz. *J. B. Camdon* stand auf einem großen Schild, dessen Farbe schon ziemlich abgeblättert war.

»Da vorne steht ja der Abschleppwagen mit dem Kennzeichen, das wir suchen!« April deutete mit der Rechten.

Jo nickte. »Ja, und ein verbeulter Chrysler *ohne* Schilder.«

Jo stoppte den Chevy, und sie stiegen aus. Vor der Bürobaracke stand ein stämmiger Kerl in den Vierzigern. Er hatte etwas Bauch, der die Nähte seiner blauen Latzhose bis aufs äußerste spannte. Zwischen den Fingern hielt er eine Zigarette, während er den Blick mißtrauisch auf die Ankömmlinge gerichtet hielt. Ein zweiter, etwas älterer Mann, dessen Schläfen schon grau waren, kam aus der Baracke. Offenbar hatte ihn das Motorengeräusch des Chevys herbeigelockt.

»Können wir etwas für Sie tun?« fragte der Grauhaarige, der den Eindruck machte, hier der Boß zu sein.

»Sie sind J. B. Camdon?« fragte Jo.

Der Graue nickte. »Ja. Sind Sie hier, um sich ein paar Teile für Ihren Chevy zu suchen?«

»Nein«, erwiderte Jo, während er zusammen mit April zu dem verbeulten Chrysler ging. An der Seite war ein deutlicher Kratzer.

Und Lackspuren gab es auch. Lackspuren, die mit ziemlicher Sicherheit zu dem Landrover paßten.

»Das dürfte er sein!« flüsterte April.

»Der ist nicht zu verkaufen!« drang Camdons Stimme an Walkers Ohr.

»Warum nicht?« fragte Jo.

»Weil er mir nicht gehört. Deshalb.«

»Und wem gehört er?«

Camdon kam ein paar Schritte näher. Der andere folgte ihm wie ein Schatten und warf dabei die Zigarette weg, um sie auszutreten. »Was wollen Sie wirklich? Sind Sie ein Bulle?«

»Sehe ich so aus?«

Camdon verzog das Gesicht. »Wenn Sie schon so fragen …«

Jo schüttelte den Kopf. »Ich bin kein Bulle. Und wenn der Wagen geklaut ist, dann kümmert mich das nicht weiter!«

»Ach, so einer sind Sie! Aber ich glaube kaum, daß Ethan den Wagen verkaufen wird!«

»Ich bin auch nicht an dem Wagen interessiert, sondern an dem Fahrer!« erklärte Jo gelassen. Camdons Gesicht blieb ruhig. Die Polizei war offenbar noch nicht hiergewesen, und das war gut so.

»Was Sie nicht sagen!« knurrte Camdon.

»Leiht dieser Ethan sich hin und wieder mal die Nummernschilder Ihres Abschleppwagens aus?«

»Was geht Sie das an?«

»Wo ist Ethan jetzt?«

Der Kerl mit der Latzhose ging unterdessen in Richtung Baracke, in der er einen Moment später verschwand. Jo spürte, daß Ärger in der Luft lag. Er versuchte trotzdem, dem Schrottplatzbesitzer zu erklären, worum es ging.

»Ich glaube nicht, daß Ethan das war«, meinte Camdon. »Warum sollte er Sie von der Straße abdrängen wollen?«

»Die Frage würde ich ihm gerne stellen.«

»Ich denke, Sie haben sich einfach mit der Nummer vertan.«

»Nein, das ist ziemlich ausgeschlossen.«

Jetzt kam der mit der Latzhose wieder aus der Baracke heraus. Mit seinen mächtigen Pranken hielt er eine Doppelläufige. Die Waffe wirkte in den riesigen Händen dieses Mannes fast schon zierlich.

»Hände hoch!« zischte der Kerl mit einem Grinsen. »Auch die Lady!«

Jo und April gehorchten erst einmal. Es blieb ihnen auch schlecht etwas anderes übrig.

Camdon nickte zufrieden. »Gut gemacht, Ritchie. Und jetzt werden wir die beiden mal ein bißchen genauer unter die Lupe nehmen!« Er machte eine knappe Geste. »Umdrehen und Oberkörper auf die Kühlerhaube!«

Jo und April mußten es sich gefallen lassen, abgetastet zu werden. Gegenwehr war zwecklos, solange die Doppelläufige schußbereit im Nacken war.

»Sieh an!« meinte Camdon, als er Jos Automatic hervorzog. Auch die Privatdetektivlizenz interessierte ihn sichtlich.

»Wer ist es?« fragte Ritchie.

»Das muß der Privatschnüffler aus New York sein, der diesen verfluchten Nigger aus der Todeszelle holen soll.«

»Und die Frau?«

»Gehört wohl zu ihm.«

»Sie wissen gut Bescheid«, stellte Jo fest. »Hat Ethan Ihnen das alles erzählt?«

Die Quittung war ein Schlag mit dem Gewehrkolben in die Seite, der Jo ächzend zu Boden gehen ließ. Aber er konnte nichts machen, denn Camdon hatte April von hinten gepackt und ihr die Automatic an die Schläfe gesetzt.

»Was machen wir jetzt mit ihnen?« fragte Ritchie.

»Keine Ahnung!« zischte Camdon. Er ließ April los und fuchtelte mit der Automatic herum. »Stehen Sie auf!« knurrte er in Jos Richtung.

Jo gehorchte. »Und wie soll es nun weitergehen?« fragte Jo. »Wollen Sie uns beide abknallen?«

»Glauben Sie, es würde je irgendeiner hier nach Ihnen suchen?« Ritchie war es, der das mit einem häßlichen Grinsen von sich gab. Er wandte sich an Camdon. »Wenn wir die beiden zusammen mit ihrem Chevy in die Schrottpresse gesteckt haben, dann wird das schönes, handliches Paket geben! Wir können es ja an die LaRues schicken!«

»Halt's Maul, Ritchie!« zischte Camdon.

»Ist das nicht witzig?«

»Nein.« Camdon deutete auf den verbeulten Chrysler. »Die Karre kommt als nächstes in die Schrottpresse«, befahl er dann.

»Ethan wird nicht begeistert sein.«

»Das ist mir gleichgültig. Ich habe keine Lust, wegen ihm in Schwierigkeiten zu kommen.«

Ritchie knurrte etwas, gehorchte aber. Er stieg in den Chrysler und fuhr ihn in Richtung Presse.

»Schwierigkeiten werden Sie so oder so bekommen«, sagte Jo. »Sie müssen wissen, ob dieser Ethan das wert ist! Arbeitet er hier?«

Camdon blieb ungerührt. »Warten wir es ab, Mister!«

Aber Jo wartete nicht länger ab. Einen unaufmerksamen Augenblick nutzte er und griff mit zwei blitzartigen Handkantenschlägen an. Die Automatic segelte zu Boden, während Camdon rückwärts taumelte. Ritchie bediente noch die Presse und war damit vollauf beschäftigt. Er hatte noch gar nicht bemerkt, was passiert war.

Indessen hatte April sich die Automatic gegriffen. Aber Camdon war ohnehin nicht mehr in der Lage, den Kampf fortzusetzen. Er lag auf dem Rücken und hielt sich den Kopf.

Camdon hob abwehrend die Hände. »Okay, okay!«

April warf Jo die Automatic zu. Der fing sie auf und sagte dann: »Den Chrysler werden wir nicht mehr retten können. Sie können also gefahrlos auspacken! Man wird Ihnen nichts beweisen können, wenn die Polizei hier auftaucht!«

Camdon nickte nach einigem Zögern. »Was wollen Sie wissen?«

»Sagen Sie mir etwas über diesen Ethan!«

»Er heißt Ethan McBride und arbeitet hier. Heute hat er sich freigenommen.«

»Hat er sich zufällig vorletzten Donnerstag auch freigenommen?«

»Warum?«

»Weil an dem Tag ein gewisser Spellings ums Leben gekommen ist. Und zwar so ähnlich, wie es meiner Mitarbeiterin und mir heute beinahe passiert wäre! Spellings hatte leider weniger Glück als wir!«

Camdon blickte zur Schrottpresse. Das Geräusch von zusammenknickendem Blech war zu hören. Camdons Gesicht entspannte sich ein wenig. Er fragte nicht, wer Spellings war. Das schien er zu wissen.

Statt dessen sagte er: »Ich dachte, es war ein Unfall.«

»Unfall mit Fahrerflucht«, korrigierte Jo. »Oder Mord. Das ist die Frage ...«

»Vorletzten Donnerstag, sagen Sie?« flüsterte Camdon. Er schien sich nicht mehr besonders wohl in seiner Haut zu fühlen.

»Ich werde Ihnen auf die Sprünge helfen. Er hat sich den Chrysler genommen und wahrscheinlich auch Ihre Nummernschilder benutzt ...«

»Ja«, nickte Camdon. »Aber davon wußte ich nichts. Das müssen Sie mir glauben! Und ich wußte auch nicht, was er heute vorhatte!«

Jo war es gleichgültig, ob Camdon in diesem Punkt die Wahrheit sagte.

»Ethan McBride«, murmelte Jo. »Dieser Name steht auf der Liste, die Jerry Edwards mir gegeben hat.«

»Das heißt, daß er auch dabei war, als diese Gang dich auseinandernehmen wollte!« schloß April.

McBride wohnte in einem Reihenhaus am Rande von Houston. Nachdem Jo und April zum viertenmal um sonst geklingelt hatten, holte Jo schließlich ein kleines Stück Draht aus dem Zigarettenetui und bohrte damit im Schloß der Haustür herum. April blickte sich derweil nach allen Seiten um.

»Besser, wir lassen uns dabei nicht erwischen!« meinte sie. »Unser Ansehen bei der hiesigen Polizei ist ohnehin schon weit unter dem Nullpunkt!«

Die Tür ging auf, und sie gingen hinein. Stimmen drangen an ihre Ohren. Es waren seltsam verzerrte, sehr hohe Stimmen. Sie gehörten zu den Trickfilmfiguren, die sich auf dem Schirm eines nicht mehr ganz neuen Fernsehers hin und her jagten.

April schaltete den Apparat ab.

Die Einrichtung war schlicht. In der Wohnküche stand kalter Kaffee in der Maschine, daneben eine Zeitung von heute morgen, bei der die Sportseite aufgeschlagen war.

Im Flur hing ein Bild an der Wand. Ein Familienbild. Es zeigte einen Mann in Uniform, eine Frau und einem gut zwölfjährigen Jungen, der einen Football unter dem Arm hatte.

Sie gingen die Treppe hinauf. Im Obergeschoß waren ein Bad und zwei Schlafzimmer. In dem einen stand ein Ehebett, in dem zweiten schlief nur eine Person.

»Dieser Ethan scheint Farbige nicht gerade zu mögen«, kommentierte Jo die grellen Plakate, die an den Wänden hingen, und auf denen vor einer Vermischung der Rassen gewarnt wurde. Im Kleiderschrank fand April neben Uniformteilen des MarineCorps mehrere Schußwaffen und einem nachgemachten SS-Dolch mit der Aufschrift »Blut und Ehre«, auch eine weiße Kapuze, wie man sie von den Zusammenkünften des berüchtigten Ku-Klux-Clans kannte.

Aufschlußreich waren einige Fotoalben, in denen Jo ein wenig blätterte. Die Bilder zeigten mit Kapuzen maskierte Gestalten bei ihren merkwürdigen Zusammenkünften, bei nächtlichen Fackelzügen und brennenden Feuerkreuzen.

»Er scheint in einer hiesigen Gruppe des Clans engagiert zu sein«, stellte April fest, die ihrem Boß über die Schulter blickte. Jo nickte. Überraschen konnte das kaum. Aber dann fanden sie noch etwas anderes.

Es war ein Album, das sich von den anderen schon durch die Farbe unterschied. Alle anderen Alben waren schwarz. Dieses war rot und enthielt ausschließlich Aufnahmen, von Frauen. Von *einer* Frau. Claire Levine.

McBride hatte seine Schicht im Staatsgefängnis von Houston hinter sich gebracht und war hundemüde, als er den grauen Kombi auf der Garageneinfahrt vor seinem Haus parkte.

McBride stieg aus, knallte die Tür zu und kramte dann umständlich in der Hosentasche nach seinem Haustürschlüssel. Innerlich verfluchte er das verschwitzte Uniformhemd, das ihm am Leib klebte. Die Klimaanlage des Kombis war kaputt, was an einem heißen Tag wie diesem ziemlich unangenehm werden konnte.

McBride öffnete die Haustür und trat ein. Beim Gehen schnallte er sich den Revolvergurt ab und riß sich die ersten drei Hemdknöpfe auf. Er keuchte, als er in die Wohnküche kam und die Waffe samt Gurt auf den Tisch knallte.

Als er dann Geräusche im Obergeschoß hörte, griff seine Rechte instinktiv zum Dienstrevolver. Mit der Waffe in der Hand ging er zur Treppe.

»Junge!« rief er. »Bist du da oben?« Aber es meldete sich niemand. Er ging die Treppe hinauf, die Waffe immer noch im Anschlag. Vielleicht hatte er sich getäuscht. Vielleicht war dort oben gar nichts.

Er blickte ins Schlafzimmer, dann ins Bad, und dann hatte er plötzlich den Lauf einer Automatic an der Schläfe.

»Keine Bewegung!« wies ihn eine Stimme an. Eine Sekunde später hatte ihm jemand den Revolver aus der Hand genommen. »Jetzt können Sie sich meinetwegen umdrehen!«

McBride drehte sich herum und sah einen hochgewachsenen, dunkelhaarigen Mann und eine Blondine.

»Wer sind Sie?« fragte McBride.

»Mein Name ist Walker. Ich bin Privatdetektiv.« Jo Walker steckte seine Automatic zurück an ihren Ort und ließ aus dem Dienstrevolver des Gefängniswärters die Patronen eine nach der anderen herausrieseln. Mit einem klackenden Geräusch kamen sie auf den Fußboden. »Wir suchen Ethan McBride.«

»Das ist mein Sohn!«

Jo nickte und gab McBride die Waffe zurück.

»Was fällt Ihnen ein, hier einzudringen? Und was wollen Sie von meinem Sohn?« schnaufte der Aufseher. Die Wut ließ die Adern an seinem Hals anschwellen.

»Es roch sehr stark nach *Gas*«, mischte sich April ein. »Da dachten wir, daß es besser sei, mal nachzusehen ...«

McBride bedachte sie daraufhin mit einer ärgerlichen Grimasse und grunzte dann: »Sie beide denken wohl, daß Sie mit allen Wassern gewaschen sind und damit durchkommen! Was werden Sie tun, wenn ich jetzt hinuntergehe und die Polizei rufe? Wollen Sie mich dann niederknallen?«

»Keineswegs«, gab Jo zur Antwort. »Ich denke, daß Sie uns damit nur die Arbeit abnehmen würden ...« Jo machte eine entsprechende Geste und lächelte. »Also, bitte! Tun Sie es ruhig!«

McBride zögerte. »Was wollen Sie von meinem Sohn?«

»Mit ihm sprechen.«

»In welcher Angelegenheit?«

Jo zögerte erst einen Moment, dann fragte er: »Ist Ihnen der Name Claire Levine ein Begriff?«

»Sicher.« McBride biß sich auf die Lippe, als er merkte, wie schnell die Antwort gekommen war. Zu schnell. »Ich meine«, setzte er hinzu, »diese Sache ist ja schließlich durch die Medien ziemlich breitgetreten worden.«

»Ihr Sohn ist Mitglied des Ku-Klux-Clans?«

»Ich mache Ethan keine Vorschriften!« erwiderte McBride trotzig. »Außerdem was soll die Frage?« Und dann begriff er. »Sie waren oben in seinem Zimmer, nicht wahr?«

»Er kannte Claire Levine«, stellte Jo fest.

»Das glaube ich nicht!«

»Er hat sie dutzendfach fotografiert.«

»Sie haben kein Recht ...«

»Natürlich nicht. Aber Ihr Sohn Ethan hat noch viel weniger ein Recht, mich und Miß Bondy von der Straße zu drängen und uns fast umzubringen.«

McBride atmete tief durch und fuhr sich dann mit der flachen Hand über das Gesicht. »Ich habe Sie schon einmal gesehen«, sagte er dann. »Sie werden sich nicht erinnern. Es war im Gefängnis. Sie haben Eric LaRue besucht ...«

Jo nickte. »Ich erinnere mich jetzt.«

»Ihnen ist jedes Mittel recht, um diesen Kerl freizubekommen, nicht wahr? Bekommen Sie dann ein Erfolgshonorar?« McBride verzog verächtlich das Gesicht.

»Eric LaRue ist unschuldig«, stellte Jo fest.

McBride verzog säuerlich das Gesicht. »Ach, ja?«

»Woher kannte Ihr Sohn Claire?«

»Dazu werde ich nichts sagen!«

»Gut, dann sagen Sie es Captain Harris von der Mordkommission!«

»Was?«

Jo sah ihm direkt in die Augen. McBride hatte Angst. Angst, daß etwas ans Tageslicht kam, was er vielleicht schon lange wußte, von dem er aber geglaubt hatte, daß es nie an die Oberfläche gelangen würde.

Kommissar X zeigte ihm das Album mit den Fotos. McBride blickte zur Seite. Er wollte nicht hinsehen, und das war für Jo ein Beweis dafür, daß er die Bilder kannte.

»Hören Sie auf«, sagte er. Er flüsterte es fast.

»Seit wann wissen Sie es?« fragte Jo. »Zumindest müssen Sie einen Verdacht gehabt haben ...«

McBride blickte auf. Er begann plötzlich zu schwitzen. »Ich?« Er atmete zweimal heftig. »Ich weiß überhaupt nicht, wovon Sie eigentlich reden!«

»Ihr Sohn Ethan.«

»Ethan ist ein anständiger Kerl!« schnaufte McBride.

Jo ließ sich nicht beirren und fuhr gelassen fort: »Ethan hat über Monate hinweg eine Frau mit seinen Annäherungsversuchen belästigt... Claire Levine. Ich weiß nicht, wo er sie kennengelernt hat. Jedenfalls hat Claire ihn abblitzen lassen.«

»Ethan hat nie Probleme mit Mädchen gehabt!« erwiderte McBride schwach.

»Ja, aber Claire muß etwas ganz Besonderes für ihn gewesen sein. Sonst hätte er sie nicht so verfolgt. Und dann fing Claire plötzlich etwas mit einem anderen an. Mit einem Schwarzen. Ethans Zuneigung ging in Haß über ...«

»Nein, das ist nicht wahr!«

Jetzt war von draußen zu hören, wie ein Wagen vorfuhr.

»Könnte das Ethan sein?« fragte Jo.

McBride schwieg.

Sie gingen die Treppe hinunter ins Erdgeschoß. Die Tür wurde aufgeschlossen. Ein Mann von ungefähr dreißig Jahren stand da und zog den Schlüssel heraus. An seinem Ohr blinkte ein kleiner Ring.

Als sein Blick auf Jo traf, spürte der Privatdetektiv in der ersten Sekunde, daß der Kerl ihn wiedererkannt hatte.

»Ethan?«

Er zögerte nur einen Augenblick, dann machte er auf dem Absatz kehrt, schlug die Tür zu und rannte zu seinem Wagen. Jo wollte ihm nachsetzen, aber plötzlich wurde McBride wieder aktiv. Er packte Jo und schleuderte ihn zur Seite. Beide stürzten zu Boden, während April zur Seite springen mußte.

Aber McBride war schneller auf den Beinen, riß die Tür wieder auf und rannte hinaus. Er wollte seinem Sohn irgendwie helfen. Im nächsten Moment krachte ein Schuß.

McBride taumelte getroffen nach hinten. Seine rechte Schulter blutete stark, und er sank ächzend zu Boden. Offenbar hatte Ethan damit gerechnet, daß Jo als erster aus der Tür kommen würde.

Ethan stand mit glasigen Augen, auf der Beifahrerseite seines Wagens. Die Waffe, mit der er schoß, hatte er vermutlich im Handschuhfach gehabt.

Jo zog die Automatic und tastete sich etwas voran, während April sich um den Verletzten kümmerte.

Aber Jo hatte kaum die Nasenspitze hinausgestreckt, da ballerte Ethan wie wild drauflos, und es blieb dem Privatdetektiv nichts anderes übrig, als in Deckung zu gehen.

Dann ließ Ethan den Motor seines Wagens an, setzte zurück und brauste mit quietschenden Reifen davon. Jo setzte zu einem Spurt an. Während der Wagen mit aufheulendem Motor die Straße entlangbrauste, hob Kommissar X die Automatic und feuerte zweimal.

Ein Reifen zerplatzte, der Wagen bekam Seitendrall, mähte ein Verkehrsschild um und schrammte dann an einer Mauer entlang, die einen Vorgarten begrenzte.

Ethan riß die Wagentür auf und stieg aus. Er wirkte etwas benommen. Sein Schritt war unsicher. In der Rechten hielt er die Waffe.

»Fallen lassen!« rief Jo.

Für den Bruchteil einer Sekunde hing alles in der Schwebe. Dann fiel die Waffe zu Boden.

Ethan kam auf Jo zu, blickte aber an ihm vorbei zur Tür hin, wo sein verletzter Vater sich auf April stützte.

Etwas später dröhnte irgendwo im Hintergrund die Sirene eines Streifenwagens. Irgend jemand mußte ihn wegen den Schüssen gerufen haben.

Captain Bo Harris machte kein freundliches Gesicht. Jo fragte sich insgeheim, ob Harris dazu überhaupt in der Lage war.

»Okay«, sagte er gepreßt. Er blickte dabei den Privatdetektiv an, der mit zusammengeketteten Händen auf der anderen Seite des Schreibtischs saß. »Die Story, die Sie uns da aufgetischt haben, scheint zu stimmen. Aber dafür, daß meine Leute Sie erst einmal festgenommen haben, nachdem Sie auf offener Straße eine wilde Schießerei ...«

Jo verzog das Gesicht. »Ist das nicht ein bißchen übertrieben?«

»Nun ...«

»Statt einer Entschuldigung könnten Sie mir endlich die Handschellen abnehmen!« Damit hob Jo seine Handgelenke und streckte sie Harris entgegen.

Harris zögerte zuerst. Dann knurrte er ein mürrisches »Meinetwegen!« und befreite Jo von seinen Fesseln.

»Was ist mit Ethan McBride?«

»Er wird noch verhört, aber in seinen Aussagen stecken so viele Widersprüche, daß wir eine ganze Weile zu tun haben werden, um das aufzuarbeiten. Ein Alibi für die Zeit, in der Claire Levine ermordet wurde, hat er jedenfalls nicht. Und inzwischen haben wir Ethan McBrides Fingerabdrücke genommen und mit denjenigen am Tatort verglichen, die wir bisher nicht identifizieren konnten.«

Jo horchte auf. »Und?«

»Er war dort«, erklärte Harris. »Das steht jetzt fest.«

»Aber an der Tatwaffe waren nur Eric LaRues Abdrücke.«

Harris nickte. »Er wird ein Taschentuch genommen haben.« Er ballte die Hand zur Faust. »Ich war so überzeugt, damals, als wir Eric LaRue verhaftet hatten. Ich war so verdammt sicher!«

Ja, dachte Jo. Vielleicht war das Harris' Fehler gewesen. Früher oder später passierte es wahrscheinlich jedem, daß er seinen eigenen Vorurteilen auf den Leim ging.

»Ich schätze, Ihr Staatsanwalt wird vor Wut schäumen!« sagte Jo.

Harris lachte heiser. »Ich kann froh sein, daß mein Kopf noch dort ist, wo er hingehört!« Er zuckte mit den Achseln. »Aber es ist ja nicht Ihr Fehler!«

»Ich nehme an, Sie haben nichts dagegen, wenn ich jetzt gehe«, meinte Jo.

»Gehen Sie nur!« Harris fuhr sich mit der flachen Hand über das müde wirkende Gesicht.

Jo erhob sich und wandte sich zur Tür.

TODESKANDIDAT FREIGESPROCHEN! So lautete eine Zeitungsüberschrift, die Jo Walker an einem regnerischen New Yorker Morgen genauer hinsehen ließ.

»Ich wette, du hast es schon gelesen!« meinte April Bondy, die in dieser Sekunde eingetreten war, um Jo einige Unterlagen vorbeizubringen.

Jo lächelte. »Das mit Eric LaRue?«

»Ja«, nickte sie. »Das wurde ja auch Zeit! Der Mann hat wirklich genug durchgemacht.«

»Die Mühlen der Justiz mahlen eben langsam«, versetzte er.

April strich sich ihre Haare mit einer Bewegung aus dem Gesicht, die eine besondere Mischung aus Eleganz und Lässigkeit verriet.

»Ja, und manchmal erwischen sie auch den Falschen«, murmelte sie nachdenklich. »Stell dir vor, Eric wäre hingerichtet worden ...«

»Jedenfalls hätte man das nicht wiedergutmachen können!«

»Aber auch solche Fälle gibt es leider!«

April hob die Augenbrauen. »Wenn du mich fragst, ist das das wichtigste Argument, das gegen die Todesstrafe spricht. Denn Fehlurteile wird man wohl niemals ganz vermeiden können!«

Flammentod

Hundegebell drang von ferne durch die Finsternis der Nacht, während der Maskierte den Kragen seiner Lederjacke hochschlug und einen Augenblick lang zurückblickte.

Er sah die Flammen emporzüngeln, sah, wie sie sich Stück für Stück weiterfraßen. Der Mann hielt einen Moment inne und bewegte sich einen Schritt weiter. In der Rechten hielt er noch den leeren Benzinkanister, den er jetzt mit einer kraftvollen Bewegung davonschleuderte.

Eine volle Sekunde noch gönnte er sich den Anblick der gierig leckenden Flammen, dann drangen Stimmen an sein Ohr, und das hieß, daß er sich jetzt beeilen mußte. Es waren nicht mehr als ein paar unverständliche Wortfetzen. Scheinwerfer gingen an, und der Maskierte rannte in Richtung des Zauns, der das Fabrikgelände umgab. Er war nur ein mittelmäßiger Läufer, aber das reichte in diesem Fall vollkommen aus. Er würde es schaffen.

Wenig später fand er das Loch, das er sich zuvor mit Hilfe einer langen Stahlzange geöffnet hatte und durch das er auf das Gelände gelangt war. Die Stimmen in seinem Rücken wurden lauter. Er fluchte, als ein Drahtende ihm die Jacke aufriß. Dann war er endlich durch und rannte die wenigen Meter bis zum Wagen.

Der Maskierte riß eine Tür auf und sprang hinein. Nur einen Sekundenbruchteil später startete der Wagen. Die Reifen drehten durch, und dann jagte er in die Dunkelheit hinein.

Der Maskierte atmete auf. Die Stimmen und das Hundegebell verloren sich nach und nach. Er nahm die Strumpfmaske vom Kopf, blickte kurz in den Rückspiegel und lächelte.

Anthony Jennings fühlte seinen Puls bis zum Hals hinauf schlagen, als er seinen Ferrari etwas zu abrupt stoppte. Er seufzte hörbar und fuhr sich mit der flachen Hand über das müde wirkende Gesicht. Der Tag war hart genug für ihn gewesen, und nun auch das noch!

Nur ruhig bleiben! dachte er. *Da mußt du verdammt noch mal durch!* Irgendwo in seinem Hinterkopf hörte Jennings vage die Stimme seines Arztes, der ihm schon seit Jahren weniger Streß verordnete.

Aber der hatte gut reden! Jennings holte ein Tablettenröhrchen aus seiner Jackentasche heraus und nahm zwei von den runden Dragees, die sich darin befanden. Unzerkaut und gezwungenermaßen ohne Wasser würgte er sie herunter und hoffte, daß sie die rasenden Kopfschmerzen vertreiben würden, die ihn schon den ganzen Tag über plagten.

Genaugenommen seit die Post gekommen war und er jenen Brief bekommen hatte … Einen Brief, der aus Zeitungsschnipseln zusammengeklebt worden war und der alles andere als freundliche Glückwünsche zu seinem bevorstehenden sechzigsten Geburtstag enthielt!

Jennings öffnete die Tür des Ferraris, und sein Blick glitt über das Fabrikgelände. Scheinwerfer hatten an diesem Ort die Nacht zum Tag gemacht. Er sah einen Streifenwagen der Polizei und dahinter einen Feuerwehrwagen.

Ein großer, breitschultriger Mann kam auf Jennings zugerannt. Es war Chuck Porter, einer der Nachtwächter. Als er seinen Boß erreichte, schnappte er erst einmal nach Luft.

»Was ist, Porter?«

»Alles unter Kontrolle«, schnaufte der Mann.

»Am Telefon hörte sich das aber ziemlich dramatisch an!«

Porter nickte. »Es hätte auch ziemlich dramatisch werden können, Boß Aber es ist noch einmal gutgegangen! Hauptsächlich, weil die Schweinerei früh genug entdeckt wurde!«

Jennings nickte. »Ist schon gut, Porter …«, murmelte er.

»Dort drüben hat ein Wagen gewartet. Es ging alles sehr schnell.«

»Sie haben nicht zufällig noch etwas erkennen können?«

Porter schüttelte den Kopf. »Nein.«

»Nummernschild?«

»War nicht beleuchtet.«

»Verdammt!«

»Der Kerl hat mit einer Zange ein Loch durch den Zaun gekniffen. Die Zange hat er zurückgelassen, aber ob die uns weiterbringt, wage ich zu bezweifeln.«

Jennings hob die Arme. »Na, das ist doch wenigstens etwas!«

Porter schien weniger zuversichtlich. Er machte eine wegwerfende Handbewegung. »Allerweltsware, Boß. Bekommen Sie in jedem Heimwerkermarkt.«

Ja, dachte Jennings. Und nach Fingerabdrücken brauchte die Polizei wohl gar nicht erst zu suchen. Wenn dieser verdammte Brandstifter nur einen Funken Verstand im Hirn hatte, dann hatte er Handschuhe getragen.

»Tut mir leid, Boß!« sagte Chuck Porter in einem Tonfall, als hätte er den Brand persönlich gelegt.

Jennings trat zu ihm heran und klopfte ihm fast freundschaftlich auf die Schulter.

»Sie können ja nichts dafür«, meinte er und ging an ihm vorbei.

Er sah einen weiteren Bekannten, der sich gerade in den Streifenwagen gesetzt hatte, um zu telefonieren. Es war ein Lieutenant von der Polizei in Paterson, New Jersey. Ein langer, schlaksiger Kerl, dessen Rückgrat eine bogenförmige Linie bildete, wenn er bequem stand.

Er hieß Blanfield, und Jennings hatte ihn noch von dem Tag in unangenehmer Erinnerung, als er mit dem ersten Drohbrief bei ihm im Präsidium aufgetaucht war. Blanfield war total unfähig, jedenfalls war das Jennings' Meinung. Ein paar zusätzliche Streifenfahrten um die Fabrik und vor seinem Wohnhaus, das war alles, was dieser Lieutenant in die Wege geleitet hatte.

Jennings baute sich breitbeinig vor der offenen Tür des Streifenwagens auf, aus der Blanfields lange, dünne Beine herausragten. »Ich hoffe, Sie finden endlich die Leute, die mich fertigmachen wollen!« schimpfte er. »Bis jetzt haben Ihre Ermittlungen ja nicht besonders weit geführt!«

Blanfield kam aus dem Wagen heraus und blickte auf Jennings herab. Der Lieutenant verzog das Gesicht, als er erwiderte: »Ich mag Leute nicht, die davon ausgehen, daß sie allein auf der Welt sind! Meine Männer fahren verstärkt vor Ihrem Haus und Ihrer Fabrik Streife. Was wollen Sie noch?« Er schüttelte verständnislos den Kopf.

Anthony Jennings wirkte sehr ärgerlich. In seinen Augen blitzte es angriffslustig, und die Ader an seinem Hals schwoll dick an. »Und ich mag Leute nicht, die von meinen Steuern bezahlt werden und nichts dafür leisten!« knurrte er dann zurück.

Blanfield schien einen Augenblick zu überlegen, ob er in gleicher Münze zurückzahlen sollte, entschied sich dann aber dagegen. »Ich verstehe Ihren Ärger, aber lassen Sie ihn gefälligst an jemand anderem aus! Überlegen Sie besser mal, wer aus Ihrem ach so feinen Bekanntenkreis vielleicht seine guten Umgangsformen vergessen hat!«

In Jennings' Augen blitzte es.

»Pah!« machte er, aber im Grunde wußte er natürlich, daß sein Gegenüber recht hatte. Hundertmal hatte Jennings sich schon den Kopf darüber zerbrochen, wer hinter den Drohungen, Einschüchterungen und Anschlägen stecken mochte ...

Irgend jemand hatte es auf ihn abgesehen.

Jennings ließ den Lieutenant stehen und ging in Richtung des Fabrikgeländes, um sich den Schaden mit eigenen Augen anzusehen. Allzu schlimm schien es ja nicht zu sein. Aber wer konnte schon garantieren, daß es nicht beim nächsten Mal wirklich ernst sein würde?

Jo Walker, der auch unter dem Namen Kommissar X bekannte Privatdetektiv, ließ die Türen zur Seite fliegen, als er seine Residenz in der 7th Avenue betrat.

April Bondy, seine blondmähnige Assistentin, schenkte ihm ihr strahlendstes Lächeln zur Begrüßung. »Na, wie war's bei Gericht?«

Jo warf seinen Mantel in eine Ecke und zuckte dann mit den Schultern. »Abwarten«, meinte er. »Ich habe meine Aussage heute gemacht, doch am Ende wird wohl alles davon abhängen, wie die psychiatrischen Gutachten aussehen ... Aber das ist nicht mehr unser Job, April!« Es war schon fast ein halbes Jahr her, daß Jo in einer Sache ermittelt hatte, die einen besonders grausigen Frauenmord betraf. Das Opfer war zerstückelt und in einem Gefrierschrank aufbewahrt worden, und nun stritt man sich vor Gericht darüber, inwieweit der Täter geisteskrank war.

»Ehe ich es vergesse: Es hat jemand für dich angerufen, Jo!«

»Wer?«

»Ein Mister aus Paterson, New Jersey. Es klang sehr dringend.«

»Hat er gesagt, worum es ging?«

»Nein. Er wollte nur mit dir persönlich reden. Ich habe gesagt, du rufst zurück.«

April trippelte auf ihren hochhackigen Schuhen davon und kam mit einem Zettel wieder, den sie Jo reichte. »Das ist die Nummer. Ich habe mich inzwischen etwas kundig gemacht, mit wem wir es da zu tun haben ... Ich meine, falls er unser Klient wird!«

»Du bist einmalig, April!«

»*Ich* weiß das, Jo«, gab sie zurück. »Aber es ist schön, daß mein Boß das auch langsam erkennt!«

Jo lächelte. »Na, dann schieß mal los!«

»Es ist der Papier-Jennings. Er hat mehrere Fabriken und Zulieferbetriebe in New Jersey und Pennsylvania. Die Keimzelle seines Unternehmens liegt aber in Paterson.« Sie blinzelte Jo mit ihren unwahrscheinlich blauen Augen an. »Könnte ein lukrativer Auftrag sein.«

Jo grinste. »Ich wußte gar nicht, daß du so materialistisch denkst!«

»Man lernt eben nie aus, Jo!«

»Ja, scheint so«, gab Jo zurück und ging zum Telefon. »Ich werde diesen Jennings mal anrufen ...«

Das Haus hatte etwas unverhohlen Protziges an sich und sollte jedem Betrachter schon von Ferne klarmachen, daß es nicht von armen Leuten bewohnt wurde.

Jo Walker parkte seinen champagnerfarbenen Mercedes 230 SLK Kompressor neben einem Ferrari und stieg aus. Bis zum Portal waren es nur wenige Meter, und wie es schien, wurde Walker bereits erwartet.

Ein Mann im dunklen Anzug stand dort. Eine Mischung aus Majordomus und Bodyguard, so schätzte Jo ihn ein.

Der Privatdetektiv bewegte sich auf das Portal zu, stieg die Treppen hinauf und gab dem Mann im dunklen Anzug dann seine Karte. »Hier«, sagte er dabei. »Ich möchte zu Mister Anthony Jennings ...«

Der Dunkelgekleidete warf einen kurzen Blick auf die Karte und nickte. »Ich weiß, Mister Walker, Mister Jennings erwartet Sie bereits. Wenn Sie mir bitte folgen würden.«

Der Mann war hochgewachsen und fast so groß wie Jo. Und er wirkte sehr steif und förmlich, obwohl er sicher nicht älter als dreißig war. Er drehte sich um und ging, während Jo hinter ihm herlief und dabei den Blick etwas schweifen ließ. Sie gingen durch einen exquisit eingerichteten Empfangsraum. Die Bilder an den Wänden waren vermutlich Originale und hatten allem Anschein nach dieselbe Funktion wie das gesamte Anwesen: zu zeigen, daß man zu jenen gehörte, die es zu etwas gebracht hatten.

Plötzlich drehte sich der Mann im dunklen Anzug um. »Tragen Sie eine Waffe, Mister Walker?«

»Ja.«

»Dann geben Sie sie mir bitte.«

»Weshalb?«

»Anordnung von Mister Jennings. Bitte haben Sie Verständnis dafür, aber Mister Jennings hat in letzter Zeit einiges durchmachen müssen und ist sehr mißtrauisch geworden ...«

Die Jacke des Mannes saß knapp und umspannte den muskulösen Oberkörper. Die Ausbuchtung unter der linken Schulter verriet, daß der Kerl ebenfalls bewaffnet war.

Jo holte seine Automatic hervor und händigte sie seinem Gegenüber aus. Dann ging es durch einen Flur und schließlich in einen hellen Wintergarten, in dem es ziemlich heiß war. Jo lockerte sich die Krawatte und löste den obersten Hemdknopf.

Ein untersetzter Mann um die sechzig begutachtete einige edle Zimmerpflanzen und schien darin ganz versunken zu sein. Das mußte Anthony Jennings sein. In der Rechten hielt er eine Messingkanne, die er abstellte, als er Jo bemerkte.

»Mister Walker?«

»Der bin ich«, nickte Walker und sah sich ein wenig um. Es sah hier fast aus wie in einem Gewächshaus. Die hohe Luftfeuchtigkeit war schon nach wenigen Augenblicken ziemlich schweißtreibend. Aber Anthony Jennings schien sich in diesem Klima wohl zu fühlen.

Der untersetzte Mann schwieg einen Augenblick und unterzog Jo einer Art Musterung. Wahrscheinlich gehörte er zu den Leuten, die glaubten, jemandem ansehen zu können, ob man ihm trauen konnte. Schließlich hatte er sich offenbar entschieden, trat auf Jo zu und reichte dem Privatdetektiv die Hand.

»Ich bin Anthony Jennings. Wir haben miteinander telefoniert.« Jennings wandte sich an den Mann im dunklen Anzug. »Lassen Sie uns bitte allein, Warren.«

Der Mann nickte und verließ den Raum.

Jennings wandte sich indessen wieder an seinen Gast: »Mein Sohn hat Sie mir empfohlen, Kommissar X! Sie sollen der Beste sein, und genau deswegen will ich, daß *Sie* die Sache in die Hand nehmen.«

Jo hob die Augenbrauen. »Um welche Sache handelt es sich denn? Am Telefon waren Sie ja recht zugeknöpft!«

»Tut mir leid, Sir, aber ich wollte mir erst einen persönlichen Eindruck verschaffen, bevor ich mich dafür entscheide, Ihnen zu vertrauen.«

»Das verstehe ich.«

»Nun, um es kurz zu machen: Irgend jemand scheint es auf mich abgesehen zu haben. Es ist erst wenige Tage her, da hat mal wieder jemand versucht, meine Papierfabrik anzuzünden.«

Jo runzelte die Stirn. »Mal wieder?« echote er.

»Ja, es war der zweite Versuch. Gott sei Dank ist der Schaden nicht weiter erwähnenswert. Aber das ist nicht alles. Ein Wagen von mir wurde demoliert, und ich bekomme seltsame Anrufe ...«

»Haben Sie einen dieser Anrufe aufgenommen?«

Jennings lächelte matt. »Das ist es ja eben. Wenn ich den Hörer abnehme. höre ich, wie jemand atmet. Mehr nicht. Keine Antwort. Nichts. Und dann legt er – oder sie – wieder auf.« Er hob die Arme zu einer fast beschwörend wirkenden Geste. »Jemand ist darauf aus, mich zu terrorisieren und zu quälen, wenn Sie mich fragen!« Jennings griff in die Hosentasche und zog einen Briefumschlag heraus, den er Jo reichte. »Und dann ist da noch das hier!«

Jo nahm das Kuvert und holte den Inhalt heraus. Es war ein Brief, der aus Zeitungsschnipseln zusammengeklebt war. Und der Inhalt war alles andere als freundlich. *Dich kriegen wir kurz und klein, Jennings!* stand da zu lesen. *Denk daran, wie gut Papier brennt ...*

»Dieser hier ist noch nicht einmal der schlimmste«, erklärte Jennings mit belegter Stimme.

Es klingt auf jeden Fall sehr persönlich, dachte Jo. Wie die Zeilen von jemandem, dem es nicht in erster Linie darum ging, eine Fabrik anzuzünden, sondern darum, ihren Besitzer zu treffen ... Blieb die Frage, wie weit der Unbekannte dabei gehen würde!

»Haben Sie das der Polizei gezeigt?« erkundigte sich der Privatdetektiv.

»Die ersten, die ich bekam, ja. Diesen hier nicht.«

»Das sollten Sie aber!«

»Ich bekomme jetzt fast regelmäßig ein- bis zweimal die Woche so etwas mit der Post. Mittlerweile habe ich eine ganze Sammlung davon. Meinetwegen können Sie das da behalten.«

»Und was erwarten Sie jetzt von mir?«

»Daß Sie herausfinden, wer dahintersteckt!«

Jo steckte den Brief ein und holte seine Zigaretten hervor. Er hob die Schachtel und fragte: »Sie haben nichts dagegen, oder?«

»Nein, nur zu!«

Jo zündete sich einen Glimmstengel an, zog daran und fragte, während er den Rauch hinausblies: »Haben Sie einen Verdacht?«

»Nein.«

»Keine Feinde, die Ihnen ans Leder wollen?«

»Mein Mann hat an jedem Finger zehn Feinde!« durchschnitt eine helle Frauenstimme die etwas stickige Luft des Wintergartens. Jo drehte sich herum und blickte in die ebenmäßigen Züge einer hochgewachsenen, gertenschlanken Frau, die mindestens zehn Jahre jünger als Jennings war. Ihre Augen wirkten wach und intelligent, ihre Bewegungen waren grazil und vorsichtig wie bei einer Katze.

Sie kam auf Jo zu und gab ihm die Hand. Ihr Lächeln war kühl und eher geschäftsmäßig.

»Du bist schon zurück, Liz?« fragte Jennings.

»Ja. Wer ist der Gentleman, Anthony? Der Mann, den Arthur dir empfohlen hat, vielleicht? Dieser Privatdetektiv?«

Jennings nickte. »So ist es.«

Sie musterte Jo abschätzig von oben bis unten. Dann meinte sie: »Ich hoffe, daß Sie dem Terror ein Ende machen, Mister ...«

»Walker.«

»Wissen Sie, mein Mann würde es nie zugeben, aber er ist mit den Nerven schon völlig am Ende!« Sie trat neben Jennings und legte ihm die Hand auf die Schulter. Sie trug hohe Absätze und war daher im Augenblick fast einen halben Kopf größer als ihr Mann.

»Sie sprachen von Feinden«, hakte Jo nach. »Was hat Ihr Mann denn für Feinde?«

»Na, zum Beispiel diese fanatischen Umweltschützer, denen ein paar Fische mehr wert sind als die Leute, denen mein Mann Arbeit gibt!«

»Aber deshalb versucht doch niemand, gleich die Fabrik anzuzünden!« Jennings schüttelte energisch den Kopf, als er das sagte.

»Warum denn nicht?« Liz zuckte mit den Schultern.

»Die Sache wird vor Gericht ausgefochten. Die würden sich doch nur selbst schaden, wenn sie jetzt zu solchen Mitteln greifen würden!«

»Na, irgendeinen Anhaltspunkt mußt du Mister Walker ja wohl schon geben!« Sie seufzte und sah Jo offen an. »Mein Mann war nie sehr zimperlich im Umgang mit anderen Menschen, müssen Sie wissen.« Sie sagte das mit einem Unterton, der nachklingen ließ, daß das auch für Anthony Jennings Verhältnis zu seiner Frau galt ... »Es gibt einfach zu viele, die ihm den Ruin oder Schlimmeres wünschen könnten ...« Ein kurzer Blick ging zu ihrem Mann. Liz Jennings zeigte zwei Reihen makelloser Zähne, als sie ihm zumurmelte: »Du verzeihst mir doch sicher meine Offenheit, nicht wahr, Darling? Aber wenn du unserem Gast hier die Karten nicht offen auf den Tisch legst, dann ist sein sicher gesalzenes Honorar hinausgeschmissenes Geld. Doch wahrscheinlich ist es das ohnehin.«

»Sie scheinen kein sehr großes Zutrauen zu meinen Fähigkeiten zu haben, Misses Jennings«, warf Jo ein.

»So ist es!«

»Ich zwinge niemanden mit vorgehaltener Pistole, mich zu engagieren, Madam!«

Liz Jennings hob die Augenbrauen und setzte ein Gesicht auf, das eine deutliche Spur von Geringschätzung ausdrückte.

»Das geht nicht gegen Sie persönlich, Mister Walker. Aber was soll einer wie Sie schon zuwege bringen, was die Polizei mit ihrem ganzen Apparat nicht schafft?«

»Vielleicht ist es das Beste, wenn ich jetzt einfach wieder in meinen Wagen steige und mich auf den Weg zurück nach Midtown Manhattan mache«, sagte Jo.

»Nein, bleiben Sie, Walker!« Das war Anthony Jennings. Er hatte einen Schritt nach vorne gemacht und Jo, der sich schon halb herumgedreht hatte, beim Arm gepackt.

»Hören Sie, Mister Jennings! Am Telefon klang das, als wäre es sehr dringend. Aber es ist nun wirklich nicht so, daß ich nichts zu tun hätte, wenn ich nicht für Sie arbeite ...«

»Das war nur die Meinung meiner Frau, nicht meine.«

»Okay«, nickte Jo.

In diesem Moment betrat Warren, der Majordomus, den Raum. Jennings war ärgerlich. »Was gibt's denn?«

»Telefon.«

Jennings atmete tief durch und wandte sich kurz an Walker. »Entschuldigen Sie mich eine Sekunde. Wir unterhalten uns gleich weiter.« Während er sich aus dem Zimmer hinausbewegte, wandte Liz Jennings sich von Jo ab und sah hinaus in die weiträumigen Gartenanlagen, die das Anwesen umgaben.

»Vielleicht können Sie mir etwas weiterhelfen«, meinte Jo. »Sie scheinen die Feinde Ihres Mannes ja besser zu kennen als er selbst!«

Sie zuckte mit den Schultern. Ihr Blick war nach innen gekehrt, als sie ihn über die millimetergenau geschnittene Rasenfläche gleiten ließ. »Sehen Sie, Mister Walker, das Unternehmen, das mein Mann besitzt, ist sein Lebenswerk. Er hat es aus kleinsten Anfängen heraus aufgebaut. Aber wenn man von so weit unten nach soweit oben kommen will, dann geht das selten ohne den Gebrauch der Ellbogen. Verstehen Sie, was ich meine, Mister Walker?«

»Ich kann es mir vorstellen.«

»Da bleibt so mancher auf der Strecke, dessen Wege man kreuzt.«

»Nennen Sie mir ein paar, die auf der Strecke geblieben sind!«

Sie wandte sich zu ihm herum. Ihr Blick war prüfend. Sie machte auf Jo den Eindruck einer klugen und sehr beherrschten Frau, die in jeder Sekunde ganz genau zu wissen schien, was sie tat. »Sie sind ziemlich neugierig«, stellte sie fest.

Jo lächelte. »Das ist mein Job.«

Sie zuckte mit den Schultern und verzog ein wenig den Mund. Eine Prise Spott lag in ihren Zügen, als sie sagte: »Eben, Mister Walker. Es ist *Ihr* Job, nicht meiner.«

Als Jo das Jennings-Haus verließ und die Stufen des protzigen Portals hinabstieg, konnte er sich eines unguten Gefühls nicht erwehren. Jedenfalls hatte Anthony Jennings ihm nichts mehr gesagt, das ihn sehr viel weiterbrachte. Ein paar Flugblätter bekam Jo noch zugesteckt, die angeblich von den so fanatischen Umweltschützern verfaßt waren, mit denen sich Jennings angelegt hatte.

Jo warf einen kurzen Blick auf die Armbanduhr. Es war noch Zeit genug, um bei der Fabrik vorbeizuschauen und sich dort etwas umzusehen. Vielleicht gab es ja dort irgendwelche Anhaltspunkte, denen nachzugehen sich lohnte.

Ein Motorengeräusch ließ Jo aufblicken.

Es war ein Cabriolet, das herangebraust kam und mit quietschenden Bremsen zum Stillstand kam. Das Verdeck war offen, am Steuer saß eine gutaussehende junge Frau, deren brünettes Haar mit einer unnachahmlichen Mischung aus Eleganz und Lässigkeit hochgesteckt war. Sie stieg aus und erwiderte Jos Lächeln selbstbewußt.

»Starren Sie alle Leute so an, Mister?« fragte sie kokett. Ihre Augen waren meergrün und wirkten sehr wach und aufmerksam. Die Figur glich einer sanft geschwungenen Linie und nahm Jo ganz unwillkürlich in ihren Bann.

»Eine Lieblingsbeschäftigung von mir, Miß!« gab Kommissar X schließlich grinsend zurück. »Ich hoffe, es stört Sie nicht allzusehr ...« Aber das schien nicht der Fall zu sein.

»Tun Sie, was Sie nicht lassen können!« erklärte sie, kam die Stufen herauf und ging an Jo vorbei.

»Wohnen Sie hier, Miß?« fragte der Privatdetektiv.

Sie drehte sich herum. Um ihren sinnlich wirkenden Mund mit den vollen Lippen spielte ein unnachahmlicher Zug.

»Wie kommen Sie darauf?«

»Sie hätten Ihren Wagen dort sonst kaum mitten vor dem Portal stehenlassen. Das macht nur jemand, der hier zu Hause ist!«

Sie hob die Augenbrauen, und Jo wußte in dieser Sekunde, daß er ins Schwarze getroffen hatte. Dann kam sie zwei Stufen zurück und reichte dem Privatdetektiv die Hand.

»Ich bin Kathleen Jennings und bin tatsächlich hier zu Hause. Sind Sie der Detektiv, den mein Dad anheuern wollte?«

»Ja.«

Ihre Blicke trafen sich einen Augenblick lang.

»Dann werden wir uns ja wohl in nächster Zeit des öfteren über den Weg laufen, nehme ich an, Mister ...«

»Walker. Jo Walker.« Er lächelte. »Sie könnten schon recht haben mit Ihrer Vermutung ...«

Kathleen Jennings zwinkerte ihm zu. »Nichts dagegen«, meinte sie.

Einen Augenblick lang noch ruhte ihr Blick auf ihm, dann wandte sie sich ab und ging ins Haus.

Jo setzte sich ans Steuer seines champagnerfarbenen Mercedes und machte sich auf den Weg zu Jennings' Papierfabrik, die auf einem etwas abseits der Stadt Paterson, New Jersey, gelegenen Gelände errichtet war. Jennings hatte Jo den Weg kurz beschrieben und auch gleich seinen Sohn Arthur vorgewarnt, der dort die technische Leitung hatte.

Jo war das nur recht. Dann würde man ihn jedenfalls nicht als unerwünschten Hausierer von der Pforte jagen.

Als Jo dem Pförtner seinen Namen sagte, öffnete sich gleich die Schranke für ihn. Der Mann deutete mit dem Arm quer über das Gelände. »Sehen Sie das Gebäude dort?«

»Ja.«

»Da ist das Büro von Mister Jennings junior. Er erwartet Sie bereits.«

Jo stellte den Mercedes vor dem schmucklosen zweistöckigen Bau ab, in dem die Büros untergebracht waren. Etwas später hatte er sich dann bis zu Arthur Jennings' Zimmer vorgearbeitet.

Arthur war ein hochgewachsener, scheu wirkender Mann. Das markanteste Merkmal seines Gesichtes war die dicke Hornbrille, die ziemlich schwer sein mußte. Jedenfalls rieb er sich alle paar Minuten die Druckstellen auf der Nase.

»Mein Vater hat mir gesagt, daß Sie kommen würden. Es freut mich, Sie kennenzulernen, Mister Walker. Sie haben in Ihrer Branche ja einen exzellenten Ruf, wie man so hört!«

»Vielen Dank für die Blumen. Weiß außer Ihnen noch jemand in der Firma, wer ich bin und was ich hier soll?«

»Nein.«

»Das ist gut so.«

»Sie wollen sicher wissen, wie das heute nacht passiert ist! Dazu, ist nicht viel zu sagen: ein Maskierter, ein Bezinkanister und ein Wagen, dessen Nummernschild nicht beleuchtet war. Der Rest ist eine Mischung aus Glück und der Aufmerksamkeit unserer Nachtwächter.« Er atmete tief durch. »Wissen Sie, wir stellen hier Papier her und keine Juwelen oder andere Kostbarkeiten. In umfangreiche Sicherheitsmaßnahmen ist deshalb nie investiert worden. Seit dem ersten Versuch dieser Art haben wir einen Zaun errichtet.«

»Was denken Sie, wer dahintersteckt?«

Ein flüchtiges Lächeln ging über Arthurs Gesicht. »Sie kommen gleich auf den Kern der Sache, was? Das gefällt mir ...« Er zuckte mit den Schultern, während Jo sich eine Zigarette anzündete. Arthur Jennings musterte Jo ein paar Augenblicke lang nachdenklich, und Jo hatte fast das Gefühl, daß sein Gegenüber abzutaxieren versuchte, was er dem Privatdetektiv erzählen und was er besser für sich behalten sollte. »Mein Vater ist ein erstaunlicher Mann, Mister Walker. Er hat eine unglaubliche Energie, und wenn er sich etwas in den Kopf gesetzt hat, dann führt er es auch irgendwann aus. Allerdings geht er dabei manchmal über Leichen ...«

»Das meinen Sie sicher nicht ganz wörtlich ...«, meinte Jo.

»Wie man's nimmt, Walker«, knirschte er. Dann beugte er sich ein wenig vor und fuhr fort: »Sie haben mich nach einem Verdacht gefragt, und es ist wahr: Ich habe einen. Ziemlich konkret sogar, und mit Namen und Adresse. Leider wahrscheinlich nicht beweisbar.«

Jo zog die Augenbrauen in die Höhe. »Lassen Sie hören!«

»Der Kerl heißt Jeffrey Kramer und war früher einmal Dads Teilhaber. Mein Vater hat ihn auf irgendeine unfeine Art und Weise aus der Firma hinausgedrängt.«

»Wie unfein?« hakte Jo nach, aber Arthur zuckte mit den Achseln.

»Keine Ahnung. Genau weiß ich das nicht. Da fragen Sie ihn am besten selbst. Aber jedenfalls hätte der Mann ein Motiv, um sich an Dad rachen zu wollen. Und er ist seit einiger Zeit wieder in Paterson ...«

Jo nickte. »Ich werde dem nachgehen. Und dann hätte ich gerne noch die Namen und Adressen der Nachtwächter. Ich möchte mich mit ihnen unterhalten. Kann ja sein, daß ihnen doch irgend etwas aufgefallen ist!«

Für den Bruchteil einer Sekunde stand ein Zug in Arthurs Gesicht, der deutlich machte, daß ihm Jos Anliegen aus irgendeinem Grund nicht behagte. Aber dann nickte er. »Warum nicht?« fragte er in entspannter Stimmung, die allerdings seltsam künstlich wirkte.

Die Gegensprechanlage auf Arthur Jennings' Schreibtisch piepte. Arthur drückte etwas ärgerlich einen Knopf und zischte: »Ich habe Ihnen doch gesagt, Miss Hancock, daß ich jetzt nicht gestört werden möchte!«

»Es ist sehr dringend, Mister Jennings! Ihr Bruder Ray ...«

»Stellen Sie durch.«

Er schluckte und gab Jo flüchtig die Hand. »Ich denke, wir haben alles besprochen. Die Namen der Nachtwächter gibt Ihnen Miss Hancock! Ansonsten stehe ich Ihnen natürlich jederzeit zur Verfügung!«

Jo Walker versuchte noch, Jeffrey Kramer aufzutreiben. Aber in dem Supermarkt in dem er eine Anstellung als Buchhalter gefunden hatte, hatte er sich zwei Tage frei genommen. In seiner Wohnung war ebenfalls niemand.

Jo hatte einen Augenblick lang überlegt, daß dies eigentlich eine hervorragende Gelegenheit war, um sich dort einmal ungestört umsehen zu können, aber er hatte noch nicht einmal damit angefangen, an dem Schloß herumzufummeln, da tauchte eine ziemlich dralle Frau in den mittleren Jahren auf. Ihrem herrischen Auftreten nach mußte sie die Vermieterin sein.

»Wollen Sie zu Mister Kramer?« fragte sie neugierig.

»Ja.«

»Der ist nicht da!«

»Habe ich gemerkt. Wo steckt er?«

»Ich habe nicht die geringste Ahnung, Mister ...«

»Walker. Mein Name ist Walker!«

Ihr Gesicht entspannte sich ein bißchen. »Die Kerle, die sonst nach ihm fragen, haben sich nicht vorgestellt!«

Eins zu null! dachte Jo. Er hatte bei ihr einen Punkt gut. »Was waren das für Leute?«

»Gesindel, wenn Sie mich fragen. Finstere Typen. Einem fehlte das linke Auge. Sagen Sie mir, was hat Mister Kramer ausgefressen, daß alle Welt hinter ihm her ist?«

»Das würde ich auch gerne wissen! Glauben Sie, daß Kramer noch einmal hier auftaucht?«

»Na, das will ich hoffen! Er ist mit seiner Miete einen Monat im Rückstand. Aber da seine Sachen noch hier sind, gehe ich davon aus, daß dieser komische Vogel noch nicht ganz ausgeflogen ist! Soll ich ihm vielleicht etwas ausrichten, wenn er wieder auftaucht?«

»Nein, nicht nötig.«

Jo konnte sich schon denken, was passierte, wenn sie Kramer das nächste Mal sah. Sie würde ihm brühwarm auf die Nase binden, daß jemand nach ihm gefragt hatte.

Anschließend stattete Kommissar X einer gewissen Charlene Smith einen Besuch ab, die zu den Umweltschützern gehörte, mit denen Jennings im gerichtlichen Clinch lag. Ihre Adresse stand auch auf einigen Flugblättern, die Jennings dem Privatdetektiv gegeben hatte.

Sie war alles andere als begeistert, als Jo vor ihrer Wohnungstür auftauchte. Charlene war eine hochgewachsene, schlanke Frau, deren Mannequin-Figur unter dem sackartigen Kleid, das sie trug, nur zu erahnen war.

»Wer sind Sie, einer von Jennings' Gorillas, die mich einschüchtern sollen?« Nachdem sie Kommissar X einer kurzen Musterung unterzogen hatte, schüttelte sie energisch den Kopf. »Nein, Ihrem Outfit nach sehen Sie wie einer seiner Rechtsverdreher aus. Immerhin sehen Sie besser aus als Ihr Vorgänger!«

Jo lächelte dünn. »Danke für die Blumen!«

»Hören Sie zu: Ihr Vorgänger war sicher ein guter und raffinierter Anwalt, und Sie sind wahrscheinlich auch kein Stümper! Ich schätze mal, daß der alte Jennings Ihren Vorgänger wegen Erfolglosigkeit vor die Tür gesetzt hat, aber ich sage Ihnen gleich, daß Sie es auch nicht besser machen werden!«

»Und warum?«

»Weil die Fakten dagegenstehen! Lesen Sie unsere Flugblätter!«

»Das habe ich. Sie werfen Jennings illegale Gewässereinleitungen vor!«

»So ist es! Und es geht nicht nur um ein paar Frösche, deren Lebensraum nun vielleicht beeinträchtigt ist, sondern auch um Menschen, die jetzt Mühe hätten, ihren Grund und Boden zu verkaufen, wenn sie wollten!«

»Wie viele Menschen betrifft das?«

»Ein paar Dutzend.«

»Gehören Sie auch zu den Geschädigten?«

»Nein.«

»Warum engagieren Sie sich dann so stark?«

»Weil ich etwas dagegen habe, wenn jemand wie Jennings so etwas tun kann und am Ende vielleicht sogar noch damit durchkommt! Deshalb! Und Sie? Ich habe mich geirrt, nicht wahr? Sie sind kein Anwalt!«

»Nein, Privatdetektiv.«

»Ich mag keine Schnüffler«, meinte sie daraufhin. »Und schon gar nicht, wenn Anthony Jennings sie geschickt hat.«

»Hören Sie, wenn die Sache so ist, wie Sie behaupten, dann sehe ich das genau wie Sie. Aber ich bin nicht wegen des Prozesses hier, sondern weil ich denjenigen suche, der versucht hat, die Papierfabrik anzuzünden!«

Sie verzog das Gesicht. »Daher weht also der Wind. Also ich war es jedenfalls nicht und auch sicher kein anderer von unseren Leuten. Unser Kampf läuft auf einen Gutachterstreit hinaus, und zur Zeit sieht es gar nicht schlecht aus. Wir führen sozusagen nach Punkten. Glauben Sie, ich hätte Lust, das aufs Spiel zu setzen?«

»Sie persönlich vielleicht nicht!«

»Und auch niemand, der sich bei uns engagiert! Ich lege da für jeden meine Hand ins Feuer!«

Sie drehten sich noch ein bißchen im Kreis, aber es kam nichts mehr dabei heraus, das greifbar war.

Am nächsten Morgen wurde Jo schon gegen vier Uhr morgens durch das Telefon aus dem Schlaf gerissen. Er hatte vergessen, den Anrufbeantworter einzuschalten, und wollte sich erst weigern, überhaupt abzunehmen. Schließlich gab es ja so etwas wie Bürostunden – auch für Privatdetektive.

Aber der Anrufer ließ nicht locker. Es mußte wirklich dringend sein, und so nahm Jo schließlich doch ab. »Ja? Hier Walker ...«

Auf der anderen Seite war eine Frauenstimme, an die er sich

flüchtig erinnerte, die er aber im Moment nicht so recht einzuordnen wußte. Und dann wußte er auch, weshalb das so war. Als er diese Stimme das letzte Mal gehört hatte, hatte sie kokett und selbstbewußt gewirkt. Jetzt war sie am Rand einer Panik.

Es war Kathleen Jennings.

»Mister Walker? Es ist etwas Furchtbares passiert ... Die Fabrik ... sie brennt!« Jo hörte sie schlucken, und da wußte er instinktiv, daß das nicht alles sein konnte. »Und Dad ... Er ist in den Flammen umgekommen!«

Jo war hellwach. »Beruhigen Sie sich ein wenig. Ist die Polizei schon dort?«

»Ja. Werden Sie kommen?«

»Ich bin schon unterwegs!«

In Windeseile zog der Privatdetektiv sich an, hinterließ eine kurze Nachricht für April Bondy, seine Assistentin, und setzte sich dann ans Steuer seines 230 SLK, um die Strecke, die zwischen seiner Residenz in der New Yorker 7th Avenue und Paterson lag, so schnell wie möglich hinter sich zu bringen.

Jo fuhr wie der Teufel und hatte Glück, nicht zufällig einer Polizeistreife in die Arme zu laufen.

Als er die Papierfabrik in Paterson erreichte, war schon von weitem die dunkle Rauchsäule zu sehen, die vor dem Hintergrund der aufgehenden Morgensonne gen Himmel stieg.

Es herrschte ziemlich viel Betrieb. Jo sah die Löschfahrzeuge der Feuerwehr, zwei Streifenwagen der Polizei und noch einige andere Fahrzeuge. Als Jo ausstieg, sah er auch jemanden mit einem Fotoapparat herumlaufen und Bilder machen, die man wahrscheinlich in der nächsten Ausgabe der Lokalzeitung zu sehen bekommen würde.

Ein Polizist in Uniform versuchte, Jo daran zu hindern, das Firmengelände zu betreten. »Wir haben hier verdammt noch mal genug Neugierige herumstehen, die nur unsere Arbeit hier behindern!«

Jo hielt ihm seine Private-Eye-Lizenz unter die Nase.

»Ich ermittle in dieser Sache«, sagte er. Der Polizist sah sich die Lizenz an und runzelte die Stirn. Dann bewegte er den Kopf zur Seite und ließ Jo passieren.

Allem Anschein nach hatten die Löschkräfte das Feuer unter Kontrolle. Aber es würde wohl noch eine ganze Weile dauern, bis die Flammen wirklich gelöscht waren. Und wieviel dann noch von der Fabrik übrig sein würde, das mußte man abwarten.

Wenig später lief ihm Kathleen über den Weg. Sie wirkte völlig aufgelöst und befand sich in Begleitung ihres Bruders Arthur.

»Was ist passiert?« fragte Jo.

»Die Fabrik hat gebrannt, und sie haben Dads Leiche gefunden«, berichtete Kathleen und schlug die Hände vors Gesicht. »Es war ein schrecklicher Anblick, mit ansehen zu müssen, wie sie ihn in diesen Blechsarg gelegt und weggefahren haben ...« Sie schluckte, und ihre Stimme klang belegt. Tränen glitzerten in ihren Augen. Ein paar Sekunden, dann hatte sie sich wieder einigermaßen unter Kontrolle.

»Komm, ich bring dich nach Hause«, sagte Arthur Jennings und wollte seine Schwester mit sich führen.

Aber sie wollte nicht und schüttelte den Kopf. »Nein«, sagte sie. »Ich bleibe hier.«

»Aber wir können hier jetzt doch nichts tun.«

»Trotzdem.«

»Wann ist das Feuer entdeckt worden?« fragte Jo.

»Viel zu spät«, knirschte Arthur. »Ich habe es um halb vier erfahren, aber da war hier schon der Teufel los.«

»Und was hatte Mister Jennings um diese Zeit hier zu suchen?«

Arthur nahm die Brille ab und rieb sich die Druckstellen. Dabei schloß er die Augen und zuckte mit den Schultern. »Was weiß ich!« murmelte er vor sich hin.

Jo wandte sich an Kathleen. »Haben Sie einen Schimmer?«

Sie schüttelte energisch den Kopf. »Nein.«

»Aber Sie sagten mir gestern, daß Sie im Haus Ihres Vaters wohnen. Haben Sie nicht bemerkt, wie er davongefahren ist? Er wird ja wohl nicht zu Fuß gegangen sein ...«

»Nein, ist er auch nicht. Sein Ferrari steht dort hinten«, mischte sich Arthur ein, während er jetzt auf einem Brillenbügel herumkaute. Sein Blick ging kurz zu den Flammen hin. Dann wischte er sich den Schweiß von der Stirn. Die Hitze war deutlich spürbar.

Kathleen blickte Jo offen an. »Ich habe Ihnen gestern nicht die ganze Wahrheit gesagt«, gestand sie. »Sehen Sie, ich habe zwar mein Zimmer in dem Haus, aber eigentlich wohne ich in einem Apartment in der Stadt.«

»Sie waren also nicht im Haus?«

»Nein.«

Arthur Jennings runzelte die Stirn und fragte dann: »Was sind das für Gedanken, die Ihnen da im Kopf herumspuken, Mister Walker?«

Jo wandte den Kopf halb zu ihm herum. »Nichts Bestimmtes.«

»Jemand wollte meinen Vater ruinieren, und jetzt ist er tot. Ich bin kein Jurist, aber für mich ist derjenige, der dahintersteckt, ein Mörder!«

Jo nickte. »Ich verstehe, was Sie meinen.«

Jetzt mischte sich Kathleen wieder ein. Sie sah Jo an, und dabei spiegelte sich der Schein des Feuers in ihren Augen. »Mein Vater wollte, daß Sie herausfinden, wer ihn fertigmachen wollte. Ich hoffe, daß Sie Ihren Auftrag zu Ende führen, Mister Walker!«

»Ich werde tun, was ich kann.«

Jo sprach noch kurz mit einem Feuerwehrhauptmann, aber der konnte zur Brandursache noch nicht allzuviel sagen. Außerdem war er ohnehin nicht besonders auskunftsfreudig, da er noch alle Hände voll zu tun hatte. Jo entschied, daß es unter den augenblicklichen Umständen nicht viel Sinn machte, auf dem Fabrikgelände nach Spuren zu suchen. Wenn der Brand gelöscht war, würde sich Kommissar X alles noch einmal vornehmen.

Aber da stand noch der Ferrari, mit dem Jennings offenbar hierhergekommen war. Im Augenblick kümmerte sich niemand um das Fahrzeug, und so nutzte Jo die Möglichkeit, öffnete mit dem Taschentuch um die Hand die Tür und setzte sich hinein.

Er sah sich um und schaltete die Innenbeleuchtung ein. Auf dem Boden vor dem Beifahrersitz lag ein vergoldeter Füllfederhalter, der ziemlich kostbar wirkte. Er hatte die Initialen A. J. eingraviert. A. J. wie Anthony Jennings. Im Handschuhfach war eine Kleinkaliberpistole.

»He, was fällt Ihnen ein!« hörte Jo eine Stimme, die ihn herumfahren ließ. Er blickte auf einen Mann, in dessen Gesicht es ziemlich giftig blitzte. An seiner Jacke hing eine Polizeimarke. »Ich weiß zufällig, daß das nicht Ihr Wagen ist, Mister!« sagte er. »Steigen Sie aus!«

»Ich konnte der Versuchung einfach nicht widerstehen hinter einem solchen Steuer zu sitzen!« feixte Jo.

»Ach, hören Sie auf! Sind Sie von der Presse? So aufdringlich sind normalerweise nur Presseleute. Oder die von den kleinen Kabelfernsehsendern, die sich mit aller Macht ihren Platz zwischen den großen erkämpfen müssen.«

»Ich bin Privatdetektiv.«

»Auch das noch!«

Jo stieg aus, und der Kerl regte sich noch ein bißchen auf. Als er sich schließlich beruhigte, nannte er Jo sogar seinen Namen. Er hieß Blanfield und war Lieutenant.

»Dies ist doch der Wagen, mit dem Mister Jennings hierhergekommen ist, nicht wahr?«

»Ja, richtig.«

»Aber sehen Sie sich mal an, wie der Fahrersitz und die Rückspiegel eingestellt sind! Da muß jemand am Steuer gesessen haben, der mindestens meine Größe hat. Und Mister Jennings kommt da bestimmt nicht in die engere Auswahl!«

»Worauf wollen Sie hinaus?«

»Auf gar nichts. Noch nicht. Aber finden Sie das nicht merkwürdig?«

Blanfield verzog das Gesicht. »Dann ist Jennings eben nicht allein gefahren ...«

»... und hat seinen kräftig gebauten Beifahrer ans Steuer gelassen? Würde mich nur interessieren, wer das gewesen sein könnte ...«

»Machen Sie sich ruhig Gedanken über solche Dinge, Mister. Aber glauben Sie mir, dies ist eine ganz einfache, brutale Geschichte. Jennings starb wahrscheinlich durch Rauchvergiftung. Mich interessiert nur, wer den Brand gelegt haben könnte ...«

»Und ich frage mich, wieso Jennings ausgerechnet in dem Moment hier war, in dem so etwas passiert! Das sieht mir nicht nach Zufall aus!«

»Schickt Sie eine Versicherung?«

»Ist das wichtig?«

Blanfield musterte Jo abschätzig von oben bis unten und brummte dann: »Wer auch immer, Mister ... Soll mir egal sein.« Er zuckte die Achseln. »Dann ermitteln Sie mal schön, wenn es Ihnen Spaß macht ...«

»Was dagegen?«

»Nein. Aber Sie sollten mir nicht in die Quere kommen! Dann kann ich verdammt ungemütlich werden! Haben wir uns verstanden?«

»War ja ziemlich deutlich!«

Blanfield lachte heiser und murmelte dann: »Ihr Versicherungsleute seid doch immer die ersten Aasgeier, die bei so einer Sache auftauchen. Ihre Branche kann ich fünf Meter gegen den Wind riechen, Mister!«

Jo ließ Blanfield erst einmal in dem Glauben, daß irgendeine Versicherung ihn geschickt hatte. Vielleicht war der Lieutenant ja auskunftsfreudiger, wenn er glaubte, daß hinter seinem Gegenüber eine finanzstarke Organisation stand.

»Was wissen Sie darüber, wie das hier passiert ist?« fragte Jo.

»Sie wollen darauf hinaus, daß Jennings seine Fabrik selbst angezündet hat, was?« Der Polizist lachte heiser.

»Solche Dinge kommen doch vor, oder?«

»Ja, aber gewöhnlich stellt man das dann so an, daß man nicht selbst dabei draufgeht!«

»Jennings wurde bedroht und von Unbekannten terrorisiert«, stellte Jo fest, während Blanfield den Mund verzog.

»Ja, und er hat *mich* mit dieser Sache terrorisiert. Er konnte einfach nicht einsehen, daß die Polizei keine Wunder vollbringen kann und daß es verdammt noch mal auch noch ein paar andere Verbrechen in Paterson gibt, um die wir uns ebenfalls kümmern müssen!« Blanfield warf einen kurzen Blick zu Kathleen und Arthur hin, die etwas abseits standen und sich unterhielten. Es schien recht heftig dabei zuzugehen. Arthur packte seine Schwester am Arm. Sie riß sich los und gestikulierte mit den Armen. »Jetzt, da die Jennings-Kinder uns nicht hören können, kann ich es ja so offen sagen: Anthony Jennings war kein sehr sympathischer Mann!«

»Das gibt niemandem das Recht, ihn umzubringen!«

Blanfield stutzte, sah Jo einen Augenblick lang nachdenklich an und nickte dann. »Sind Sie in Ihren Schlüssen nicht etwas voreilig, Mister ...?«

»Walker.«

»Also die Sache stellt sich für mich so dar: Derjenige, der schon einmal versucht hat, hier alles anzuzünden, hat es heute noch einmal versucht und auch geschafft. Mister Jennings war unglücklicherweise hier, vielleicht weil er noch etwas zu tun hatte, und ist von den Flammen überrascht worden. Natürlich müssen wir abwarten, was die Brandexperten sagen ...«

»... und der Gerichtsmediziner.«

Blanfield verzog säuerlich das Gesicht. »Ja, der auch.«

»Wo hat man Jennings gefunden?«

»Im Bürogebäude.«

Jo machte eine Geste mit der Rechten und deutete dabei über das Gelände. »Wenn man hier einen solchen Brand legen will, muß das gut vorbereitet sein. Warum hat niemand etwas bemerkt?«

Blanfield machte eine wegwerfende Handbewegung.

»Zwei der Nachtwächter waren besoffen«, antwortete er, »und der dritte erinnert sich nur noch daran, eins über den Schädel gekriegt zu haben. Als er aufwachte, war es viel zu spät, da konnte er nur noch zusehen, daß er sein Leben rettete.«

»Verstehe ... Sagt Ihnen der Name Jeffrey Kramer etwas?«

»Sie sprechen von Jennings ExPartner? Wir suchen nach ihm.«

Jo lächelte dünn. »Viel Erfolg dabei!«

»Wenn Sie uns unsere Arbeit tun lassen und nicht dazwischenfunken, sehe ich nicht die geringsten Schwierigkeiten!« war Blanfields gallige Erwiderung.

Das kann ja heiter werden! dachte Jo. Der Kerl mochte Kommissar X nicht, das war deutlich zu spüren. Ob er Privatdetektive im allgemeinen nicht ausstehen konnte oder sich seine Abneigung speziell gegen Walker richtete, war nicht so ganz klar.

Jo wandte sich ab und ging auf Kathleen zu, die nun allein dastand. Ihr Bruder Arthur war verschwunden. Jo ließ den Blick schweifen und sah ihn einen Moment später in eine Limousine steigen und davonfahren. Die junge Frau machte ein nachdenkliches Gesicht.

Als sie Jo bemerkte, versuchte sie zu lächeln und fragte: »Was werden Sie jetzt unternehmen?«

»Ich schlage vor, wir fahren zum Haus Ihres Vaters ... Er muß einen Grund gehabt haben, daß er mitten in der Nacht auf dem Gelände war.«

Kathleen nickte. »Ja«, sagte sie, »merkwürdig ist das schon ...« Sie sagte das auf eine Art und Weise, die vermuten ließ, daß es da noch etwas gab, das sie Jo bisher noch nicht gesagt hatte.

»Sie können mit mir mitfahren!« bot Walker an.

»Nein, danke. Ich bin selbst mit dem Wagen hier. Sie können hinter mir herfahren!«

Arthur Jennings hatte seiner Mutter die schlimme Nachricht wohl schon überbracht, als Jo und Kathleen dort eintrafen.

»Wer hat Sie denn gerufen?« fragte Liz Jennings ziemlich gereizt, als sie Jo sah. Sie schien nicht besonders begeistert zu sein, ihn hier zu sehen. »Ich dachte, Sie sind auf der Jagd nach diesen Brandstiftern.«

»Ich habe ihn angerufen«, stellte Kathleen selbstbewußt fest.

Jo ging gleich in die Offensive. »Haben Sie eine Ahnung, was Ihr Mann mitten in der Nacht auf dem Fabrikgelände gesucht hat?«

»Nein. Ich kümmere mich nicht um geschäftliche Dinge, Mister Walker. Und ich verstehe auch gar nichts davon.« Sie zuckte mit den Achseln. »Ich war am Abend im Theater. Als ich zurück kam, war

Anthonys Ferrari nicht vor der Tür. Ich dachte, er hätte ihn vielleicht in die Garage gefahren, und bin ins Bett gegangen.«

»Hat er das öfter gemacht? Ich meine, die Nächte in der Firma verbracht?«

»Die Firma war Anthonys Leben.«

»Verstehe ...«, murmelte Jo.

»Nein, das glaube ich nicht ...« Sie seufzte. »Das hat außer ihm wohl niemand wirklich verstanden«, setzte sie dann noch mit einem merkwürdigen Unterton hinzu. »Es war eine Art Besessenheit. Die Firma war wichtiger als alles andere. Und jeder, der in Anthonys Leben eine Rolle spielte, mußte sich damit abfinden, daß der Part der ersten Geige schon besetzt war ...« Sie holte tief Luft. »Aber ich habe ihn dennoch geliebt!«

Als Jo Liz Jennings so dastehen sah, stellte er fest, daß ihr Gesicht fast unbewegt geblieben war. Man konnte ihr nicht ansehen, wie es in ihr aussah. Aber so war sie eben. Eine Frau, die sich nicht in die Karten blicken ließ.

»Wo ist Warren?« fragte Jo. »War er die ganze Nacht hier?«

»Er wohnt hier im Haus. Vielleicht hat er etwas bemerkt. Soll ich ihn rufen?«

»Ja, bitte. Und wenn Sie nichts dagegen haben, würde ich mir gerne den Schreibtisch Ihres Mannes anschauen. Sein Telefonregister, na, eben seine Privatsachen.«

»Finden Sie das nicht etwas übertrieben, Mister Walker?«

»Sie sollten meiner Mutter erst etwas Zeit lassen, um mit der Situation fertig zu werden«, forderte Arthur, der sich neben Liz Jennings gestellt hatte.

Jo runzelte die Stirn. »Wenn man einer Spur nicht gleich nachgeht, besteht die Gefahr, daß sie kalt wird«, meinte er. »Ich weiß, daß Sie alle jetzt anderes im Kopf haben. Aber ich glaube nicht, daß jemand von Ihnen möchte, daß derjenige ungeschoren davonkommt, der den Brand gelegt hat ...«

Arthur Jennings verzog das Gesicht. »Natürlich nicht«, beeilte er sich, rieb sich die Nase und wandte sich dann an seine Mutter. »Laß ihn doch nachschauen, wenn er will. Vielleicht kommt ja etwas dabei heraus.«

»Na gut«, nickte Liz schließlich. »Sie werden mich jetzt bitte entschuldigen. Ich kann einfach nicht mehr ...«

Kathleen brachte Jo in das Arbeitszimmer des toten Anthony Jennings. Der Schreibtisch war vom Feinsten, aber fast begraben unter einem Berg von Zetteln und Mappen. »Er hat gerne zu Hause gearbeitet«, sagte Kathleen dazu. »Und er hat nie irgend jemandem gestattet, Ordnung zu machen. Da war er sehr eigen.«

Jo nahm sich das Telefonregister und blätterte darin herum. Indessen betrat Warren, der Majordomus, den Raum.

»Misses Jennings sagte, Sie wollten mich sprechen«, murmelte er auf seine steife Art und Weise.

»Ja, das ist richtig. Wann ist Mister Jennings zur Fabrik gefahren?«

»Gegen halb zwölf.«

»Sind Sie sicher?«

»Ich nehme es an, weil ich den Ferrari-Motor gehört habe. Und mit dem Ferrari ist er immer nur selbst gefahren, also nehme ich an, daß er es war.«

»Gesehen haben Sie ihn nicht?«

»Nein, das wäre von meinem Fenster aus auch schlecht möglich gewesen.« Er hob ein wenig die Schultern und schien einen Moment lang nachzudenken. »Merkwürdig«, überlegte er.

Jo zog die Augenbrauen in die Höhe und horchte auf. »Was ist merkwürdig?«

»Wahrscheinlich hat es keine Bedeutung, aber es ist mir aufgefallen. Mister Jennings hat den Wagen gestartet und dann den Motor abgewürgt. Wie ein Anfänger beim Fahrunterricht. Das hat mich schon etwas gewundert. Schließlich ist ihm das sonst nie passiert ...«

»Könnte es sein, daß jemand anderes gefahren ist?«

»Wer sollte das gewesen sein? Mister Jennings hätte nie jemanden ans Steuer gelassen! Der Wagen gehörte zu den Dingen, die ihm gewissermaßen heilig waren.«

»Mochten Sie ihn?«

»Er war ein komplizierter Mensch, wenn Sie verstehen, was ich meine! Wollen Sie noch irgend etwas wissen?«

Der Privatdetektiv schüttelte den Kopf und legte das Telefonregister zur Seite. »Nein, im Augenblick nicht.«

Jo sah den mißtrauischen Blick in Warrens Gesicht. Es schien ihm nicht zu passen, daß hier ein Fremder herumwühlte. Etwas zögernd verließ er dann den Raum.

»Wenn Ihr Vater die Firma von hier aus geleitet hat, hatte er dann nicht auch so etwas wie einen Privatsekretär?« erkundigte sich Jo bei Kathleen.

Sie nickte. »Natürlich hatte er das! Mich!«

Jo hob die Augenbrauen. »Die ganze Familie steckt also in der Firma drin.«

»Ja. Mit Ausnahme meiner Mutter. Arthur ist für die technische Seite zuständig, ich habe dafür gesorgt, daß Dad nicht in seinem eigenen Chaos versank, und Ray hat für das Marketing unserer Produkte die Verantwortung getragen.«

»Ray?«

»Mein zweiter Bruder. Er ist zur Zeit auf Geschäftsreise.« Kathleen seufzte. »Ich habe keine Ahnung, ob ihn die furchtbare Nachricht schon erreicht hat.«

Jo wühlte noch etwas auf dem Schreibtisch herum. Notizen oder ähnliches fand er nicht, jedenfalls nichts, was irgendwie aufschlußreich gewesen wäre. Dafür aber etwas anderes. Die Hülle eines vergoldeten Füllfederhalters mit dem Monogramm A. J.

Jo hob die Hülle hoch und hielt sie Kathleen hin.

»Kennen Sie das?«

»Ja, sicher. Es war irgendein Geburtstagsgeschenk. Ich glaube, von Ray.«

»Wissen Sie, wo der passende Füller ist?«

»Er muß her irgendwo liegen ...« Sie wollte schon anfangen zu suchen.

Jo schüttelte den Kopf. »Lassen Sie es sein, er ist hier nicht.«

Sie stutzte. »Woher wollen Sie das wissen?«

»Ich habe ihn im Ferrari Ihres Vaters gesehen. Vorne, vor dem Beifahrersitz. Seltsam, nicht wahr? Wenn jemand einen Füller mitnimmt, dann doch wohl kaum ohne Hülle – schon um sich die Jacke nicht zu beschmieren.«

Sie nickte. »Sie haben recht, Mister Walker. Haben Sie eine Erklärung?«

»Die muß noch etwas warten.« Jo wandte sich dann dem Telefon zu, nahm den Hörer ab und drückte die Wiederholungstaste, mit deren Hilfe die zuletzt angewählte Nummer noch einmal angewählt wurde.

Das Ergebnis war eine Überraschung. Nachdem Jo schon fast den Hörer auflegen wollte, meldete sich eine genervt klingende Stimme.

»Hallo?«

»Mit wem spreche ich?«

»Mit Jeffrey Kramer. Was wollen Sie?«

»Ich habe mich verwählt«, murmelte Jo und legte auf. Er wandte sich an Kathleen. »Was kann Ihr Vater von Kramer gewollt haben?«

»Dads Expartner? Keine Ahnung.«

»Aber er war unzweifelhaft der Mann, mit dem er zuletzt telefoniert hat. Oder benutzt noch jemand diesen Apparat?«

»Nein.«

»Na ja, wenigstens weiß ich nun, daß er heute mit Sicherheit zu Hause ist.«

Jo schlug die Gelegenheit aus, sich von Warren ein Frühstück servieren zu lassen, und nahm statt dessen nur eine Tasse Kaffee, um sich dann so schnell wie möglich hinter das Steuer seines SLK zu klemmen. Er wollte auf keinen Fall, daß ihm Jeffrey Kramer diesmal durch die Lappen ging.

Kathleen wollte ihn gerne begleiten, aber Jo brachte ihr so schonend wie möglich bei, daß er diesmal lieber allein unterwegs war. Ihre Gesellschaft war ihm angenehm, und er mochte diese attraktive, selbstbewußte junge Frau, die genau zu wissen schien, was sie wollte. Aber bei dem, was er vorhatte, war es vielleicht besser, wenn sie ihm nicht über die Schulter sah.

Jeffrey Kramer bewohnte ein Apartment in Paterson, das sich wahrscheinlich vor allem dadurch auszeichnete, daß es nicht allzu teuer war.

Jo klopfte, aber es kam keine Reaktion.

»Mister Kramer? Ich weiß, daß Sie zu Hause sind! Machen Sie bitte auf!«

Auf der anderen Seite der Tür tat sich noch immer nichts. Jo wartete kurz ab, versuchte es dann noch einmal und griff schließlich zu anderen Mitteln. Er holte ein Stück Draht aus seinem Zigarettenetui und öffnete damit die Tür. Es war ein preiswertes Schloß, ohne besondere Sicherheitsvorkehrungen. Dutzendware also. Für Jo kein besonderes Hindernis.

Als er die Tür vorsichtig öffnete, blickte er in ein leeres, unaufgeräumtes Zimmer. Zwei Koffer lagen auf der Couch. Einer war geöffnet und enthielt Kleidung, die nicht gerade schonend zusammengelegt war. Jo schloß die Tür hinter sich. Sein Blick ging zu den beiden Türen, von denen eine vermutlich ins Schlafzimmer, die andere ins Bad führte.

Neben dem schon ziemlich angejahrten Fernseher stand ein Aschenbecher. Die Zigarette, die dort in der Kerbe steckte, rauchte noch, und das hieß, daß jemand hier war. Jo wandte den Blick herum und blickte direkt in die Mündung eines kurzläufigen Revolvers.

Vor ihm stand ein Mann von schwer zu schätzendem Alter. Zwischen 45 und 55, glaubte Jo. Er war hager und schmalbrüstig. Sein Gesicht hatte die ungesunde Farbe eines Kettenrauchers, und seine mattblauen Augen mit den schweren Tränensäcken verrieten Angst.

»Ich würde Ihnen nicht empfehlen, auch nur die geringste Bewegung zu machen!« zischte er drohend.

Kommissar X blieb gelassen. »Legen Sie das Ding weg! Ich will nur mit Ihnen reden, Kramer!«

Jeffrey Kramer verzog das Gesicht zu einer bitteren Grimasse.

»Ja, das kann ich mir denken, wie dieses *Reden* bei euch Schweinehunden aussieht! Nach der letzten Unterhaltung lag ich zwei Wochen im Krankenhaus!«

»Sie verwechseln mich, Kramer. Mein Name ist Jo Walker, und ich habe Sie noch nie zuvor gesehen!«

»Ja, sie schicken immer wieder andere Gorillas ...«

»Ich bin Privatdetektiv. Wollen Sie meine New Yorker Lizenz sehen?«

Jo wollte in die Manteltasche greifen, aber da spannte sein Gegenüber den Hahn des Revolvers und fuchtelte in bedenklicher Weise damit herum. Jo erstarrte mitten in der Bewegung und sagte: »Passen Sie auf, daß Ihr Ding da nicht losgeht ... Sie machen mir einen ziemlich nervösen Eindruck ...«

Kramer kam etwas näher heran und atmete tief durch. »Sie täuschen sich«, meinte er. »Ich bin ganz ruhig. Jedenfalls solange Sie tun, was ich Ihnen sage ...« Er streckte die offene Linke aus, während seine Augen Jo fixierten. »Zuerst geben Sie mir mal Ihr Schießeisen. Ihr Brüder habt doch alle eins unter der Jacke! Also los! Und keine Tricks, verstanden? Sonst blase ich Ihnen den Kopf weg!«

Jo tat, als hätte er die Aufforderung nicht zur Kenntnis genommen. »Wußten Sie schon, daß Anthony Jennings' Papierfabrik heute nacht ausgebrannt ist? Man wird sehen, wieviel am Ende noch davon übriggeblieben ist.«

»Ihre Waffe, verdammt noch mal!«

»Jennings selbst hat es auch erwischt. Ich nehme an, daß Ihnen das nicht allzusehr leid tut, schließlich soll er Sie in grauer Vorzeit mal übel über den Tisch gezogen haben!«

Für eine Sekunde schien er baff zu sein. Jos Worte hatten wie ein Schlag vor den Kopf gewirkt und schienen Kramer für den Bruchteil einer Sekunde zu lähmen. Das nutzte Jo, packte den Revolverarm seines Kontrahenten mit der Rechten und bog ihn nach oben, während die Linke als wuchtiger Haken kam, der Kramer rückwärts gegen die Wand taumeln ließ. Bevor er wieder beieinander war und seinen Revolver hochreißen konnte, hatte Jo längst die Automatic aus der Schulterhalfter geholt und sie auf den am Boden Liegenden gerichtet. Jeffrey Kramer ließ sofort seine Waffe fallen.

Jo trat hinzu und hob sie auf. Mit der Linken öffnete er die Trommel und ließ die Patronen auf den Boden klacken.

»Und was geschieht jetzt?« fragte Kramer matt.

Jo steckte als Zeichen des guten Willens erst einmal seine Pistole weg. »Wer ist hinter Ihnen her? Die Schuldeneintreiber eines Buchmachers, oder mit wem haben Sie sich angelegt?«

»Erraten.«

»Ich bin an Ihrem Geld nicht interessiert«, versicherte Jo.

»Ich habe auch keines. Das ist mein Problem, wissen Sie!« Kramer seufzte und kam dann ächzend wieder auf die Beine. »Was wollen Sie also dann, wenn Sie nicht hinter meinem Geld her sind?«

»Ich bin wegen dem Tod von Anthony Jennings hier.«

Er zuckte mit den Schultern. »Soll ich Trauer heucheln?«

»Nein, es genügt mir schon, wenn Sie mir ein Alibi liefern können, das ich Ihnen abnehmen kann!«

In seinen Augen blitzte es. Jo sah, wie die große Ader an Kramers Hals pulsierte. »Einen Dreck werde ich! Was geht Sie das an, wann ich wo gewesen bin! Was wollen Sie tun? Mich über den Haufen schießen, wenn ich nicht mit Ihnen reden will?«

»Vielleicht können Sie sich bei mir noch auf die sture Art herauswinden, Mister Kramer. Ich bin nur Privatermittler. Aber es wird nicht lange dauern, dann wird auch die Polizei Ihnen die Türen einrennen, und spätestens dann werden Sie sich ein Alibi ausgedacht haben *müssen*.« Jo ging ein paar Schritte und postierte sich so, daß Kramer das Apartment nicht verlassen konnte, ohne an ihm vorbei zu müssen.

»Wieso sollte die Polizei denken, daß *ich* die verdammte Fabrik angezündet habe?«

»Grund eins: die alte Geschichte.«

Er verzog das Gesicht zu einer Grimasse und zeigte dabei zwei Reihen gelber Zähne. Dann suchten seine nervösen Finger nach irgend etwas in seinen Jackentaschen und fanden es schließlich auch. Eine Packung Zigaretten. Er nahm sich eine, zündete sie sich an und sog daran, als hinge sein Leben davon ab.

»Eine miese Geschichte war das«, murmelte er. »Die halbe Stadt weiß es! Jennings hat mich zu einer Spekulation verleitet, die in die Hose gegangen ist. Er hat von Anfang an gewußt, daß die Sache faul war. Wahrscheinlich hat er sie mir auch nur deswegen schmackhaft gemacht und so getan, als würde er selbst auch in diese todsichere Sache investieren!« Er zuckte die Achseln. »Ich war immer schon ein Spieler, Mister ...«

»Walker.«

»Hören Sie, diese Sache ist lange her.«

»Sie haben sie aber immer noch nicht verwunden. Das wäre ein Motiv. Warum hat Jennings Sie eigentlich kurz vor seinem Tod noch angerufen?«

»Was?«

»Ihre Nummer war in der Wiederholungstaste gespeichert.«

»Na und? Was besagt das schon!«

»Ich frage mich, welche Veranlassung Jennings hatte, Sie anzurufen. Gute Freunde waren Sie beide damals ja wohl kaum noch!«

Jeffrey Kramer lachte heiser. »Das ist absurd«, meinte er. »Ich war die letzten zwei Tage gar nicht in Paterson!«

Jo hob die Augenbrauen. »Sie haben sich bei Ihrem Arbeitgeber zwei Tage frei genommen, ich weiß ...«

Kramer hob seufzend die Arme. »Ich bin zwei Tage lang untergetaucht, weil mich Freunde aus Baltimore gewarnt haben ...«

»Kommen daher die Leute, die Ihnen auf den Fersen sind?«

»Ja. Deswegen bin ich auch von dort weggezogen und habe versucht, hier wieder Fuß zu fassen.«

»Trotzdem: Wo waren Sie?«

»Lassen wir das«, murrte Kramer. »Jedenfalls habe ich dafür gesorgt, daß mich niemand gesehen hat. Also kein Alibi! Aber das heißt nicht, daß ich die Fabrik angezündet habe!«

»Was kann Jennings von Ihnen gewollt haben?«

»Keine Ahnung. Er hat mich doch offensichtlich nicht erreicht!«

»Aus heiterem Himmel ruft er Sie aber auch nicht an!«

»Also gut, Walker. Ich wollte Geld.«

»Von Jennings?«

»Von seiner Frau.«

»Das müssen Sie mir schon erklären, Kramer!«

Seine Nasenflügel bebten ein wenig. Er steckte sich die Zigarette in den Mund, ließ sie kurz aufglimmen und brummte dann unwirsch: »So, muß ich das?«

»Sie sitzen ganz schön drin, Kramer. Lieutenant Blanfield bearbeitet den Fall, und ich hatte bereits das zweifelhafte Vergnügen, mit ihm zusammenzustoßen. Er scheint mir nicht besonders kreativ zu sein und ist außerdem wohl noch hoffnungslos mit Arbeit überlastet.«

»Was wollen Sie mir damit sagen?«

»Ganz einfach, Mister Kramer: Blanfield wird sich an den ersten besten halten, der sich als Verdächtiger anbietet. Und das sind Sie! Vielleicht ist es also besser, wenn Sie mir sagen, was Sie wissen, und mit mir zusammenarbeiten!«

»Glauben Sie mir denn, daß ich unschuldig bin?«

»Ich glaube noch gar nichts.«

Kramer überlegte einen Moment. In seinem Kopf schien es zu arbeiten. Schließlich hatte er sich entschieden. »Okay, Walker. Ich gebe zu, daß ich ein Motiv gehabt hätte, Jennings Fabrik anzuzünden ...«

»... und ihn vielleicht auch umzubringen!«

»Wieso das? Ich dachte, wir sprechen über einen Brand, bei dem jemand ums Leben gekommen ist!«

»Ja, das ist die eine Möglichkeit. Es könnte aber auch sein, daß Jennings zur Fabrik gelockt wurde oder daß er nicht freiwillig dorthin gefahren ist ... Und dann könnte das Ganze auch ein Mord sein!«

Kramer pfiff erstaunt. Das war ein Schlag, der gesessen hatte. Er ging zum Aschenbecher und drückte seine Zigarette aus. »Sehen Sie, ich habe Misses Jennings erpreßt. Oder besser: Ich habe es versucht.«

»Womit?«

»Ich kann es Ihnen ja jetzt, da Anthony tot ist, ruhig sagen. Sie hat einen Liebhaber. Ich bin in einer fürchterlichen finanziellen Klemme und wollte mich an Anthony Jennings wenden. Es war ein Akt der Verzweiflung, aber ich hatte praktisch keine Wahl. Es war ein Strohhalm – doch dann fand ich heraus, daß Liz Jennings einen Liebhaber hat ... Es war Zufall, ich sah die beiden im Wagen sitzen, bin der Sache nachgegangen und machte ein paar Fotos. Sie sehen also, Walker: Wenn das Mord war, dann hatte auch Misses Jennings ein Motiv.«

Jo lächelte nachsichtig. »Wenn *Sie* der Tote wären, ja. Aber es geht um Liz Jennings Mann!«

»Walker, ich war damals Trauzeuge bei den beiden. Und ich weiß auch, mit welchen juristischen Tricks Anthony immer versucht hat, sich gegen alles nur Denkbare abzusichern. Zum Beispiel dagegen, daß seine Frau sich scheiden läßt und die Hälfte seines Vermögens einfordern kann!«

»Ein Ehevertrag also«, schloß Jo.

Kramer nickte. »Richtig. Bei einer Scheidung bekommt sie so gut wie nichts. Wenn Anthony stirbt, gehört ihr ein Vermögen.«

»Aber sie würde dann doch wohl kaum die Fabrik in Brand stecken, die sie nachher erben möchte, oder?«

»Was weiß ich! Jedenfalls bin ich nun wirklich nicht der Einzige, der etwas gegen ihn hatte.«

»Wie ist denn Ihr Erpressungsversuch ausgelaufen?«

»Es war noch alles drin. Dachte ich jedenfalls, denn Liz mußte auf jeden Fall verhindern, daß ihr Mann davon erfuhr. Aber wenn Anthony versucht hat, mich zu erreichen, dann hat er vielleicht von der Sache Wind bekommen …«

»Was wieder für Sie als Brandstifter – und vielleicht auch Mörder – sprechen würde, Mister Kramer!«

»Herrgott noch mal!« Er feuerte wütend den Aschenbecher zu Boden, der aber ziemlich robust war und diese Behandlung schadlos überstand. »Was wollen Sie eigentlich? Mir mit aller Gewalt einen Strick um den Hals legen?«

»Nur, wenn Sie es auch verdient haben, Kramer! Nur dann! Hat Liz Jennings' Verhältnis auch Name und Adresse?«

»An seiner Tür steht Colin Rigg«, murmelte er und nannte dann die Adresse. »Er ist Tierarzt.«

Jo wandte sich zum Gehen. Er hatte den Eindruck, hier nichts mehr erfahren zu können, was ihn in dieser Sache weiterbrachte. Vielleicht war Kramer wirklich unschuldig, aber Kommissar X konnte sich des Eindrucks nicht erwehren, daß sein Gegenüber ihm noch nicht alles gesagt hatte.

Chuck Porter wohnte in der dritten Etage eines Mietshauses und war einer der Nachtwächter, die für Jennings arbeiteten. Er war groß und blond und hatte ein kantiges Gesicht, dessen scharfe Konturen nur durch den ungepflegt wirkenden Oberlippenbart etwas gemildert wurden.

Porter stand im Morgenmantel da und schien gerade aus dem Bett zu kommen. Er musterte Jo mißtrauisch, nachdem er die Tür halb geöffnet hatte. Und auch nachdem Jo sich vorgestellt hatte, blieb er reserviert.

»Was wollen Sie von mir, Walker?«

»Ich möchte gerne wissen, wie das heute nacht passiert ist.«

»Ich muß Ihnen nicht antworten, oder?« Er rülpste ungeniert. »Ich finde, die Sache ist bei der Polizei in guten Händen.«

»Das fand Ihr Boß nicht, und deshalb hatte er mich engagiert.«

Er grinste. »Schlecht fürs Image, was? Ich meine, wenn der Klient einem so wegstirbt und ...«

»Ja, Sie haben schon recht, Porter. Aber für das Image eines Nachtwächters ist es doch auch nicht gerade toll, wenn jemand die Fabrik anzündet, die er bewachen soll, oder?«

»Sie wollen mir sicher was anhängen, oder? Pflichtverletzung oder so etwas ...«

»Nein, ich möchte nur wissen, wie's passiert ist.«

»Wer schickt Sie wirklich?«

»Ihr Boß, Mister Jennings, wie ich gesagt habe. Und jetzt suche ich den, der ihn auf dem Gewissen hat.«

»Kommen Sie herein.«

Jo wurde in einen Raum mit zusammengewürfelt wirkenden Möbeln geführt. Wäscheteile und benutztes Geschirr lagen herum. Und jede Menge Flaschen. Bier, Whisky und alles was sonst noch gut, teuer und hochprozentig war. Porter räumte ein paar Sachen zur Seite und ließ sich auf die Couch fallen.

»Fassen Sie sich kurz, Walker. Es war keine schöne Nacht, und mir brummt noch der Schädel ... Ich habe nämlich einen Schlag auf den Hinterkopf bekommen!«

»Wann war das?«

»Als ich mit meiner Runde dran war. Plötzlich kriege ich eins übergebraten, und dann erinnere ich mich an nichts mehr. Das war's schon.«

»Was war mit den anderen Nachtwächtern? Ich habe gehört, daß sie betrunken waren.«

»Garry hatte Geburtstag, da haben wir einen gehoben. Der Boß hat uns ein paar Flaschen spendiert.«

»Hat Mister Jennings das öfter gemacht?«

Porter zuckte mit den Achseln. »Hin und wieder.«

»Und warum sind Sie nicht besoffen gewesen?«

»Weil ich mich beherrschen kann.«

Jo grinste und deutete auf die leeren Flaschen. »Sieht hier nicht gerade aus wie bei einem Abstinenzler! Wer weiß, wovon Ihre Kopfschmerzen wirklich herrühren!«

Chuck Porter beugte sich etwas vor, faßte sich an den Kopf und verzog das Gesicht. Er stöhnte leise. »Sie können denken, was Sie wollen. Aber im Dienst bin ich immer nüchtern.«

Jo ging zum Fenster und blickte hinab. Auf der anderen Straßenseite saß jemand in einem verbeulten Chrysler und schien zu warten. Er trug eine Schirmmütze und eine Sonnenbrille mit Spiegelgläsern, so daß von seinem Gesicht nicht viel zu sehen war. Jo schob die Gardinen ein wenig zur Seite. Der Mann blickte zu ihm hinauf.

»Kennen Sie den Kerl da unten?« fragte Jo an Porter gerichtet, ohne sich umzudrehen. Porter stand auf, trat neben Jo und sah aus dem Fenster. Er schüttelte den Kopf.

»Nein«, meinte er. »Aber diesen verbeulten Chrysler habe ich schon einmal gesehen ...«

»Wo?«

»Tut mir leid, das fällt mir im Moment nicht ein. Kommen Sie wieder, wenn meine Kopfschmerzen weg sind!«

»Na, kommen Sie, strengen Sie sich ein bißchen an!«

Porter atmete tief durch und blickte Jo müde an. »Ich glaube, er stand schon einmal hier in der Straße ... Aber ich habe ihn auch schon in der Nähe der Fabrik gesehen!«

»Sind Sie sicher?«

Porter machte eine wegwerfende Geste. »Was weiß ich! Und was interessiert mich dieser Wagen, verdammt noch mal!«

Als Jo Porters Wohnung verlassen hatte und wieder ins Freie trat, schien der verbeulte Chrysler plötzlich leer zu sein. Von dem Kerl mit Sonnenbrille war nichts mehr zu sehen. Wenn er dort wirklich auf Beobachtungsposten stand, hatte er sich wahrscheinlich einfach nur geduckt.

Vielleicht sehe ich ja auch schon Gespenster! dachte Jo, als er die Straße überquerte und sich von hinten an den Wagen heranmachte. Sein Blick fiel auf das Nummernschild, dessen Beleuchtung augenscheinlich zerstört war.

Ein kurzer Blick ins Innere des Chryslers, dann riß er die Tür auf. Der Kerl mit der Spiegelbrille erhob sich langsam aus seiner unbequemen Haltung und grinste schwach. Jo erkannte den Mann, noch bevor dieser die Brille abgenommen hatte. Es war niemand anderes als Jeffrey Kramer.

»So ein Zufall, was? Da macht man irgendein beliebiges Auto auf, und trifft einen Bekannten!« feixte Jo.

»Ja, so ist das eben, Mister Walker!« zischte Kramer zurück.

»Was machen Sie hier?« fragte Jo.
»Ich wüßte nicht, was Sie das angeht! Ich tue nichts Verbotenes.«
»Nein, aber etwas, das mich nachdenklich werden läßt!«
»Ihr Problem, Walker!«
»Hinter wem sind Sie her? Hinter mir? Wissen Sie was, dann setzen Sie sich doch gleich bei mir auf den Beifahrersitz, dann können Sie auch sicher sein, daß Sie mich nicht verlieren!«
»Verzichte!«
»Was ist eigentlich mit den Leuchten an Ihrem Nummernschild passiert?«
»Mir ist jemand hinten hineingefahren, warum?«
»Weil die Nummernschildbeleuchtung des Brandstifters vermutlich auch nicht funktionierte ...«
Kramer schluckte. Sein sonst ziemlich farbloses Gesicht bekam plötzlich welche. Es dauerte zwei volle Sekunden, bis er sich wieder gefaßt hatte. »Sie können mich mal, Walker!« knurrte er und startete den Chrysler.

Als Jo später noch beim zuständigen Polizeirevier vorbeischaute, ließ Blanfield sich verleugnen. Vielleicht war er wirklich nicht da, aber es war genausogut möglich, daß er nur einfach keine Lust hatte, sich mit dem Privatdetektiv unterhalten zu müssen.
Jo hätte gerne gewußt, ob es gerichtsmedizinisch schon irgend etwas Neues gab, das die Sache weiterbrachte.
Aber selbst wenn es so gewesen wäre – wahrscheinlich hätte Blanfield freiwillig davon sowieso nichts verraten. Kommissar X hatte dann aber doch noch Glück im Unglück, als er an einen äußerst charmanten weiblichen Detective mit dunklen Locken und kurvenreicher Silhouette geriet.
»Sie scheinen nicht so starke Vorurteile gegen Privatdetektive zu haben wie Ihr Boß!« sagte Jo zu der jungen Frau, die das mit einem reizenden Lächeln quittierte.
»Wer weiß. Seien Sie sich da nur nicht zu sicher!« erwiderte sie dann. »Weiterhelfen kann ich Ihnen im übrigen auch nicht. Oder erwarten Sie vielleicht, daß ich Sie einfach an Blanfields Unterlagen lasse?«
Jo zuckte mit den Achseln. »Warum nicht? Das wäre genau das, was ich jetzt brauchen könnte. Sie wissen nicht zufällig, ob im Fall Jennings schon was von der Gerichtsmedizin da ist?«
»Nein. Ich weiß kaum, was das für ein Fall ist, ich arbeite nämlich

an einer anderen Sache. Am besten Sie warten, bis Blanfield zurückkommt!«

»Er mag mich nicht besonders.«

Sie lächelte charmant und zeigte dabei zwei Reihen makelloser Zähne.

»Das ist Ihr Pech, Mister! Dann sollten Sie sich eben besser mit ihm stellen. Blanfield ist übrigens unterwegs zu den Jennings. Wenn Sie ihm nachfahren wollen ...«

Wenn Blanfield jetzt bei den Jennings war, dann konnte das nur heißen, daß es etwas Neues gab.

Jo grinste über das ganze Gesicht. »Vielen Dank. Sie haben mir sehr geholfen!«

Sie stemmte unterdessen die Hände in die Hüften und warnte Jo: »Schauen Sie nicht so begehrlich zum Büro des Lieutenants! Was immer Sie sich da im Moment auch ausdenken mögen: Lassen Sie's lieber, sonst bekommen Sie eine Menge Ärger!«

»Und daß Sie Ihre hübschen Augen einfach mal in eine andere Richtung blicken lassen, das ist völlig ausgeschlossen?«

»Völlig! Ich bin eine loyale Polizistin und völlig immun gegen jede Art von Bestechung. Selbst gegen Ihren Charme, Mister!«

»Wie schade!«

Jo wandte sich zum Gehen und blickte geradewegs in Blanfields entsetztes Gesicht. Der Lieutenant hatte gerade das Büro betreten und dabei zuviel Schwung gehabt. Jetzt konnte er sich nicht mehr an Jo vorbeidrücken.

Mit mißmutigem Gesicht zog er sich den Mantel aus, während Jo direkt auf ihn zuhielt. »Das trifft sich ja gut, Blanfield.«

»Nicht schon wieder Sie, Walker!«

Jo folgte Blanfield bis in dessen Büro. Der Lieutenant warf ärgerlich seinen Mantel in eine Ecke und knurrte: »Was wollen Sie?«

»Ihnen einen Vorschlag machen.«

»Bitte! Ich gebe Ihnen zehn Sekunden!«

»Wie wär's, wenn wir aufhören, gegeneinander zu arbeiten, Blanfield?«

Er verzog das Gesicht zu einer Grimasse. »War das alles? Von Ihren zehn Sekunden sind mindestens fünf schon um.«

»Sagen Sie mir, was Sie wissen, und ich sage Ihnen, was ich herausgefunden habe.«

Blanfield lachte heiser. »Ein Deal? Vergessen Sie's!«

»Darf ich mal raten? Jennings Tod hat sich als eiskalter Mord herausgestellt.«

Blanfield war ziemlich perplex. Das Kinn fiel ihm herunter, und sein Mund blieb ein paar Sekunden lang offen.

»Woher wissen Sie das?«

»Instinkt.«

»Reden Sie keinen Unfug.« Er trat nahe an Jo heran, musterte ihn einen Augenblick lang in einer Art und Weise, die eine Art Eingeständnis war, daß er Kommissar X unterschätzt hatte, und sagte dann: »Jennings starb nicht am Rauch, wie wir erst vermutet hatten. Schon heute nacht meinte der Arzt, daß da ein paar Ungereimtheiten seien ... Anthony Jennings wurde vergiftet. Er bekam eine Injektion.«

»Fachmännisch?«

»Ja, ziemlich, sonst hätte der Arzt es auch eher gemerkt. Das ist das Erstaunliche! Kein Bluterguß oder so etwas.«

»Und das Gift?«

»... wird häufig von Tierärzten verwendet. Zum Einschläfern. Es wirkt sehr schnell. Hier der Bericht, da ist die Zusammensetzung genau erläutert.« Er verengte ein wenig die Augen und fuhr dann nach kurzer Pause fort: »So, Walker, und jetzt sind Sie dran!«

»Jennings wurde vermutlich schon umgebracht, bevor er zur Fabrik aufbrach!«

Blanfield runzelte die Stirn. »Und woher wollen Sie das wissen? Auch Instinkt?«

»Dieser Warren hat mir gesagt, daß Jennings den Motor seines Ferrari abgewürgt hätte, als er losfuhr. Ich vermute, daß Jennings gar nicht mehr selbst gefahren ist. Sein Sportwagen hat ein Schaltgetriebe. Derjenige, der Jennings' Leiche zur Fabrik gebracht hat, war vermutlich nur Automatikwagen gewohnt und hatte daher seine Schwierigkeiten ... Haben Sie den Ferrari übrigens sichergestellt?«

»Ja. Ich komme gerade von den Jennings. Ein paar von meinen Leuten sehen sich gerade im Haus um.«

»Der Tatort dürfte Jennings' Arbeitszimmer sein«, behauptete Jo im Brustton der Überzeugung. Er holte die goldene Füllerhülle aus der Tasche. »Das lag auf dem Schreibtisch. Der dazugehörige Stift befand sich vorne im Wagen, als Sie mich dort erwischt haben! Jennings saß am Schreibtisch, als er die Injektion bekam. Den Stift muß er gerade in der Hand gehalten haben, als er die Spritze bekam. Es muß sehr überraschend geschehen sein. Entweder hat er den

Mörder so gut gekannt, daß er ihm nicht mißtraute, oder er hat ihn nicht bemerkt ...«

»Als meine Leute den Wagen heute untersucht haben, war nichts darin, das zu dieser Hülle passen würde. Das wäre mir aufgefallen.«

»Dann hat ihn jemand an sich genommen. Dutzende hatten Gelegenheit dazu. Ich konnte mich ja schließlich auch unbehelligt ans Steuer setzen ...«

Jo legte Blanfield die Hülle auf den Tisch, und dieser betrachtete sie nachdenklich.

Jo nickte. »Ja, Jennings saß vermutlich am Schreibtisch und hatte den Füller in der Hand, als er getötet wurde ... Dann wurde die Leiche in den Wagen gebracht und zur Fabrik gefahren. Wahrscheinlich wußte der Mörder, daß die Fabrik in dieser Nacht brennen würde, und wollte das ausnutzen ... Haben Ihre Leute übrigens Spuren eines Einbruchs gefunden?«

»Wird noch untersucht«, knirschte Blanfield.

Colin Rigg war in seiner Tierarztpraxis nicht aufzutreiben, aber die hübsche Dunkelhaarige, die derweil seine Praxis bewachte, war so freundlich, Jo zu sagen, wo der Doktor sich gegenwärtig befand.

Dr. Rigg spritzte gerade ein paar Pferde in einem nahegelegenen Rennstall, und Kommissar X hatte natürlich nichts Eiligeres zu tun, als in seinen Mercedes zu steigen und sich dorthin aufzumachen. Nach der Wegbeschreibung der Dunkelhaarigen war es auch nicht schwer zu finden. Walker brauchte kaum zwanzig Minuten, ehe er die etwas außerhalb gelegene kleine Trainingsrennbahn mit den dazugehörigen Stallungen und Gebäuden auftauchen sah.

Ein paar teure Schlitten waren davor geparkt worden, und Jo stellte seinen dazu. Der 230 SLK paßte ganz gut in die Reihe, fand er.

Das Gelände war nur notdürftig abgesperrt. Die Pforte stand offen, und Jo ging einfach hindurch. In der Nähe der Stallungen sah er dann einen Pulk von Leuten in Schlips und Kragen stehen, die eine pechschwarze Stute umringten. Die meisten von ihnen machten von ihrem Outfit nicht den Eindruck, als wären sie Reiter oder Tierpfleger. Sie stierten alle auf den breitschultrigen Mann mit der Halbglatze, der sich an der Hinterhand des edlen Tieres zu schaffen machte. Das mußte Dr. Colin Rigg sein.

Jo trat zu der Gruppe heran, wurde aber von ihr kaum zur Kenntnis genommen. Diese Leute schienen Wichtigeres im Kopf zu haben und sich untereinander offenbar auch nicht besonders gut zu kennen, so daß ein Fremder hier nicht weiter auffiel.

»Wie ist das, Doc? Werden Sie ihn hinbekommen bis zum Rennen?« nörgelte ein ziemlich dicker Mann mit dunklem Schnauzbart.

Rigg blickte auf und erwiderte ärgerlich: »Ich habe getan, was ich konnte. Vielleicht klappt es, vielleicht auch nicht.«

»Wir haben eine Menge Geld investiert«, maulte jemand anderes. »Wenn der Gaul nicht läuft, geht ein Teil davon verloren!«

Colin Rigg ließ die Hinterhand der schwarzen Stute los und erhob sich. »Was erwarten Sie? Daß ich Wunder vollbringe?«

Ein Pfleger nahm das Pferd mit sich und führte es zu seiner Box, während sich der Haufen der gutangezogenen Männer langsam aber sicher aufzulösen begann.

Dr. Rigg ordnete seine Sachen und wollte ebenfalls gehen. Dann fiel sein Blick auf Jo. »Stimmt etwas nicht?«

»Ich hätte Sie gerne einen Moment gesprochen, Doktor Rigg«, eröffnete der Privatdetektiv und trat zu Rigg heran.

Dieser zuckte mit den Schultern.

»Für den Gaul habe ich alles getan, was ich konnte. Und wie gesagt: Hexen kann ich nicht! In den nächsten fünf Tagen ist Training für das Tier absolut tabu. Ob es dann beim Rennen fit genug sein wird, um eine Chance zu haben, das liegt nicht in meiner Hand!«

»Ich komme nicht wegen der schwarzen Stute!«

»Aber ...«

»Sagen Sie, kommt es auch schon mal vor, daß Sie so ein Tier einschläfern müssen?«

Der Tierarzt runzelte kurz die Stirn. »Natürlich, das gehört auch zu meinem Job!«

»Was spritzen Sie dann?«

Seine Augen verengten sich ein wenig. Ein Muskel zuckte in seinem Gesicht, während er sein Gegenüber mit einer Mischung aus Verwunderung und Unbehagen anstarrte. »Ich habe verschiedene Präparate in meiner Praxis, aber was soll diese Fragerei eigentlich?«

»Wo waren Sie heute nacht?«

Jetzt riß Colin Rigg aber endgültig der Geduldsfaden. »Hören Sie, Mister, sind Sie von der Polizei oder was gibt Ihnen das Recht zu diesem Verhör?«

Jo lächelte. »Ich hatte eigentlich gedacht, daß wir es dabei belassen, daß ich die Fragen stelle und Sie antworten ...«

Rigg seufzte. Er verzog das Gesicht, musterte Jo einmal von oben bis unten und sagte dann: »Ich werde keinen einzigen Ton mehr sagen, ohne daß ein Anwalt dabei ist! Haben Sie mich verstanden?«

»War ja laut genug!«

»Und wenn Sie wirklich von der Polizei wären und etwas gegen mich vorläge, hätten Sie mir längst Ihre Marke unter die Nase gehalten und mir irgendeinen Wisch gezeigt, auf dem zu lesen ist, was Sie alles dürfen!«

»Mein Name ist Walker, und ich bin Privatdetektiv.«

Rigg ruderte mit den Armen. »Das wird ja immer besser! Wer schickt Sie? Wer will mir da wieder etwas anhängen? Vielleicht diese verdammten Tierschützer, die behaupten, ich würde Pferde zu Tode spritzen? Dann bestellen Sie denen, daß Sie sich langsam mal einen anderen suchen könnten, auf den sie sich bei ihrer Kampagne einschießen! Ich bin es leid!«

Er nahm seine Tasche und ging, aber Jo folgte ihm. Seine Schritte waren eilig, und so hatte er nur Augenblicke später seinen Wagen erreicht, einen viertürigen BMW.

Er hatte gerade den Schlüssel im Schloß herumgedreht, um die Fahrertür zu öffnen, da sagte Jo: »Ich arbeite im Auftrag von jemandem, der Ihnen ein Begriff sein dürfte, Mister Rigg.«

Er verzog das Gesicht zu einer Grimasse.

»Wer sollte das sein? Ich glaube kaum, daß wir in denselben Kreisen verkehren. Ihre Rotznäsigkeit wäre mir sonst sicher schon aufgefallen!«

»Der Name Anthony Jennings sagt Ihnen also gar nichts?«

Jetzt hob der Tierarzt die Augenbrauen und wandte sich zu Jo herum.

»In der Morgenzeitung stand, daß er bei dem Großbrand in seiner Fabrik umgekommen ist! Wie können Sie für einen Toten arbeiten, und was habe ich mit Jennings zu tun?«

»Als er mich beauftragte, lebte er noch«, blieb Jo kühl. »Und außerdem sind die Morgenzeitungen auch nicht immer auf dem neuesten Stand. Jennings starb nämlich nicht durch den Brand, sondern durch ein Gift, mit dem normalerweise Tiere eingeschläfert werden. Na, klingelt es jetzt bei Ihnen?«

Es klingelte, das konnte Jo ihm deutlich ansehen. Trotzdem versuchte Rigg weiterhin so zu tun, als würde ihn die ganze Sache gar nichts angehen. Er zuckte mit den Schultern. »Warum kommen Sie da zu mir? Ich schätze, es gibt noch ein paar andere Tierärzte in Paterson und Umgebung. Aber auch für andere Leute ist es keine besondere Schwierigkeit, an diese Sachen heranzukommen, wenn sie es wirklich wollen! Da gibt es tausend Wege!«

Jo nickte. »Mag sein, aber Ihrer ist besonders kurz! Der geht nämlich nur bis zum Medikamentenschrank in Ihrer Praxis! Zudem kennen Sie ja Misses Jennings ziemlich gut, wie ich gehört habe ... Womit wir bei Ihrem Motiv wären!«

Riggs' Gesicht wurde zu einer eisigen Maske.

»Sie nehmen sich eine Menge heraus, *Walker!*« Die Art, wie er den Namen aussprach war schon so etwas wie eine Art Drohung, aber Jo zeigte sich wenig beeindruckt.

»Ich mache nur meinen Job. Und das so gut wie möglich.«

Rigg lachte heiser. »Es ist nicht zu fassen!« zischte er. »Wie auch immer, ich habe keine Lust, mich länger mit Ihnen zu unterhalten!«

Ein zäher Brocken, dachte Jo.

Dann hörte er in seinem Rücken Schritte, wandte sich um und sah zwei Männer, die ihrer Kleidung nach zu den Tierpflegern gehörten. Beide waren kräftig und standen mit vor der Brust verschränkten Armen und mißtrauischen Gesichtern da. »Schwierigkeiten, Doktor Rigg?«

Die beiden traten näher und standen schließlich kaum einen Meter hinter Kommissar X.

Rigg blickte kurz zu ihnen hinüber und dann wieder zu Jo. Etwas begann in seinen Augen zu leuchten. »Dieser Kerl wollte mich für ein paar Riesen kaufen, damit ich dafür sorge, daß die edle Stute da im Stall nie wieder bei einem Rennen startet ...«, log er frech und setzte dann noch grinsend hinzu: »Das dürfte euren Boß sicher interessieren ...!«

Ehe Jo etwas unternehmen konnte, spürte der Privatdetektiv, wie er roh von zwei Seiten gepackt wurde, während Dr. Rigg sich in aller Ruhe ans Steuer setzte, den BMW zurücksetzte und dann davonbrauste.

Jo fluchte und versuchte, sich loszureißen, aber die beiden Kerle hielten ihn mit eisernem Griff.

Der eine von ihnen grinste und zeigte dabei eine Zahnlücke oben links. Er trug einen Bürstenhaarschnitt, was ihm zusammen mit seinem kompakten Körperbau etwas Grobschlächtiges gab. »Ich hab' mir gleich gedacht, was das wohl für ein komischer Vogel ist!« knurrte er. »Steht nur herum und glotzt ...«

Der andere hatte lockiges Haar und einen sehr dunklen Teint. Er griff Jo mit der freien Hand unter die Achsel und zog ihm dann die Automatic aus der Schulterhalfter. Während er die Waffe in der Hand wog, verzog er triumphierend das Gesicht und setzte sie Jo dann an die Schläfe.

»Wer schickt Sie?« fragte der dunkle Lockenkopf.

Jo verfluchte den Tierarzt innerlich. Jedenfalls war der Kerl nicht auf den Kopf gefallen und hatte seine Chance im richtigen Moment eiskalt ausgenutzt. Und jetzt konnte Jo erst einmal sehen, wie er da wieder herauskam.

»Rigg hat Ihnen ein Bären aufgebunden!« sagte Jo, obwohl er im Grunde wußte, daß es sinnlos war.

»Natürlich!« spottete der mit der Zahnlücke. »Sie sind Rotkäppchen und ich der Kaiser von China!« Er drehte Jo den Arm so brutal herum, daß Kommissar X unwillkürlich aufstöhnte. »Du bist nicht der erste, der so etwas versucht, Kleiner!«

»Aber der erste, den wir erwischt haben!« ergänzte der Lockenkopf.

»Der Doc wollte mich einfach nur loswerden«, erklärte Jo. »Und da hat er sich gedacht, daß ihr ihm den Gefallen bestimmt tun werdet!«

»Lassen wir den Boß die Sache entscheiden!« schlug der mit der Zahnlücke vor.

»Der ist doch gerade weg!«

»Dann bleibt unser Freund eben so lange hier! Ganz einfach!«

Mit der Automatic in der Hand schien sich der Lockenkopf sehr sicher zu fühlen. Außerdem schien er zu glauben, daß Jos Widerstandsgeist längst erlahmt war. Aber dem war nicht so.

Die beiden führten Jo ab, und dabei lockerten sich ihre Griffe.

Das war Jos Chance. Er riß sich los und ließ die Fäuste blitzschnell zur Seite fliegen. Der mit der Zahnlücke klappte ächzend zusammen, nachdem er Jos Ellbogen in den Magen bekommen hatte. Jo bog dem Lockenkopf den Arm mit der Automatic nach oben, während sich ein Schuß löste. Ein Faustschlag ließ die Hand erschlaffen, die sich noch immer um den Pistolengriff krallte, und Jo konnte ihm die Waffe abnehmen.

Da war der andere allerdings schon wieder auf den Beinen und hatte sich halbwegs von Jos Schlag erholt. Der Kerl war blitzschnell und versuchte, Jo von hinten in den Würgegriff zu nehmen.

Jo hebelte ihn kurzerhand aus, und ehe sich der Kerl versah, lag er mit dem Rücken auf dem Schotter und blickte direkt in Jos Pistolenmündung.

»Schön ruhig bleiben, Leute!«

Sie schienen beide wie erstarrt. Der Arzt war Jo durch die Lappen gegangen, da war nichts mehr zu machen. Wahrscheinlich hatte er nichts Eiligeres zu tun, als sich mit seiner Freundin Liz Jennings zu besprechen, was Kommissar X zu diesem Zeitpunkt eigentlich nicht so recht war. Schließlich wußte Jo ja noch nicht, welche Rolle die Witwe in diesem mörderischen Spiel übernommen hatte.

Der Privatdetektiv ging zu seinem Wagen und stieg ein, während die beiden Kerle sich aufrappelten. Jo sah sie wenig später im Rückspiegel wütend gestikulieren.

Als Jo am nächsten Tag beim Haus der Jennings eintraf, schien sich niemand besonders über sein Auftauchen zu freuen. Warren, der Majordomus, nicht, der ihn erst gar nicht hereinlassen wollte und den Jo einfach stehenließ. Liz Jennings nicht, die ihn mit einem mißtrauischen Blick musterte, als er in das Empfangszimmer platzte, und auch Arthur nicht, der sich wieder an den Druckstellen seiner schweren Brille kratzte. Und dann war da noch jemand: ein kräftig gebauter Mann im grauen Zweireiher. Er stand neben Liz Jennings, die Jo mit einem kühlen, unbestimmten Blick musterte. Vom Alter her schätzte Jo, daß es sich bei dem Grauen um den zweiten Jennings-Sohn Ray handelte.

Einzig und allein Kathleen schenkte ihm einen freundlichen Blick, aber auch ihr Lächeln war nur kurz und sehr verhalten.

Es schien eine Art Zusammenkunft zu sein, in die Jo unvermittelt hineingeplatzt war. Und sie blickten ihn an wie die Mitglieder einer Geschworenen-Jury, die gerade jemanden zu fünfmal Lebenslänglich verurteilt hatte.

Der Mann im grauen Zweireiher wollte als erster etwas sagen, aber Liz faßte ihn am Arm und hielt ihn zurück. »Laß nur, Ray. Das mache ich schon«, sagte sie, trat etwas näher an Jo heran und erklärte dann: »Ich will es so kurz wie möglich machen: Ihr Auftrag ist hiermit beendet, Mister Walker.«

Jo pfiff durch die Zähne. »Wollen Sie gar nicht wissen, was ich inzwischen herausgefunden habe?«

»Nein. Sie wissen, daß ich von Anfang an nichts davon gehalten habe, jemanden wie Sie hineinzuziehen. Und die Aufklärung des Mordes an meinem Mann ist bei Lieutenant Blanfield in besten Händen. Anthony mochte ihn nicht, ich weiß. Aber er mochte viele Leute nicht und hat sich in seiner Einschätzung oft geirrt ...« Sie wandte ein wenig den Kopf. »Schreib ihm den Scheck aus, Ray.«

Ray Jennings' Gesicht blieb kühl. Er gehorchte seiner Mutter, aber Jo glaubte ihm anmerken zu können, daß die ganze Sache vorher mit ihm abgesprochen worden war.

Einen Augenblick später hatte Jo sein Honorar in der Hand. Es fiel großzügig aus. Zu großzügig, wenn man mit einrechnete, daß der Fall noch lange nicht abgeschlossen war und Jo auch noch nicht besonders lange daran arbeitete.

Jo hatte das untrügliche Gefühl, daß ihn die Summe in erster Linie dazu bringen sollte, die Geschichte abzuhaken. Aber sie bewirkte das Gegenteil. Sie machte ihn noch mißtrauischer.

»Ich habe den Auftrag nicht von Ihnen, Misses Jennings, sondern von Ihrem Mann. Außerdem bezog er sich ursprünglich auf die Brandstifter.«

»Mein Mann ist tot«, erklärte Liz Jennings ziemlich ungerührt. »Und jetzt bestimme ich! Ihr Auftrag ist zu Ende, und über Ihr Honorar können Sie sich nicht beklagen. Was das Feuer angeht, habe ich mich inzwischen auch ein bißchen kundig gemacht, Mister Walker...«

Jo hob die Augenbrauen. »Ach ja?«

»Es ist gar nicht ausgemacht, daß es sich wirklich um Brandstiftung gehandelt hat. Ebensogut wäre möglich, daß irgendein Elektroaggregat durchgeschmort ist ... Jedenfalls sagten das die Brandexperten der Feuerwehr.«

»Ist das vielleicht für Ihre Feuerversicherung von Bedeutung?« fragte Jo.

Liz warf den Kopf in den Nacken und erwiderte pikiert:. »Nein, ist es nicht, wenn Sie es unbedingt genau wissen wollen.«

»Ihr plötzlicher Entschluß hat nichts damit zu tun, daß vielleicht ein Tierarzt namens Colin Rigg sich bei Ihnen beschwert hat?«

Sie schluckte. Liz verlor für den Bruchteil eines Augenblicks die kühle Selbstbeherrschung, die sie sonst so auszeichnete. Jo schien da den wunden Punkt erwischt zu haben. »Ich weiß nicht, wovon Sie reden, Mister Walker...«

»Ich rede von dem Mann, der Ihr Liebhaber ist und aus dessen Giftschrank die tödliche Injektion kommen könnte ...«

Jetzt mischte sich Ray Jennings ein. Irgendwie schien ihm die Gefahr zu groß zu sein, daß seiner Mutter die Situation entglitt.

»Sie sind draußen, Walker. Akzeptieren Sie das! Mein Vater hat Sie engagiert, meine Mutter Sie ausgezahlt. Die Sache ist damit für Sie zu Ende. Sie sollten zufrieden sein! Das ist 'ne Menge Geld für wenig Arbeit. Selbst für Sie! Warum nehmen Sie nicht einfach Ihren Scheck und machen sich ein paar schöne Tage davon?«

Jo hob die Schultern. Da war nichts zu machen. Er steckte den Scheck ein und wandte sich zum Gehen.

»Wie auch immer, die Sache stinkt zum Himmel«, murmelte er.

»Was meinen Sie damit?« Es war Rays Stimme. Sie klang jetzt sehr scharf und durchschnitt die Stille wie ein Messer.

Jo wandte sich noch einmal um. »Genau das, was ich gesagt habe«, gab er zurück.

Rays Augen wurden zu schmalen Schlitzen. »Ich gebe Ihnen den guten Rat, nicht in Sachen herumzubohren, die Sie nichts mehr angehen, Walker! Haben wir uns verstanden?«

»Ich verstehe sehr gut, Mister Jennings!«

Und damit war Walker auf und davon. Warren wollte ihn hinausbegleiten, aber Jo wehrte ab. »Bemühen Sie sich nicht, ich finde selbst den Weg!«

Als Jo dann hinaus ins Freie trat und die Stufen des protzigen Portals hinabstieg, hatte er das ungute Gefühl, für irgend etwas benutzt worden zu sein. Wie ein Kleenex. Jetzt hatte er ausgedient und konnte gehen. Und der Scheck sollte ihm dabei den Mund stopfen. Jo stoppte einen Moment, um sich eine Zigarette anzuzünden.

Er haßte dieses Gefühl.

Dann bemerkte er, daß ihm jemand gefolgt war. Es war Kathleen. Sie rieb die Hände unsicher aneinander, als sie auf Jo zutrat. Dann blickte sie sich kurz um.

»Was wollen Sie noch?« fragte Jo.

Sie sprach sehr leise, als sie ihm antwortete. »Wir müssen unbedingt miteinander sprechen, Mister Walker!«

»Bitte! Meinetwegen! Schießen Sie ruhig los!«

»Nein, nicht hier. Ich kann nicht vor fünf Uhr heute nachmittag. Kommen Sie dann zu meiner Wohnung!« Sie nannte ihm eine Adresse in Paterson, aber Jo winkte ab.

»Sie haben doch gehört, ich bin aus der Sache heraus!«

»Für die da ja!« Sie deutete mit der Hand hinter sich. »Aber ich möchte, daß Sie weitermachen und herausfinden, wer meinen Vater umgebracht hat. Diesmal in *meinem* Auftrag!«

»Ich habe langsam das Gefühl, von Ihrer ehrenwerten Familie für dumm verkauft zu werden, Lady. Und so etwas mag ich nicht.«

»Bitte!« Sie wollte noch etwas sagen, verstummte dann aber abrupt, als Warren hinter ihr auftauchte. »Leben Sie wohl, Mister Walker!« sagte sie dann so laut, daß Warren es auf jeden Fall hören mußte. Sie wandte sich um und ging zurück ins Haus, während Jo von dem Majordomus mit einem finsteren Blick bedacht wurde.

Jeffrey Kramer stellte seinen verbeulten Chrysler am Straßenrand ab und ging zu der Snackbar, um etwas zu essen. Ihm knurrte schon eine geraume Weile der Magen, aber er hatte einfach keine Zeit gehabt, etwas zu sich zu nehmen.

Jetzt schlug er ordentlich zu. Drei Hamburger stellte er vor sich auf einen der schmuddeligen Tische, an den er sich dann setzte. Dazu noch eine Tasse Kaffee und einen Milchshake. Eine etwas eigenwillige Zusammenstellung, aber sie entsprach eben seinem Geschmack.

Aber Kramer sollte nicht allzuviel Freude an diesem Menü haben. Er hatte gerade den ersten Bissen genommen, da sah er einen kräftig gebauten Mann mit Baseballmütze zur Tür hereinkommen, dessen Anblick Kramer unwillkürlich frösteln ließ.

Der Eingetretene fixierte Kramer mit seinem Blick und grinste zynisch. Während er näher kam, stieg in Kramer die Panik hoch. Der Puls schlug ihm bis zum Hals. Er legte den Hamburger aus der Hand und wußte doch insgeheim, daß es zu spät war.

Er versuchte es trotzdem, denn er hatte nicht die geringste Lust, die nächsten Tage im Krankenhaus zu verbringen.

Etwa eine Sekunde lang hatte Kramer wie erstarrt an seinem Platz gesessen, aber jetzt war er endlich aufgewacht und sprang auf, um zu fliehen. Aber da war etwas, das ihn roh niederdrückte. Zwei mächtige, behaarte Pranken stießen ihn unsanft zurück. Kramer wandte halb den Kopf und blickte in das von gleichmäßiger Solarien-Bräune überzogene Gesicht eines Dunkelhaarigen, dessen rechtes Auge Kramer triumphierend ansah. Das linke war aus Glas.

»Schön ruhig bleiben, Kramer!« murmelte die Reibeisenstimme des Einäugigen.

»Du hast uns doch wohl noch nicht vergessen, was?« röhrte der Kerl mit der Baseballmütze. »So lange ist es doch noch gar nicht her, daß wir in Baltimore ein nettes Zusammentreffen hatten!« Er lachte häßlich, und Kramer saß ein Kloß im Hals.

»Dich hat jemand gewarnt, was? Scheint, als hättest du doch noch Freunde in Baltimore, was mich eigentlich wundert«, höhnte dann der Einäugige, während sein vorschnellender Ellbogen den Pappbecher mit dem Kaffee kippte. Die heiße braune Brühe lief über den Tisch und dann Kramer über die Beine. »Wer will schon der Freund von einer Kanalratte wie dir sein?« fragte der Einäugige kalt. Er setzte sich neben Kramer.

»Hören Sie!« keuchte dieser, während er sich hilfesuchend umsah. »Ich bringe Ihnen das Geld!«

»Wann! Jetzt?«

»Morgen!«

Der flache Handrücken des Einäugigen kam blitzschnell und fuhr Kramer mitten ins Gesicht, so daß das Blut aus der Nase schoß.

»Du willst uns für dumm verkaufen, Kramer. Und das mögen wir nicht!«

»Es ist die Wahrheit!«

Wahrscheinlich hätte Kramer gleich den nächsten Schlag bekommen, aber eine junge Frau, die eine Schürze mit dem Emblem der Snackbar trug, kam in bedenkliche Nähe. Sie war gerade dabei, einen Tisch abzuwischen und das Plastikgeschirr eines inzwischen gegangenen Gastes abzuräumen, und starrte nun auf das merkwürdige Trio.

»Was glotzen Sie so!« rief ihr der Einäugige zu.

»Nichts!« sagte sie, während ihr Blick bei Kramers blutender Nase hängenblieb. Ihr Stirnrunzeln sagte alles.

»Bring unserem Freund hier mal eine Serviette. Er hat etwas Nasenbluten!« wies sie der Kerl mit der Baseballmütze grinsend an, und sie gehorchte. »Nichts Ernstes. Das hat er manchmal.«

Sie reichte eine Serviette.

Und dann nahmen sie Kramer in die Mitte und führten ihn durch den hinteren Eingang der Snackbar in einen tristen Hinterhof. Kramer wußte, daß es keinen Sinn hatte, sich zu wehren. Er preßte sich die Serviette gegen die Nase.

Ein rostiger Lieferwagen stand da, und der Kerl mit der Baseballmütze schleuderte Kramer mit einer kräftigen Bewegung dagegen. Kramer schnappte nach Luft.

»Das mit dem Geld stimmt wirklich!« behauptete er dann japsend, ohne damit bei den beiden anderen besonders viel Eindruck schinden zu können. »Ehrlich! Ich will euch nicht reinlegen!«

»So wie das letzte Mal, ja?« höhnte der Einäugige. »Da bist du bei Nacht und Nebel einfach verschwunden, und wir hatten hinterher eine Menge Arbeit damit, dich wieder aufzuspüren!«

»Diesmal nicht!«

Der Kerl mit der Baseballmütze trat einen Schritt vor und verabreichte Kramer einen Schlag in die Magengrube. Kramers Gesicht wurde aschfahl, und er rutschte an der Blechwand des Lieferwagens entlang zu Boden. In diesem Moment verfluchte er sich dafür, seine Waffe im Handschuhfach des Chryslers gelassen zu haben.

»Du siehst doch sicher ein, daß wir dich diesmal nicht so davonkommen lassen können, oder?« kommentierte der Einäugige zynisch. Ihm war anzusehen, daß ihm sein schmutziger Job Spaß machte.

Es dauerte einen Augenblick, bis Kramer wieder in der Lage war, etwas zu sagen. Schließlich preßte er hervor: »Wenn ihr mich jetzt krankenhausreif schlagt, dann werde ich nicht an das Geld kommen! Und das ist es doch, was ihr wollt, oder?«

Der Einäugige verzog das Gesicht.

»Hör auf mit deinen Geschichten! Um uns übers Ohr zu hauen, mußt du schon ein bißchen früher aufstehen, kapiert?«

»Was ich sage, stimmt!«

Der Einäugige lachte. »Woher willst du Wunderknabe denn bis morgen eine so große Summe auftreiben? Du erzählst uns doch nur wieder ein Märchen, um uns zu vertrösten!«

»Ich bin an einer großen Sache dran!«

»Worauf hast du gesetzt, Kramer? Auf dein Glück beim Kartenspiel oder ein Pferd?« Der Einäugige schüttelte den Kopf. »Es ist doch immer dasselbe ...«, murmelte er und versetzte Kramer noch einen Tritt. »Wir kommen wieder, Kramer! Und denk daran, du hast keine Chance! Wenn wir dich nicht kriegen, kriegt dich jemand anderes!«

»Ich werde meine Schulden zurückzahlen!«

»Und ich hoffe, daß du auf das richtige Pferd gesetzt hast!«

Der am Boden Liegende bekam noch einen letzten Tritt, dann zogen die beiden ab.

Kramer wand sich unterdessen mit schmerzverzerrtem Gesicht am Boden. Als er eine halbe Minute später wieder einigermaßen beieinander war und sich hochgerappelt hatte, kam ihm der Gedanke, daß es auch noch weit schlimmer hätte kommen können.

Morgen früh! dachte er. Es hing für ihn eine Menge davon ab, daß die Sache glattging.

Kathleen Jennings bewohnte ein luxuriöses Apartment in der City von Paterson. Jo Walker war etwas zu früh dort und mußte daher ein paar Minuten auf sie warten. Aber dann kam sie. Sie schloß die Tür auf, und dann gingen sie beide zusammen in das Apartment.

»Ich bin froh, daß Sie gekommen sind«, begann sie, während Jos Blick über ihre Einrichtung glitt. Alles ultramodern, kühl und sachlich – klare Linien ohne Schnörkel.

Jo ließ sich ungefragt in einen der Sessel fallen und beobachtete, wie Kathleen im Nebenraum verschwand und einen Augenblick später mit zwei Gläsern zurückkam, die sie auf den niedrigen Tisch stellte.

»Möchten Sie etwas trinken, Mister Walker?«

»Wie wär's, wenn Sie mir langsam reinen Wein einschenken würden?« erwiderte Jo eine Spur schroffer, als er eigentlich gewollt hatte.

»Was wollen Sie wissen?« fragte Kathleen.

»Zum Beispiel, welche Rolle Sie in dieser Sache eigentlich spielen!«

Sie sah ihn an, und ihr Blick hatte dabei etwas Trauriges. »Keine besonders rühmliche, das gebe ich gerne zu. Ich hoffe, Sie helfen mir trotzdem!«

»Mal sehen.«

Sie ging zum Fenster und blickte nachdenklich hinaus. »Sehen Sie, Mister Walker, mein Vater ist – war – ein Selfmademan, wie er im Buche steht. Aber in den letzten Jahren ging es abwärts – sowohl mit ihm als auch mit der Firma. Es gab eine Reihe von Fehlentscheidungen, eins kam da zum deren. Schließlich stand uns das Wasser bis zum Hals. Unser Maschinenpark zum Beispiel war veraltet, aber zu Investitionen fehlte das Geld. Es war nur eine Frage der Zeit, wann wir der Konkurrenz hoffnungslos hinterherhinken würden. Ja, und dann kamen diese wirklich dilettantischen Versuche, unsere Fabrik anzuzünden. Ich habe keine Ahnung, wer dahintersteckte, Mister Walker, wirklich nicht. Jedenfalls beschlossen wir, alle gemeinsam, die Gelegenheit zu nutzen und uns dort anzuhängen. Die Versicherungssumme wäre eine Möglichkeit gewesen, etwas zu retten! Das Werk in Paterson war die Keimzelle des ganzen Unternehmens. Hier hat es angefangen. Aber es war auch dasjenige, das am meisten veraltet war.«

Jo hob die Augenbrauen. »Und was war meine Rolle? Ich vermute mal, daß ich für die Glaubwürdigkeit Ihrer ehrenwerten Familie sorgen sollte!«

»So ist es. Sehen Sie, mein Bruder Arthur hat sich kundig gemacht. Sie haben einen guten Namen in der Branche, und der dürfte auch bis in die Versicherungsbranche vorgedrungen sein!«

Jo lachte heiser. »Davon können Sie ausgehen, ja!«

»Wir wußten, daß Sie selbst im Auftrag von Versicherungen tätig waren und deren Vertrauen genießen, Mister Walker. Und da dachten wir uns, es ist besser, wir engagieren selbst jemanden, dem auch die andere Seite vertraut, behalten dadurch aber die Kontrolle.« Sie hob die Schultern. »Wahrscheinlich werden die trotzdem noch jemanden von ihren eigenen Leuten schicken, aber vermutlich ohne daß dabei etwas herauskommt.«

Sie machte eine kurze Pause, und Jo fragte: »Was ist eigentlich schiefgelaufen?«

Kathleen zuckte mit den Achseln, und als sie den Kopf ein wenig zur Seite wandte, sah Jo Tränen in ihren Augen glitzern. »Ich weiß es nicht«, sagte sie. »Dads Tod war jedenfalls nicht Teil des Plans. Nicht, soweit ich eingeweiht war!«

Jo erhob sich und trat zu ihr. Er legte ihr den Arm um die Schulter und versuchte sie ein wenig zu trösten.

»Es geht um den Mord an Dad«, erklärte sie dann, plötzlich wieder überraschend gefaßt. »Um sonst nichts. Alles andere ist mir jetzt egal. Ich will wissen, wer ihn ermordet hat!«

»Was ist mit dem Rest der Familie? Ihre Mutter, Ihre Brüder ... Glauben Sie, daß die weniger daran interessiert sind, die Wahrheit herauszubekommen? Schließlich hat Ihre Mutter mir sozusagen den Stuhl vor die Tür gesetzt.«

»Ich weiß es nicht. Meine Brüder haben einfach nur Angst, daß Sie früher oder später das herausbekommen, was ich Ihnen jetzt auf dem Silbertablett serviert habe ... Ich habe mit Ihnen gesprochen.«

»Wissen die beiden von unserem Tête-à-tête?«

»Nein. Und ich möchte auch nicht, daß sie davon erfahren. Jedenfalls, wenn es sich vermeiden läßt. Sie sind dagegen, in der Sache herumzurühren, weil der Versicherungsbetrug sonst auffliegen könnte. Und unserem toten Dad würde es auch nichts mehr nützen, wenn jetzt noch einmal das Unterste zuoberst gekehrt wird. Irgendwie haben sie damit ja auch recht, aber ...« Sie stockte. Es fiel ihr offensichtlich nicht leicht weiterzusprechen.

»Aber Sie denken anders darüber!« stellte Jo fest.

»Ja.«

»Und Ihre Mutter …?«

Sie schluckte. Dann sah sie Jo offen an. Ihre grünen Augen waren dabei völlig ruhig. »Ich will ehrlich sein: Es ist schrecklich, so etwas von der eigenen Mutter sagen zu müssen, aber ich habe sie in Verdacht!«

»Wegen des Ehevertrags?«

»Davon wissen Sie auch schon? Na ja, um so besser! Es kommt noch etwas hinzu. Sie hat angegeben, in der Mordnacht im Theater gewesen und erst zurückgekommen zu sein, nachdem der Ferrari nicht mehr vor dem Haus stand.«

»Richtig.«

»Aber ihr Alibi stimmt nicht. Die Vorstellung ist kurz vor Beginn abgesetzt worden, weil der Star des Abends auf dem Weg nach Paterson einen Verkehrsunfall hatte …«

Jo nickte. »Wußten Sie, daß sie einen Geliebten hat? Sie könnte auch bei ihm gewesen sein …«

»Nein, das wußte ich nicht.« Sie zuckte mit den Schultern. »Aber es wundert mich nicht. Mum und Dad haben sich ziemlich auseinandergelebt. Vielleicht ist das auch der Grund dafür, warum keines ihrer Kinder in dem großen Haus da drüben wohnen wollte, obwohl Platz genug wäre. Es war einfach eine schlechte Stimmung in der Luft, wenn beide zusammen waren …«

»Verstehe …«

»Dad hatte auch Freundinnen, aber umgekehrt gestand er Mum nicht dasselbe Recht zu. Er hätte sich sofort von ihr scheiden lassen, wenn er davon erfahren hätte.«

»Was bedeutet hätte, daß sie leer ausgegangen wäre!«

»Ja, so ziemlich.« Und nach einer kurzen Pause fragte sie dann noch: »Wer ist es? Es würde mich interessieren!«

»Ein Tierarzt namens Colin Rigg. Und vermutlich stammt das Gift aus seiner Praxis.«

Sie nickte, und auf ihrem hübschen, feingeschnittenen Gesicht spiegelte sich deutlich wider, wie all ihre Befürchtungen sich bestätigten. »Sie glauben auch, daß es Mum war, nicht?«

»Hat Ihre Mutter gelernt, wie man eine Spitze setzt? Der Mörder konnte das – und wenn Sie im Krankenhaus jemals von einer Lernschwester gepiekt worden sind, dann wissen Sie, daß das eine Kunst für sich ist!«

Sie überlegte eine Sekunde und schüttelte dann energisch den Kopf. »Nein, nicht, daß ich wüßte. Ein Punkt, der für diesen Rigg sprechen würde, nicht wahr?«

»So ist es.«

»Dann haben Mum und er zusammengearbeitet!«

»Wer hat den Brand gelegt? Ich nehme nicht an, daß Sie und ihre Brüder selbst das Streichholz angerissen haben …«

»Ich habe keine Ahnung!«

Jo faßte sie etwas fester bei den Schultern. Sie mußte jetzt Farbe bekennen und sich entscheiden. Kopf oder Zahl. Die Zeit des Herumlavierens war vorbei.

»Wenn ich Ihnen helfen soll, Miß, dann packen Sie besser alles aus, was Sie wissen. Oder Sie müssen sich jemand anderen suchen! Und glauben Sie nicht, daß ich bluffe! Das ist mein verdammter Ernst!«

Sie schüttelte den Kopf.

»Es ist die Wahrheit! Mit den Einzelheiten hatte ich nichts zu tun. Ich schätze, Ray hat das erledigt. Es ist doch nun wirklich keine Schwierigkeit, jemanden zu finden, der so etwas für ein paar Dollar macht, oder?«

»Leider wahr.«

Ihre Verzweiflung schien echt zu sein, und Jo hatte das Gefühl, daß sie die Wahrheit sagte. »Worauf wollen Sie eigentlich hinaus?« fragte sie dann plötzlich.

»Ganz einfach: Wer wußte von dem Brand? Außer den Mitgliedern Ihrer Familie und Doktor Rigg, meine ich.«

»Ich nehme an, die Nachtwächter, aber da müßten Sie Ray fragen.«

»Jedenfalls ist anzunehmen, daß Ihr Vater von jemandem vergiftet wurde, der einerseits von dem bevorstehenden Brand wußte, und den er andererseits gut kannte.«

»Weshalb?«

»Hat die Polizei Spuren eines Einbruchs gefunden? Oder hat die Alarmanlage angeschlagen?«

»Nein.«

»Dann hat Ihr Vater den Täter hereingelassen!«

»Oder meine Mutter, denn ihr Alibi stimmt nicht.«

»Wie ist das mit Ihren beiden Brüdern? Haben die auch einen Vorteil durch den Tod Ihres Vaters?«

»Nun, wir alle bekommen sicher einen Anteil an einer Firma, mit der es bergab geht. Wahrscheinlich würde Ray die Geschäftsleitung übernehmen … Aber er hat ein Alibi, für das es mehr als hundert Zeugen gibt. Er war auf einem Bankett, das ein Kunde von uns gegeben hat, und das erst weit nach Mitternacht endete.«

Jo lächelte. »Haben Sie das etwa schon überprüft?«

»Das war nur ein Anruf für mich.«

»Und Arthur?«

»Er hatte ein gutes Dutzend Bekannte bei sich zu Hause, als man ihn wegen der brennenden Fabrik anrief …«

Die leeren Gläser wurden schließlich doch noch gefüllt. Mit Rotwein.

Jo sah in ihre dunkelgrünen Augen, spürte die Anwesenheit ihres aufregenden Körpers und den Geruch des leichten Parfüms. Sie war eine verdammt attraktive Frau.

Und sie war eine, die das auch genau wußte.

Die Gläser wurden nicht mehr leer, bevor sie hinüber zum Schlafzimmer gingen. Jo sah ihr zu, wie sie mit einer gekonnten Bewegung das Kleid abstreifte, während in ihren Augen ein Feuer brannte, das Jo unwillkürlich schlucken ließ.

»Was hast du eigentlich für ein Alibi, Kathleen?«

»Ich? Ganz einfach: Ich habe keins.«

Der Tag, an dem Anthony Jennings beerdigt wurde, war so scheußlich, wie schon seit langem keiner mehr. Jo hatte den Mantelkragen hochgeschlagen, obwohl er wußte, daß das auf die Dauer auch nichts nützen würde.

Den schlimmsten Schauer wartete er ab, dann stieg er aus. Er hatte den 230 SLK auf dem Parkplatz neben dem Friedhof abgestellt und ging dann mit schnellen Schritten auf dem nassen Schotterweg daher. Schließlich blieb er stehen, als er die Trauergemeinde vor dem offenen Grab sah.

Jo war natürlich nicht eingeladen, aber bei der Aufklärung eines Mordes konnte es manchmal ganz interessant sein zu sehen, wer zur Beerdigung ging.

Es waren nicht viele. Nur der engste Familienkreis und ein paar Leute, die Jo nicht kannte. Den Autokennzeichen auf dem Parkplatz nach waren manche von ziemlich weit angereist.

Jo verfluchte das schlechte Wetter, während der Regen wieder zunahm. Das Wasser lief ihm das Gesicht herunter, die Haare waren klatschnaß. Aber das Opfer hatte sich gelohnt. Hinter einem Gebüsch bemerkte Jo ein Gesicht.

Es war eine Frau, und Jo erkannte sie sofort. Es war Miß Hancock, die er im Büro von Arthur Jennings getroffen hatte.

Das Ganze dauerte nicht sehr lange, nur ein paar Sekunden, dann hatte sie Jo auch gesehen. Man konnte nicht sagen, ob es Regenwasser oder Tränen waren, was ihr da über die Wangen lief. Wahrscheinlich eine Mischung aus beidem.

Einen Augenblick lang begegneten sich ihre Blicke, dann verschwand sie hinter den Büschen. Jo setzte ihr mit schnellen, entschlossenen Schritten nach. Von den Trauernden am Grab achtete niemand auf ihn. Es dauerte nicht lange, dann hatte er sie eingeholt.

»Miß Hancock ...«

Sie drehte sich kurz um und lief weiter, wobei sie noch etwas beschleunigte. Ganz offensichtlich war es ihr sehr unangenehm, daß sie jemand bemerkt habe.

»Was wollen Sie von mir, Walker?«

»Können wir uns nicht an einem Ort unterhalten, der nicht ganz so ungemütlich ist?«

Jetzt blieb sie stehen. »Okay«, flüsterte sie. »Mein Wagen steht da drüben.«

In ihrem Ford war es tatsächlich angenehmer. Sie setzte sich ans Steuer und Jo auf den Beifahrersitz, während der Regen gegen die Scheiben platschte.

»Also, was gibt es, Mister Walker?«

»Was macht jemand wie Sie hier draußen bei diesem Wetter?«

»Ich habe Abschied genommen.«

»Sie wollten nicht, daß man Sie sieht!«

Sie hob die Augenbrauen. »Wirklich? Woher wollen Sie das wissen?«

»Na, kommen Sie ...«

Dann flüsterte sie: »Ich wollte Anthonys Familie nicht begegnen. Ich ...« Sie sprach nicht weiter und machte eine kurze Pause. Dann sagte sie schließlich: »Ich hoffe, daß man den Mörder faßt! Bei Gott, ich hoffe es!« Und als sie das sagte, hatte ihre Stimme einen ganz veränderten, haßerfüllten Klang. »Bitte gehen Sie jetzt«, sagte sie schließlich.

»Sollten wir nicht etwas vorsichtiger sein?« fragte Colin Rigg, während er gemeinsam mit Liz Jennings das Feinschmeckerlokal verließ und ins Freie trat. Es war der teuerste Gourmet-Tempel am Ort.

Draußen war es bereits fast dunkel. Sie waren mit Riggs BMW gekommen, den der Tierarzt in einer Seitenstraße abgestellt hatte.

Liz lachte, und dabei löste sich die steife Maske auf, die sonst ihr Gesicht beherrschte. »Warum so ängstlich, Colin? Mein Gott, was soll schon passieren!«

»Man könnte uns zusammen sehen, Liz.«

»Na und?«

»Im Augenblick wäre das wirklich nicht gut!«

»Ein Beinbruch wäre das auch nicht! Colin, die Zeiten, in denen ich kuschen mußte, sind endgültig vorbei, verstehst du? Ich bin diese Heimlichtuerei und dieses Versteckspiel gründlich leid! Anthony ist tot, und damit ist das alles für mich zu Ende!« Liz Jennings hatte ungewohnt heftig gesprochen. Es schien ihr sehr ernst zu sein.

Colin Rigg stand jedoch der Zweifel im Gesicht geschrieben.

»Dieser Walker ...«

»Der ist abserviert, Colin! Ein für allemal.«

»Bist du dir da sicher? Auf mich machte der Kerl einen ziemlich entschlossenen Eindruck ...«

»Er hat einen großzügigen Scheck bekommen. Damit kann er zufrieden sein. Ich glaube nicht, daß wir noch etwas von ihm hören.« Sie lächelte. »Er hat seinen Part hervorragend gespielt – fast sogar ein bißchen *zu* perfekt. Und dieser Blanfield ...« Sie machte eine wegwerfende Handbewegung.

»Trotzdem«, beharrte Colin. »Es ist vielleicht nicht gerade klug, daß wir uns jetzt zusammen in der Öffentlichkeit zeigen.«

»Ach was!«

Sie hakte sich bei ihm unter, und dann gingen sie zusammen die Straße entlang. Leichter Nieselregen setzte ein, und sie beschleunigten ihre Schritte etwas. Dann bogen sie um eine Ecke in eine Einbahnstraße, deren Bordsteine mit parkenden Wagen zugestellt waren.

»Die Zeit der Heimlichkeiten ist jetzt vorbei, Colin. Endgültig. Anthony ist tot, verstehst du?«

»Ja.«

»Er kann mich nicht mehr einfach jederzeit wie eine streunende Katze wieder vor die Tür setzen. Diese Zeiten sind vorbei. Jetzt bestimme ich selbst über mein Leben.«

Sie hatten Riggs BMW schon fast erreicht, da fragte der Tierarzt: »Fahren wir noch zu mir?«

»Nein, zu mir, Colin. Das große Haus ist so furchtbar leer.«

Er verzog das Gesicht. »Das ist nun wirklich noch etwas zu früh«, meinte er. Dr. Rigg suchte in seinen Jackentaschen nach dem Autoschlüssel. Er hatte ihn gerade gefunden und steckte ihn ins Türschloß, da geschah es.

Ein Knall, wie von einer Schußwaffe.

Rigg stand wie erstarrt da und fragte sich, was los war. Ein zweiter Knall folgte, und ein dritter und vierter.

Rigg fuhr herum und sah, wie Liz Jennings taumelte. Es kam rot von ihrem Hals herunter. Mit starren, toten Augen sank sie zu Boden, während immer noch geschossen wurde.

Ein Ruck erfaßte Rigg und riß ihn brutal aus seiner Agonie heraus. Es hatte ihn erwischt, das war ihm im Bruchteil einer Sekunde klar. Er fühlte plötzlich einen Schmerz an der linken Seite, griff mit der Rechten dorthin. Das Blut sickerte zwischen seinen Fingern hindurch, während er sich endlich duckte und hinter dem BMW in Deckung brachte.

Er taumelte dabei. Schwindel erfaßte ihn, und er kam einen Augenblick später hart auf dem Boden auf.

Mein Gott! dachte er, als sein Blick auf Liz Jennings' toten Körper fiel, der in seltsam verrenkter Stellung auf dem Pflaster lag. *Warum nur?* hämmerte es in seinem Kopf. Er wandte den Kopf schnell zur Seite. Seine Seite schmerzte, und er mußte die Zähne aufeinanderbeißen, um nicht laut loszuschreien.

Rigg ächzte und hörte dann einen startenden Wagen, der offenbar auf der anderen Straßenseite geparkt hatte und nun mit aufheulendem Motor davonraste.

Dann kroch er zu Liz Jennings hinüber. Aber da war nichts mehr zu machen. Er schloß ihr noch die Augen, bevor er selbst niedersank und reglos auf dem Pflaster liegenblieb.

Wenig später war in der engen Seitenstraße der Teufel los. Polizei, Notarzt und jede Menge Schaulustige, die einmal ein richtiges Mordopfer betrachten wollten.

Lieutenant Blanfield runzelte die Stirn, als er Jo Walker in Begleitung von Kathleen Jennings auftauchen sah.

Blanfield war anzusehen, daß ihm eine bissige Bemerkung auf der Zunge lag, aber in Anbetracht der Tatsache, daß es sich bei der Toten um Kathleens Mutter handelte, verkniff er sich seinen Kommentar.

Der Metallsarg war bereits geschlossen worden. Für Kathleen

wurde er noch einmal geöffnet. Jo ging mit ihr. Sie blickte nur ganz kurz hin, und das war auch nur zu verständlich. Es war alles andere als ein schöner Anblick, jemanden zu sehen, der von mindestens drei großkalibrigen Kugeln durchlöchert worden war.

Nachdem sie das hinter sich gebracht hatte, wandte sie sich an Jo. »Du hast sicher Verständnis dafür, wenn ich jetzt etwas allein sein möchte, nicht wahr, Jo?«

»Sicher.«

»Ich muß das erst einmal verdauen!«

»Ich melde mich.«

»Gut.«

Jo blickte ihr nach, während sie davonging und in ihren Wagen stieg. Dann wandte er sich an Blanfield. »Den BMW dort kenne ich. Der gehört Doktor Rigg, nicht wahr?«

»Ja.«

»Waren Liz Jennings und der Doktor zusammen, als es passierte?«

»Ja. Er hat auch etwas abbekommen und ist schon auf dem Weg ins Krankenhaus.«

»Scheint, als hätte hier jemand ein ganzes Magazin leergeschossen. Die Leiche sieht auch danach aus.«

Blanfield verzog das Gesicht. »Gut beobachtet«, brummte er ironisch.

»Sieht nach einer Tat aus Leidenschaft oder Haß aus«, meinte Jo.

»Oder es handelt sich um einen schlechten Schützen.«

»Oder beides. Warum haben Sie Doktor Rigg nicht vernommen? Er hat das Gift in seinem Schrank stehen, das Anthony Jennings getötet hat! Und er weiß, wie man eine Spritze setzt, ohne daß es gleich handgroße Blutergüsse gibt!«

Blanfield verdrehte die Augen.

»Ja, bei den Pferden, da kennt er sich aus!«

Jo musterte den Lieutenant und erkannte, daß sein Gegenüber noch irgendeinen Trumpf im Ärmel hatte, den er partout nicht ausspielen wollte. In seinen Augen blitzte es, als er sagte: »Ich habe Rigg nicht vernommen, weil er im Augenblick nicht vernehmungsfähig ist. Vielleicht wird er überhaupt nichts mehr sagen können ... Er kämpft mit dem Tod, Mister Walker!«

Walker zündete sich eine Zigarette an, verengte ein wenig die Augen und fragte dann: »Sie verfolgen ohnehin eine andere Spur, stimmt's, Lieutenant?«

»Erraten.«

»Und?«

»Der Mord an Mister Jennings ist so gut wie aufgeklärt«, behauptete er, und Jo hob erstaunt die Augenbrauen. Das war wirklich eine Überraschung. Einen Augenblick noch schien Blanfield mit sich zu ringen, ob er es für sich behalten sollte, aber dann siegte seine Eitelkeit. Er konnte es einfach nicht lassen, seinen Triumph gegenüber Jo voll auszukosten. »Wir haben einen Mann aufgegriffen, der schon gestanden hat, daß er zweimal versucht hat, Jennings' Fabrik anzuzünden. Beim dritten Mal und bei dem Mord, da ziert er sich noch. Aber das ist nur eine Frage der Zeit. Dic Beweise sprechen so sehr gegen ihn ... Er heißt Mike McPherson und war einmal bei Jennings angestellt. Bis er einen wilden Streik organisierte und rausflog. Er hat nirgends mehr richtig ein Bein auf den Boden gekriegt. Und er ist Diabetiker, was bedeutet, daß er sich täglich selbst Insulin spritzen muß. Er war also in allerbester Übung, was das Setzen von Spritzen angeht!«

»Und das Gift? Woher sollte er das haben?«

»McPherson hält sich mit Aushilfsjobs über Wasser. Und einer davon besteht darin, daß er in einem pharmazeutischen Großhandel Kisten stapeln muß.«

Jo klopfte ihm auf die Schulter. »Eins zu null für Sie, Blanfield. Scheint, als wären Sie doch ein guter Polizist.«

»Danke.« Blanfield verzog säuerlich das Gesicht.

»Ich glaube trotzdem, daß Sie sich irren«, setzte Jo dann im Brustton der Überzeugung hinzu. »Oder haben Sie eine Ahnung, weshalb Anthony Jennings diesen Mann am Abend ins Haus gelassen haben könnte?«

Er hob die Arme. »Was weiß ich! Wir können Jennings leider nicht mehr fragen!«

»Wie wahr!«

»Jedenfalls kannten die beiden sich. Es wäre also möglich! Außerdem kann man Schlösser und Alarmanlagen auch ausschalten, oder?«

Jo deutete auf den Metallsarg. »Und wie hängt das *hier* damit zusammen?«

»Überhaupt nicht!« war Blanfields Meinung.

»Ich würde mich gerne mal mit diesem McPherson unterhalten!«

»Kann ich mir denken, Walker. Aber das kommt nicht in Frage ... Erst wenn ich mit ihm fertig bin.«

»Wann ist das?«

»Vergessen Sie's einfach, ja?« Blanfield grinste. »Sie könnten mir dabei nur etwas verderben!«

Jeffrey Kramer hatte den Mantelkragen hochgeschlagen, aber es war so naß und windig, daß ihm trotzdem die Zigarette ausgegangen war.

Es war ein furchtbarer, kalter Morgen. Der Tag dämmerte grau herauf und verhieß nichts Gutes. Kramer schaute ungeduldig auf die Uhr, dann ließ er den Blick die enge Straße entlanggleiten.

Es war ein Sanierungsgebiet. Ehemals eine Straße mit wohlhabender Mittelschicht, jetzt ein heruntergekommener Slum. Alte Leute, die sich von der Gegend nicht trennen konnten, und sozial Unterprivilegierte lebten hier – oder überhaupt niemand mehr. Die meisten Häuser standen seit Jahren leer, ein paar hatte man schon abgerissen.

Aber um diese frühe Uhrzeit hätte man fast jeden Ort als Treffpunkt nehmen können. Es wäre überall nicht besonders viel los gewesen.

Kramer blickte erneut an sein Handgelenk und dachte: *Wenn er jetzt nicht kommt, dann bin ich weg!*

Aber er kam. Eine Limousine mit getönten Scheiben kam um die Ecke. Sie fuhr sehr langsam, und der Motor war kaum zu hören. Das war er.

Kramer näherte sich, als die Limousine stehenblieb. Er wollte die Sache so schnell wie möglich hinter sich bringen. Nicht nur wegen des scheußlichen Wetters. Die undurchsichtige Scheibe auf der Beifahrerseite wurde etwas heruntergelassen.

»Ich dachte schon, das wird nichts mehr.«

»Ich halte mein Wort.«

»Ja, ich weiß.«

»Also?«

»Wo ist das Geld?«

»Dir steht das Wasser wirklich bis zum Hals, was? Sonst wärst du wohl nicht auf so eine verrückte Idee gekommen!«

»Wohl kaum, das stimmt.«

Kramer nahm seine Zigarette mit Daumen und Zeigefinger und schleuderte sie ärgerlich in den Rinnstein. Es war ein Spiel, das der andere da mit ihm trieb. Ein häßliches, sadistisches Spiel. Aber er mußte es ertragen, und deshalb verkniff er sich die bissige Erwiderung, die ihm noch auf der Zunge lag. Warum die Sache komplizieren?

»Das Geld liegt im Kofferraum«, kam es eisig aus der Limousine heraus. »Er ist offen. Du kannst es dir nehmen!«

Kramer nickte und ging hinten an die Limousine heran. Mit zitternden Händen öffnete er den großzügigen Kofferraum. Da lag ein kleines Köfferchen. Kramer öffnete es. Kleine Scheine, wie er verlangt hatte.

Ein schwaches Lächeln ging über sein hageres Gesicht. *Ein schöner Anblick, so ein Haufen Scheine,* dachte er.

Es war das letzte, was er sah. Ein harter Schlag ließ ihn nach vorne sacken, direkt in den Kofferraum hinein. Der zweite Schlag machte es endgültig. Zwei behandschuhte Hände hoben die Beine hoch und machten die Klappe zu.

Jo hatte nach wie vor das Gefühl, daß Jeffrey Kramer viel mehr wußte, als er dem Privatdetektiv gegenüber bisher zugegeben hatte. Jemandem ein paar Krümel hinwerfen und dann hoffen, daß derjenige sich damit zufrieden gibt, war allem Anschein nach eine ziemlich erfolgreiche Taktik. Erfolgreicher jedenfalls, als sich einfach stur zu stellen.

Aber diesmal wollte Jo sich nicht abspeisen lassen.

Als er vor Jeffrey Kramers Wohnungstür stand, fiel ihm auf, daß die Tür einen kleinen Spalt offen war. Jo ließ das sofort stutzig werden.

Kramer war vermutlich gar nicht zu Hause, denn sonst hätte sein Chrysler irgendwo in der Straße herumgestanden. Jemand anderes war in der Wohnung!

Vielleicht die Kerle, vor denen er davonrennt! ging es Jo durch den Kopf. Er hörte ein Geräusch, das aber augenblicklich erstarb, als Kommissar X den Türspalt vergrößerte. Er knarrte dabei. Ein Instinkt ließ Jo die Automatic unter dem Jackett hervorholen und in die Manteltasche stecken, wo er sie mit der Rechten umklammert hielt.

Sicher war eben sicher.

Einen Augenblick später sah Jo, daß hier ein Berserker gewütet haben mußte, um etwas zu suchen. Schubladen waren herausgerissen und ihr Inhalt auf dem Boden ausgestreut worden, und es schien nicht ein einziges Polster zu geben, daß nicht mehrfach aufgeschlitzt worden war.

Hier war jemand sehr gründlich gewesen.

Die Tür zum Nebenraum stand offen, und ein kühler Luftzug fegte quer durch die Wohnung. Derjenige, der hier gewütet hatte, war vermutlich schon über Balkon und Feuerleiter geflüchtet, als er Jo gehört hatte.

Jo holte die Pistole hervor, ging vorsichtig an die Tür zum Nebenzimmer heran und trat dann mit der Waffe im Anschlag ein. Hier sah es nicht besser aus als in dem anderen Raum. Jo durchquerte mit weiten Schritten das Zimmer und passierte die offene Balkontür, die vom Wind hin und her bewegt wurde.

Für den Bruchteil einer Sekunde hatte er die freie Aussicht auf einen öden Hinterhof, in dem sich allerdings niemand befand. Als Jo die Gefahr mit den Augenwinkeln heranschnellen sah, war es zu spät, um noch zu reagieren.

Ein furchtbarer, harter Schlag traf ihn an der Schläfe. Er taumelte, alles begann sich vor seinen Augen zu drehen, und er spürte noch das Metallgeländer des Balkons, um das sich seine Hand klammerte, bevor der zweite Hieb ihn ausknockte und zusammenklappen ließ. Der schemenhafte Umriß einer Gestalt war das letzte, was er sah ...

Dann wurde es schwarz vor seinen Augen.

»Wachen Sie auf, Walker!«

Er bekam eine Ohrfeige und dann gleich eine zweite. Jo blinzelte mit den Augen. Sein Schädel brummte. »Na, los, Walker! Sie haben verdammt noch mal lange genug geschlafen! Jetzt könnten Sie mir vielleicht mal einiges erklären!«

Jo blickte in das Gesicht von Lieutenant Blanfield und war sofort wieder hellwach. Er wischte sich mit der flachen Hand über das Gesicht.

Indessen fragte Blanfield: »Was haben Sie hier zu suchen? Bekanntlich ist das hier nicht Ihre Wohnung!«

»Sie stand offen.«

»Ja, ja, das übliche Geschwätz ...«

Jo schüttelte den Kopf. »Sie stand wirklich offen, und jemand war hier damit beschäftigt, das Unterste nach oben zu kehren!«

Blanfield grinste. »Das waren nicht zufällig Sie, Walker?«

»Nein. Ich habe den Kerl überrascht und eins über den Schädel bekommen.«

»Wie sah er aus?«

»Er war groß, glaube ich. Mehr weiß ich nicht.«

Blanfield nickte und reichte Jo seine Automatic. »Ist das Ihre?«

»Ja. Und jetzt verraten Sie mir mal, was Sie hierhergeführt hat! Ich dachte, für Sie wäre der Fall schon gelöst ...«

Der Lieutenant machte eine wegwerfende Geste.

»Wir haben Jeffrey Kramer gefunden. Er wurde mit einem stumpfen Gegenstand erschlagen und dann auf einem nahegelegenen Highway-Parkplatz abgeladen. Da hat ihn schließlich heute mittag ein Trucker entdeckt.« Blanfield zuckte beiläufig mit den Achseln und setzte dann noch hinzu: »Vermutlich sind Sie seinem Mörder über den Weg gelaufen, Walker!«

Jo erhob sich. Ein leichtes Schwindelgefühl erfaßte ihn, aber es ging einigermaßen. Er schwankte ein bißchen, aber er hoffte, daß sich das noch geben würde. Der Kerl hatte ganz schön zugeschlagen.

Jo versuchte verzweifelt, sich an irgend etwas zu erinnern, das ihn auf die Spur desjenigen bringen würde, der ihm eins über den Schädel gegeben hatte. Aber da war nichts. Nur ein dunkler Schemen, ansonsten war sein Kopf in dieser Beziehung völlig leer.

»Jeffrey Kramer hatte ein Motiv, um Anthony Jennings zu töten«, meinte Jo. »Aber ich weiß nicht, ob er mit der Nadel umgehen konnte ...«

»Er konnte«, meinte Blanfield. »Drüben in Baltimore ist er zweimal wegen Verstößen gegen das Betäubungsmittelgesetz verurteilt worden und hat zumindest eine Zeitlang an der Nadel gehangen ... Haben Sie eine Ahnung, was man hier bei ihm gesucht haben könnte?«

»Ein paar Schuldeneintreiber waren ihm auf den Fersen.«

»In der Regel schlagen die ihre säumigen Zahler aber nicht tot, sondern verpassen ihnen eine Abreibung. Von einer Leiche bekommt man schließlich keinen Cent mehr!«

Jo ging mit nachdenklichem Gesicht durch Kramers Wohnung und ließ den Blick schweifen. Und Blanfield folgte ihm. Als Jo ihm einen Augenblick lang ins Gesicht sah, war ihm klar, daß der andere völlig ratlos war.

»Jeffrey Kramer hatte noch eine andere Profession«, eröffnete Jo ihm dann. »Er war Erpresser. Bei Liz Jennings hat er sein Glück versucht. Das hat er mir selbst erzählt.« Jo zuckte die Achseln. »Ich schätze, er hat mir einen wertlosen Brocken hingeworfen und gehofft, daß ich ihn gierig aufschnappe und damit zufrieden bin ...«

»Wen könnte Kramer denn noch erpreßt haben?«

»Er hat im Dunstkreis der Jennings-Familie herumgeschnüffelt. Wer weiß, worauf er da gestoßen sein kann ...«

»Wahrscheinlich werden wir hier nichts mehr finden, was uns weiterbringen könnte. Der Mörder wird alles weggeräumt haben, was ihn irgendwie verraten könnte ...«

Sie sahen sich trotzdem ein bißchen um, aber es war, wie Jo

vermutet hatte: Keine Spur, die weiterführte. Walker wandte sich zum Gehen in Richtung Tür.

»Wo wollen Sie hin, Walker?«

Jo grinste. »Jemandem einen Besuch abstatten, vor dessen Haus ich Kramer mal in Beobachtungsposition erwischt habe ...«

Blanfield runzelte die Stirn. »Von wem sprechen Sie, verdammt noch mal?«

»Chuck Porter.«

»Das ist doch einer der Nachtwächter!«

»Richtig. Ich konnte mir von Anfang an nicht vorstellen, daß der Brand gelegt werden konnte, ohne daß von den Nachtwächtern jemand mitgespielt hat! Vielleicht hat er irgend etwas über Porter herausgefunden, was damit zusammenhängt.«

»Und mußte deshalb sterben? Ist mir zu weit hergeholt!«

»Ich habe ja nicht verlangt, daß Sie mit mir kommen!«

Blanfield atmete tief durch. »Warten Sie eine Minute, bis ich die Wohnung hier versiegelt habe!«

»Meinetwegen.«

Walkers Blick fiel dann zufällig auf einen kleinen Notizblock, den der Mörder bei seiner Wühlerei achtlos weggeworfen hatte, weil er ihn wohl für, wertlos hielt. Jo hob den Block auf.

»Was haben Sie?« fragte Blanfield, nahm Jo den Block aus der Hand, blätterte darin herum. »Kritzeleien ...«, murmelte er und gab ihn Jo zurück.

Kommissar X lachte kurz. »Das dachte der Mörder wohl auch ...«

Blanfield runzelte die Stirn und stierte Jo ungläubig an. »Was ist es denn *Ihrer* Meinung nach?«

»Notizen in Kurzschrift, die der Mörder offensichtlich nicht beherrscht!« Jo blätterte in dem dünnen Block etwas, herum. Was da zu lesen war, war wirklich interessant ...

Als Walker und Blanfield eine Viertelstunde später vor Chuck Porters Wohnungstür standen, meldete sich dort niemand. Aber sie hatten Glück. Er kam gerade die Treppe hinauf und hatte eine Tüte mit Fast food unter dem Arm.

Als Porter die beiden Männer sah, die offensichtlich zu ihm wollten, wurde er langsamer und blieb schließlich stehen.

»Was gibt's?« fragte er.

»Nur ein paar Fragen«, meinte Jo.

Porter blickte von einem zum anderen. »Ich habe Ihnen beiden alle Fragen beantwortet. Ich wüßte nicht, was es da noch zu besprechen gäbe ...«, knirschte er.

»Können wir das nicht drinnen tun?« meckerte Blanfield.

Porter zuckte mit den Schultern, ging an den beiden ungebetenen Gästen vorbei und öffnete die Tür.

»Bitte!« knurrte er. »Wenn es sich nicht vermeiden läßt!«

»Leider nicht«, meinte Blanfield.

In Porters Kopf schien irgend etwas vorzugehen. Er zögerte, bevor er schließlich die Wohnungstür öffnete.

Sie gingen gemeinsam hinein. Porter warf sich in einen Sessel und holte ein Hot dog aus der Tüte, das er dann gierig zu verschlingen begann. »Leider kann ich Ihnen nichts anbieten, Gentlemen! Aber dazu hätten Sie sich vorher anmelden müssen!« Er grinste und fand die Bemerkung offenbar witzig.

Blanfield schien diesen Humor allerdings nicht zu teilen. Er grunzte etwas Unverständliches.

Indessen fragte Jo: »Erinnern Sie sich an den Mann im verbeulten Chrysler, den ich Ihnen gezeigt habe, Porter?«

Porter blickte auf und kaute ungerührt weiter. Er wischte sich mit dem Ärmel den Mund ab.

»Kann schon sein!« knirschte er.

»Der Mann hieß Jeffrey Kramer und ist jetzt tot!«

»Tut mir ehrlich leid, aber was hat das mit mir zu tun? Ich kenne keinen Kramer!«

»Aber er kannte Sie. Das steht fest!«

»Zufall!« murmelte Porter mit vollem Mund.

»Auch, daß in seinem Notizbuch ein halber Lebenslauf von Ihnen stand?«

Er legte den Rest vom Hot dog beiseite. Der Appetit schien ihm gründlich vergangen zu sein. »Hören Sie, was soll das?« knurrte er. »Warum fragen sie mir Löcher in den Bauch über einen Mann, den ...« Er sprach nicht weiter, während sein Blick zwischen Jo und dem Lieutenant hin und her schwankte.

»Sie tragen bei Ihrem Nachtwächterdienst eine Waffe, nicht wahr?« meinte Jo.

Chuck Porter stand auf und nickte. »Ja. Revolver Kaliber 45.«

»Und Schlagstöcke? Totschläger, Gummiknüppel ... etwas in der Art?« mischte sich Blanfield jetzt ein. »Wie steht es damit?«

Porter schluckte. Mit gesenktem Kopf ging er quer durch den Raum und blieb schließlich vor einer Kommode stehen, auf der eine Schale mit Crackern stand. Er nahm ein paar und kaute lustlos auf ihnen herum.

»Nein«, sagte er dann. »So etwas haben wir nicht! Nur Revolver.« Er grinste und versuchte damit seine offensichtliche Nervosität zu überspielen. »Schätze, dieser Kramer – so war doch der Name, oder? – wurde mit einer solchen Waffe erschlagen. Habe ich recht?«

Jo ging nicht darauf ein. »Was haben Sie getan, bevor Sie bei Jennings als Nachtwächter waren?«

»Wen interessiert das?«

»Sie waren bei der Army, nicht wahr?«

»Na und?«

»Sanitäter?«

»Ja.«

»Das heißt, Sie wußten, wie man mit einer Spritze umgeht ...«

Chuck Porter war völlig bleich geworden. In seinen Augen blitzte es wild. Er stand da wie ein gehetztes, in die Enge getriebenes Tier. Kalter Schweiß brach ihm aus, und es war Jo sofort klar, daß er da ins Schwarze getroffen hatte.

»Woher ... Woher wissen Sie das alles?«

Jo holte den Notizblock heraus, den er in Kramers Wohnung gefunden hatte. »Hier«, sagte er. »Sie haben das für wertlose Kritzeleien gehalten, als Sie Kramers Wohnung durchwühlt haben, und nur die Fotos und sonstiges Beweismaterial mitgenommen, das Kramer bei sich gehortet hatte. In Wahrheit sind dies hier aber Notizen in Kurzschrift ...« Jo lächelte dünn. »Er war auf seine Art ein ausgezeichneter Detektiv, das muß man ihm lassen. Was glauben Sie, was hier noch alles über Sie drinsteht?«

»Ich habe diesen Kramer nicht umgebracht! Und ich habe auch nicht seine Wohnung durchwühlt!« beharrte Porter tonlos.

»Und was ist mit Anthony Jennings?« fragte Jo dann.

Eine unheilvolle, gespannte Stille erfüllte auf einmal den Raum.

In Porters Kopf schien es fieberhaft zu arbeiten. Verzweiflung stand ihm im Gesicht geschrieben. Es lief puterrot an und schien kurz vor dem Platzen zu stehen.

Dann ging es blitzschnell.

Er riß eine Schublade der Kommode heraus und zog den 45er hervor, den er ansonsten bei seinen Bewachungsaufgaben trug. Chuck Porter war völlig durchgedreht und feuerte sofort wild drauflos.

Jo warf sich zur Seite und riß Blanfield dabei mit sich, während die Kugeln haarscharf über sie beide hinwegpfiffen und auf der anderen Seite des Raumes die Fensterscheiben in Scherben gehen ließen.

Auf dem Boden rollte sich Jo herum, während Porter zur Tür hinausrannte. Der Privatdetektiv rappelte sich so schnell es ging hoch und setzte ihm mit der Automatic im Anschlag nach.

Porter hatte den Aufzug benutzt, und das hieß, daß Jo nur seine gut durchtrainierten Beine und die Treppe blieben. Das hieß aber auch, daß Porter aller Wahrscheinlichkeit nach schneller unten sein würde.

Trotzdem: Jo gab sein Bestes. Irgendwo weit abgeschlagen hörte er hinter sich den Lieutenant ächzen.

Jo war schnell, aber nicht schnell genug.

Er sah Porter gerade noch durch die Tür ins Freie rennen. Der Kerl schien völlig den Verstand verloren zu haben. Die Haustür fiel ins Schloß. Jo hörte das Motorengeräusch eines Wagens, dann einen kurzen, abrupt abgewürgten Schrei und noch ein anderes, sehr häßliches Geräusch …

Jo riß die Tür auf und stürmte hinaus, während eine dunkle Limousine mit quietschenden Reifen um die nächste Ecke bog.

Kommissar X rannte zur Straße und blieb dann auf einmal stehen. Es war ein furchtbarer Anblick, der sich ihm da bot. Der Wagen mußte Chuck Porter voll erfaßt und dann meterweit durch die Luft geschleudert haben. Jetzt lag der Nachtwächter in unnatürlich verrenkter Haltung auf dem Asphalt. Der Schlimmste von allem war der Schädel.

Es dauerte nur Augenblicke, bis sich die erste kleine Menschentraube gebildet hatte.

»Unglaublich!« rief einer der Passanten, die stehengeblieben waren. »Der Kerl ist einfach davongefahren! So ein Schweinehund!«

»Er ist direkt auf den Mann zugefahren und hat sogar noch beschleunigt!« ergänzte ein anderer. »Fast, als hätte er auf den armen Kerl hier gewartet!«

Jo fluchte leise vor sich hin und steckte seine Automatic ein. Einen Moment lang hatte er erwogen, sich in seinen 230 SLK zu setzen und dem Todesfahrer hinterherzujagen, aber der war sicher längst irgendwo im Verkehrsgewühl untergetaucht.

Hinter sich hörte Jo den Lieutenant, der offenbar erst einmal einen Moment brauchte, um die Szene zu verdauen.

»Ich habe mir die Nummer von dem Schuft gemerkt!« knurrte

plötzlich jemand. Jo wandte sich um und sah einen Rentner, der seinen Hund ausgeführt hatte.

»Wie ist die Nummer? Sagen Sie schon!«

»Sind Sie vom Police Department?«

»Wollen Sie lange diskutieren, oder finden Sie nicht auch, daß der Kerl es verdient hat, daß man ihn kriegt?«

»Schon gut, schon gut!« Er sagte Jo die Nummer. Vielleicht führte das ja zu irgend etwas. Jo wandte sich an Blanfield. »Haben Sie zugehört? Dann geben Sie diese Nummer am besten sofort zur Fahndung aus!«

Das riß den Lieutenant aus seiner Erstarrung. Er nickte knapp und setzte sich in Richtung seines Dienstwagens in Bewegung, um die Fahndung nach der dunklen Limousine in Gang zu setzen und seine Kollegen zu holen.

Dann kam er zurück und wandte sich an Jo. »Sie haben mir vorhin das Leben gerettet, Walker.« Er reichte dem Privatdetektiv zögernd die Hand. »Wenn Sie mich nicht zur Seite geschubst hätten, wäre ich jetzt wohl ein Fall für meine eigenen Leute...«

Es war so etwas wie ein Friedensangebot, und Jo verstand das auch genau so.

Es dauerte nicht lange, und das Mietshaus, in dem Chuck Porters Wohnung lag, glich einem Taubenschlag. Polizisten in Uniform und Zivil liefen überall herum, Beamte der Spurensicherung nahmen sich die Wohnung vor. Und davor sammelte sich die Schar der Schaulustigen. Der Notarzt konnte nur noch den Tod von Porter feststellen.

Jo blieb noch am Ort des Geschehens, in der Hoffnung, daß es noch irgend etwas Neues geben würde.

Es gab auch etwas. Die Wühlmäuse von der Spurensicherung fanden ein Set mit handelsüblichen Einwegspritzen. Eine einzige fehlte und war offenbar benutzt worden. In Porters Abfall fand sich dann die benutzte Nadel, eingerollt in eine Plastiktüte.

Es waren sogar noch Blutreste daran, und es würde sicher nicht unmöglich sein, herauszufinden, ob mit ihr dasselbe Gift gespritzt worden war, das Anthony Jennings getötet hatte.

»Das Zeug muß zwar noch untersucht werden, aber ich wette zehn zu eins, daß sich herausstellt, daß Porter der Mann war, der Jennings getötet hat«, meinte Jo, während er sich eine Zigarette anzündete.

Er bot Blanfield auch eine an, aber der lehnte ab.

»Ich hätte schwören können, daß dieser McPherson ...« Er schlug sich mit der flachen Hand an den Kopf. »Es paßte alles zusammen, aber ... hier paßt es noch besser! Mit einer Ausnahme! Wo ist das Motiv, Mister Walker? Was könnte Porter gegen seinen Arbeitgeber gehabt haben?«

»Vielleicht sind wir schlauer, wenn wir den Kerl in der dunklen Limousine haben!«

Jo hatte eigentlich damit gerechnet, daß der Todesfahrer bemüht gewesen wäre, seine Spuren zu verwischen, und zum Beispiel gefälschte Nummernschilder oder einen gestohlenen Wagen benutzt hätte. Aber nichts davon schien der Fall zu sein.

Der Mann, dem die dunkle Limousine gehörte, hieß Allan Cosgrove und war Inhaber eines Geschäftes, das sich auf britische Stilmöbel spezialisiert hatte.

Lieutenant Blanfield wußte, daß er Jo etwas schuldig war, und deshalb sagte er auch nichts dagegen, daß der Privatdetektiv ihn begleitete. Blanfield nahm ein großes Aufgebot mit. Ein halbes Dutzend Polizisten in Uniform.

»Was wollen Sie damit?« fragte Jo. »Eine Festung erstürmen?«

»Dieser Mann ist ein brutaler, skrupelloser Killer!« war die Erwiderung des Lieutenants. »Da muß man mit allem rechnen.«

Als sie wenig später das Geschäft betraten, gerieten sie an eine junge Dame, die in ihrer grazilen Art sehr gut zu den Möbeln paßte, die sie verkaufte. Sie runzelte die Stirn, als sie das Polizeiaufgebot sah.

»Was wünschen Sie, bitte?« fragte sie geschäftsmäßig und sichtlich verwirrt.

»Wo ist Mister Cosgrove?« fragte Blanfield gereizt.

»Ich bin hier, Gentlemen«, sagte eine sonore, etwas heiser klingende Stimme, die zu einem ziemlich übergewichtigen Mann gehörte, dessen dreiteiliger Anzug ganz sicher eine Maßanfertigung war. »Was gibt es? Und was soll dieses Aufgebot?«

Blanfield zeigte ihm seine Marke und kam gleich zur Sache: »Mit Ihrem Wagen ist vor etwas mehr als einer Stunde ein Mann überfahren worden. Fahren Sie einen schwarzen Chevrolet mit getönten Scheiben?«

»Ja, aber ...«

»Wo befindet sich der Wagen?«

»Hinten im Hof.«

»Wir möchten ihn gerne sehen!«

»Bitte!«

Während sie dem Geschäftsmann folgten, fragte Jo: »Kennen Sie einen Mann namens Chuck Porter?«

»Nein.« Es kam wie aus der Pistole geschossen.

»Und Jeffrey Kramer?«

»Auch nicht. Was soll das alles? Ich habe niemandem etwas getan!«

Cosgrove führte die ganze Mannschaft durch die Lagerräume auf einen asphaltierten Hof, auf dem zwei Siebentonner standen. Etwas abseits parkte die Limousine. *Der richtige Typ und das richtige Kennzeichen! Volltreffer!* dachte Jo. Aber es war fast zu schön, um wahr zu sein.

Jo sah sich die Vorderfront der Limousine an. Wenn jemand vor gut einer Stunde damit einen Menschen auf die Art und Weise umgebracht hatte, auf die Chuck Porter gestorben war, dann mußten eigentlich irgendwelche Spuren zurückbleiben. Blut, Haut, Kleidung – irgend etwas ...

Es sei denn, man hatte sich viel Mühe gegeben, das alles zu beseitigen – aber wenn sich die Spurensicherung den Wagen erst einmal vornahm, dann würde am Ende auch noch ein einziges Haar ausreichen, um Cosgrove zu überführen.

»Ich versichere Ihnen, daß ich niemanden überfahren habe!«

»Es gibt Zeugen«, stellte Blanfield dagegen.

»Aber ... Ich würde so etwas niemals tun! Fahrerflucht, meine ich!« Der dicke Mann schnappte nach Luft und wischte sich mit einer fahrigen Geste über das Gesicht. Er sah aus wie jemand, den man zusehends in die Enge trieb.

»Es dreht sich wahrscheinlich gar nicht um Fahrerflucht, sondern um Mord«, brummte Blanfield.

»Der Motor ist noch warm. Jemand muß nach vor wenigen Minuten damit unterwegs gewesen sein«, warf Jo ein.

Cosgrove wurde bleich. »Ich war ...« Er zögerte. »Wir haben eine Filiale in Yonkers. Dorthin war ich unterwegs.«

»Wie lange?« hakte Blanfield nach.

»Na, wie Sie schon richtig festgestellt haben: Ich bin zurückgekommen, kurz bevor Sie mit Ihrer Armee hier eingedrungen sind.«

»Wann sind Sie von Yonkers aus losgefahren?«

»Überhaupt nicht.«

»Was soll das heißen?«

»Das heißt, daß ich auf halbem Weg umgedreht habe, weil ich

meine Unterlagen vergessen hatte. Das ist auch der einzige Grund, weswegen ich jetzt hier bin!«

»Das heißt, Sie haben kein Alibi.«

»Wie sollte ich, wenn ich allein hinterm Steuer saß? Zwischendurch habe ich ein Gespräch per Autotelefon mit einem Lieferanten geführt ...«

»Das entlastet Sie leider nicht ...«

»Ich glaube, ich werde meinen Anwalt rufen«, sagte Cosgrove. »Ihre Anschuldigungen sind ungeheuerlich!«

Blanfield nickte. »Das ist wahrscheinlich das Beste. Ich werde Sie vorläufig festnehmen müssen.«

Der Lieutenant las Cosgrove seine Rechte vor. Die Handschellen machten ›klick‹, und dann ging es los. Bevor Jo dem Troß folgte, wandte er sich noch kurz an die Verkäuferin.

»Was wollen Sie noch?« fragte sie genervt. »Genügt Ihnen die Unruhe nicht, die Sie hier schon gestiftet haben? Ich bin davon überzeugt, daß sich alles als Irrtum herausstellen wird.«

»Nur eine Frage«, bat Jo. »Beherrscht Ihr Boß eigentlich Kurzschrift?«

Sie sah Kommissar X an, als hätte sie jemanden vor sich, bei dem eine Schraube locker war. »Ich habe keine Ahnung«, antwortete sie schließlich.

Am nächsten Tag fuhr Jo auf einen Sprung zum Jennings-Haus. Als er seinen Mercedes neben dem Portal abstellte und ausstieg, sah er ein paar Möbelpacker herauskommen, die einen Lastwagen mit den wertvollen Möbeln beluden.

Etwas abseits stand ein Toyota, dessen Hinterbank mit Koffern und Taschen vollgestellt war.

Warren kam in diesem Moment die Stufen des Portals herunter. Er trug nicht seine gewohnte, betont seriöse Kleidung, sondern legere Jeans und eine Lederjacke. In den Händen hielt er noch je eine Tasche, die er kurz darauf in den Kofferraum des Toyota pferchte. Er hatte Glück, daß er die Klappe noch ins Schloß bekam.

»Wollen Sie verreisen, Warren?« erkundigte sich Jo, der ihm gefolgt war. Er griff in die Tasche und holte sich seine Zigaretten heraus. Als er Warren eine anbot, kam dieser etwas näher und nahm an.

»Sie haben recht, Walker. Ich mach' mich dünne.« Warren deutete mit der Zigarette zwischen den Finger auf das Haus. »Sie sehen ja, was hier los ist!«

»Was ist denn hier los?«

»Alles wird verscherbelt. Von den Jennings-Kindern hat an diesem Gemäuer wohl keiner mehr Interesse …« Er zuckte mit den Schultern. »Ich werde mir woanders was suchen. Bodyguards braucht man schließlich überall, oder?«

»Leider ja.«

Er grinste. »Wie man's nimmt!«

»Ich hatte gehofft, jemand von denen hier zu treffen …«

»Sie?« Warren lachte heiser. »Sie sind doch achtkantig vor die Tür gesetzt worden! Wenn ich Sie wäre, dann …«

Jo hob die Augenbrauen. »Dann was?«

Warren zögerte eine Sekunde. Schließlich fuhr er fort: »Dann wäre ich nicht noch einmal hierhergekommen. Schon gar nicht, wenn ich einen so großzügigen Scheck bekommen hätte wie Sie … Sorry, aber ich habe gesehen, was für eine Summe da eingetragen war!«

»Ich bin aber trotzdem hier!«

»Berufskrankheit, was? Sich immer in Dinge einmischen, die Sie nichts angehen! Wen wollten Sie denn hier noch treffen?«

»Spielt das eine Rolle?«

Er zuckte mit den Schultern und ließ die Zigarette aufglimmen, die Jo ihm gegeben hatte. »Schon merkwürdig … Erst trifft es Mister Jennings, dann seine Frau. Als die Sache mit Mister Jennings passierte, hatte ich das Gefühl, daß seiner Frau das ganz gut paßte … Schließlich konnte sie ja nun mit ihrem Freund ganz ungeniert herummachen, ohne immer gleich befürchten zu müssen, ohne Geld dazustehen. Obwohl ich das eigentlich nicht so recht begreife …«

»Was begreifen Sie nicht?«

»Ich begreife nicht, warum sie so eine Angst davor hatte, von ihrem Mann vor die Tür gesetzt zu werden. Die hätte doch auch genug gehabt, wenn sie sich mit diesem Cosgrove zusammengetan hätte. Arm ist der nämlich auch nicht gerade …« Er zuckte die Achseln. »Vielleicht wollte er sie auch nicht wirklich!«

Jo glaubte fast, sich verhört zu haben. »Sagten Sie Cosgrove?«

»Ja, Misses Jennings Liebhaber! Ich glaube, er macht in Möbel oder so etwas ähnliches.«

Jo stutzte und dachte eine Sekunde lang nach. Dann fragte er:

»Woher wissen Sie denn, daß Cosgrove derjenige war, mit dem sie ihre einsamen Stunden verbrachte?«

»Mister Jennings erwähnte es einmal.«

»Mister Jennings?«

Warren sah in Jos erstauntes Gesicht und korrigierte sich sofort. »Sorry, ich meinte Mister Ray Jennings, den Sohn. Ich hörte, wie er sich mit seiner Mutter darüber unterhielt und es ihr vorhielt. Es war Zufall, daß ich gerade in der Nähe war.«

»Was sagte sie dazu?«

»Gar nichts. Sie ist einfach gegangen.«

Ray Jennings war ziemlich außer sich, was bei ihm nicht allzuoft vorkam. Er war eigentlich eher unterkühlt und beherrscht, aber diese Sache brachte ihn in Rage.

Er packte seine Schwester Kathleen bei den Schultern. »Was fällt dir ein, diesen Schnüffler herumzuschicken!«

»Ray, ich ...«

»Du brauchst es gar nicht erst abzustreiten! Ich weiß es!«

»Ich streite es ja auch gar nicht ab!«

»Es geht auch um deine Zukunft, Kleines! Das solltest du bedenken!«

Da war ein gewalttätiger, wilder Zug im Gesicht ihres Bruders, der ihr nicht gefiel. Sie schluckte und wandte den Kopf zur Seite.

»Du meinst wohl, um mein Geld, nicht wahr?« murmelte sie.

Ray nickte. »Ja, auch darum.«

»Es ist mir gleichgültig, Ray.«

»Laß sie, Ray!« drang jetzt eine andere Stimme durch den Raum. Es war Arthur, der am Fenster stand und sich zum dritten Mal in einer Minute an den Druckstellen seiner dicken Brille kratzte. »Es hat doch keinen Sinn ...«

Kathleen stemmte die schlanken Arme in die Hüften. Was hier im Augenblick stattfand, war nichts anders als eine Art Tribunal, wobei sie auf der Anklagebank saß. Und das in ihrem eigenen Apartment! Sie hatte wenig Lust, sich das weiter gefallen zu lassen.

»Ich möchte einfach wissen, wer unsere Eltern umgebracht hat. Das ist doch nichts Ungewöhnliches, oder?«

»Aber wenn die Polizei ...«

»Ich pfeife auf die Polizei!«

Sie seufzte, wich ein paar Schritte vor Ray zurück und wandte ihm dann den Rücken zu.

»Laß uns gehen, Ray. Es war von Anfang an keine gute Idee, hierherzukommen«, mischte sich Arthur wieder zaghaft ein. Sein Gesicht drückte völlige Ratlosigkeit aus.

Ray zog sich seinen grauen Zweireiher glatt und strich sich mit einer nervösen Handbewegung die Haare zurück. »Die Sache ist noch nicht ausgestanden, Kathleen!« zischte er.

»Ich weiß überhaupt nicht, was du dir für große Sorgen machst, Ray«, meinte Kathleen jetzt sehr ruhig. Sie blickte ihren Bruder offen an. »Der Versicherungsbetrug wird so oder so sehr schwer nachzuweisen sein, selbst wenn in der Sache noch mehr herumgerührt wird. Wir haben gute Anwälte, die werden ihren Job schon machen!«

»Deine Ruhe möchte ich haben!«

»Aber der Mord an Dad ist eine andere Sache, und ich werde nicht lockerlassen, bis ich weiß, wie das zusammenhängt!«

Ray wollte noch etwas sagen, aber da klingelte es an Kathleens Wohnungstür, und alle standen wie erstarrt da. »Erwartest du jemanden?« fragte Ray.

Kathleen warf den Kopf etwas in den Nacken. »Und wenn es so wäre! Was ginge *dich* das an, Ray?«

Sie ging zur Tür und öffnete.

Als sie den hochgewachsenen, athletisch gebauten Mann vor sich sah, hob sie die Augenbrauen. »Du, Jo?«

Walker lächelte. »Kann ich hereinkommen?«

»Meinetwegen. Mein Besuch wollte ohnehin gerade gehen!«

Ray Jennings musterte Jo mit unverhohlener Feindschaft, während Arthur scheu am Rande stand und – so wie üblich – die Druckstellen seiner Brille bearbeitete.

»Freut mich, Sie zu sehen, Gentlemen«, sagte Jo. Kathleen bot ihm einen Drink an, und er nahm ihn auch.

»Sie wissen, daß du für mich arbeitest«, wandte sich die junge Frau an Kommissar X.

Jo nickte. »Und wahrscheinlich gefällt es ihnen nicht, oder sehe ich das falsch?«

»Genauso ist es!« zischte Ray Jennings.

Jo nippte an seinem Glas. »Es wird Sie alle vielleicht interessieren, daß man einen Mann namens Allan Cosgrove verhaftet hat . . .«

»Ach, ja?« murmelte Ray mit zynischem Unterton. »Wer soll das denn bitte sein? Ich kann mich nicht erinnern, den Namen schon einmal gehört zu haben.«

»Cosgrove ist der Mann, von dem Sie gedacht haben, daß er der Geliebte Ihrer Mutter war!«

Ray atmete tief durch. Das mußte er erst einmal verdauen, und dazu brauchte er einen Moment. »So, das wissen Sie also auch schon«, murmelte er.

»Aber Sie haben sich geirrt. Der Tierarzt Doktor Rigg war der Geliebte Ihrer Mutter, nicht Cosgrove!«

Ray machte eine wegwerfende Geste, die auch ein wenig seine wachsende Unsicherheit überspielen sollte. »Sie hat sich viel Mühe gegeben, die Sache zu kaschieren«, erklärte er dann. »Mir war klar, daß es da jemanden gab, und habe angenommen, daß es sich um Cosgrove handeln mußte ...«

»Er hat Ihre Mutter nie vergessen können, nicht wahr? Und er hat Anthony Jennings nie verzeihen können, daß dieser ihm einst die Frau ausgespannt hat, die er liebte ...«

»Vielleicht hat er ja Dad umgebracht«, meinte Ray. »Ein Motiv hätte er jedenfalls. Dieser Mann war krank.«

Jo grinste. »Gerade wollten Sie ihn noch gar nicht kennen! Sie haben noch gar nicht gefragt, weshalb Cosgrove verhaftet wurde!«

Ray hob genervt die Augenbrauen. »Na los, raus damit, Walker!«

»Es wird auf Mord hinauslaufen!« meinte Jo. »Es sieht so aus, als hätte er Chuck Porter mit seinem Wagen absichtlich über den Haufen gefahren. Mit etwas Glück wird man ihm sogar noch den Mord an Jeffrey Kramer und den Tod Ihrer Mutter auf die Rechnung setzen.«

»Porter?« fragte jetzt Arthur. »Der Nachtwächter?«

»Sei still, Arthur!« fuhr ihn Ray an.

»Porter ist der Mörder Ihres Vaters gewesen«, stellte Jo fest.

»Steht das fest?« fragte Kathleen.

»Ja. Er war Army-Sanitäter und wußte, wie man eine Spritze setzen muß. Es wurden eindeutige Beweise in seiner Wohnung gefunden ...« Jo hielt inne und sah zu Ray Jennings. Ihn schien das nicht sehr zu überraschen. Schließlich fuhr Kommissar X fort: »Haben Sie eine Ahnung, warum Porter das getan hat? Es gibt viele Leute, die mehr Grund gehabt haben, Ihren Vater zu hassen, nicht wahr? Chuck Porter gehörte eigentlich nicht in diese Reihe.«

»Vielleicht wurde er beauftragt!« mutmaßte Ray. »Er war immer in Geldschwierigkeiten, und es kam öfter vor, daß er einen Vorschuß brauchte, um bis zum Monatsende über die Runden zu kommen!«

»Seltsam, daß Sie gleich darauf kommen, Mister Jennings. Aber die

Vermutung liegt nahe. Dafür sprechen auch die unverhältnismäßig großen Geldsummen, über die Porter plötzlich verfügte ... Er mußte sterben, weil er vermutlich immer neue Geldforderungen an seinen Auftraggeber stellte!«

Ray hob die Augenbrauen. »Der Auftraggeber? Sie meinen diesen Cosgrove, nicht wahr?«

»Das denkt die Polizei. Er und Ihre Mutter sind ein Paar gewesen, bevor ein gewisser Anthony Jennings sie ihm wegschnappte. Das ist zwar lange her, aber er konnte das nie verwinden ...«

Ray schien direkt aufzuatmen. »Dann ist ja alles klar, und Sie können Ihre verdammte Schnüffeltätigkeit beenden!«

»Ich sagte: Die Polizei denkt, daß es so war. Aber ich weiß, daß Cosgrove nicht der Auftraggeber gewesen ist. Und Sie wissen es auch!«

Ray Jennings wurde bleich, während Jo einen kleinen Block hervorholte und in die Höhe hielt. »Dies ist aus der Wohnung von Jeffrey Kramer, der sterben mußte, weil er zu intensiv Detektiv gespielt hat«, erklärte Jo. »Er wußte, wer Ihren Vater ermordet hat, und auch, wer der Auftraggeber war. Sein Mörder hat alles beseitigt, was sich an Beweismaterial in der Wohnung befand. Nur dieses hier nicht!«

»Was soll das sein?«

»Aufzeichnungen in Kurzschrift, die der Mörder für wertlos hielt und deshalb bei seiner Wühlarbeit übersehen hat!«

»Lassen Sie mal sehen!« Ray trat heran und streckte die Hand aus, aber Jo zog seine zurück und schüttelte den Kopf.

»Was wollen Sie denn damit anfangen? Sie könnten es doch gar nicht lesen!«

»Weiß die Polizei davon?«

»Nein. Noch nicht«, entgegnete Jo gedehnt, während Ray und Arthur einen kurzen Blick miteinander tauschten.

»Was wird hier eigentlich gespielt?« mischte sich Kathleen ein. »Ray, warum sagst du nichts?«

»Halt dich da raus, Kleines. Ist schon ärgerlich genug, daß du diesen Kerl für dich hast arbeiten lassen!«

Jo schüttelte energisch den Kopf. »Sie hat keine Schuld. Ich wußte gleich, daß etwas faul war. Ich hätte auch weitergebohrt, wenn ich keinen Auftrag gehabt hätte.«

Rays Haltung entspannte sich ein wenig, während Jo den Block wieder einsteckte. »Was wollen Sie, Walker?«

»Sagen wir, eine kleine Entschädigung für den Schlag, den ich in Kramers Wohnung abbekommen habe, als ich in einem unpassenden Augenblick dort auftauchte ...«

Ray nickte langsam.

»Ich wußte gar nicht, daß Sie es nötig haben, als Erpresser zu arbeiten! Wenn herauskommt, daß Sie Beweise unterschlagen haben, entzieht man Ihnen die Lizenz!«

»Ja, wenn ich Pech habe. Aber überlegen Sie mal, was für Sie auf dem Spiel steht!«

»Okay«, sagte Arthur aus dem Hintergrund heraus. »Was wissen Sie?«

Jo wandte sich ihm zu. »Ich weiß, daß Sie eine dunkle Limousine gekauft haben! Es war eine Menge Arbeit, den Händler ausfindig zu machen. Er erinnerte sich genau daran, daß sie dauernd an ihrer Nase herumgekratzt haben. Allzu viele Leute gibt es nicht, die das so oft machen wie Sie! Er wird Sie wiedererkennen.«

»Aber.«

»Nummernschilder zu fälschen ist auch keine besondere Kunst, wenn man Beziehungen hat. Sie beide dachten, daß Cosgrove der Liebhaber ihrer Mutter war, und wollten ihm die Sache in die Schuhe schieben ... Aber Jeffrey Kramer wußte es besser.«

»Ist das wahr?« fragte Kathleen, an Arthur gewandt.

Dieser wirkte hilflos. »Ich habe nur den Wagen besorgt«, sagte er.

»Aber du wußtest davon!«

»Ich ...«

»Arthur!« Kathleen war fassungslos.

»Sei still, Arthur!« schimpfte Ray. Er hatte auf einmal eine Pistole in der Hand. Es war ein Kleinkaliber, den er blitzschnell unter seinem Jackett hervorgezaubert hatte und auf Jo richtete.

»Ray!« rief Kathleen. »Das ist doch nicht dein Ernst! Sag, daß das nicht wahr ist!«

»Wir werden uns hinterher unterhalten!« zischte Ray.

Aber sie war da anderer Ansicht. »Nein«, sagte sie. »Ich will es jetzt wissen! Hast du den Auftrag gegeben, Dad umzubringen?«

»Wir hatten keine andere Wahl, Kathleen! Dich haben wir nicht eingeweiht, weil du zu sehr an Dad hingst. Aber er wollte einfach nicht einsehen, daß er mit seiner Management-Politik über kurz oder lang das gesamte Unternehmen ruiniert hätte! Er hätte abtreten müssen, aber es war keine Chance, ihm das klarzumachen! Statt dessen wollte er mich schon vor die Tür setzen, weil er die Kritik nicht vertragen konnte!«

»Und Mum?« fragte Kathleen bitter. Ray wich ihrem Blick aus. »War sie ebenfalls eingeweiht? Hat sie vielleicht sogar dafür gesorgt, daß Porter ins Haus gelangen konnte?«

Sie wollte noch weitersprechen, aber Ray schnitt ihr das Wort ab.

»Nicht jetzt, Kathleen. Es ist wirklich nicht der richtige Zeitpunkt ...« Er wandte sich an Jo und kam auf ihn zu. In der einen Hand den Kleinkaliber, die andere offen ausgestreckt. »Es gibt keine Beweise«, stellte er fest. »Den Wagen und die Nummernschilder haben wir verschwinden lassen. Und der Autohändler, der Arthur gesehen haben will, kann sich geirrt haben!«

Jo nickte. Genau so hatte er sich das vorgestellt.

»Bleiben die Aufzeichnungen von Kramer!« meinte er.

»Geben Sie her, Walker! Aber ganz vorsichtig. Erst Ihre Waffe, dann den Block!«

Jo sah ein, daß es keinen Sinn hatte, ein Risiko einzugehen. Also nahm er ganz vorsichtig die Automatic heraus, die Ray Jennings ihm förmlich aus der Hand riß und in der nächsten Sekunde seinem Bruder zuwarf. Dann war der Block an der Reihe. Ray warf einen Blick darauf und lächelte. »Paß auf ihn auf, Arthur!« zischte er, legte den Block in den nächstgelegenen Aschenbecher, um ihn dann mit seinem Feuerzeug anzuzünden.

Er lächelte, als die Flammen das Papier fraßen.

»Was ist mit Mum?« fragte Kathleen, die das alles noch gar nicht so recht fassen konnte. »Geht Mum auch auf euer Konto?«

»Damit haben wir nichts zu tun!« sagte Ray.

»Ich glaube euch kein Wort mehr!«

»Kathleen! Wir können das durchstehen! Es gibt jetzt keine Beweise mehr!« Ray wandte sich an Walker. »Es sei denn, unser schnüffelnder Freund hier hat noch etwas im Ärmel ...« Er hob die Waffe etwas. Der Lauf zeigte genau auf Jos Kopf. »Tut mir leid, Walker, aber ich habe das Gefühl, daß Sie nicht damit aufhören würden, uns Schwierigkeiten zu machen!« Er wandte sich an seinen Bruder. »Stell die Stereoanlage an! Es braucht ja niemand den Schuß hören!«

Der Finger am Abzug spannte sich, und alles weitere war eine Sache von Sekunden.

»Nein!« rief Kathleen verzweifelt und in aller Entschiedenheit. »Da werde ich nicht mitmachen!«

Genau in diesem Moment stürzte Jo vor und riß Rays Arm nach oben. Ein Schuß aus dem Kleinkaliber löste sich und ging in die Decke, während beide zu Boden stürzten.

Kathleen stand wie erstarrt da, während Arthur die Automatic auf die beiden Kämpfenden richtete. Aber er konnte unmöglich schießen. Die Gefahr, daß er seinen Bruder traf, war einfach zu groß.

Dann ging die Tür auf, und zwei Uniformierte stürmten mit der Waffe in der Hand in den Raum. »Hände hoch und keine Bewegung! Polizei!«

Schließlich kam auch Blanfield. Jo hatte einiges an Überredungskunst aufbieten müssen, um ihn überhaupt zu dieser Aktion bringen zu können. Aber nachdem Cosgrove durch einen Busfahrer, der den Möbelhändler fast in den Graben gedrängt hatte, ein Alibi bekommen hatte, war Jos Idee auch für den Lieutenant so etwas wie ein letzter Strohhalm gewesen ...

Die Jennings-Brüder gaben auf. Arthur ließ die Automatic fallen, und Ray ließ sich den Kleinkaliber widerstandslos von Jo abnehmen.

»Sie kommen verdammt spät, Blanfield«, stellte Jo nicht ohne Vorwurf fest.

»Ist ja noch mal gutgegangen.«

»Haben Sie alles auf Band, Lieutenant?«

»Ja.«

Jo knöpfte sich das Hemd ein Stück auf, holte das Mikrofon hervor, das dort die ganze Zeit über mit Heftpflaster auf seiner Haut geklebt hatte, und gab es Blanfield.

Ray und Arthur wurden festgenommen und abgeführt. Jo wandte sich an Kathleen.

»Ich hatte keine andere Wahl«, versicherte er. »Aber wahrscheinlich hätte man die beiden sonst nicht überführen können ...«

»Ich kann es noch immer nicht glauben!« meinte sie mit Tränen in den Augen. Jo nahm sie in den Arm und versuchte, sie etwas zu trösten. Aber es gab Dinge, über die man sich nicht so einfach hinwegtrösten konnte, und sie beide wußten das.

Als sie sich ein wenig gefaßt hatte, versuchte sie ein Lächeln. »Du hast gute Arbeit geleistet. Und du kannst ja nichts dafür, daß mir das Resultat nicht gefällt ...« Sie deutete auf den Aschenbecher. »Was stand wirklich auf dem Block?«

»Nichts«, sagte Jo. »Sinnlose Linien und Striche. Aber es gibt ein Original bei der Polizei, in dem allerdings nicht ganz soviel drinsteht, wie ich behauptet habe!«

Jo traf Miß Hancock in einer der nicht gerade zahlreichen Bars von Paterson an. Sie hatte ein paar Drinks intus, offenbar ein paar mehr, als ihr guttaten.

Ihr Gesicht wirkte müde. Unter den Augen waren dicke Ringe wie bei jemandem, der nächtelang keinen Schlaf gefunden hatte. Als sie Jo sah, versuchte sie ein mattes Lächeln.

»Sie, Mister Walker? So ein Zufall ...«

»Nein«, erwiderte Jo und setzte sich dabei neben sie. »Eigentlich ist es kein Zufall. Man hat mir gesagt, sie würden öfter hierher kommen!«

»Öfter?« Sie lachte verzweifelt. »Eigentlich nur, wenn ich vor mir selbst davonlaufe.«

Der Barmixer kam heran, und Jo bestellte bei ihm etwas. Dann fragte der Privatdetektiv: »Sie haben Liz Jennings aus dem fahrenden Wagen erschossen, nicht wahr?«

Sie blickte vor ihrem Glas auf und wirkte auf einmal völlig nüchtern. Die Lethargie, die sie eine Sekunde zuvor noch beherrscht hatte, schien auf einmal wie weggeblasen. Sie wollte etwas sagen, aber es kam nichts über ihre Lippen. Ein Kloß schien ihr im Hals zu sitzen und ihn zu verschließen.

»Sie wissen es, und ich weiß es«, stellte Jo fest.

»Ich habe Anthony geliebt«, flüsterte sie dann. »Ich habe ihn wirklich geliebt ... und er mich!«

»Und dann dachten Sie, daß seine Frau für seinen Tod verantwortlich wäre!«

Sie zuckte mit den Schultern. »War sie es etwa nicht?«

»Vielleicht wußte sie von dem Plan. Die treibende Kraft war sie aber nicht.«

»Wer dann?«

»Die Jennings-Söhne.«

Sie nahm einen kräftigen Schluck von ihrem Drink und bestellte einen neuen. »Selbst wenn sie nur davon wußte, hat sie es meiner Ansicht nach nicht anders verdient!« Ihre Stimme war belegt und klang brüchig.

»Und der Mann, der in ihrer Begleitung war? Dieser Tierarzt? Hatte der es auch verdient?« gab Jo zurück. Dr. Colin Rigg war seiner Schußverletzung erlegen. Jo sah Miß Hancock an, daß sie die Zeitung gelesen hatte und davon wußte.

»Nein«, murmelte sie. »Ich bin eben eine schlechte Schützin!« Sie hob das Glas und setzte dann hinzu: »Was denken Sie wohl, warum ich schon die ganze Zeit an diesem verdammten Ort sitze!«

»Vielleicht wollen Sie sich Mut antrinken«, vermutete Jo.

»Mut?«

»Um sich zu stellen.«

»Wenn Sie es wissen, wird es auch bald die Polizei wissen.«

»Ich weiß, daß Sie es waren, aber ich kann es nicht beweisen. Und wenn Sie die Waffe sicher versteckt haben, wird es auch niemand sonst können, denn es gab kaum brauchbare Zeugenaussagen!«

»Ich habe die Waffe überhaupt nicht versteckt oder verschwinden lassen.« Sie nahm ihre Handtasche, öffnete sie und legte einen Revolver auf den Tresen. »Wie sind Sie auf mich gekommen?«

»Durch unser zufälliges Treffen auf dem Friedhof. Als später Misses Jennings erschossen wurde, wußte ich gleich, daß dieser Mord nicht die gleiche kalte Handschrift trug wie die anderen.«

Jo deutete auf die Waffe.

»Warum haben Sie sie nicht in einen Fluß geworfen?«

»Vielleicht wollte ich insgeheim, daß sie jemand bei mir findet. Nicht wegen Liz Jennings, aber dieser Doktor Rigg ... Ich wollte ihn nicht verletzen oder töten. In den Lokalnachrichten hieß es, daß er mit dem Leben rang, und jetzt ...« Sie schluckte. »Gehen wir«, sagte sie.